O RETRATO na ESCURIDÃO

LAURA MORELLI

O RETRATO na ESCURIDÃO

TRADUÇÃO
RENATA TUFANO

Editora **Melhoramentos**

Dados Internacionais de Catalogação na Publicação (CIP)
(Câmara Brasileira do Livro, SP, Brasil)

Morelli, Laura
  O retrato na escuridão / Laura Morelli; tradução Renata Tufano. –
São Paulo: Editora Melhoramentos, 2024.

  Título original: The night portrait
  ISBN 978-65-5539-700-0

  1. Ficção histórica norte-americana 2. Leonardo, da Vinci, 1452-1519
3. Nazismo 4. Segunda Guerra Mundial I. Título.

23-177632   CDD-813.54

Índices para catálogo sistemático:
  1. Ficção histórica: Literatura norte-americana 813.54
    Eliane de Freitas Leite – Bibliotecária – CRB 8/8415

Este livro é uma obra de ficção. Referências a pessoas reais, eventos, estabelecimentos, organizações ou locais são apenas elementos ficcionais para proporcionar um senso de autenticidade. Todos os outros personagens e todos os acontecimentos e diálogos são frutos da imaginação da autora e não podem ser entendidos como reais.

Título original: *The Night Portrait*

Copyright © Laura Morelli 2020

Tradução de © Renata Tufano
Preparação: Maria Isabel Ferrazoli
Revisão: Elisabete Franczak Branco e Vivian Miwa Matsushita
Projeto gráfico, diagramação e adaptação de capa: Carla Almeida Freire
Capa: Elsie Lyons
Imagens de capa: © Ildiko Neer/Arcangel Images; © Photo 12/Alamy Stock Photo;
© PON-PON/Shutterstock; © arigato/Shutterstock; © VolodymyrSanych/Shutterstock;
© lifeforstock/Freepik

Toda marca registrada citada no decorrer deste livro possui direitos reservados
e protegidos pela lei de Direitos Autorais 9.610/1998 e outros direitos.

Direitos de publicação:
© 2024 Editora Melhoramentos Ltda.
Todos os direitos reservados.

1ª edição, março de 2024
ISBN: 978-65-5539-700-0

Atendimento ao consumidor:
Caixa Postal 169 – CEP 01031-970
São Paulo – SP – Brasil
Tel.: (11) 3874-0880
sac@melhoramentos.com.br
www.editoramelhoramentos.com.br

Siga a Editora Melhoramentos nas redes sociais:
 /editoramelhoramentos

Impresso no Brasil

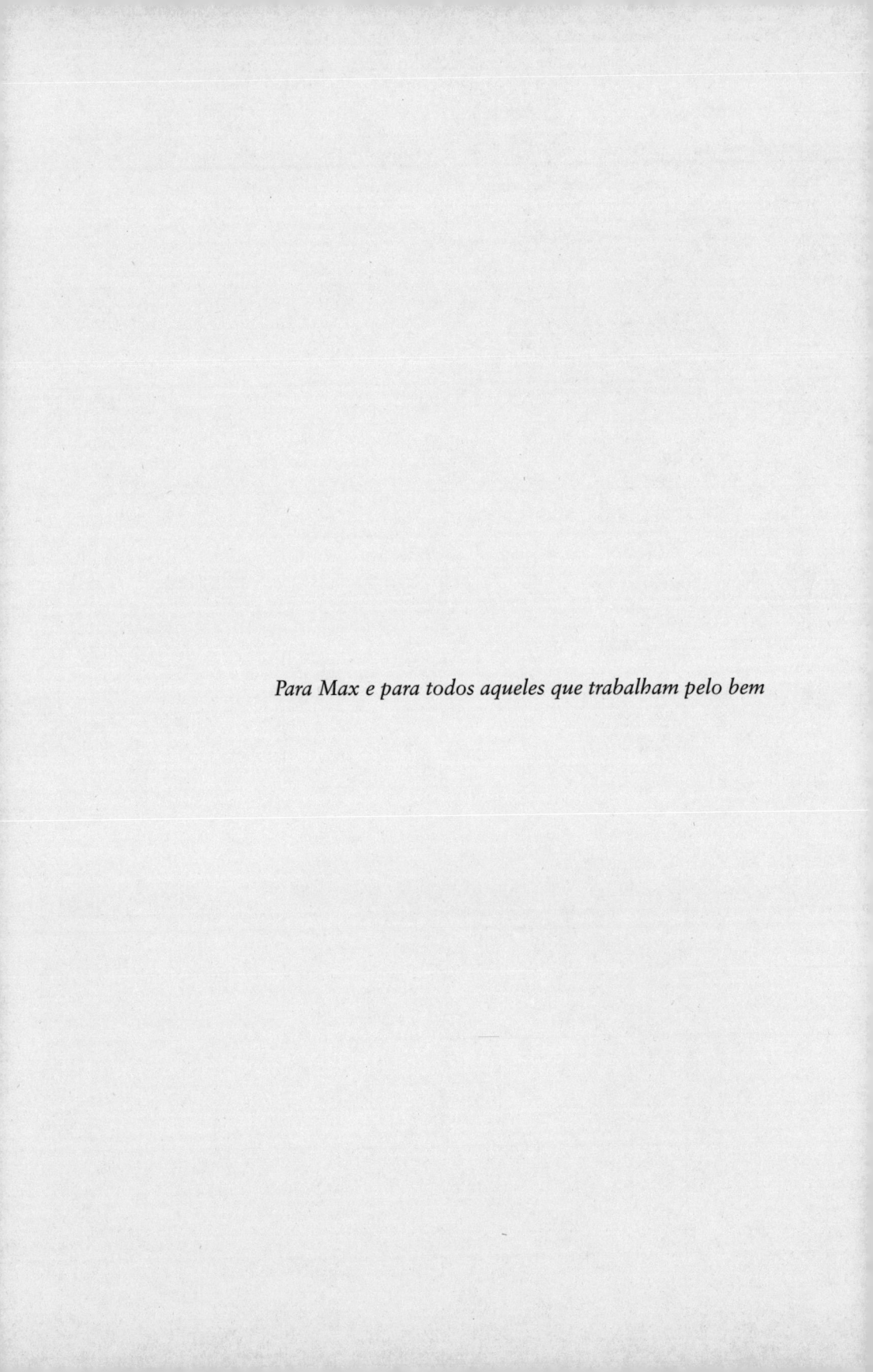

Para Max e para todos aqueles que trabalham pelo bem

PARTE I

MÁQUINAS DE GUERRA

I

LEONARDO

Florença, Itália
Fevereiro de 1476

Um poço escuro na encosta. Em minha mente, eu vejo.
Através da passagem longa e estreita, num espaço esquecido abaixo das fortificações da cidade, observo homens carregando fardos de pólvora negra.

Os melhores trabalhadores desse ramo, acredito, mineram o carvão durante o dia. Esses homens estão acostumados a trabalhar no ar rarefeito, na escuridão, usando cuidadosamente tochas e picaretas. Seus dedos e rostos são permanentemente negros, suas vestimentas endurecidas com terra e carvão. Para eles, que ocupação seria melhor do que servir ao estado de sítio?

Eles são corajosos, penso eu, em avançar na escuridão, erguendo suas lanternas. Quietos, sem levantar suspeitas, descarregam os negros grãos nos pontos mais longínquos da passagem. Quando emergem, os que manuseiam os canhões giram as rodas silenciosamente nas engrenagens, levando a máquina adiante para dentro da mina. Cidadãos se dispersam no caos das explosões e dos detritos de pedras. O inimigo logo estará nas garras de quem ataca.

O projeto opera apenas em minha imaginação, obviamente. Preciso admitir isso. Mesmo assim, me sinto compelido a colocar tudo no papel. Esses pensamentos, essas máquinas. Tudo isso me mantém acordado além da hora, quando o sol transforma o Arno em ouro e mergulha atrás das colinas. Essas engenhocas preenchem meus sonhos. Acordo banhado em suor, desesperado para prender as imagens no papel antes que se dissipem como a primeira bruma da manhã na superfície do rio.

A verdade é que estou em meu velho quarto, com seu fogo latente na lareira, com pilhas precárias de pergaminho, feixes sobre a mesa, com tinteiros e sua fragrância metálica, com lamparinas a óleo e seus pavios carbonizados, com um arranjo sempre mutável de gatos descansando. Eu prendi a minha porta com uma trava de ferro para deter os chamados "amigos" que podem me atrair para as tavernas. Que eles fiquem com tudo.

Tenho tarefas mais importantes em mãos. Se eu não os capturar nas páginas dos meus cadernos, esses projetos voam como mariposas coloridas, fora do alcance da minha rede.

Não me importo com aquela distração problemática do painel em meu cavalete. Ali reside minha tentativa frustrada de capturar a aparência da filha de um comerciante. Mas ela me encara do outro lado da sala. Insatisfeita, como tem todo o direito de estar. O pai dela me pediu que a deixasse bonita antes de enviar o retrato a um pretendente na Úmbria. Meu coração não se encontra nesse trabalho, se eu tiver que ser honesto comigo mesmo, mas não posso me dar ao luxo de negar essa remuneração. Assim mantenho o pão e o vinho na minha mesa. Ainda assim, os pigmentos de têmpera na minha tábua de álamo secaram e endureceram há muito tempo. Eu puxo a cortina sobre o retrato para que o olhar acusador da moça não me distraia mais. Estou ansioso para voltar ao meu desenho. Ah, se eu pudesse convencer um patrono a financiar minhas máquinas de guerra em vez de pintar o retrato de sua filha.

Ainda tenho as obras inacabadas de meu mestre para terminar. Um anjo e uma paisagem para um batismo de Cristo. Os monges têm importunado o mestre Verrocchio há meses. Uma *Madonna* e criança – não muito inspiradoras, sendo honesto comigo mesmo – para uma nobre senhora perto de Santa Maria Novella. Ela me escreveu outra carta perguntando quando será entregue.

Como posso me dar ao luxo dessas distrações quando há tanto para capturar da minha própria imaginação? Volto aos meus cadernos.

Por que os túneis? Eles vão me perguntar, esses homens que pensam em guerras tanto quanto eu. Mas já pensei nisso. Como o inimigo pode se surpreender quando o ataque vem de dentro da terra! Eles verão que o eixo que conduz a máquina permite que ela se movimente despercebida, sem esforço, nos tortuosos caminhos abaixo do solo, sem fazer nenhum barulho. E quando essas minas não estão sendo exploradas, que tesouros podem esconder daqueles que podem roubá-los, nas profundezas do subsolo, reservas onde há cobre, carvão e sal?

Devemos manter nossos inimigos por perto. Ou assim dizem.

Mas o que eu sei? Sou o único que imagina essas fantasias e as coloca no papel. Aquele que acredita que, às vezes, a arte deve ser colocada a serviço da guerra.

Pego minha caneta com ponta de prata e volto ao meu desenho.

2

EDITH

Munique
Setembro de 1939

Edith Becker esperava que os homens ao redor da mesa não conseguissem ver suas mãos trêmulas.

Em qualquer outra quinta-feira, Edith estaria sentada diante de um cavalete em seu estúdio de restauração no andar térreo, usando seus óculos de lente de aumento que a faziam parecer um inseto gigante. Lá, no silêncio, ela perderia a noção do tempo, absorta na tarefa de consertar uma lágrima em uma pintura centenária, removendo décadas de sujeira acumulada, ou redourando uma velha moldura em ruínas. Seu trabalho estava salvando obras de arte, uma a uma, da decadência e da destruição. Era o que sabia fazer, era seu chamado. O trabalho de sua vida.

Mas, na última meia hora, os olhos dos homens mais importantes da Alte Pinakothek, um dos maiores museus de Munique, estavam cravados em Edith. Eles a observaram desenrolar as alças de cada fichário e retirar os fólios um a um, cada um representando pinturas nas coleções particulares de famílias por toda a Polônia.

— A identidade do homem no retrato é desconhecida — disse Edith, entregando um fac-símile de uma obra do pintor renascentista italiano Raffaello Sanzio.

Ela observou os olhos de todos ali examinarem atentos o retrato de um homem com uma vasta cabeleira olhando de soslaio para o espectador, puxando uma capa de pele sobre um ombro.

Edith estava feliz por ter trocado seu costumeiro vestido cinza desbotado e avental de restauro pelo conjunto mais elegante de seu guarda-roupa: saia e jaqueta marrons de tweed. Ela demorou para arrumar os cachos de seu cabelo simetricamente de cada lado de sua mandíbula e certificou-se de que as costuras da parte de trás de suas meias corriam em linha reta. Os homens deram a ela toda a sua atenção: o curador de antiguidades, o presidente do conselho do museu e até mesmo o próprio diretor da instituição, Ernst Buchner, um renomado estudioso com quem Edith nunca havia falado diretamente até então.

– Há várias teorias sobre a identidade do retratado – disse ela. – Alguns até acreditam que pode ser o autorretrato do artista.

Edith era a única mulher em uma sala cheia de executivos do museu. Ela desejou que eles não tivessem pedido que abandonasse a tranquilidade de seu ateliê de conservação, onde, nas últimas semanas, tinha trabalhado no restauro de uma grande cena de batalha do século xvi, do artista Hans Werl. Em algum momento em 1800, outro conservador havia pintado por cima da figura humana e dos cavalos na imagem. Agora, trabalhando de forma meticulosa num ritmo extremamente lento, Edith estava removendo a camada superior de tinta com um pequeno pedaço de linho embebido em solvente. Ela ficava animada ao revelar os pigmentos brilhantes que o artista originalmente desejava que emergissem da tela, um centímetro de cada vez. Ela desejou que eles a deixassem voltar ao trabalho em vez de colocá-la no centro das atenções.

Ela observou, ansiosa, ao redor da mesa e finalmente pousou os olhos em Manfred, um colega de longa data e arquivista do museu. Manfred olhou para Edith por cima de seus pequenos óculos redondos e sorriu, dando-lhe coragem para continuar. Talvez ele fosse o único na sala que entendia quão desafiador estava sendo para Edith ter que falar diante de todo aquele grupo.

Manfred, Edith percebeu, também era o único de seus colegas de trabalho que sabia algo de sua vida fora do museu. Ele sabia a dificuldade que ela enfrentava para cuidar do pai, cuja mente e memória se deterioravam dia após dia. Manfred e o pai dela tinham sido colegas de classe na Academia de Belas Artes, e fora Manfred quem abrira as portas do departamento de conservação para a filha diligente e estudiosa de *herr* Becker. Edith sabia que, se ela quisesse manter seu emprego, e ao menos encontrar algum sucesso como uma mulher profissional, teria que proteger sua vida pessoal, ocultando-a dos outros. O sorriso reconfortante de Manfred poderia ajudá-la no esforço de aquietar suas mãos trêmulas.

– Uma obra-prima – disse o presidente do conselho, manuseando com cuidado o fac-símile da pintura de Raffaello Sanzio. – Eu vejo que a família Czartoryski tinha uma grande ambição ao colecionar pinturas italianas.

– De fato.

Edith também tinha ficado surpresa ao saber dos tesouros trancados em castelos, mosteiros, museus e casas nas terras a leste. Havia vastas coleções familiares, acumuladas ao longo dos séculos, além da fronteira polonesa. A coleção de arte da família do príncipe Czartoryski por si só servia como um repositório silencioso de valor incalculável.

E agora Edith estava começando a entender o porquê das horas, dias e semanas que passou nos arquivos do museu e nas pilhas da biblioteca. Ela havia sido instruída a fazer essa pesquisa sobre pinturas em coleções polonesas para o conselho do museu. Não sabia por que não tinha se tornado óbvio até agora. Alguém queria adquirir essas obras. Quem e por quê?

– E este é o último – disse ela, puxando o fólio restante da pilha de imagens da coleção Czartoryski.

– O que estávamos esperando – disse *herr direktor* Buchner, levantando as sobrancelhas até alcançar o cabelo escuro e ralo puxado para trás em sua testa alta.

– Sim – continuou Edith. – Por volta de 1800, ao mesmo tempo que Adam Jerzy Czartoryski comprou *Retrato de um jovem*, de Rafael, de uma família italiana, ele também comprou a *Dama com arminho*, de Leonardo da Vinci. Ele trouxe essas pinturas da Itália para a coleção de sua família no leste da Polônia.

– E continuam lá? – perguntou o curador de antiguidades, suspendendo sua caneta no ar como se fosse um cigarro. O antigo hábito do curador é anterior à recente proibição de fumar em prédios públicos: há apenas alguns meses, Edith se deu conta, aquela sala estaria cheia de fumaça.

– Não – respondeu Edith, aliviada por ter revisto suas anotações antes da reunião. – O retrato da *Dama com arminho* viajou com muita frequência nos últimos cem anos. Na década de 1830, durante a invasão russa, a família o levou para Dresden por segurança. Depois disso, eles o trouxeram de volta para a Polônia, mas as coisas ainda estavam instáveis, então eles colocaram a pintura num esconderijo no palácio da família em Pełkinie. Quando tudo se acalmou, a família o realocou em seus apartamentos privados em Paris. Isso teria acontecido por volta de 1840.

– E então voltou para a Polônia?

– Acabou retornando, sim – confirmou Edith. – A família o levou de volta para a Polônia na década de 1880. Foi então colocado em exibição pública, com grande estardalhaço. Isso fez com que muitas pessoas ficassem sabendo da pintura, levando os historiadores a pesquisarem-na. Vários especialistas o identificaram como obra de Da Vinci, e as pessoas especularam sobre a identidade da retratada. Por esse motivo, a obra... – ela apontou para sua pilha de fólios – foi tão amplamente publicada e reproduzida.

– Quem é ela? – perguntou Buchner, batendo os dedos gordos na mesa.

– É bem aceito que ela tenha sido uma das amantes do duque de Milão, uma garota chamada Cecilia Gallerani, que veio de uma família de Siena. Ela provavelmente tinha cerca de dezesseis anos na época em que Ludovico Sforza pediu a Da Vinci que a pintasse.

Edith observou o fac-símile da pintura passar de mão em mão, dando a volta na mesa novamente. Os homens se debruçavam sobre o rosto da garota, sua expressão brilhante, e a criatura branca e peluda em seus braços.

– Durante a Grande Guerra, a pintura voltou para a Alemanha – Edith continuou. – Estava em custódia da Gemäldegalerie, em Dresden, mas acabou sendo devolvida a Cracóvia.

– É notável que a pintura tenha sobrevivido, haja vista como circulou por tantos lugares – observou Manfred.

– De fato – concordou *herr direktor* Buchner, devolvendo o fac-símile para Edith. Ela o colocou em seu grande fichário e começou a guardar o material. – *Fräulein* Becker, precisamos elogiá-la por sua pesquisa minuciosa a serviço deste projeto.

– Um curador sênior não teria feito um trabalho melhor – acrescentou o curador de artes decorativas.

– *Danke schön.*

Edith finalmente respirou aliviada. Ela esperava que agora pudesse voltar para o estúdio de conservação. Não via a hora de colocar o avental e começar a estabilização de uma pintura francesa, cuja moldura havia sido danificada pela água após ficar tristemente armazenada bem embaixo de um cano em um depósito.

Generaldirektor Buchner se levantou.

– Nesse momento – disse ele, respirando profundamente. – Tenho um anúncio a fazer... Recentemente, recebi a visita do *reichsmarschall* Göring em pessoa, quem, como vocês sabem, foi encarregado pelo nosso *führer* de encontrar obras-primas, como as que vimos aqui nesta tarde. Haverá um novo museu a ser construído em Linz. Foi totalmente financiado pelo nosso Comandante Supremo, que, como sabem, tem um interesse pela grande arte e sua preservação. O museu em Linz, uma vez concluído, será um repositório para todas as mais importantes obras de arte – ele fez uma pausa e olhou ao redor mesa – de todo o mundo.

Houve um espanto coletivo. Edith parou para pensar. Adolf Hitler já havia aberto a Casa da Arte Alemã a poucos passos de seu estúdio de conservação. Ela e Manfred tinham ido ver o trabalho dos escultores e pintores contemporâneos oficialmente aprovados. Mas agora... Ter todas as obras importantes da história da arte de todo o mundo sob o mesmo teto, tudo sob a administração do Reich. Era difícil – quase inconcebível – imaginar.

– Como vocês podem imaginar – continuou Buchner, quase ouvindo os pensamentos de Edith. – Esta nova visão do nosso *führer* será um grande empreendimento. Todos nós da área das artes estaremos empenhados em ser os guardiões dessas obras. Como as coisas estão se tornando mais... precárias... todos nós devemos fazer nossa parte neste esforço.

– Mas isso é loucura – bufou o curador de antiguidades. – Todas as obras de arte mais importantes do mundo? A Alemanha vai controlar o patrimônio cultural do mundo? Quem somos nós para sermos guardiões de tal legado? E quem somos *nós* para tirá-los de seus lugares atuais?

A sala caiu em um silêncio quase insuportável, e Edith se perguntou se o pobre curador já estaria arrependido de seu desabafo. Edith observou Manfred pressionar a caneta com firmeza no papel, fazendo rabiscos circulares, a outra mão sobre a boca como se quisesse ele mesmo lhe fazer parar de falar.

O presidente do conselho do museu quebrou o silêncio.

– Não, Hans, é uma causa nobre. Tenho provas de que os americanos querem pegar pinturas europeias valiosas e colocá-las em museus judeus na América. Pelo contrário – continuou –, a ideia de um *führermuseum* é... engenhosa. E, de qualquer modo, você deve entender que isso é apenas o começo.

Também estamos fazendo listas de importantes obras de arte tomadas pelos franceses e ingleses nos séculos passados. Essas obras serão repatriadas para a Alemanha no devido tempo.

Edith observou o rosto do diretor. *Herr* Buchner ignorou o comentário, levantou-se e continuou calmamente, embora Edith acreditasse ter visto uma contração dos músculos na base de seu pescoço.

– Todos nós vamos receber ordens de funcionários do *Braunes Haus*. Vamos trabalhar com os melhores artistas da Alemanha, historiadores, curadores e críticos de cultura. Cada um de vocês será responsável por trabalhos que correspondam às suas especialidades. Muitos de nós, inclusive eu, viajaremos a campo para encontrar obras e trazê-las para nossos depósitos aqui, ou para outros museus alemães.

– Mas e o nosso trabalho aqui? – Edith não pôde deixar de perguntar. – O laboratório de conservação...

– Temo que nossos projetos atuais serão suspensos, em sua maioria. Quanto ao museu em si, já começamos a reorganizar nossas coleções para que fiquem armazenadas de modo a acomodar as obras que estão vindo para cá, e ainda garantimos um espaço adicional em outro lugar.

– Para onde estamos indo? – perguntou o curador de antiguidades.

– Receberemos nossas atribuições específicas ainda esta semana – respondeu o diretor. – *Fräulein* Becker, acredito que haja uma boa chance de você ir para a Polônia.

Ele apontou para o fichário cheio de fac-símiles que Edith havia compilado. Polônia.

Edith sentiu um aperto no estômago.

– Cer-cer-certamente... – gaguejou ela – certamente não poderíamos esperar que...

– Quanto tempo? – um assistente de curadoria interrompeu a pergunta de Edith.

Buchner deu de ombros, e Edith viu a contração em seu pescoço novamente.

– Até que nosso trabalho esteja completo. Pelo tempo que for necessário. Estamos em guerra.

O diretor então pegou sua pilha de pastas, acenou com a cabeça e saiu da sala. Os outros funcionários do museu foram logo em seguida.

Edith saiu atrás da fila de homens. Chegando à entrada do banheiro feminino, entrou e trancou a porta. Deixou cair sua caixa de fólios no chão, sentou-se na tampa do vaso sanitário, pressionando o rosto com as mãos. Respirou fundo, o ar faltando, como se fosse desmaiar.

Polônia? Indefinidamente? Como ela conseguiria? Quem cuidaria de seu pai? E quanto aos seus planos de se casar, finalmente, depois de tantos anos desejando que isso acontecesse? Ela estava realmente sendo chamada para a linha de frente? Correndo risco de vida?

Depois de alguns longos minutos, Edith se levantou e jogou água fria da torneira no rosto e nos pulsos. Quando saiu do banheiro, encontrou Manfred andando de um lado para outro no corredor.

– Você está bem? – sussurrou ele, pegando-a pelo braço.

– Eu... Não tenho certeza, se você quer saber a verdade. Ah, Manfred... – suspirou, apoiando as costas na fria parede de azulejos do corredor. – Que notícia. Mal posso acreditar.

Suas mãos ainda estavam tremendo.

– Acho que estamos todos em estado de choque – disse ele. – Mesmo alguns de nós que... que anteviram esse desfecho.

Edith apertou o antebraço de Manfred. Ela conhecia pouco da vida de Manfred fora do museu, mas sabia que ele tinha sido um dos organizadores de um grupo em Munique famoso por se opor a quase todas as políticas do Reich e que divulgava suas ideias em folhetos deixados em bancos de parque e assentos de bonde vazios.

– Você sabia o que eles estavam planejando?

Manfred confirmou, apertando os lábios.

– O *generaldirektor* já comprou vários caminhões de obras confiscadas de colecionadores judeus em toda a Baviera. Se você não acredita em mim, venha para o terceiro andar. Há tantas obras no meu escritório que eu mal consigo chegar até a minha mesa.

Edith sentiu seu queixo cair.

– Nem consigo imaginar. Mas você... Para onde você vai?

– Aposto que eles me querem aqui para catalogar o que chegar. Eles precisam de mim. Além disso, eu sou um cachorro velho. – Ele deu de ombros e sorriu. – Poderia ser pior. Estou fora da linha de fogo. Mas, você, minha querida... Como você vai fazer? Seu pai...

Edith levou as mãos ao rosto novamente.

– Eu não faço ideia – respondeu ela. – Heinrich. Meu noivo. Ele também está sendo enviado para a Polônia.

– Ah! – exclamou Manfred, seus olhos se arregalando. – Então pelo menos vocês estão indo para o mesmo lugar!

– Sim, mas... *Heiliger strohsack*! – sussurrou alto. – Eu não esperava por isso!

– Gostaria de poder dizer o mesmo, minha querida *fräulein konservator* – disse Manfred. – Você é muito jovem para se lembrar do começo da última guerra. E aqui estamos novamente. Mesmo assim, o que podemos fazer? Quando o *führer* nos chama, dificilmente temos escolha. Eles vão emitir os documentos de alistamento. Se negar a ir não é uma opção, a menos que...

Manfred apontou para uma janela no final do corredor, que dava vista para a praça onde lojas de judeus tinham sido fechadas à força ou até mesmo incendiadas nos últimos meses. Neste momento, Edith sabia, famílias judias estavam embarcando em bondes – ou por escolha ou por força – que os reassentaria em outro lugar, que os condenaria a um destino além de sua compreensão. Os Nusbaum, um casal que morava com seus dois filhos pequenos no prédio de Edith, tinham saído semanas atrás. No corredor do piso térreo, sob o olhar atento do porteiro, Edith tinha visto *frau* Nusbaum empilhando desgastadas bolsas de couro e sacos reaproveitados com seus pertences mais preciosos em um frágil e cambaleante carrinho de mão.

Edith sabia que Manfred estava certo ao dizer que recusar o chamado do *führer* não era uma opção, mas sua mente se agitou, procurando uma saída para aquela situação. Era pedir demais poder voltar ao seu estúdio de conservação, ao seu humilde apartamento, ao seu pai, a uma nova vida com seu marido?

– Bem – disse Manfred, esforçando-se para abrir um sorriso contido –, Polônia! Deve haver algo bom nisso tudo. Você verá todas as obras-primas que estudou durante tanto tempo.

3

EDITH

Munique, Alemanha
Setembro de 1939

Edith lutava contra a fechadura da porta de seu apartamento quando ouviu o pai gritar.

Ela sentiu os finos cabelos de sua nuca se arrepiarem, e um solavanco, como uma freada de bonde, desceu por sua espinha. Ela nunca tinha ouvido esse som dilacerante sair da boca do pai. Sacudiu a porta com toda a força.

– Papai!

Finalmente, a chave virou e a porta se abriu. Edith quase caiu ao entrar no apartamento. Ela largou a bolsa no chão e espalhou os livros de arte e as pastas que havia trazido do trabalho. Marcadores de páginas e notas manuscritas voaram pelo ar e se esparramaram pelo desgastado piso de madeira. Edith seguiu pelo corredor, em direção ao barulhento rádio, de onde a voz de um locutor anunciava que as tropas alemãs haviam atravessado o rio Vístula, no sul da Polônia. Na sala da frente, ela encontrou o pai sentado em sua cadeira, se debatendo, balançando os braços e as pernas esqueléticas em frente à esguia mulher que se debruçava sobre ele.

– *Herr* Becker! – disse Elke, a mulher que cuidava de seu pai enquanto Edith estava trabalhando, lutando para segurar os antebraços do idoso.

O cabelo dela tinha se soltado dos grampos no alto da cabeça. Seu rosto torcia-se pelo esforço. As longas pernas do pai de Edith se agitaram novamente, de maneira rígida e descoordenada, em direção às canelas de Elke. Então o cheiro de urina e excremento tomou conta de Edith, e ela sentiu um aperto no peito.

– Ele se recusa a ir ao banheiro! – disse Elke, finalmente soltando os antebraços de *herr* Becker e virando-se para Edith. – Não consigo fazer com que ele saia dessa cadeira!

– Tudo bem – disse Edith, com a voz mais calma que conseguia. – Deixe-me falar com ele.

Elke abanou as mãos, exasperada, e retirou-se para a cozinha. Edith atravessou a sala e desligou o rádio, silenciando o locutor.

– Papai.

Edith ajoelhou-se no tapete diante da cadeira do pai, como sempre fazia quando era uma garotinha, ansiosa por mais uma história do pai sobre condes e duquesas de muito tempo atrás. O tecido floral que revestia os braços da poltrona estava pálido e puído; a espuma do estofamento, gasta e achatada; e, agora, certamente irrecuperável. Edith fez o possível para ignorar o fedor.

– Aquela mulher... – disse o pai, com os olhos arregalados, amarelados, sombrios, numa expressão atípica de raiva. Da cozinha, Edith ouviu água corrente e logo em seguida um barulho alto de panelas se chocando.

Uma barba branca e espessa se projetava de seu queixo. Edith pensou que Elke devia estar lutando com seu pai havia horas. Estava se tornando um hábito diário a recusa de *herr* Becker em fazer as tarefas mais simples, como vestir uma camisa limpa ou aparar a barba. Fazer com que ele tomasse banho era quase impossível: nas últimas semanas ele havia desenvolvido um medo inexplicável de água. Edith sentiu pena de Elke, ao mesmo tempo que se sentiu frustrada porque ninguém no mundo tão rotativo dos cuidadores que Edith contratara havia conseguido aprender tão bem como persuadir seu pai a cooperar. Exigia um alto nível de paciência com uma boa dose de engodo, Edith tinha que admitir.

Do espaço entre a almofada e a estrutura da poltrona, Edith retirou Max, o cachorro esfarrapado de pelúcia que tinha pertencido a ela quando criança. Agora Max, com seus pelos brancos emaranhados e manchados de modo irremediável, era o companheiro constante de seu pai.

— Está tudo bem, papai — disse Edith, colocando a palma da mão em seu antebraço de pele fina e enrugada, marcada por manchas escuras.

Com a outra mão, seu pai agarrou o animal esfarrapado com força e colocou-o ao seu lado. Atrás deles, o relógio suíço batia seu alto tique-taque. Pilhas desajeitadas de livros de arte cobriam as paredes, pedaços de papel escapando de cada volume. Páginas empoeiradas e amareladas de compêndios de artigos acadêmicos e diários sobre as quais seu pai se debruçara com zelo agora jaziam abandonadas.

— Vamos limpar você? Eu tenho a sensação de que talvez você receba uma visita em breve.

Os olhos dele se iluminaram com aquela mentirinha, e Edith sentiu uma pontada de culpa no coração. Nenhum dos amigos do pai o visitava. Quando ele não conseguiu mais reconhecer os rostos nem se lembrar dos nomes, um por um, eles foram desaparecendo. Edith assistiu a tudo, sem palavras e impotente para fazer qualquer coisa.

O pai não contava mais o tempo, mas Edith sabia que meses haviam se passado desde a última visita, com exceção do noivo de Edith, Heinrich. E mesmo isso estava prestes a acabar. Heinrich embarcaria em breve no trem para a Polônia, com destino a uma recém-formada divisão de infantaria da Wehrmacht. Assim que a invasão da Polônia fora transmitida pelo rádio e publicada nos jornais, menos de duas semanas antes, Edith se angustiou e começou a rezar, no entanto as ordens oficiais a Heinrich fatalmente chegaram.

Mas Edith não queria pensar nisso agora.

No banheiro, ela deixou a água da torneira cair em sua mão até que ficasse morna. Ela nunca imaginou que a barreira da discrição entre pai e filha um dia cairia tão completamente. O que mais ela poderia fazer? Quando os cuidadores que ela havia contratado inevitavelmente desistiam da disputa com o teimoso pai, quem mais além de sua única filha iria se importar em tirar suas calças, passar um pano úmido sobre os ombros, raspar seu queixo cuidadosamente com uma navalha? A mãe de Edith já tinha partido havia quase cinco anos, e era em momentos como esse que sentia mais do que nunca a falta dela.

— *Guten abend!*

Edith colocou a cabeça para fora da porta do banheiro e viu Heinrich entrar no apartamento. Ele mal teve tempo de cumprimentar Elke, que saía tão depressa pela porta com sua capa de chuva e seu chapéu que mais pareceu um borrão azul.

Por mais que seu coração tenha se alegrado ao ver o noivo, Edith sentiu um desespero profundo com a partida abrupta de Elke. No dia seguinte, ela teria que ir outra vez à agência e iniciar uma nova busca por outra enfermeira para que seu trabalho no museu pudesse continuar e eles tivessem o que comer.

Heinrich deu um beijo de leve nos lábios de Edith.

– O que aconteceu aqui? Parece cheiro de esterco...

Edith pressionou o rosto no pescoço de Heinrich e respirou fundo o perfume dele por um longo momento.

– Vou limpá-lo agora. Eu sinto muito. Não sei se Elke chegou a preparar o jantar. Dê uma olhada na cozinha.

A voz do noivo da filha no corredor havia atraído *herr* Becker para a sala da frente. Agora, o velhinho se apoiava no batente da porta, com as calças caídas e um sorriso torto no rosto.

– Saudações, soldado! – disse Heinrich, sorrindo para seu futuro sogro e se apressando para oferecer-lhe apoio. Edith viu o esforço do pai em retribuir o aperto de mão firme de Heinrich. – Parece que você está prestes a ser barbeado por esta adorável senhora. Que homem de sorte!

Agradecida e com alívio, Edith viu Heinrich conduzir seu pai com sucesso para a porta do banheiro.

Ela fez o possível para limpar *herr* Becker, com toda a paciência e compaixão que tinha no coração. Quando saiu do banheiro com o pai já vestindo um pijama limpo, viu que Heinrich havia movido a poltrona suja para perto de uma janela aberta e tinha trazido uma tigela de frutas e pão da cozinha para a mesa de jantar. Ele estava recolhendo os papéis e livros que ela havia largado perto da porta do apartamento.

Por um momento, ela observou Heinrich ajoelhado sobre sua bolsa na penumbra da entrada, um farol calmo na tempestade. Ele estava vestindo a camisa cinza de gola de algodão que realçava o azul-acinzentado de seus olhos. Ela mal podia suportar a ideia de ficar em pé na plataforma da estação, observando, através de uma pequena janela de trem, o aceno de despedida do noivo, vestido com um uniforme novo e cuidadosamente engomado.

– Sinto muito por não ter jantar – disse ela, ajoelhando-se ao lado dele para recolher as últimas folhas de papel do chão.

– Temos pão. Temos frutas. Temos granola, de hoje de manhã. Não deixa de ser uma refeição saudável. Mais do que muitas pessoas têm, com certeza.

Edith ajudou o pai a se sentar em sua cadeira habitual na mesa de jantar e colocou um pedaço de pão na frente dele. Finalmente, ela conseguiu respirar profundamente e relaxar. Sentou-se à mesa e começou a descascar uma maçã com uma faca gasta.

– O que são todos esses papéis? – perguntou Heinrich.

– Pesquisa – respondeu ela. – Eles me pediram que compilasse um dossiê de pinturas de antigos mestres em coleções polonesas. Você lembra que eu falei sobre todas as visitas à biblioteca que fiz nas últimas semanas? Eu tive que fazer uma apresentação hoje para o diretor.

– *Herr professor dokter* Buchner? – Heinrich ergueu as sobrancelhas.

– Sim – Edith sentiu um aperto no estômago ao pensar na sala cheia de homens, no museu do *führer*, na notícia que ela não tinha ideia de como dar a Heinrich e ao seu pai.

– Eu pensei que eles mantinham você trancada no depósito dos fundos com um pincel e produtos químicos – disse Heinrich.

Ela confirmou.

– Sim. Não é meu papel habitual, mas *herr kurator* Schmidt me pediu que fizesse isso. Ele disse que eu tenho um conhecimento especial das pinturas renascentistas italianas. Você sabe que eu prefiro me esconder no meu pequeno departamento técnico a ficar diante de uma plateia.

Heinrich recostou-se na cadeira e folheou um dos grandes volumes ilustrados que Edith trouxera da biblioteca do museu. Edith o observava ansiosa, tentando encontrar as palavras certas para contar a ele e ao seu pai. Como poderia dizer algo assim? Quando Heinrich encontrou um fac-símile colorido de página inteira de uma mulher segurando uma pequena criatura branca, ele observou com atenção.

– Leonardo da Vinci. – Heinrich leu na legenda: – "Retrato de uma dama com arminho." – Ele olhou para Edith. – O que é um arminho?

Edith deu de ombros.

– As senhoras do Renascimento italiano tinham uma grande variedade de animais de estimação exóticos. Um arminho é parecido com um furão.

– Não! – seu pai interrompeu, levantando um dedo torto. – Há uma diferença. Os furões são domesticados. Arminhos são selvagens. O pelo deles fica branco no inverno.

Heinrich e Edith se olharam, depois caíram na risada com a fala de *herr* Becker. O coração de Edith se enchia de alegria sempre que uma faísca de claridade cintilava no nevoeiro, quando seu verdadeiro pai retornava, mesmo que apenas por um momento fugaz.

– Bravo, papai! Eu não fazia ideia – comemorou Edith, mas o lampejo havia se apagado, e o pai voltara a colocar granola aguada na boca. – Essa é uma das minhas obras favoritas – continuou Edith. – Da Vinci a pintou quando ainda era jovem, antes de se tornar conhecido.

– Uma criatura estranha – disse Heinrich, batendo na foto com o dedo. – Mas uma menina bonita.

Era disso que mais sentiria falta, pensou Edith, de sentar-se com o pai e Heinrich e falar sobre arte. Ela queria ouvir as lições do pai novamente, fragmentos aleatórios de informação que ele desenterrava dos cantos empoeirados de sua mente, itens que haviam sobrado dos anos de ensino de História da Arte na universidade, volumes de fatos históricos que ele transmitira à filha com sua paixão pelo tema.

Era pedir demais? Ela só queria rir com o pai e sentar para comer uma refeição com o homem que amava. Não queria ter que sair à caça de mais um cuidador para ajudar seu pobre e indefeso patriarca. E, acima de tudo, não queria contar os dias que faltavam para Heinrich embarcar num trem. Ela fez força para parar de pensar nisso, levantou-se e começou a limpar a mesa.

Heinrich moveu outra poltrona para perto da janela e acomodou *herr* Becker, para que ele pudesse ver as luzes começarem a piscar nas janelas dos apartamentos ao longo da orla do parque. Ele pegou Max do chão e acomodou o velho e esfarrapado cachorro no colo de *herr* Becker. Então Edith ouviu Heinrich falando baixinho, contando a ele sobre algo engraçado que tinha acontecido na mercearia de seu pai, perto da Kaufingerstrasse. Ela sabia que o pai não se lembraria de nada depois de alguns minutos, mas isso não importava. Da próxima vez que Heinrich o visitasse, seu rosto amável e familiar seria suficiente para fazer com que o pai se sentasse calmamente em sua poltrona.

Não muito tempo atrás, Edith teria se sentado com o pai depois do jantar e ouvido suas colocações apaixonadas sobre os eventos atuais, as críticas à ganância e corrupção de funcionários do governo. Edith se perguntava se o pai tinha alguma noção do que estava acontecendo além das paredes de seu apartamento naquele momento. Relatos contínuos de corrupção. O desmantelamento das sinagogas. O confisco de negócios e apartamentos pertencentes a vizinhos judeus. A vigilância intensificada das autoridades da vizinhança, que pareciam registrar cada movimento dela. A partida rápida e inexplicável de dois funcionários do museu. Livros não alemães arrancados de bibliotecas e queimados nas ruas. Novas leis que puniam qualquer um que ouvisse uma transmissão de rádio estrangeira.

Acima de tudo, ela se preocupava com o desaparecimento do garotinho que estava sempre na base da escada. Edith costumava encontrar o filho dos Nusbaum todas as manhãs quando saía para o trabalho. Ele ficava sentado no corredor com canetas e papel. Ela parava para cumprimentá-lo, e ele mostrava a Edith o que havia desenhado naquele dia. Ela o elogiava e estimulava sua paixão pelo desenho. Mas, um dia, ele se foi, com seu rosto inocente e seus desenhos detalhados. O restante da família também se foi, apenas com a roupa do corpo e um cambaleante carrinho cheio de bagagens.

Mesmo se esforçando para manter o foco nos detalhes de seu trabalho e vida doméstica, Edith tinha ficado profundamente preocupada com como Munique havia mudado nos últimos meses. Mais do que isso, ela sentia falta dos comentários do pai sobre os eventos atuais, o que seria para ela como uma bússola, ajudando-a a navegar pelos perturbadores acontecimentos que os rodeavam.

– Edith?

Ela se virou para ver os olhos grandes e brilhantes do pai fixos nela, como se ele tivesse acabado de reconhecer o rosto da filha depois de muito tempo sem vê-la.

– Sim, papai! – respondeu ela, rindo.

Ele ergueu Max, o cachorro.

– Acredito que isto seja seu.

Edith olhou para os olhos de botão que sua mãe havia costurado tantas vezes ao longo dos anos. Max dormia em sua cama quando criança e, quando Edith se tornou uma jovem, ele foi deixado de lado. Quando o pai redescobriu Max um dia, pouco depois de a esposa morrer e ele começar a adoecer, ele se apegou ao boneco como a um animal de estimação querido.

– Max – disse ela, acariciando o pelo emaranhado do bicho de pelúcia. – Mas eu não gostaria de perdê-lo. – Ela o colocou de volta nas mãos do pai. – Você pode cuidar dele para mim?

Seu pai acomodou o cachorro de pelúcia esfarrapado de volta em seu colo.

– Tá bem – concordou ele, vencido pelo cansaço.

– Eu te amo tanto, papai – disse Edith, apertando a mão do pai, esforçando-se para não demonstrar muita emoção na voz.

Quando o pai começou a cochilar na cadeira, Edith juntou-se a Heinrich na cozinha. Ele secou os pratos com um trapo puído e empilhou a louça nas prateleiras de madeira acima da pia.

– Ela não vai voltar, não é? A mulher com a capa de chuva?

Edith suspirou.

– Receio que não. Eu tenho que ligar para a agência amanhã bem cedo. O problema é que ele se tornou tão teimoso! Eles deveriam ser enfermeiros profissionais, mas não sabem como convencê-lo a fazer as coisas mais básicas! Eu não sei mais o que fazer.

Edith sentiu a mão de Heinrich em suas costas. Ela se virou e aconchegou-se em seu peito, apoiando a testa perto de seu coração. Ela sentiu a mão dele descer até seus quadris e permanecer ali. Por um longo momento, eles ficaram daquele modo, abraçados.

– Eu não tenho o direito de sobrecarregá-lo com isso... Você tem preocupações ainda maiores – disse ela. – Eu sinto muito.

Edith pressionou o rosto na camisa de algodão e sentiu o peito magro e musculoso. Inalou o cheiro limpo e masculino de Heinrich enquanto ouvia o relógio tiquetaqueando alto no corredor. Como ela daria a notícia de que ele não era o único com ordens oficiais?

– Edith... – ele começou a falar suavemente. – Eles me deram uma data. Eu tenho que me apresentar na Estação Hauptbahnhof em duas semanas. – Ele deve ter sentido o corpo dela congelar dentro de seu abraço, porque fez uma breve pausa e continuou: – Eu só quero que você saiba que, aconteça o que acontecer...

– Shh – pediu ela, pressionando um dedo nos lábios dele e balançando a cabeça, com os cachos castanho-claros batendo em suas bochechas. – Ainda não. Será que podemos fazer com que este momento dure apenas mais um pouco?

4

CECILIA

Milão
Dezembro de 1489

– Tem um vivo. Consigo sentir... Está andando.
– Onde?
– Bem aqui. Atrás da minha orelha.

Cecilia Gallerani sentiu as pontas dos dedos grossos e calejados da mãe deslizarem por seus fios escuros, desembaraçando os cachos. A mãe dela pinçava com as unhas desgastadas ao longo de um fio de cabelo, puxando com tanta força que Cecilia mordeu o lábio. Ela ouviu a mãe molhar a mão numa pequena tigela ao seu lado, contendo uma mistura de água e vinagre, com pequenas lêndeas brancas flutuando mortas na superfície.

– Você pegou?

Sua mãe suspirou exasperada.

– Foi muito rápido. Por que você não fica parada?

Uma dor lenta estava tentando se instalar na testa de Cecilia. Estavam sentadas à luz da janela havia quantas horas? Através de sua moldura, os olhos amendoados de Cecilia examinavam a camada de neblina fria que se instalara no pátio interno. Ela reparou quando uma pomba levantou voo dos galhos nus até o peitoril de uma janela alta com vista para as veredas vazias e simétricas abaixo. Um lugar estranho, esse palácio de pedra duro e gelado, com suas torres e homens armados andando pelas galerias superiores. Tão longe das praças brilhantes e cheias de sol e das ruas barulhentas e movimentadas de casa.

Enquanto a carruagem passava pelas ruas de Milão na tarde de ontem, Cecilia havia observado a paisagem plana e monótona de repente se transformar num amontoado de prédios elegantes e ruas lotadas. Esgueirando-se lentamente pela multidão, a vista alcançava por alguns momentos os pináculos pontiagudos e brancos da catedral de Milão em construção. Ela tinha conseguido ver de relance as mulheres da cidade, suas longas tranças envoltas em seda e camadas transparentes de véu, homens com botas de couro chegando aos joelhos e sua respiração pairando como vapor no ar frio. Cecilia se maravilhara com o estranho idioma milanês, um dialeto que soava cortante e áspero, ao mesmo tempo que fluía dos lábios daquela gente como uma canção. Conseguiu entender algumas palavras familiares, mas as pessoas falavam rápido demais para que ela pudesse entender o significado.

Finalmente, chegaram ao Castello Sforzesco, nos arredores da cidade. Guardas armados com lanças e bestas haviam baixado a ponte sobre o fosso, e os cascos de seus cavalos ecoaram através do túnel da portaria para o pátio interior fortificado.

– Ai! Eu sinto que está se mexendo de novo!

Outro estalo de exasperação. Sua mãe passou o pente de modo grosseiro em um emaranhado de cabelo.

– Para falar a verdade, Cecilia, não vejo sentido. Todo esse cabelo será cortado em alguns dias.

– Isso ainda não está decidido.

Cecilia sentiu a já familiar pontada de desgosto no estômago.

Fazia todo o sentido. Claro que fazia. Seu irmão mais velho, Fazio, o maior orgulho de sua mãe, com o mesmo nome do pai e seu sucessor, havia estabelecido o acordo em termos claros e lógicos. Ele tinha feito arranjos com as irmãs beneditinas do convento de San Maurizio al Monastero Maggiore. Cecilia devia se considerar sortuda de ter essa oportunidade, era o que tinham dito a ela. Foi apenas por meio da posição de seu irmão como diplomata da Toscana na corte de Milão – uma posição que seu pai nunca conseguira alcançar, mesmo depois de anos de serviço como peticionário no tribunal ducal – que essa possibilidade se abriu para Cecilia. E tinha sido exatamente essa a razão para estarem agora naquele palácio soturno.

– Em breve, estará – disse a mãe, meio baixinho.

Cecilia avistou a mão e o antebraço escuros da mãe, tão gordos quanto os leitões que ficavam no pátio de sua casa em Siena. Cecilia sentiu-se coberta por um véu de vergonha e constrangimento ao lado da mãe na janela. Era risível: a matriarca corpulenta, queimada de sol, sentada aqui entre as senhoras pálidas e elegantes do palácio ducal. Que lugar estaria reservado para elas ali? Em Siena, podiam andar de cabeça erguida, a esposa e a filha de um peticionário da corte de Milão. Mas aqui, neste palácio do norte, a sede dos domínios de Sua Senhoria, Cecilia e a mãe não eram nada mais do que meras camponesas. Ela tinha certeza de que podia ver as mulheres em seus vestidos de seda rindo delas por trás de suas luvas e leques.

Com que rapidez seu destino havia mudado.

Apenas uma estação atrás, seu futuro parecia totalmente diferente. Ela estava prometida em casamento a Giovanni Stefano Visconti, um arranjo que já estava em vigor desde os tempos em que ela mal tinha idade para dar os primeiros passos. Era uma solução perfeita, seu pai havia dito, entregar em casamento sua caçula, sua única filha, aos Visconti, uma família milanesa com um legado nobre e laços com a família ducal Sforza.

Giovanni em si não era nada espetacular: um menino de sorriso torto que ainda não tinha se transformado em um homem. Um punhado de sardas lhe cobria o nariz, e os ombros largos do sobretudo de seu pai pendiam de seu corpo esguio. Cecilia, entretanto, estava em paz graças à segurança de se casar com alguém de uma família respeitada. Os dois já tinham trocado alianças na cerimônia que selara o compromisso, tão superficial e desprovida de emoção quanto oficial. Mas Cecilia sentiu-se segura, até mesmo satisfeita, com o arranjo. Ela tinha costume em estar na companhia de meninos e homens, afinal. Ela cresceu na confusão caótica de uma casa com seis irmãos. Passar o restante de seus dias dentro de um quartinho de convento lhe parecia o destino mais monótono possível.

Mas apenas alguns meses depois do enterro do pai, a magnitude da tolice de seus irmãos veio à tona. Não havia mais como esconder. Juntos, seus irmãos gastaram todo o dote de Cecilia, desperdiçando-o em investimentos imprudentes, jogos de azar e bebida. Assim que descobriu o que se passava, o pai de Giovanni Visconti queimou o contrato de casamento na frente dos irmãos de Cecilia, bem diante dos portões de sua fazenda.

Depois disso, houve uma carta enviada ao seu irmão mais velho, Fazio. Em poucos dias, Cecilia e sua mãe foram colocadas em uma pequena carruagem chacoalhando para o norte em direção a Milão, onde Fazio tinha prometido consertar as coisas.

– Mas não vejo por que devo ir ao Monastero Maggiore – disse Cecilia. Sua voz soou como um gemido infantil, e Cecilia imediatamente se arrependeu de ter falado daquela maneira.

A mãe lhe deu um puxão um pouco mais forte do que o necessário.

– Ai! – Cecilia segurou o cabelo com as mãos.

– Você deveria se considerar afortunada por ter esta chance, Cecilia. Já passamos por isso. O claustro é o lugar perfeito para uma garota como você – a mãe disse com firmeza, ignorando o ganido da filha e fazendo outra torção no cabelo, no topo da cabeça da garota.

Cecilia já tinha escutado os argumentos: ela era inteligente, fluente em latim, sabia escrever poesia e tocar alaúde. Ela vinha de uma família respeitada. E, como se lesse a mente da filha, a *signora* Gallerani acrescentou:

– Você será capaz de fazer tudo o que ama: ler, escrever e tocar música. E será uma mulher de pureza, da mais alta consideração.

– Então, em vez disso, eu poderia encontrar um marido bem-nascido aqui mesmo, neste castelo – disse Cecilia. Ela tinha se certificado de que os irmãos assinaram não apenas a anulação do casamento, mas também atestaram sua virgindade antes de partir para Milão. Sabia que seria considerada um grande prêmio como esposa: a beleza da única filha de Fazio Gallerani, e sua pureza, era um assunto constante em Siena. – Certamente poderia usar meus talentos para fazer a corte em uma grande casa, em vez de ficar atrás dos muros do convento, onde não terei plateia.

A mãe cruzou os braços sobre o peito largo e balançou a cabeça. Soltou então uma risada aguda que fez sua grande barriga balançar.

– Quanto orgulho! De onde minha filha tirou ideias tão elevadas? Se seu pai estivesse vivo, ele a teria colocado no seu lugar.

Ouviram uma batida suave à porta, e logo em seguida o rosto do irmão de Cecilia apareceu.

– Minhas senhoras – Fazio cumprimentou-as com uma breve reverência, e o rosto da mãe se iluminou. Ela deixou cair o pente sobre a mesa esculpida ao lado da tigela de vinagre e piolhos mortos, e em seguida bateu palmas e apertou as bochechas do filho mais velho.

– Meu belo – disse ela, acariciando o rosto do filho como se ele fosse seu cavalo favorito.

Cecilia tinha que admitir que o irmão mais velho, com seus vinte e seis anos de idade e dez anos mais velho que ela, de fato cresceu e se tornou um homem bonito e capaz, digno de mais do que o legado de seu pai na corte de Milão.

– Eles estão nos esperando para a refeição do meio-dia – disse Fazio.

– Santa Maria! – exclamou a *signora* Gallerani, retornando rapidamente para as costas de Cecilia, prendendo o cabelo da filha em uma trança apertada. – Aquelas pragas nojentas nos fizeram perder muito tempo.

Ela rapidamente amarrou o final da trança com uma tira de couro. Cecilia sentiu a trança pesar sobre as costas.

– Fazio – disse Cecilia. – Se eu devo morar aqui em Milão, então quero ficar neste palácio em vez de em um convento.

Ela ouviu a mãe soltar uma gargalhada.

– Ela continua a falar bobagem – disse a mãe, pegando o pente e acenando para Cecilia como se estivesse ameaçando espancá-la com ele. – Devemos tirá-la deste monte de pilhas de pedras o mais rapidamente possível. – *Signora* Gallerani lançou um olhar para a pintura decorativa dourada e brilhante no teto de madeira quadriculada acima de suas cabeças.

Fazio riu.

– O que você quer dizer, garota?

Cecilia encaixou a mão na dobra do braço do irmão.

– Certamente você, com o alto posto que detém aqui, está em posição de me encontrar um marido.

– Um marido!

– Sim – ela confirmou, dando um tapinha na mão dele. – Um que tenha uma casa grande e um salão cheio de gente, poesia e música.

Ela não se atreveu a dizer em voz alta, mas a verdade é que ela também se via mais rica, mais limpa e mais elegante, assim como as mulheres que tinha visto pela janela, aquelas cujas vidas ela apenas imaginava.

Cecilia viu a sombra de dúvida que pairou sob o rosto do irmão e o olhar cauteloso que ele trocou com a mãe.

– Mas já está combinado com as irmãs – disse ele, enrugando a testa.

– Fazio, você sabe muito bem que eu poderia ser uma das noivas mais cobiçadas da nossa região. Além disso, você me deve um novo marido depois do que aconteceu com o último!

Por alguns longos segundos, o silêncio pairou pesado no ar.

– Que vergonha! – a mãe interrompeu. – Menina orgulhosa! – Sua boca formava um arco virado para baixo. – Seu irmão não lhe deve nada! Ele já fez mais por você do que você merece. Além disso, você vai ver... Depois de apenas alguns dias com as irmãs, você entenderá que o convento é o lugar certo para você, Cecilia, eu já disse... Eu já tinha dito isso a essa garota orgulhosa, Fazio... Você vai fazer todas aquelas coisas que ama. E, acima de tudo, será uma mulher de pureza e alta consideração. Vai trazer honra para a nossa família e vai orar pela alma eterna de seu pai em nome de todos nós.

Seu irmão, um diplomata habilidoso, deu um passo para o lado. Ele ofereceu o outro braço para a mãe e guiou as duas mulheres para a porta.

– Vamos comer? Receio que será arroz de novo, mas vi o cozinheiro acrescentando sementes de romã e frutas cítricas. Estou faminto.

Sorrindo para o filho, a mãe enfim pegou o braço dele.

Mas assim que Fazio abriu a porta do corredor, ele parou de repente, mantendo as mulheres às suas costas. Uma pequena multidão, no final de um longo corredor, estava vindo na direção deles. À medida que o grupo de cortesãos se aproximava, Cecilia observou o irmão se curvar numa reverência. Ela e a mãe tentaram seguir o exemplo dele, encarando os intrincados padrões do piso. Cecilia ouviu o silvo da seda no mármore e pôde ver num relance fugaz as luvas e os chinelos de veludo, as calças justas de seda, as fivelas polidas, os feixes transparentes de renda preta, as fitas em verde e dourado.

O homem na frente da multidão parou, e os outros o cercaram.

– Fazio Gallerani – disse o homem.

Atrás do irmão, tudo o que Cecilia podia ver era que o homem era forte e de cabelos pretos, com uma voz tão profunda que parecia que sua boca estava cheia de pedras.

– Meu senhor – respondeu o irmão, com a cabeça e os ombros tombando ainda mais em deferência ao homem.

– Você trouxe convidados – disse ele. A voz profunda e as palavras toscanas proferidas com o sotaque milanês soavam ainda mais estranhas e belas aos ouvidos de Cecilia.

– Convidados? Ah, não, meu senhor. Apenas minha mãe e minha irmãzinha. Elas chegaram ontem à noite de Siena.

– Vamos cumprimentá-las, então.

Alguns longos e silenciosos segundos se passaram. Cecilia observou a mãe examinar o próprio vestido, vendo que a terra vermelha, visível sob suas unhas, ainda endurecia a bainha. Ela não se moveu e permaneceu atrás do filho.

Cecilia abriu caminho e colocou-se à frente do irmão, ficando cara a cara com um homem que não poderia ser outro, a não ser o próprio senhor de Milão. Embora tivesse pelo menos o dobro de sua idade, Ludovico, o Mouro, olhou Cecilia nos olhos. Seu rosto era anguloso, mas quase invisível por trás de uma barba negra banhada com ricos óleos. O peito estava coberto de veludo e metal; cada dedo, adornado com uma gema. A frente de seu gibão pesava com emblemas tilintantes, cujos sons anunciavam sua chegada como se ele fosse um animal premiado. Ele passou os olhos escuros sobre Cecilia, e então a encarou com um olhar penetrante por um longo tempo. Será que estava esperando que ela fizesse mais uma reverência?

Mas Cecilia não se curvou. Ela apenas acolheu seu olhar profundo e sorriu.

5

LEONARDO

Florença, Itália
Dezembro de 1476

Um sodomita.
Isso é tudo que eu me tornei? A soma do meu trabalho? A recompensa pelos meus anos de tutela sob o mestre Verrocchio? A soma dos meus dons para projetar máquinas de cerco e outras engenhocas úteis para homens de guerra?

Meu pai não me ajuda de nenhuma maneira: ele nunca fez questão ou esforço para proteger seu filho bastardo, e por que mudaria agora? E meus tios só me dizem que devo ter mais cuidado com quem faço amizade. Dizem que sou ingênuo, que tenho muito a aprender sobre a má fama das famílias nobres de Florença. Mas eu tenho idade suficiente para saber que basta alguém cruel e ciumento colocar uma denúncia anônima na caixa de correio da Signoria e um homem é mandado à forca.

Eles nunca vão provar nada daquele alfaiate, do ourives, ou de mim. Eles não podem produzir provas de nada do que foi rabiscado naquele pedaço de pergaminho que acabou na Boca da Verdade, no meio da noite. E quanto a Saltarelli, aquele jovem aproveitador que instigou a coisa toda, espero que os Oficiais da Noite o encontrem. Os rumores sobre ele ser mais do que um modelo de artista podem ser verdade, mas, no final, o que provocou essa confusão não foi nada mais do que ciúme. Se Saltarelli sabe o que é bom para ele, já terá deixado Florença antes que outra denúncia tenha sido encontrada no *tamburo* da Signoria.

Mas agora vejo que também chegou a minha hora de deixar Florença. Duas acusações em tantos anos. Eu não sou tão ingênuo quanto meus tios pensam.

Certamente, além desta cidade, há um trabalho honroso. Existem homens que vão pagar pelos meus talentos, pelas minhas maquinetas, pela minha visão. Eles vão colocar um teto sobre a minha cabeça e comida na minha mesa.

Ao norte daqui, já estão em guerra. Os homens de Pavia, Ferrara, Milão. Especialmente Milão, onde nem as igrejas estão seguras. Milão, onde ouvimos que o duque Galeazzo Sforza acaba de ser esfaqueado até a morte durante a missa na Basílica de Santo Stefano. E agora, seu garotinho, Gian Galeazzo, que mal tem idade suficiente para levantar uma besta, carrega o fardo do ducado. Se alguém precisa da minha ajuda com máquinas de guerra, é o pobrezinho do duque de Milão.

Ninguém precisa saber dos acontecimentos que se desenrolaram aqui. Meus desenhos se bastam. Eu só preciso encontrar pessoas com conexões distantes, bem além de Florença. Homens no poder que defenderão meu nome. As cartas certas de apresentação aos homens certos.

A gorda gata malhada pula na minha escrivaninha e quase derrama o vidro de tinta índigo. Eu corro a mão sobre suas listras acinzentadas e sinto o ronronar satisfeito em sua garganta enquanto a bichana esfrega a cabeça ossuda na palma da minha mão. Então, a gata estreita os olhos dourados e quase os fecha, e eu lhe faço a inevitável pergunta.

Quem poderá me garantir que sairei em segurança de Florença?

6

DOMINIC

Normandia, França
Junho de 1944

As mãos trêmulas de Dominic remexiam a tira fina do capacete presa no queixo enquanto ele buscava em seu âmago mais uma dose de coragem. *Já está na hora*, disse a si mesmo, uma frase que havia repetido por meses antes de chegar aqui. *Afinal, estou aqui para fazer um trabalho, estou aqui para lutar por algo. Devíamos ter resistido à loucura daquele homem muito antes. Quantas vidas poderiam ter sido salvas se os americanos e os ingleses tivessem enviado tropas meses atrás? Anos atrás?*

Ele correu os dedos novamente pelo queixo. Dominic odiava a sensação de não ter o que fazer com as mãos. Estava desesperado para colocar sua energia nervosa a serviço de alguma coisa que não fosse apenas sentar-se ombro a ombro com outros 35 homens no barco Higgins. Cada onda os impelia em direção à praia... e ao inimigo. Cada homem encolhido naquele casco estava lutando sua própria batalha para ignorar o suor frio e esconder o medo no lugar mais secreto.

Vamos fazer isso, pensou. *Vamos fazer a coisa certa, o que é justo, para que todos possamos ir para casa.*

O céu estava cinza como o mar: a névoa velou o mundo ao redor para que, embora Dominic soubesse que havia milhares de outros homens a bordo de dezenas de embarcações ao redor deles, parecesse que este pequeno pelotão fosse tudo o que restava entre os nazistas e as vidas que eles lutavam para proteger. Como se apenas seu pequeno pelotão fosse desembarcar na praia de Omaha e, sozinho, enfrentar o destino.

Não completamente sozinhos. A sombra de um avião no alto gelou o ar.

Instintivamente, Dominic colocou a mão entre os botões da farda gasta e sentiu uma pontada de saudade quando seus dedos tocaram uma corrente com duas placas de identificação. Durante o treinamento básico em Fort Leonard Wood, no Missouri, foi obrigado a retirar a medalha de São Cristóvão que levava ao pescoço. Guardou-a em sua carteira de couro, em um bolso fechado com zíper, assim estaria segura até o dia em que finalmente pudesse trocar suas placas de identificação militar por seu amado santo.

Em quanto tempo isso acabaria? Dominic fechou os olhos, sentindo o beijo de água salgada no rosto, e sonhou com o caminho de volta para um dia brilhante que agora parecia uma outra vida num mundo distante.

Swede Hill. Greensburg, Pensilvânia.

Tinha sido o mundo inteiro de Dominic por 22 anos. Ele havia crescido lá, entre suecos e irlandeses, no seio da única família "wop". Assim eram conhecidos os Bonelli: alguns usavam o termo em tom de brincadeira, outros, de escárnio.

Dominic pensou na mãe, que havia colocado aquele São Cristóvão em seu pescoço, ficando na ponta dos pés para beijar sua bochecha e olhando-o com determinação e coragem.

– Só volte para nós, *amore*.

Ali tinha conhecido Sally e também visto seu primeiro filho nascer. Sua pequena Cecilia. Observá-las dando adeus foi o pior momento que Dominic teve que aguentar na vida.

Mas ele sabia o que era ser alvo de preconceito e, além disso, tinha uma missão importante. Não se esquivaria de fazer a sua parte. Por três anos, todos os dias, ao tomar seu café da manhã, Dominic acompanhava as manchetes no *Pittsburgh Post-Gazette*. Os nazistas haviam roubado bens pessoais e violado o interior da Europa. Haviam assassinado centenas de milhares de pessoas inocentes, a maioria delas por nada além do fato de serem judias. Durante dois anos, os jornais relataram os milhares de judeus amontoados em campos de extermínio na Alemanha, Áustria e Polônia. Mais de um milhão só na Polônia, havia lido. Dominic não conseguia entender como alguém poderia ficar parado e não fazer nada. Os americanos deveriam ter agido antes, julgava ele, e sabia que muitos de seus companheiros soldados pensavam da mesma maneira.

Mesmo que dizer adeus à esposa e à filha fosse a coisa mais difícil que Dominic pudesse imaginar, ele e todos os homens ao redor estavam empenhados em enfrentar o inimigo e destruir a máquina de Hitler. E agora, finalmente, depois de meses de treinamento, estavam prontos para desembarcar na praia. Prontos para colocar o mundo nos eixos novamente.

Vamos fazer isso, pensou ele, tentando acalmar os dedos trêmulos.

Uma onda repentina atingiu a embarcação: uma pancada estridente e um respingo gelado no rosto de Dominic o trouxeram de volta ao presente. Sua medalha tinha sumido, até as fotos de Sally e da pequena Cecilia lhe haviam sido arrancadas dele, mas precisou acreditar que Deus ainda estava com ele. Ainda estava, não estava?

As placas de identificação tilintaram em seu peito enquanto ele mudava de posição, tentando aliviar os pés dormentes. As placas gêmeas de metal continham apenas as informações mais básicas: Bonelli, Dominic A. Seu número de identificação. Sangue tipo O. Católico. Apenas a essência dele, despojada de todos os detalhes que o humanizavam.

Era assim que o exército o via. Um número. Bucha de canhão. Um dos milhares de homens sem rosto em uniformes sem cor, amontoados como gado na embarcação claustrofóbica. Dominic torcia e retorcia a corrente no pescoço, esfregando-a. Suas mãos pareciam vazias novamente. O vácuo antes do caos.

Em casa, as mãos nunca ficavam paradas. Quando ele não estava recolhendo carvão nas minas abaixo de Pittsburgh, estava embalando sua menina e cantando para ela com sua voz rouca. Às vezes, cantigas bobinhas inventadas na hora, às vezes, velhas canções sicilianas que sua *nonna* lhe ensinara, mas que ninguém mais entendia.

Cecilia não se importava. Ela amava todas as canções e fazia arrulhos enquanto esticava as mãos gordinhas em direção ao rosto dele. E, quando Cecilia estava dormindo e a casa estava cheia com o som da ópera que tocava baixinho no rádio, ele pegava um pedaço de carvão e se sentava para desenhar enquanto Sally lavava os pratos. Muitas vezes, pensou em fazer uma paisagem ou uma natureza-morta, mas todas as noites ele acabava desenhando as linhas perfeitas do cabelo e as curvas do corpo da mulher. A curva mais recente era a barriga preenchida pela promessa de um segundo filho. Ele continuava olhando para ela enquanto desenhava, mas sabia que não era necessário: seus olhos viam Sally mesmo fechados, e aquela imagem estava indelevelmente impressa em sua alma.

Em especial o sorriso dela, que o havia feito cativo numa tarde três anos antes, quando ele estava subindo a colina, voltando para casa depois do trabalho nas minas. Ele a tinha visto no pomar de seus pais, colhendo maçãs. Não foi fácil conquistar o coração de Sally. No começo, ela não se impressionava com suas brincadeiras bobas e se recusava a ceder à insistente aproximação; não se deixava seduzir. Ela tocou o coração dele, mas não queria nada com Dominic. O rapaz, entretanto, detectou uma intenção embaixo de todo aquele atrevimento. O avô de Dominic o aconselhou que a persistência sempre vence, e ele estava certo. Dominic continuou parando na esquina a caminho de casa até que, um dia, ela enfim lhe ofereceu uma maçã recém-colhida da árvore.

O grito feroz do comandante trouxe Dominic de volta à realidade. Enquanto os homens ao redor lutavam para se preparar para o desembarque, o coração de Dominic estava apertado. Ele olhou para cima e viu a extensão cinzenta da praia de Omaha se esparramando diante deles: a neblina e a garoa envolveram-no em finas mortalhas que escondiam o inimigo sinistro que ele sabia estar à espreita atrás das dunas. Soltou suas placas de identificação e apertou os punhos para camuflar o tremor. Em algum lugar, o pam-pam distante dos rifles já estava fazendo seu coração bater mais rápido, e ele sabia que cada estampido era o som da morte chegando para um dos homens na praia.

– Deus nos ajude – ofegou o soldado ao lado dele. Ele viu as mãos trêmulas do menino, o rifle balançando entre os dedos.

A voz do comandante retumbou novamente.

– Vamos, rapazes!

Operação Netuno.

Dominic observou o rosto do comandante, seus lábios se movendo, mas a sombra iminente e o rugido ensurdecedor de um motor de avião abafaram o restante das palavras.

Dominic destravou os dedos e agarrou o cano de seu rifle. Além da borda do barco, a praia era uma massa de homens e tiros. Não parecia um ataque organizado: para Dominic, aquilo era o próprio caos. Sinalizadores já cintilavam em meio à névoa.

Dominic observou a rampa articulada da embarcação ranger para preparar o desembarque. Então, de repente, caiu pesada, deixando uma corrente de água gelada invadir o barco com um som estridente. Um grito de guerra desesperado rasgou as gargantas de todo o pelotão. Ombro a ombro, avançaram.

7

LEONARDO

Florença, Itália
Abril de 1482

O melhor projeto para uma embarcação de guerra, acredito, deve ter uma rampa que pode ser baixada a partir da boca do barco. Para que seja algo como uma aterrisagem. Um barco com uma rampa articulada que pode abrir ao desembarcar, projetando seus soldados no chão para pegar os inimigos de surpresa.

Como a maioria das minhas inspirações, essa ideia veio a mim no meio da noite. Eu mal tive tempo de esboçá-la num pedaço de papel antes de correr pela ponte que dá acesso ao jardim de esculturas dentro dos muros do palácio Médici.

Agora, vejo Lorenzo, o Magnífico, acariciar sua bochecha barbada, pressionando a linha fina da boca cerrada, enquanto os olhos inteligentes e sábios contemplam com atenção minha página rasgada. Meu senhor deve apreciar como tal ofício pode ser útil contra os pisanos. Certamente, apesar de todas as suas supostas proezas no mar, eles nunca chegariam a tal projeto.

Não quero parecer ingrato, pois me considero sortudo por ter o favor da atenção de Sua Senhoria. Mas eu já não me agarro a qualquer esperança de que O Magnífico me dê uma comissão para uma máquina de guerra. Ele não vai reservar para mim um lugar em sua mesa. Ele não vai me financiar, muito menos me comissionar. Tenho apenas permissão para desenhar estátuas antigas na paz de seu jardim: isso foi tudo que ganhei depois de anos de tentativas. Neste ponto, tudo o que posso esperar é uma palavra de Sua Senhoria dizendo que pode encontrar para mim um patrono longe daqui.

– Sim – O Magnífico me diz, colocando o pergaminho de volta em minha mão. – Vejo como um navio de guerra com esse projeto de rampa pode ser vantajoso. Mas não em Milão. Como você acredita que um homem nascido na Lombardia, um homem que governa uma vasta extensão sem litoral, de campos planos de trigo e arrozais até onde o olho alcança, pode ver o valor dessa ideia?

Ele tem razão. Afinal, Ludovico Sforza, aquele que chamam de Mouro, assumiu o controle da corte de Milão sem a menor necessidade de um barco. Tudo o que ele fez foi caçar seus inimigos – seus próprios familiares – um por um. Ele derrubou até mesmo a mãe do jovem duque e seus políticos conselheiros militares mais próximos e mais confiáveis. E agora Ludovico Sforza é Regente de Milão – um duque na prática, se não no nome.

– Devemos garantir que Florença permaneça em aliança com Milão – O Magnífico me diz. Eu me esforço para segui-lo por um longo corredor adjacente ao seu exuberante jardim cheio de estátuas antigas, resgatadas da lama ao redor de Roma. – Ludovico Sforza provou ser ele mesmo uma força poderosa – diz Sua Senhoria. – Qualquer quarto filho que consegue sobrepujar o próprio sangue não deve ser ignorado. Devemos vigiá-lo.

– Eu poderia ir para Milão em seu nome – ofereço. – Ver essa corte por dentro. Eu poderia mantê-lo informado, meu senhor.

O Magnífico diminui seu ritmo apressado e então se detém por um longo momento a fim de examinar o delicado desabrochar de um lírio-branco. Por um instante, temo que ele possa arrancar a flor perfumada e salpicada de orvalho desse *giglio*, o símbolo da nossa cidade, mas finalmente ele a solta, deixando-a balançar em sua haste.

– Sim – responde ele. – Você junto com os outros. Organizaremos uma comitiva de diplomatas e artistas da corte. Você fará um presente para Ludovico, o Mouro, de nossa família Médici.

Faço uma pausa para pensar.

– Uma carruagem blindada. Ou talvez uma catapulta mecânica. Meu Senhor?

– Não – diz ele. – Um instrumento musical. Você tem muito talento na lira.

– Uma lira.

Ele confirma com um aceno de cabeça e os lábios finos firmes na decisão.

– Traga-me um esboço do projeto.

– Mas, com todo o respeito, meu senhor, o regente de Milão pode ter necessidade de projetos para defesa da cidade em vez de instrumentos musicais. Você mesmo disse que os venezianos conspiram contra Ludovico, o Mouro, do leste; do norte, vêm os franceses. Eles até tramam contra ele dentro de seu palácio. Ouvi dizer que os próprios médicos da corte manipulam venenos para seus parentes mais próximos...

Um pequeno aceno de mão, e sou silenciado.

– Você seguirá uma comitiva de diplomatas e músicos até Milão. Meus homens cuidarão dos arranjos. Eu garantirei que você tenha em mãos uma carta de apresentação. Você só precisa fazer a lira.

– E os projetos de defesa...

– Se quiser detalhar suas habilidades para Ludovico, o Mouro, então pode anexar sua própria lista de qualificações.

PARTE II

UMA COISA BELA

8

CECILIA

Milão, Itália
Janeiro de 1490

Sua canção começou com uma nota de lamento.

Cecilia sentiu o primeiro som começar baixo em seu peito. Uma oscilação... Ela se esforçou para firmar a voz. O som cresceu, subindo ao ganhar vida. Depois, expandiu-se para o espaço do grande público no salão do Castello Sforzesco.

Cecilia não suportava cruzar olhares e sentir-se examinada por meia dúzia de visitantes de fora do palácio, vestidos com uma elegância que jamais imaginara. Em vez disso, seus olhos acompanhavam um ramo de hera serpenteando entre as pedras cinzentas e os tijolos vermelhos do parapeito da janela. Além da janela, Cecilia vislumbrou as águas úmidas do fosso e um dos portões do palácio, onde um homem com um capacete de penas patrulhava a cavalo. Bem abaixo desse andar alto do castelo, Cecilia imaginou que pudesse haver um labirinto de passagens que seriam usadas para defesa, se porventura o palácio sofresse um ataque.

Cecilia chegou à linha seguinte da música. Experimentou a sensação familiar de esvaziar o peito ao mesmo tempo que enchia a sala com sua voz. Ela se concentrou na dicção das palavras. Poderiam, decerto, ouvir as batidas em seu peito tanto quanto o som potente que derramava dos lábios?

Se tivesse tido mais tempo para se preparar, poderia ter acompanhado sua voz com um alaúde ou uma lira, imaginou Cecilia. Ela tinha passado muitas horas tocando e experimentando as notas, tocando de ouvido. Mas na corte de

Milão as coisas não eram feitas assim. Marco, o músico da corte, tinha feito seu trabalho. Tocava sem esforço, observando Cecilia com uma expressão calorosa, beliscando as cordas de seu alaúde despretensiosamente.

Impulsionada pela calma segurança de Marco, Cecilia ousou olhar para a multidão. Seus olhos pousaram no irmão, em sua expressão extasiada e sorriso franco. Tentou evitar olhar para o rosto da mãe e reparou que ela remexia os dedos com as mãos repousadas no colo. Cecilia continuou a cantar cada linha com maior precisão e poder.

A jovem pensou que nunca teria tanta audiência em um convento ou em qualquer outro lugar, na verdade. Esta era sua única oportunidade para entrar na vida deste palácio e ter ela própria uma vida completamente nova. Sua única chance de escapar do aprisionamento inevitável, do tédio imensurável, atrás dos muros de um convento. Uma chance de evitar passar o resto de seus dias remendando panos ao lado da mãe, que passaria o resto da vida apenas criticando as costuras da filha. Uma chance de ganhar o coração de um homem que poderia transformar sua vida com um aceno de mão. Isto é, enquanto mantivesse cativo o coração dele. Mas Cecilia sabia como falar com os homens, sabia como defender os próprios desejos. *Eu tenho que fazer todo o trabalho*, pensou, ao chegar ao último verso da música. *Esta pode ser minha última oportunidade de fazer algo significativo da minha vida.*

No longo momento de silêncio mortal que se seguiu à última nota, seu irmão gesticulou uma aprovação silenciosa. Marco pressionou as cordas do alaúde, silenciando-as, depois sorriu para Cecilia. Então, de repente, um rugido ensurdecedor de aplausos encheu a câmara. Um dos homens gritou: *"Brava!"*. Alguns dos convidados do palácio se levantaram e gritaram elogios de aprovação.

Só então Cecilia teve coragem de colocar os olhos em Ludovico, o Mouro, sentado no centro do grupo. No entanto, com o queixo erguido, sua expressão era difícil de interpretar. Sua mandíbula era definida e quadrada, mas os olhos escuros estavam fixos no rosto de Cecilia. Então, ela percebeu um sorriso brotar no canto de sua boca.

Cecilia sentiu algo como embriaguez, felicidade, preenchê-la nesse momento. O som dos aplausos começou a diminuir, mas o sentimento permaneceu. Ela fez uma pequena reverência não ensaiada.

É isso, ela pensou. *Eu consegui. Era isso que eu precisava fazer. Minha família. Eles vão ver. Este palácio. Esta câmara. Este homem. Tudo isso está ao meu alcance.*

9

DOMINIC

Norte da França
Agosto de 1944

No sonho de Dominic, Sally tirava de uma cesta, sobre a qual se debruçava, um lençol úmido com uma força que Dominic ainda achava surpreendente vinda de uma mulher tão pequenina. O cabelo dela estava cuidadosamente colocado atrás das orelhas enquanto ela sacudia o lençol e o arremessava sobre o longo pedaço de barbante amarrado entre duas árvores.

– Olá, senhora – disse Dominic, tirando o boné. Ele a puxou para perto de seu corpo, manchando seu vestido de suor e pó de carvão.

– Você precisa de um banho – disse ela, com o seu nítido sotaque irlandês e uma falsa irritação no rosto sardento. Então ela o abraçou apertado, colando o corpo ao dele, para beijá-lo com uma paixão que o incendiou.

Acordar era como ter lascas de gelo cortando o coração. Dominic se mexeu, sentindo a dura realidade, deitado na parte de baixo do beliche; seu corpo magro separava-se da armação de metal pelo que parecia ser metade de um colchão sujo, de apenas um centímetro de espessura. Ele ficou ali deitado, imóvel, em agonia por alguns momentos, então olhou apático ao redor. Os companheiros estavam fumando, comendo as rações, deitados em suas camas, olhando para a tela que cobria o teto da barraca e se movimentava ao vento. O chão já estava úmido de chuva.

Tinham se passado apenas algumas horas desde que haviam chegado? Talvez pudessem ter o luxo de ficar no mesmo lugar por alguns dias desta vez. Dominic tinha perdido a noção de onde estavam agora. França, Bélgica... algum canto abandonado, molhado e dilacerado pela guerra na Europa. Ele já estava cansado disso tudo e ao mesmo tempo maravilhado pelo fato de ainda estar vivo, de ter sobrevivido ao brutal desembarque nas praias e aos intensos tiroteios que se seguiram.

Nenhum dos outros estava prestando atenção nele. A julgar pelo ronco suave vindo do beliche de cima, Paul Blakeley, o soldado magricela de San Antonio que tinha sido comissionado com Dominic em uma unidade militar em Camp Glenn e enviado para a Normandia, estava dormindo. Dominic pegou sua pequena mochila e tirou dela um pedaço de papel que havia encontrado do lado de fora da tenda dos oficiais. Era um papel amassado que tinha sido jogado no chão, mas, apesar dos fragmentos de um telegrama impressos de um lado, para Dominic era ouro puro. Ele também havia encontrado um pedaço de algo parecido com carvão de uma floresta fumegante pela qual tinham passado havia alguns dias. E agora, finalmente, poderia juntar os dois.

Não havia dúvida sobre o que ia desenhar. O carvão começava a formar as curvas familiares no papel antes mesmo que ele pudesse pensar a respeito. Ele a desenhou do jeito que mais amava, enrolada ao seu lado na cama, o cabelo solto emaranhado na parte de trás do pescoço. Mesmo em preto e branco, em sua mente ele conseguia ver a cor ardente do cabelo de Sally no travesseiro.

De repente, uma mão suja agarrou o papel. Instintivamente, ele puxou a mão de volta, mas uma pequena lágrima apareceu no canto do olho e ele soltou a folha, emocionado.

– Ora, vejam isso! – ressoou uma voz áspera. – Quem é essa senhora ardente?

Dominic se levantou, o rosto queimando. O soldado Kellermann era uma torre imponente, com os ombros largos e os modos de um rinoceronte. Ele segurou o esboço contra a luz e riu: o som de sua risada carregava uma onda de intenções vulgares.

– Ela é uma beleza, Bonelli. Você não quer compartilhar?

As mãos de Dominic se fecharam em punhos. Só de pensar em Kellermann olhando nem que fosse apenas uma fugaz imagem rabiscada de sua esposa já fazia seu sangue pegar fogo.

– Devolva – disse ele.

Mas os outros soldados já estavam se reunindo; uma horda fedorenta de homens famintos que não viam uma mulher ao vivo havia meses, e o retrato realista que Dominic fez da esposa era mais do que o suficiente para eles. Uivando e gritando, eles passaram o desenho entre eles, e a cada impressão digital suja que manchava a página, o sangue de Dominic fervia. Assobios perfuravam o ar, e Dominic corria de um homem a outro agarrando o precioso esboço, mas seu corpo fraco não conseguia recuperá-lo, enquanto os homens o mantinham fora do alcance, passando de um lado a outro, por cima de sua cabeça.

– Pule, Macaroni! – a voz de um homem uivou. – Pule para pegar sua senhora!

Dominic ignorou o insulto familiar.

Finalmente, Kellermann recebeu o desenho novamente e acenou o papel ao alcance de Dominic, provocando-o, por cima de sua cabeça. Recostando-se em seu beliche, desafiou:

– Você ouviu o homem, Macaroni! – gargalhou. – Pule!

Antes que Dominic pudesse responder, a massa imóvel que estava deitada no beliche de cima ganhou vida de repente. A mão de Paul surgiu por baixo dos cobertores e arrancou o papel da mão de Kellermann em um movimento rápido. Virando-se indignado, Kellermann abriu a boca para protestar, mas, quando Paul se levantou, ele pensou melhor. Mesmo que o companheiro de beliche de Dominic falasse com um sotaque texano, sua grande altura e seus claros olhos azuis pareciam evocar algum ancestral escandinavo que havia mastigado escudos em fúria em algum barco viking mil anos atrás. A expressão em seu rosto fez com que Kellermann soubesse que ele não pensaria duas vezes antes de repetir essa proeza.

– Chega.

Paul não falava muito, mas, quando o fazia, os homens escutavam. O grupo foi se dispersando até que sobrou apenas Dominic, de braços cruzados, olhando Kellermann nos olhos, mesmo que tivesse que inclinar a cabeça para trás para fazê-lo.

– Essa é a esposa dele, cara. Pare com isso.

Houve um momento de silêncio tenso entre eles, então Kellermann soltou uma gargalhada mordaz.

– Aproveite seu pequeno projeto de arte, *wop* – ele rosnou. – Temos uma guerra para lutar.

Ele se jogou na cama, virando as costas largas para cuspir no chão a poucos metros das botas de Dominic.

Ainda tremendo de raiva, Dominic voltou para seu beliche. Paul estendeu o desenho a ele.

– Obrigado – agradeceu Dominic, pegando o retrato, surpreso com sua voz trêmula. Ele alisou o papel com seus dedos ásperos.

O silêncio permaneceu pesado e doloroso. Paul fez o possível para amenizar aquela dor.

– É um desenho muito bom – disse com calma, o sotaque texano suavizando o ar espesso entre eles.

Paul tinha sido um fiel companheiro desde que começaram a dividir um beliche no campo de treinamento. Ele tinha sido um dos poucos de seu pelotão que sobrevivera à chacina nas praias sombrias da Normandia. O bom humor de Paul tinha tornado a lenta travessia sobre a terra devastada menos impossível. Apesar de todo o seu tamanho e tranquilidade, Paul tinha mãos ágeis e mente rápida: a velocidade com que ele arrancou o desenho das mãos de Kellermann aparecia nos jogos de cartas e truques à luz de velas. Esses momentos foram poucos e distantes entre si, não porque eles não tivessem tempo ocioso, mas, Dominic imaginou, porque sua disposição para passatempos tinha sido destruída naquelas praias muitas semanas atrás.

– Eu não sabia que você desenhava, Bonelli! – exclamou Paul.

Dominic deu de ombros, mexendo um ombro só, então se levantou e começou a arrumar o fino cobertor em seu beliche.

– Desenho desde pequeno. Eu adoraria ter ido para a escola de arte, ter um professor, mas o que eu poderia fazer? Eu já tive que começar a trabalhar nas minas logo depois do nono ano. Depois encontrei Sally, me casei, Cecilia... e a guerra. – Ele tocou o pescoço onde a medalha de São Cristóvão estava visivelmente ausente. – Eu só desenho de vez em quando, quando tenho um pouco de tempo livre. Me ajuda a relaxar, sabe?

Dominic percebeu que, mesmo depois de todo esse tempo que ele e Paul tinham passado juntos desde o acampamento, haviam compartilhado muito pouco da vida deles em casa. E, mesmo assim, Dominic ficou maravilhado ao pensar que o tempo que tinham passado juntos, enfrentando constante ameaça, era como se tivessem sido amigos a vida inteira. A guerra podia fazer isso, aceitou Dominic.

Paul não tinha falado muito de sua família. Dominic sabia que ele tivera pouco tempo com o pai. O velho fazendeiro havia lutado na Grande Guerra e, quando voltou, já não era mais o mesmo: passava mais tempo olhando para o fundo de uma garrafa do que para o filho, e sua família havia sofrido por isso. A mãe de Paul batalhou para cuidar dos cinco meninos durante os anos da Depressão em uma fazenda de gado caindo aos pedaços. Era tudo o que ela podia fazer para alimentar os meninos, que costumavam ficar sem demonstrações de afeto e carinho. Paul nunca falava disso. Porém, muitas vezes mencionava Francine. Ele nunca descreveu a garota que amava como bonita; mas seus olhos brilhavam ao falar dela, e isso era belo. A simples menção do nome o iluminava de dentro para fora. Dominic conhecia esse sentimento.

– Você sempre desenha sua esposa? – Paul perguntou, com as pernas pálidas agora penduradas no beliche acima.

– Geralmente, sim – admitiu Dominic, um sorriso aparecendo no rosto, apesar de querer disfarçar. – Sempre faço um retrato ou coisa assim. Eu também desenhei a maioria de vocês e coloquei os retratos nas minhas cartas para Sally, para que ela pudesse ver como vocês são – completou com um sorriso.

– Sorrateiro. Eu sabia que tinha que ficar de olho em você! – brincou Paul. – Quem é seu artista favorito?

Dominic deu de ombros novamente.

– Eu costumava ir à biblioteca quando era criança para olhar as pinturas nos livros. Os velhos mestres: Rembrandt, Rubens, você sabe. Mas Leonardo da Vinci sempre foi meu favorito. Acho que tinha que ser ele, por ser italiano e tudo o mais.

– Já esteve na Itália?

Dominic balançou a cabeça.

– Meus pais mal podiam esperar para sair de lá e começar uma nova vida na América. Acho que são mais americanos do que italianos, na verdade; eles têm uma fotografia em tamanho real minha, com meu uniforme e uma bandeira americana gigante.

Ele soltou uma risada, então passou a mão pelos restos manchados e esfarrapados do uniforme, agora apenas uma sombra puída do esplendor que havia sido fotografado naquele dia.

– Gostaria de visitar a Itália algum dia. Seria incrível ver aquelas obras-primas com meus próprios olhos.

O beliche rangeu quando Paul virou de costas novamente, sua voz abafada.

– Você ainda irá, eu acredito.

Dominic desejou poder compartilhar do otimismo de Paul. Ele não conseguia pensar o mesmo, mas estava grato por ouvi-lo dizer aquilo. Momentos de conversa tranquila sobre qualquer coisa além da guerra eram raros. Dominic tinha perdido a conta de quantas enrascadas eles haviam enfrentado juntos, e cada vez que ele sobrevivia parecia um milagre ainda maior. Será que a pequena unidade de Dominic tinha causado algum dano aos nazistas nesta guerra? Eles tinham feito alguma diferença? Mesmo depois de todas essas semanas enganando a morte, ele ainda não tinha certeza. Sabia apenas que precisavam continuar, que tinham de manter o foco na missão para vencer a guerra. Seus oficiais o elogiaram por suas habilidades de tiro e dedicação para proteger outros soldados, mas ele sabia que a única razão pela qual ainda estava ali era sorte. E talvez as orações da mãe, lá em casa, do outro lado do oceano.

– Atenção!

Uma palavra cortante proferida da porta da tenda fez com que cada soldado pulasse da cama na velocidade de uma metralhadora automática. Eles se colocaram lado a lado, pés juntos, braços ao lado do corpo, corpos tão retos quanto os músculos exaustos permitiam. Um oficial entrou na tenda; os emblemas brilhantes em seus ombros apontavam que era um major. Houve um silêncio absoluto, em que se ouvia com clareza o gemido de suas botas na lama acumulada no chão da tenda.

O major caminhou entre as fileiras de homens, examinando os nomes bordados em seus uniformes.

– Blakely! – gritou.

Então seus olhos se fixaram em Dominic.

– Bonelli! – bradou.

– Senhor! – Dominic o saudou.

– Ouvi dizer que você é um soldado ágil. – A expressão nos olhos escuros do major era ilegível. Ele arqueou uma sobrancelha. – Venha. Nós temos um trabalho para você. Não devemos deixar o comandante esperando.

10

CECILIA

Milão, Itália
Janeiro de 1490

— Venha. Não podemos deixar Sua Senhoria esperando.

As axilas de Cecilia arderam como se estivesse sofrendo o ataque de uma dúzia de abelhas. Relutante, ela levantou os braços novamente. Vestindo apenas sua camisa de linho sem mangas, Cecilia deixou Lucrezia Crivelli, a camareira, abanar suas axilas com as mãos trêmulas. Ao redor do quarto de Cecilia, uma dúzia de vestidos de seda, cetim e veludo cobria todas as superfícies.

— Ai! O que tem aí? — Cecilia soltou três respirações fortes, tentando controlar a dor.

— Um pouco de cal virgem, um pouco de arsênico, banha de porco. Alguns outros segredos. A receita favorita da mãe de Sua Senhoria. Já estamos acabando — disse Lucrezia. — É o tempo de dois pais-nossos.

— *Pai Nosso que estais no céu...* — começou Cecilia, mas sua voz tremeu. Ela estremeceu no ar gelado e apertou os olhos para suportar a ardência.

— Acostume-se. Sua Senhoria não gosta que suas mulheres tenham pelos no corpo.

Cecilia arregalou os olhos e olhou para Lucrezia, uma menina da sua idade que fora incumbida de cuidar dela e de ajudá-la com seu cabelo e vestido.

Examinou os grandes olhos castanhos da menina para ver se poderia estar brincando com ela.

– É mesmo? Em nenhum lugar do corpo?

Lucrezia balançou a cabeça.

– Faremos seu *pòmm* a seguir. Fique firme.

Cecilia não conhecia nenhuma palavra milanesa, mas podia adivinhar qual parte de seu corpo seria a próxima a ser depilada. Ela apertou os olhos novamente, aguentando o frio e o ardor quase insuportáveis. Passou pelas orações, disparando-as o mais rapidamente possível. Enquanto orava, Lucrezia esfregou as axilas de Cecilia com a ponta dos dedos.

Quando Cecilia completou seus pais-nossos, Lucrezia foi à lareira, onde uma panela balançava sobre o fogo. Mergulhou um pano na água com a ajuda de uma grande pinça e, logo em seguida, torceu e colocou o tecido quente embaixo do braço de Cecilia.

– Ai!

O frio foi substituído por um calor escaldante. Lucrezia limpou grosseiramente a terrível mistura de ambas as axilas, tirando com ela o pelo desde as raízes. Por fim, Cecilia deixou os braços, quase dormentes, caírem para os lados. Ela agarrou um manto de veludo marrom de uma cadeira próxima e o colocou sobre os ombros. Passou a ponta dos dedos nas axilas, onde a pele nua latejava, mas era inegavelmente suave e sem pelos. A ardência, persistente, porém mais tolerável, continuou enquanto Cecilia foi até a cama. De leve, ela passou as mãos sobre a pilha de vestidos. Cetim verde. Veludo roxo. Seda vermelha com renda preta e fios dourados bordados ao redor do decote.

– São tão lindos – suspirou Cecilia.

Na verdade, os vestidos eram as coisas mais bonitas que Cecilia já tinha visto na vida.

– Refugos. Precisaremos reformá-los para que sirvam em você. Você é bem magricela – disse Lucrezia, pressionando as mãos na cintura de Cecilia com tanta força que ela até se encolheu. Lucrezia deu de ombros. – Acabamos de tirar estes do guarda-roupa da última senhora.

Uma longa pausa.

– A última amante?

Lucrezia confirmou.

– O que aconteceu com ela?

– Oh! – Uma risada nervosa. – Ela não durou muito.

– Por que não?

Cecilia estudou o rosto de Lucrezia mais uma vez, para ver se ela estaria, na verdade, lhe pregando uma peça.

– Sua Senhoria se cansou dela bastante rápido – disse Lucrezia, com uma voz repentinamente triste, de uma maneira que, para Cecilia, parecia qualquer coisa, menos sincera. – Se você quer saber o que eu acho, é que ela falava demais. Seja qual for o caso, as... diversões... de Sua Senhoria são geralmente breves. Ficou apenas a pequena Bianca.

– Bianca?

– Pobre criança bastarda – Lucrezia balançou a cabeça. – Mas ela é uma beleza. Cabelo preto como a noite. Assim como o pai.

Cecilia se jogou em uma cadeira ao lado de sua cama e puxou o manto firmemente ao redor dos ombros. Ela estava andando sobre águas que poderiam se abrir e afogá-la? Perguntou-se quantas outras coisas importantes não sabia.

Uma batida à porta. Lucrezia deixou entrar uma mulher grisalha usando um vestido de camareira. A empregada falou algo para Cecilia em dialeto milanês, então curvou a cabeça e estendeu um pergaminho com selo de cera. Cecilia reconheceu a caligrafia elegante do irmão no pergaminho, mas hesitou. Era a primeira vez que alguém se curvava diante dela e, além disso, Cecilia não fazia ideia do que a empregada havia dito. A velha olhou Cecilia nos olhos e sorriu. Lucrezia se adiantou e pegou a carta da mão da empregada, depois a entregou para Cecilia.

– Uma carta para a flor de Sua Senhoria.

11

EDITH

Munique, Alemanha
Setembro de 1939

Edith se apoiou no batente de uma porta de metal quando o apito do trem soou e as rodas chiaram. Ela pressionou o corpo contra a janela e observou as cúpulas gêmeas com formato de cebola da Frauenkirche de Munique desaparecerem no crepúsculo.

Durante semanas, Edith vinha se preparando para ver Heinrich embarcar em um trem para a Polônia. Havia imaginado aquela despedida mil vezes – Heinrich de uniforme: lindo, alto e elegante. Ela se imaginou correndo ao longo da plataforma, pressionada em meio a uma multidão de mulheres enquanto o trem deixava a estação.

Nunca Edith poderia prever que seria *ela* a ajustar os botões de uma farda engomada que havia sido ligeiramente modificada para se ajustar a um corpo feminino. Que seria *ela* a embarcar no trem para Cracóvia, observando da janela enquanto Heinrich corria ao longo da plataforma, em meio à fumaça, acenando, desaparecendo à medida que o trem tomava a direção leste da estação Hauptbahnhof.

Agora era *ela* que tinha nas mãos os documentos de alistamento. Não havia como recusar aquela convocação. Suas ordens eram apenas um pedaço de papel assinado e carimbado, uma única folha com o poder de mudar toda a sua vida. Talvez até para acabar com ela, se não tivesse sorte.

Às suas costas, Edith ouviu um assobio baixo, um som que fez os cabelos da nuca se arrepiarem.

– *He!* Klaus, os soldados usam saias aqui! – o soldado gritou para alguém na fila atrás dele. – Com licença, senhora – provocou o homem enquanto passava por Edith parada na janela do trem, pressionando-se contra ela muito mais do que o necessário no estreito corredor do vagão.

Edith se recusou a honrar a vulgaridade dele com uma reação, mas sentiu os nervos à flor da pele. Ela afastou-se do ar fresco da janela, abriu a porta de um vagão para passageiros e seguiu pelo corredor central. O vagão estava cheio de homens, a maioria vestindo a mesma farda que ela; outros, em trajes civis. Ela passava sem olhar para eles, lutando para se manter emocionalmente estável. Sabia que os olhos deviam estar vermelhos, as bochechas, inchadas. Sentiu o olhar deles sobre ela enquanto andava rapidamente pelo corredor, carregando sua grande mala.

No ar sufocante do vagão-dormitório, Edith enfim respirou. Tinha conseguido um lugar bem espaçoso com dois beliches vazios. Todos os outros carros como aquele estavam cheios com cinco ou seis soldados. Por ser mulher, tinha tomado posse daquele espaço todo para si. Edith se aconchegou em um dos beliches inferiores e voltou a pensar em Heinrich.

Por favor, diga-me que seu coração ainda não pertence a ninguém.

Edith conseguia sorrir mesmo naquele momento, mesmo entre lágrimas, quando lembrava as primeiras palavras que tinha ouvido de Heinrich, havia dois anos, em um festival da Baviera, em uma popular cervejaria de Munique.

– O que você disse? – perguntou ela àquele estranho alto que abrira caminho entre a multidão de foliões, um belo homem com o cacho de cabelo loiro sobre a testa que ousou ser tão atrevido.

– Você é uma mulher bonita – respondeu ele. – Só espero que ninguém tenha roubado seu coração ainda, para que o restante de nós possa ter uma chance.

Ela riu dele, admirando sua audácia. Edith sempre se considerou simples como um ratinho doméstico e já tinha aceitado o destino de viver seus dias como uma solteirona ao lado do pai. Pensar em Heinrich ainda lhe causava borboletas no estômago, mesmo quando pensava naqueles primeiros dias que tinham passado juntos.

Foi um começo ousado, mas depois de passarem meses se conhecendo, Heinrich realmente conquistou seu coração. E quando ele foi falar com o pai dela para pedir a mão da filha em casamento, Edith sentiu que seu coração seria para sempre dele. Heinrich sabia que o pai da amada poderia nem se lembrar do nome dele, mas mesmo assim ele o tratou com respeito e ternura.

– Sim – o pai de Edith havia dito, e ela sabia que naquele momento não havia apenas clareza em sua mente, mas felicidade em seu coração.

Um fio de luz fraca ainda iluminava o lado de fora da estreita janela, mas Edith estava muito agitada e nervosa para conseguir se acomodar em seu beliche. Em vez disso, ela se levantou novamente, virou a bolsa de lona e puxou um pequeno caderno. Olhou para a página em branco. Deveria escrever uma carta para o pai? Será que ele entenderia sua missão e seu destino? Será que ele se lembraria dela?

Sua vizinha, *frau* Gerzheimer, parecia mais do que disposta a ajudar. Edith tinha esperança de que *frau* Gerzheimer tivesse a capacidade de convencer o pai a cooperar. Ela sabia que Heinrich, depois de trabalhar na loja do pai dele, passaria pelo apartamento para se certificar de que tudo estava bem, antes que ele mesmo também tivesse que embarcar em um trem. E ela rezou para que a agência enviasse uma enfermeira para cuidar do pai o mais rápido possível. A última coisa que queria era vê-lo ser enviado para um sanatório e definhar ali.

Incapaz de encontrar palavras para dizer ao pai, Edith colocou a caneta no papel e começou a escrever uma carta para Heinrich, mas tudo o que ela podia pensar em escrever era o quanto já sentia sua falta. Edith e Heinrich estavam indo separadamente para a Polônia, ambos peões num jogo muito maior do que eles. Nomes sussurrados às autoridades da vizinhança à menor suspeita. Vizinhos judeus – homens, mulheres, até crianças inocentes como o garoto dos Nusbaum – arrancados de suas casas no silêncio da noite, amontoados, encurralados, movimentando-se como peças de um jogo humano em um grande xadrez. E meninos, não maiores do que quatorze anos, marchando de uniforme, com suas vozes ecoando nas ruas:

– Hoje, a Alemanha é nossa. Amanhã, o mundo inteiro.

Edith, Heinrich e milhares de outros em todo o Reich, imaginava ela, sentiam-se impotentes ou com muito medo das consequências para resistir.

Eles se encontrariam após sua chegada à Polônia? Com o que se deparariam quando voltassem para casa, se voltassem?

Edith esperava que o ato de escrever pudesse acalmar seu estômago revirado, pudesse aliviar um pouco da apreensão sobre o que estava à frente. Em vez disso, apenas desencadeou uma enxurrada de perguntas sem resposta em sua cabeça. Como os eventos chegaram a esse ponto tão rapidamente? Por que ela não pôde, como Manfred, prever o que os diretores do museu estavam planejando? E como ela – uma humilde restauradora trabalhando silenciosamente em um laboratório de conservação no porão – tinha sido jogada no meio desse conflito?

Edith sentiu o coração apertado quando a resposta para a última pergunta se materializou em sua mente.

Porque fui eu que chamei a atenção deles para essas pinturas. Sentiu-se uma idiota por não ter reconhecido de antemão o que tinham pedido que fizesse. Por não entender o que isso poderia significar e quais poderiam ser as consequências de seu projeto de pesquisa aparentemente benigno na biblioteca do museu.

Edith puxou o fichário de fólios que havia feito com a arte que os diretores do museu queriam salvaguardar. Ela desenrolou as tiras e começou a folhear as páginas novamente. Com certeza essas pinturas compunham apenas uma pequena parte do que a família Czartoryski possuía.

Quando Edith chegou à reprodução da *Dama com arminho*, de Da Vinci, ela fez uma pausa. *Eu sou a culpada por colocar todas essas obras em risco*, pensou. *É minha culpa estarmos a caminho para tomar essas obras da família Czartoryski. Toda a minha vida foi dedicada a salvar obras de arte. E mesmo assim, num instante, por pensar que estava fazendo o meu trabalho, coloquei em perigo alguns dos mais inestimáveis tesouros artísticos do mundo.* Havia alguma maneira de desfazer o dano que ela havia causado?

O estalo das rodas do trem e as breves rajadas de vapor deram ritmo aos pensamentos acelerados de Edith. Do lado de fora da janela, as copas das árvores passavam correndo, num borrão de sombras.

A mente de Edith procurava uma resposta, uma maneira de salvar a *Dama* de Da Vinci e as outras obras que ela tinha colocado, sem querer, na linha de fogo. Mas, assim como os contornos irregulares das árvores desapareciam e o céu começava a escurecer, Edith só sentia o peso do desespero como uma pedra no peito. As pinturas também eram lançadas como dados em um jogo que havia saído de seu controle, uma série de eventos que Edith, agora, se sentia incapaz de impedir.

12

CECILIA

Milão, Itália
Janeiro de 1490

Cecilia havia desencadeado uma série de eventos que não seria capaz de impedir. Era exatamente isso que seu irmão tinha dito, talvez de uma maneira mais eloquente.

Ela tocou o selo quebrado no pergaminho que seu irmão Fazio tinha enviado, uma mensagem avisando Cecilia que a mãe tinha chegado em segurança em casa, em Siena. Cecilia se perguntou quanto tempo levaria para a mãe voltar a falar com ela... talvez nunca.

A mãe de Cecilia havia entendido que desde o momento em que sua filha despudorada não se curvara, mas ousara dar um passo à frente e mostrar os dentes para Ludovico, o Mouro, em um sorriso descarado, não havia mais volta. O regente de Milão a reivindicaria para si. Ninguém estava em posição de detê-lo, especialmente uma corpulenta viúva de Siena em um vestido que parecia um bolo com várias camadas. Por fim, Cecilia teve pena da mãe, pois não havia nada que ela pudesse fazer a não ser gritar, quebrar um prato, chacoalhar em uma carruagem e deixar o Castello Sforzesco para trás em uma nuvem de neblina e lama.

Cecilia até conseguia rir disso, agora que a mãe estava longe do palácio. E riu um pouco, silenciosamente, para si mesma. Não havia mais nada a fazer enquanto esperava sentada por Ludovico, o Mouro, acariciando o escorregadio vestido de seda. Ele já devia ter chegado, mas ela imaginava que ele tinha outras coisas para fazer além de visitá-la em seu novo quarto.

Ludovico certamente estava ocupado, consultando seus militares e conselheiros políticos. Da janela de seu quarto, Cecilia tinha visto uniformes diplomáticos cruzarem o pátio, exibindo as cores de Ferrara e Mântua. Como regente de Milão, Ludovico enfrentava constantes ameaças de Veneza, dissera-lhe seu irmão, e do exército do rei francês. Até do próprio sobrinho. Ludovico já havia enviado os conselheiros mais próximos de seu sobrinho para a forca, como havia contado a ama Lucrezia enquanto penteava o cabelo de Cecilia à luz das velas. *Quando você é poderoso assim*, tinha dito a garota, *qualquer um poderia ser seu amigo num momento e inimigo em outro.*

Então Cecilia esperou. Já tinha andado sobre cada centímetro daquele quarto várias vezes. Havia tantos livros. Um gabinete guardava pilhas de fólios costurados com fios de linho, rolos de pergaminho e encadernações de couro. Alguns dos volumes tinham sido cobertos com capas duras e lombadas articuladas. Ela tinha passado horas debruçada sobre a tinta marrom no pergaminho. Até encontrou um livro de segredos de senhoras, uma espécie de livro de receitas com misturas de beleza, como a que ela havia se submetido sob a insistência de Lucrezia para remover todos os pelos do corpo. Olhou e olhou de novo as pinturas nas paredes, pinturas que traziam à vida as histórias em muitos daqueles livros: contos de amor, traição, batalha, morte, redenção. Pegou cada frasco de vidro e cada caixa dourada sobre a mesa, observou a névoa da manhã cobrir os jardins do lado de fora da janela e experimentou todos os vestidos de seda e veludo pendurados no guarda-roupa. Ela se escondeu entre as roupas de cama de seda e lã e entre as grandes cortinas penduradas em volta da cama alta. Pela janela aberta, o aroma de arroz cozinhando com cebolas cortadas e manteiga encheu o quarto.

— Minha filha vai para o convento. Já está decidido! — As palavras da mãe ecoaram em sua cabeça de novo, espontaneamente. — Se não for assim, ela voltará para o campo comigo. São apenas essas duas opções.

— E o que vai acontecer com ela lá? — Fazio havia perguntado. — Se eu estivesse em casa com você, talvez as coisas tivessem sido diferentes, mas do jeito que está, graças aos meus irmãos, ela não tem mais dote para se casar com alguém de uma família decente. Ela não será nada mais do que uma camponesa. Uma solteirona. Aqui ela receberá riquezas e *status*. Não é para sempre, mãe.

– E que convento a aceitará depois que ela perder sua virtude? – desafiara a mãe, com as mãos no quadril. – Nenhum homem tocou nela! Você sabe disso tão bem quanto eu.

– Sei que parece estranho – disse Fazio, andando de um lado para outro à beira da janela. – Mas ser *inamorata* de Sua Senhoria dará a Cecilia um nível mais alto do que ela tem agora. Até as freiras vão respeitá-la.

Cecilia tinha visto o rosto redondo da mãe ficar vermelho.

– Eu me recuso a deixar minha filha aqui, com aquele... aquele boizinho pomposo. – Ela gesticulou como se medisse a estatura de Ludovico, o Mouro, com a mão. – Ele é muito seguro de si mesmo, não é? Ele vai usá-la e jogá-la fora. E então o que teremos a ganhar com isso?

Cecilia começou a sentir uma raiva rubra crescer dentro do peito. Como eles se atreviam a agir assim, como se ela não estivesse na sala? Como se atreviam a agir como se ela ainda fosse uma criança boba que não sabia o que queria para si mesma? Ela poderia, e iria, tomar as próprias decisões.

– Vou ficar aqui – disse Cecilia, baixinho.

– Você vai ser uma prostituta!

E foi então que sua mãe jogou o prato, estilhaçando-o contra os azulejos.

– Não, mãe – disse Cecilia, o mais calmamente possível. – Eu serei uma senhora. Eu serei a pessoa mais importante deste castelo. Você verá.

Por um momento, ela achou ter visto uma expressão de pena no rosto do irmão, mas não conseguiu entender o porquê.

Seu irmão havia dito a ela que, depois de sua performance vocal, Ludovico Sforza tinha decidido acolher Cecilia para viver com sua família. Que havia algo sobre Cecilia que ele não conseguia colocar em palavras. Não havia como dissuadi-lo sobre o assunto.

Fazio havia apresentado claramente as escolhas para Cecilia. Havia apenas duas maneiras de impedir as ordens de Sua Senhoria, ele disse à irmã. Cecilia poderia decidir preservar sua virgindade e voltar para casa com a mãe, uma escolha que ela mal podia suportar. Ou poderia juntar-se às irmãs no Monastero Maggiore, um lugar ainda menos desejável aos olhos de Cecilia, embora a mãe e o irmão implorassem para que ela reconsiderasse essa opção. Mas, se ela decidisse ficar sob os cuidados de Sua Senhoria, Fazio disse a ela, não haveria como reverter a decisão. E, acrescentou, ela teria que viver com as consequências. Àquela altura, pouco sua família poderia fazer para ajudá-la e, de qualquer modo, estaria fora do seu alcance.

Mas, para Cecilia, apenas uma coisa importava: Ludovico Sforza, Senhor de Milão, a queria e ele poderia lhe dar tudo que ela sempre quis. Em um segundo, poderia transformá-la de uma pobre camponesa a uma duquesa. Ao menos na imaginação dela.

– Vou ficar – Cecilia sussurrou.

Era isso. O ponto de virada. E agora ela estava aqui, vestida de seda naquele lindo quarto. Não havia dúvidas em sua mente que ela estava exatamente onde deveria estar. Eles veriam também.

Por fim, a porta se abriu e Cecilia se levantou. Estava pronta, mas no momento em que Sua Senhoria entrou no quarto, ela sentiu sua determinação vacilar. Por mais que estivesse resoluta em sua decisão, ela de repente sentiu-se apreensiva por estar sozinha com ele no quarto. Afinal, ele era um estranho. Ela não podia mostrar a turbulência que corria em suas veias.

Lentamente, ele caminhou em sua direção. Ela viu seus olhos brilharem à luz da lanterna.

– Foi uma boa decisão você ter ficado – disse ele. – Eu posso garantir que você será recompensada adequadamente.

– Fiquei honrada com sua oferta – respondeu Cecilia, encarando o chão.

Sua Senhoria se aproximou o suficiente para que ela pudesse sentir o cheiro úmido de seu cabelo e de sua barba. Ele deu outro passo calculado em direção a ela, mais perto do que qualquer outro homem que não fosse seu pai ou seus irmãos já tinha chegado. Então fixou os olhos nela. Eram negros como carvões, tão escuros que ela não conseguia distinguir as pupilas. Ela sentiu o estômago vibrar como se estivesse cheio de mariposas. Seus rostos ficaram na mesma altura.

– Você é uma mulher linda – sussurrou ele, com sua voz profunda, carregada de dialeto toscano com pitadas do estranho sotaque milanês. Ela sentiu seu hálito quente perto do pescoço e lutou contra o formigamento que percorreu suas costas.

Cecilia pigarreou.

– Também sou instruída – disse ela, dando um passo para trás. Ainda havia um tremor em sua espinha, fazendo-a se sentir instável e insegura, mas não queria que ele percebesse o poder que tinha sobre ela. – Talvez você já saiba disso.

Ela pensou ter detectado um sorriso provocante em seu rosto, mas era difícil dizer nas sombras, sob a barba espessa. A ideia de que ele poderia estar zombando dela a enfureceu, e ela deu outro passo para trás.

– Conte-me mais – pediu ele. Ela sentiu as pontas dos dedos dele agarrarem sua mão e, em seguida, levantar levemente a manga de seda de seu vestido. Seus olhos quentes e vidrados a queimavam.

– Tanta coisa para contar... – Ela esperava que ele não conseguisse detectar o tremor em sua voz. Gostaria de ter tido um pouco do treinamento diplomático de seu irmão: só agora percebera que não sabia o que revelar e o que ocultar. Só tinha certeza de que era importante saber a diferença. – Sei ler e escrever em latim. Meu pai garantiu que eu tivesse um bom tutor. O melhor de Siena. Eu calculo números. Eu escrevo versos. Eu canto... mas você já sabe disso. Toco alaúde e lira. Outros instrumentos de corda também, um pouco...

Estaria falando demais? Lucrezia já a tinha alertado.

Ludovico ouvia sem entusiasmo. Sua mão estava juntando o tecido pesado de sua saia, puxando-a até a altura da coxa.

– É verdade o que eu ouvi? Você ainda tem toda a sua virtude? Nenhum homem tocou em você antes? – Sua voz era pouco mais que um sussurro.

Cecilia engoliu essa verdade como uma pedra e confirmou. Claro que era por isso que ela estava aqui. Isso é o que uma amante faz, por isso tinha sido autorizada a ficar no castelo com todas aquelas coisas lindas. Tinha sido sua decisão.

Ela engoliu em seco novamente, reunindo toda a sua coragem.

– Quanto... quanto você quer apostar que eu sou mais inteligente do que qualquer mulher deste castelo? Mais inteligente do que qualquer amante que teve antes de mim?

Ele deu uma risada alta que mais parecia um rosnado.

– Espero que você seja – disse ele, e então ela sentiu seu hálito quente no pescoço, sua barba roçando-lhe o queixo. Ela fechou os olhos: não conseguia mais disfarçar. A boca dele queimou sua pele enquanto as mãos continuavam subindo por baixo da saia.

– Eu... Eu quero ser a senhora deste castelo.

Cecilia ofegou as palavras enquanto os dedos dele já haviam trilhado o caminho sob a saia e encontrado os laços de linho das roupas íntimas. Ela sabia o que estava prestes a acontecer e, em um momento de clareza, percebeu que não queria ser apenas uma amante. Antes que ele pudesse tê-la, antes que pudesse usá-la e expulsá-la, queria a palavra dele.

– Eu quero ser sua esposa – Cecilia deixou escapar.

Uma risada profunda e saltitante reverberou dentro dele. Ele se afastou e a olhou nos olhos. Havia lá algo mais do que fogo, mais do que luxúria, mas Cecilia, em sua inexperiência, não conseguiu entender plenamente.

– Minha menina querida... – disse ele.

Então a empurrou para a cama e virou-a bruscamente de bruços.

13

DOMINIC

Leste da Bélgica
Setembro de 1944

Dominic olhou para fora do pesado caminhão que passava roncando pela precária estrada no campo. *Campo era a palavra errada*, pensou. Essa parte da Bélgica já tinha sido maravilhosa. Mesmo agora, com os fragmentos do outono tomando o lugar do cobertor quente do final do verão, as copas das árvores ainda mantinham a promessa de um grande esplendor. Mas a paisagem assinalava restos ainda fumegantes das pequenas vilas. O coração de Dominic estava apertado diante dessa vista. A terra estava marcada e escurecida em alguns lugares, campos pisoteados por trilhas de tanques, cápsulas de projéteis e pedaços de equipamentos espalhados por toda parte. Um pomar apareceu arruinado, os galhos carbonizados de árvores frutíferas retorcidos e quebrados contrastando com o céu azul.

Paul Blakely apertou as mãos no volante enquanto dirigiam pelos escombros. O caminhão rastejou pela rua principal do que era, até recentemente, uma vila. Restou apenas o campanário da igreja, balançando de maneira precária em sua torre quase arruinada. A cruz no alto era uma silhueta corajosa e trágica e aguçou a vontade de Dominic de desenhar. Mas o restante da cidade era tudo, menos pitoresco. Cartuchos queimados e paredes quebradas eram só o que restava das casas e das lojas que outrora ladeavam a rua. O caminhão desviou de um poste de luz caído em meio à estrada esburacada.

– Cara, olhe para isso... – Paul sentou-se ao lado de Dominic, observando a paisagem devastada com a alça do capacete balançando com o movimento do caminhão. Dominic mudou o rifle de lado, desejando que pudesse largá-lo, mas aquele território permanecia hostil. Ele tinha que estar pronto para a ação a qualquer momento. Agora, três meses após o desembarque na praia de Omaha, o estado de vigilância tinha se tornado automático. Suas terminações nervosas pareciam desgastadas e eletrificadas, sempre em alerta máximo. Ele se perguntou se algum dia perderia aquela sensação de que estava sendo perseguido por inimigos.

Antes de mandar Paul e Dominic embora com o caminhão Deuce and a Half vazio, um agente de transporte do exército informou-os sobre sua missão.

– Esta nova missão é um pouco diferente – disse ele. – Vocês dois ainda estarão atuando com segurança. Mas farão parte de um esquadrão de homens com um trabalho único. Sim, estamos lutando contra os nazistas, mas também estamos tentando preservar o máximo possível desta cultura maldita que está tão empenhada em destruir a si mesma. – Ele apontou para a paisagem arruinada. – Existem edifícios, monumentos e obras de arte importantes em todos os lugares que você olhar. Esta guerra pode ser o fim de tudo isto: coisas inestimáveis, obras-primas que temos que tentar salvar, ao mesmo tempo que estamos tentando salvar nossa própria pele.

Dominic se inclinou para a frente, aquilo tinha despertado seu interesse. Em sua determinação de vencer os nazistas, de simplesmente sobreviver e voltar para casa e para sua família, ele não havia considerado o impacto da guerra na arte e na arquitetura.

– Então devemos evitar danificar igrejas antigas e outros monumentos – continuou o oficial. – Isso deve ficar bem claro. Mas também estamos procurando pinturas, esculturas. Este regime roubou obras de arte durante toda a guerra, levando-as para serem exibidas em suas casas como troféus.

– Você quer dizer que eles estão pegando essas coisas para si mesmos? – Paul perguntou.

– Sim. Nossa inteligência está nos dizendo que alguns nazistas dos mais altos escalões estão até pendurando Da Vincis dentro de suas próprias casas.

Ele fez uma pausa, e Dominic parou para pensar nisso. Por anos, ele lia as notícias sobre os horrores dos campos de extermínio nazistas, da determinação incessante de Hitler para assumir o controle do mundo. Ele se sentiu estúpido por nem ter considerado que também estavam pegando o que quisessem, saqueando o campo, apropriando-se de tesouros que não tinham o direito de possuir... E isso incluía obras de arte inestimáveis.

O oficial continuou:

– Algumas coisas já foram destruídas, pelos nazistas ou mesmo por nós. Acidentalmente, é claro. Vamos encarar os fatos, nem sempre conseguimos evitar a destruição, certo? Mas o presidente criou uma comissão chamada programa de Monumentos, Belas Artes e Arquivos. Os Homens dos Monumentos.*

– Homens dos Monumentos... – ecoou Dominic.

– A maioria é gente de museu, historiadores de arte, pessoas que conhecem o assunto. Nossa missão é proteger essas obras e tirá-las das mãos desses nazistas bastardos para que possam ser devolvidas aos seus legítimos donos depois que toda essa desgraça ficar para trás.

Dominic mal podia acreditar em seus ouvidos. Como poderia o presidente americano se preocupar com pinturas e esculturas enquanto milhares de pessoas perdiam a vida? Mas, ao mesmo tempo, não podia negar que era algo admirável.

– Você quer dizer que estes... Homens dos Monumentos... estão focados apenas em salvar obras de arte? Como eles estão fazendo isso?

O oficial deu de ombros.

– Não há um guia para essas coisas. Nós estamos estudando fotos aéreas, marcando igrejas, pontes e monumentos a serem salvos. E vamos a campo para ver o que restou, o que podemos resgatar. Já encontramos um monte de pinturas e retratos importantes, especialmente alguns de grandes mestres: Rembrandt, Ticiano, caras grandes.

Dominic recostou-se de forma abrupta, admirado. Diante da perspectiva de possivelmente ver algumas dessas obras-primas, ele não pôde deixar de sentir uma onda de emoção. Pensou nas obras de Da Vinci bombardeadas

---

* Em inglês, Monuments, Fine Arts, and Archives (MFAA), programa que ficou conhecido como "Monuments Men". (N.T.)

e destruídas pela guerra, ou penduradas no palácio de Hitler, e sentiu uma ânsia subindo pela garganta.

– Então o trabalho de vocês, camaradas, é proteger esses Homens dos Monumentos – continuou o oficial. – Eles se colocam em risco todos os dias. Vão a alguns lugares perigosos para recuperar arte, e vocês dois estão aqui para cuidar da segurança enquanto eles fazem o trabalho deles. Eles estão à espera de segurança militar, e sobretudo de transporte, há semanas. Nós finalmente recebemos a autorização.

À frente, no horizonte queimado, o acampamento cinzento parecia quase um borrão em meio aos edifícios bombardeados: fileiras de tendas monótonas e uniformes se erguiam entre tanques vigilantes. Paul desligou o motor do caminhão, enquanto os rifles ainda estavam ao alcance da mão, e desembarcou com Dominic. Soldados descansavam entre as tendas meio soltas, os uniformes sujos cheirando a homens suados e pólvora. Ao ver o caminhão, vários dos homens se mexeram, olhando Dominic e Paul com expressões esperançosas. O chão tinha sido pisoteado e estava cheio de cápsulas de balas e pontas de cigarro. Como todos os acampamentos, era uma mistura de rigorosa disciplina no alinhamento rígido das barracas e falta de compostura dos homens exaustos. Para Dominic, estava começando a parecer cada vez mais com estar em casa.

Um oficial se aproximou, mas não se preocupou com gentilezas.

– Já passou da hora de vocês chegarem! – disse ele. – Lá está seu comandante. Capitão Walker Hancock.

Ele se virou e foi em direção ao acampamento. Trocando um breve olhar, Dominic e Paul o seguiram.

Mesmo longe, no outro lado do acampamento sombrio, Dominic podia ver que o capitão Hancock estava tão deslocado quanto uma égua entre mulas. Alto, vestia um uniforme drapeado elegantemente sobre o corpo esguio. Deveria estar vestindo um terno e segurando um copo de xerez em vez daquilo. Seus olhos azuis penetrantes estavam atentos enquanto Dominic e Paul seguiam o oficial até ele.

– Hancock não é apenas um soldado – disse o oficial enquanto caminhavam. – Ele é algum tipo de escultor famoso também.

A presença daquele homem educado e refinado parecia totalmente incongruente ali, naquela paisagem amarga e carbonizada, mas, chocado, Dominic percebeu que ele deveria ter sido convocado também.

O oficial parou e bateu continência: Dominic e Paul repetiram o gesto.

– Novos homens para a equipe de segurança, senhor.

Hancock virou-se e estudou os soldados. Parecendo registrar o símbolo do exército impresso em branco em seus capacetes, assentiu.

– Bom – disse ele. – Vamos precisar de mais alguns deles quando nos movermos em direção a Aachen. – Ele tamborilou os dedos no cano de sua arma: Dominic pôde imaginar aqueles dedos segurando um formão. – Leve-os às suas acomodações.

– Sim, senhor!

O oficial virou-se para levar os homens, mas Dominic estava morrendo de curiosidade.

– Como vai encontrar essas obras de arte, senhor? – disparou. Ele olhou para o oficial enquanto falava, nervoso demais para olhar Hancock nos olhos, mas todos os homens sabiam para quem a pergunta tinha sido dirigida. Hancock apenas arqueou a outra sobrancelha e virou-se de costas.

O oficial salvou Dominic de seu constrangimento.

– Um bando de profissionais na Europa e nos Estados Unidos têm trabalhado nisso desde que a guerra começou – disse ele. – Os curadores de museus e tal. Eles têm usado as próprias pesquisas para fazer listas de obras e mapas para onde podemos...

As palavras do oficial se perderam em um som estrondoso que eletrizou todo o corpo de Dominic. Balas rasgaram a barraca mais próxima, disparando pedaços de tecido em todas as direções. Gritos e tiros tomaram conta do acampamento e, em câmera lenta, Dominic viu Hancock se virando e tiros de metralhadora rasgando o chão cada vez mais perto dele.

Por puro instinto, Dominic pulou para a frente e colocou o corpo magro diante do capitão Hancock. Ele sentiu respingos de terra nas botas, disparados pelas rajadas de balas. Envolveu o comandante com o próprio corpo e rolou para trás do pneu de borracha gigante de seu caminhão de meia tonelada.

Balas gemiam enquanto ricocheteavam no eixo da roda. Dominic agarrou o rifle, esperou por uma pausa no trovão e respondeu ao fogo, com a arma dando um rebote forte contra o ombro. Ele esvaziou o pente até ouvir um grito, e os tiros cessaram abruptamente. Um longo momento se passou, seguido por um arrastar de botas e, depois, silêncio.

Ofegante, Dominic baixou a arma. Quando a fumaça se dissipou, viu dois corpos com uniformes alemães deitados na entrada do acampamento. Alguns americanos também gemiam nas tendas, e homens corriam entre a fumaça que se dissipava para prestar socorro aos feridos.

Dominic ficou aliviado ao ver o corpo alto de Paul correndo em direção aos soldados feridos.

O capitão Hancock estava sentado, limpando a sujeira do uniforme. Havia uma mancha de lama em seu rosto. Ele olhou para Dominic, os olhos arregalados.

– Está ferido, senhor? – perguntou Dominic, recarregando o rifle e saindo cautelosamente de trás do pneu. O acampamento tinha o cheiro queimado da fumaça das armas recém-descarregadas misturado ao gosto salgado do sangue, um cheiro que Dominic já tinha aprendido a reconhecer e odiar. Mas os americanos que foram baleados estavam se contorcendo e xingando. Isso era algo positivo.

– Não – Hancock saiu de trás do pneu. Dominic estendeu a mão e ajudou-o a ficar em pé. Hancock apertou sua mão e olhou-o nos olhos, e seu rosto de repente se abriu em um deslumbrante sorriso. Ele observou o nome no uniforme de Dominic.

– Bonelli, não é? – Ele apertou a mão de Dominic com força. – Bem-vindo!

14

EDITH

Pełkinie, Polônia
Setembro de 1939

O capacete na cabeça de Edith tinha sido feito para um homem. Quase cobria seus olhos, e o metal chacoalhava largo em seu crânio, tanto quanto o ronco dos pneus do Kübelwagen sobre o terreno rochoso.

Quando estava compilando os fac-símiles para o diretor e para o conselho do museu, Edith achou Pełkinie em um atlas empoeirado que encontrara nas prateleiras da biblioteca do museu. Ela nunca ouvira falar daquele lugar antes e correu o dedo pelo mapa até uma pequena vila no extremo leste da Polônia, perto da fronteira com a Rússia. Ela tinha lido que a família Czartoryski possuía uma propriedade rural ali havia anos. E agora estava sentada no banco traseiro do carro bege, acompanhada por dois soldados armados, indo justamente em direção à propriedade Czartoryski.

Ela tentou se encaixar naquele assento apertado o mais dignamente possível. Sentiu-se grata por estar no banco de trás do veículo, de onde podia ver o campo polonês se estender ao redor. O sol já estava a pino quando o trem chegou à estação em Cracóvia, mas Edith ainda não tinha vislumbrado seus raios. Em vez disso, a paisagem se despejava numa névoa cinzenta, uma combinação de nuvens e poeira dos escombros ao longo das estradas e da terra que os pneus nodosos do Kübelwagen levantavam. Quando a estrada fez uma curva, Edith conseguiu ver o restante do longo comboio de veículos alemães atrás deles. Ela não conseguia ver o fim da linha. Ouvira dizer que a Feldgendamerie, a polícia militar nazista, já havia garantido a casa Czartoryski. Eles realmente precisavam de tantos soldados?

Por um tempo, a vista se alargou em planícies e campos arados com uma linha de trem longa e reta que corria paralela à estrada. Edith ouviu um apito de trem ao longe e virou a cabeça para assistir ao trem passar. O trem deveria ter ultrapassado facilmente o comboio, mas, por alguma razão, estava andando lentamente, numa longa fileira de compartimentos de carga velhos e enferrujados que se arrastavam ao longo dos trilhos.

Quando o trem finalmente ficou lado a lado com o Kübelwagen, Edith avistou uma pequena mão praticamente jogada ao vento em uma das janelas estreitas e empoeiradas na lateral do vagão. Depois de alguns momentos, a mão foi substituída pelo rosto retorcido de uma jovem, com seus olhos escuros e fundos.

Edith sentiu um choque atravessá-la e o coração ficar apertado. Ela se lembrou das famílias judias caminhando em direção às estações de trem de Munique, seus bens mais preciosos reunidos em fronhas, pequenos recipientes e sacolas de compras. Aquele trem estava indo para um campo de prisioneiros?

Por fim a composição ganhou velocidade e a mão desapareceu da janela. Edith baixou os olhos, encarando as mãos dobradas sobre o colo e sabendo que jamais esqueceria o rosto daquela mulher e seus olhos assombrados e encovados.

O carro finalmente virou em direção a um longo caminho ladeado por jardins formais e pinheiros altos e bem podados. No final do caminho, Edith avistou o grandioso palácio cor de areia. Pełkinie. Ela reconheceu a longa e simétrica fachada de pilastras e janelas que tinha visto nos livros da biblioteca do museu.

Foi um alívio sair do carro, onde se sentia como uma prisioneira, embora estivesse vestindo o mesmo uniforme que os homens no veículo. Os homens do comboio seguiram para o palácio em marcha, espremendo Edith entre eles. Ela removeu o capacete incômodo.

– *Fräulein* Becker. – Um oficial abriu caminho na formação, localizando-a com facilidade. – Sou o tenente Fischer – disse ele, com as mãos apertadas nas costas. – Satisfeito em saber que você chegou em segurança. Venha. Eles estão esperando você lá dentro.

Edith caminhou rapidamente atrás do tenente Fischer enquanto ele serpenteava entre as dezenas de soldados e entrava pela porta central da casa. Lá dentro havia mais soldados movendo móveis e objetos de decoração. Edith se apressou para acompanhá-lo; ao redor, uma mistura de dourado, cristal, madeira polida, prata e estofados ricamente coloridos.

– Encontramos as obras em uma sala secreta na parte mais antiga da casa, a parte de baixo da velha torre de vigia – explicou o tenente Fischer enquanto Edith o seguia por uma larga escadaria até a luz difusa. – A porta estava escondida atrás de um móvel.

A cada passo, Edith pensava nos membros da família que abandonaram a casa pela própria segurança. Ela os imaginou morando ali, as crianças correndo pelos vastos quartos, rindo, perseguindo uns aos outros pelos longos corredores. Podia imaginar os adultos cavalgando pela floresta exuberante, fazendo piqueniques no gramado, olhando as estrelas à noite, vivendo suas vidas em paz.

– A família... – disse ela, sentindo uma onda de apreensão. Ela não sabia como formular a pergunta.

O oficial balançou a cabeça.

– Eles já tinham fugido antes de nós chegarmos. A Gestapo está atrás deles.

Uma estranha mistura de vergonha e alívio tomou conta de Edith. Ela pessoalmente havia organizado o catálogo das obras de arte conhecidas daquela família. Era a responsável pelo roubo de algumas das mais valiosas obras de arte do mundo, o saque daquela propriedade e o confisco de tudo que estava ali dentro. No processo, tinha colocado a vida das pessoas em risco. E se ela se recusasse a continuar a ajudar? Sua vida estaria em risco também?

Edith ficou com receio de que pudesse vomitar. Ela nunca teve a intenção de mandar alguém para o exílio. E certamente não queria que ninguém fosse morto. Percebeu que a culpa por aquela família não estar mais em seu lar era dela. Mas quando se deu conta da vasta escala daquela operação – um comboio inteiro de veículos armados, dezenas de soldados, oficiais e militares –, percebeu que era tarde demais. Estava totalmente envolvida em um conflito que era muito maior do que ela mesma, quer tivesse se dado conta disso antes ou não.

A família conseguiria se afastar o suficiente, ou encontrar refúgio, antes de a Gestapo localizá-la? Até que pudesse voltar para sua casa? A imagem dos olhos fundos da mulher no trem queimava a memória de Edith.

– Eles devem ter achado que éramos idiotas – disse o tenente Fischer, com os olhos se iluminando de autossatisfação. – Era óbvio que a porta estreita tinha acabado de ser remendada. A argamassa ainda estava úmida.

– Uma parede? – perguntou Edith.

Ele confirmou.

– Eles esconderam muitas coisas em um quarto antigo que só é possível acessar através de uma porta estreita escondida atrás de um armário. Foi feita para parecer uma simples parede. Mas a execução foi muito ruim. Nossos homens a encontraram em questão de minutos.

Edith sentiu um calafrio percorrer a espinha.

O tenente Fischer virou num corredor, e uma elegante sala de estar se abriu diante deles. A sala estava cheia de móveis empoeirados, cobertos por lençóis e lonas; objetos armazenados ao longo de muitos anos. Uma meia dúzia de militares circulava preguiçosamente entre a desordem. O oficial levou Edith para um buraco na parede dos fundos, de onde os tijolos tinham sido removidos às pressas.

– Recebemos a informação sobre este local de um pedreiro polonês, o mesmo que fez a parede no lugar da porta. Ele tentou manter o fato em segredo, mas não foi capaz de esconder a verdade de nós – disse o tenente Fischer, abrindo um sorriso malicioso.

Uma série de mesas compridas havia sido montada ao redor do cômodo, cada uma delas com itens decorativos e caixotes de madeira. Em uma mesa, dois conjuntos de pinturas empilhadas umas sobre as outras. Edith se perguntou se aqueles homens sabiam quão valiosos eram aquelas pinturas e aqueles artefatos. Pareciam descuidados ao manipular os itens.

– Não sei muito sobre arte – Fischer confessou a Edith. – Mas isso aqui parece um museu para mim. – Ele se dirigiu aos guardas. – Esta senhora é uma especialista da Alte Pinakothek em Munique. Ela deve ter livre acesso para examinar as obras e vai decidir o que será levado para o transporte.

Os homens se afastaram e Edith avançou. Com as mãos tremendo, ela se abaixou e tocou a moldura da primeira pintura no topo da pilha, uma pequena paisagem escurecida por séculos de poeira.

– Eu suponho que você conheça seus deveres aqui. Vou deixar você trabalhar – disse Fischer. – Só mais uma coisa, *fräulein* Becker... – Ele pegou o braço dela e baixou a voz. – Cuidado com quem você compartilha informações. Nossas forças estão tomando facilmente as cidades, mas existem grupos de resistência poloneses em todo o campo.

Resistência. O que isso significava, exatamente? O coração de Edith disparou no peito.

O tenente Fischer pareceu ler sua mente.

– Eles são mais organizados do que nossos comandantes na Alemanha imaginam. Alguém pode tentar entrar em contato com você para obter informações. Pode ser alguém em quem você acredita que possa confiar. Não se deixe enganar por um rosto bonito, *fräulein*. Cuidado com o que diz e para quem.

De repente, uma voz abafada emergiu de um dos grandes caixotes no fundo da sala.

– *Heiliger Strohsack*!

Todos se viraram. Um soldado baixo, de capacete e uniforme cobertos de poeira, emergiu das pilhas de caixotes e molduras douradas. Entre as mãos, ele equilibrava um pacote retangular embrulhado em papel, cujas bordas rasgadas revelavam parte de uma moldura revestida em ouro.

– Vejam o que eu achei!

15

LEONARDO

Florença, Itália
Maio de 1482

Além dos portões de Florença, sinto as rodas da carruagem balançando nos sulcos da estrada. Equilibro o caixote de madeira no colo.

Finalmente. Depois de anos tentando ganhar favores na corte dos Médici, de tentar encontrar um patrono para me financiar, depois de anos medindo minhas palavras por medo de outra acusação, estou deixando Florença para trás em busca de melhores perspectivas.

Bem acomodados no fundo de uma das carroças puxadas por mulas chacoalhando atrás de nós, baús cheios de cadernos, pincéis, carvão, canetas, pigmentos. Calças de seda, batas e gorros de cetim, roupas íntimas de linho e minha capa favorita de veludo roxo. Milão é fria, disseram-me.

Observo o homem grisalho sentado à minha frente, nas macias almofadas bordadas, um dos notários de Lorenzo, o Magnífico. Seus olhos tristes observam a imponente cúpula de barro de nossa catedral se afastar do lado de fora da janela da carruagem. Ao meu lado, meu jovem e belo amigo, o cantor Atalante Migliorotti, cantarola uma música baixinho. *O Magnífico escolheu bem*, penso eu. Certamente vamos impressionar a corte de Milão. Eles disseram que os milaneses tentam imitar nossa língua e nossa vestimenta florentina.

Insisti em trazer comigo, na carruagem, um caderninho e um bastão novo de carvão para que eu pudesse esboçar qualquer visão que me agradasse ao longo da jornada. E o caixote. Claro, o caixote. Eu inventei um recipiente de madeira cheio de palha para transportar a lira, oferenda diplomática do Magnífico a Ludovico, o Mouro, regente de Milão. Não devo perdê-lo de vista. A lira em si é uma maravilha, se me atrevo a me elogiar. Eu a confeccionei em pura prata, na forma de uma cabeça de cavalo. Ela vai ser o acompanhamento perfeito para a voz de Atalante: já passamos horas ensaiando juntos e até nos apresentamos diante das mulheres dos Médici. E se o Senhor de Milão me pede para tocar, como poderia recusar?

Além da lira, o caixote também contém a carta de apresentação do Magnífico em meu nome. Extraordinariamente importante. Lamentavelmente curta.

Não consigo conter um longo suspiro. Se eu ganhar alguma comissão importante da corte de Milão, devo descrever e elaborar sobre minhas habilidades. Folheio meu caderno, onde escrevi uma carta. Risquei algumas partes e as reescrevi. Quando chegarmos aos portões de Milão, espero, a minha lista de oferendas estará completa:

Ao Excelentíssimo Senhor de Milão, Ludovico Sforza
Do seu mais humilde servo, Leonardo da Vinci, em Florença

Ilustríssimo Senhor,

Tendo estudado suficientemente e ponderado sobre as realizações de todos aqueles que se consideram mestres e artífices de instrumentos de guerra, e tendo notado que a invenção e o desempenho dos referidos instrumentos em nada diferem do que já é de uso comum, me empenho, embora não pretenda desacreditar ninguém, a mostrar a Vossa Excelência meus segredos, depois oferecendo-os à sua total disposição e, quando for a hora certa, colocando em operação efetiva todas as coisas que possa desejar.

Em parte, estes devem ser considerados como descritos abaixo...

1. *Tenho projetos para pontes leves, fortes e facilmente portáteis para perseguir e, em algumas ocasiões, fugir do inimigo; outras, robustas e indestrutíveis pelo fogo ou pela batalha, fáceis e convenientes de serem erguidas e colocadas na posição correta. Também tenho métodos para queimar e destruir as pontes do inimigo.*

2. *Sei como, durante um cerco, remover água dos fossos e fazer uma infinita variedade de pontes, caminhos cobertos e escadas, além de outras máquinas necessárias a tais expedições.*

3. *Caso seja impossível se valer de um plano de bombardeio ao sitiar determinado lugar, em razão da altura das barreiras ou da força de sua posição, tenho métodos para destruir todas as rochas ou outras fortalezas, mesmo que tenham sido fundadas em um promontório ou além...*

4. *Também tenho projetos de canhão, mais convenientes e fáceis de transportar; com eles, é possível arremessar pedras quase como uma chuva de granizo; e a fumaça do canhão incutirá um grande terror no inimigo, para seu grande prejuízo e confusão.*

5. *E se a luta for no mar, tenho muitas máquinas da mais alta eficiência para ataque e defesa; e embarcações que resistiriam ao ataque dos maiores canhões, seja a pólvora ou a fogo.*

6. *Além disso, conheço os meios para se chegar a determinado local através de minas e passagens secretas sinuosas, escavadas completamente sem ruído, mesmo que seja necessário passar por baixo de um fosso ou rio.*

7. *Também projetarei carruagens cobertas, seguras e blindadas, que penetrarão o inimigo e sua artilharia, e não haverá exército de homens armados poderoso o suficiente para destruí-las. A infantaria poderá seguir ilesa e desimpedida logo atrás.*

8. *Além disso, se houver necessidade, meu senhor, posso construir canhões, morteiros e artefatos belos e funcionais, muito diferentes dos utilizados hoje.*

9. *Para onde o uso de canhões for impraticável, projetarei catapultas, manganelas, trabucos e outros instrumentos de eficiência maravilhosa que não são de uso comum. Em suma, assim*

como a variedade de circunstâncias possa ditar, posso inventar um número infinito de itens para ataque e defesa.

10. Em tempos de paz, serei capaz de fornecer completa satisfação, como qualquer outro, no campo da arquitetura, na construção de edifícios públicos e privados e na condução de água de um lugar para outro.

11. Também poderia trabalhar no cavalo de bronze que será uma homenagem à glória imortal e à honra eterna da auspiciosa memória de Sua Senhoria, seu pai, e da ilustre casa de Sforza.

12. Além disso, posso executar esculturas em mármore, bronze e barro. Do mesmo modo, na pintura, posso fazer tudo o que é possível tão bem como qualquer outro, seja ele quem for.

E, se alguma das coisas acima mencionadas parecer impossível ou impraticável a alguém, estou prontamente disposto a demonstrá-las, em seu parque ou em qualquer outro lugar que agrade Vossa Excelência, a quem me recomendo com toda a humildade possível.

16

CECILIA

Milão, Itália
Junho de 1490

Cecilia abriu o soneto com uma explosão confiante de ar saído de seus pulmões. Assim como seu novo professor de canto havia lhe mostrado, ela empurrara todo o ar para baixo, na boca do estômago.

Così del tuo favore ho qui bisogno...

Ela segurou a última nota, fixando o olhar na ampla janela e para a vista além. O cheiro de verão era tão espesso no ar que era quase nauseante, como o odor dos caules largados para virarem lodo em um vaso. Acima do peitoril, um zangão girando em espirais bêbadas empanturrava-se nas flores vermelhas, que transbordavam pelas bordas.

Mesmo que tivesse apenas um punhado de pessoas na sala durante o ensaio, Cecilia se esforçou para cantar como se o salão estivesse cheio de cortesãos. Ela respirou fundo, escutou a deixa na harpa, e encontrou o caminho para a próxima linha.

Però mostra a Mercurio, o Anfione,
Che mi 'nsegni narrare un novo sogno...

Havia melhorado, pensou. Desejou que o irmão estivesse ali, que não tivesse sido despachado em uma das missões de Sua Senhoria, longe de Milão. Ela sabia que Fazio ficaria orgulhoso dela, elogiaria seus novos talentos, desenvolvidos sob a tutela dos poetas e músicos da corte de Ludovico, o Mouro. E, sendo sincera consigo mesma, ela sabia que a presença de Fazio lhe daria a coragem de que precisava agora, praticando e se preparando para cantar diante de Ludovico, sua corte e uma sala cheia de estranhos.

O olhar de Cecilia pousou no poeta da corte, Bernardo Bellincioni, um homem grisalho sentado atrás de Marco em sua harpa. Os olhos de Bernardo eram brilhantes e sérios, e Cecilia viu que seus lábios moviam-se quase imperceptivelmente, murmurando as palavras da canção. Ele não conseguia se conter: havia escrito as palavras daquele soneto e de muitos outros. Ela hesitou, mas Bernardo insistiu com um pequeno gesto.

– Continue, *cara*.

Com Bernardo, Cecilia passara horas mergulhando em poesia, música, literatura. Apesar de Bernardo ter idade o suficiente para ser seu avô, ele era a coisa mais próxima de um amigo que Cecilia havia encontrado na corte ducal. Juntos, Cecilia e Bernardo haviam composto alguns trechos de versos e canções. O especialista, agradavelmente surpreso com o talento de Cecilia, e a garota, encantada com a beleza de suas palavras e sua habilidade experiente em organizá-las com pouco mais do que um rabisco rápido de sua pena.

– Agora pare – instruiu Bernardo, e Cecilia o observou rabiscar algumas linhas em seu pergaminho, sussurrando para si mesmo enquanto ajustava palavras e rimas. – Dê-me alguns momentos – pediu ele.

Cecilia se afastou de sua partitura e foi em direção à janela para respirar o ar pesado e perfumado de flores. Lá estava Lucrezia Crivelli. Cecilia imaginou que Ludovico, se pensasse em tais coisas, veria que Lucrezia poderia ser amiga dela, mas a menina não estava interessada em nenhuma das coisas que Cecilia amava. Ela não tinha o menor interesse em música, poesia ou nos mitos; parecia se importar apenas com as roupas e maneiras da corte. Quando não estava ocupada torturando Cecilia com o último ritual de beleza retirado de um livro de segredos de mulheres, Lucrezia passava horas se abanando no parapeito da janela ou puxando preguiçosamente um fio em seus bordados.

Mas Cecilia não tinha interesse em passar os dias como uma ociosa cortesã. Ela queria mais. Não queria apenas se cercar de músicos, poetas e escritores talentosos como Bernardo. Queria ser alguém de talento também. Se pudesse provar seu verdadeiro valor para Ludovico, o Mouro, e sua corte, então não seria apenas mais um brinquedo novo que brilhou intensamente por uma temporada, para perder rapidamente o brilho em seguida. Se ela pudesse demonstrar seu talento literário e suas habilidades musicais para entreter e encantar os convidados de Ludovico, então certamente ele veria vantagens em mantê-la ao seu lado por muitos anos vindouros.

– Sua Senhoria não gosta de harpa – sussurrou Lucrezia, apenas alto o suficiente para que Cecilia escutasse, mas fora do alcance dos ouvidos de Marco, o músico da corte.

Cecilia digeriu a afirmação de Lucrezia e depois se perguntou o que mais ela não sabia sobre os gostos peculiares de Ludovico. *Se quisesse ser mais do que um brinquedo de Sua Senhoria*, pensou, *seria melhor descobrir rápido.*

17

DOMINIC

Arredores de Aachen, Alemanha
Outubro de 1944

No horizonte, para além do acampamento, Dominic distinguiu um fluxo de poeira, depois ouviu o ronco dos motores. Paul acordou de um cochilo inquieto, as costas apoiadas na mochila, naquele diminuto pedaço de grama amarelada. Os soldados prepararam seus rifles para o conflito, mas, quando o pequeno comboio apareceu, os caminhões eram todos veículos americanos.

Dominic e Paul observaram o corpo esguio do capitão Hancock caminhando até os veículos assim que eles pararam. A porta do passageiro do caminhão que liderava o comboio se abriu e um homem atarracado desembarcou, de bigode bem cortado e expressão afiada.

– Senhor! – saudou o capitão Hancock. Dominic e Paul trocaram olhares e seguiram o exemplo.

– À vontade, Hancock – disse o novo soldado. Suas listras o distinguiam como tenente comandante.

Hancock apontou para o militar do alto escalão.

– Tenente comandante George Stout – disse aos homens. – Ele é nosso chefe.

Dominic reparou na estatura alta e no bigode escuro do homem.

Por duas semanas, Dominic e seus colegas soldados andaram sem rumo, apreensivos, ao redor do acampamento, vendo a cidade de Aachen queimar no horizonte. A paisagem era pouco mais do que um amontoado de pedras fumegantes. À noite, o céu brilhava. De dia, os soldados observavam colunas de fumaça subindo aos céus. O renomado centro de arte e cultura – a capital de Carlos Magno – tinha sido reduzido a apenas mais uma cidade bombardeada no horizonte, como as brasas de uma fogueira descartada por algum gigante descuidado.

Enquanto esperavam, Dominic esboçava retratos rápidos de seus companheiros em qualquer pedacinho de telegrama descartado, embalagens de comida ou outra superfície que pudesse encontrar. Quando Paul surpreendeu Dominic fazendo um rápido esboço dele enquanto lavava seu cantil em uma torneira enferrujada, ele finalmente concordou em posar para o colega.

– Pelo amor de Deus, só quero que não conte para ninguém – pediu Paul enquanto Dominic sorria. – Nunca quis posar de modelo para um artista.

Esse comentário soou como uma pequena reverência e deu a Dominic a dose de leveza de que ele precisava para continuar. Para continuar esperando. E para continuar desenhando.

Ao longo dos dias, um bando de jornalistas americanos e britânicos tinha se reunido ali, assentados em torno da relativa segurança do acampamento como necrófagos seguindo um animal moribundo. Eles não tinham sido capazes de garantir o transporte para o *front*, e todos pareceram desapontados quando Dominic e Paul haviam chegado dias antes em apenas um caminhão de duas toneladas e meia. Não haveria espaço para todos. Sendo assim, soldados e jornalistas voltaram a esperar e observar o rescaldo da batalha. Mas agora, com uma fila de caminhões chegando ao acampamento, talvez pudessem finalmente se pôr em marcha.

Dominic compensava seu peso trocando as pernas enquanto se mantinha em guarda, o rifle pesado pressionando o ombro. Seus pés doloridos eram um reflexo da psiquê dolorida. Nesse momento, o comandante acenou para Dominic.

– Vocês já esperaram o suficiente – disse, apontando para os veículos com um gesto de cabeça. – Vamos embora.

Paul foi encarregado de conduzir o tenente comandante Stout no caminhão, marcado com um grande letreiro branco, POLÍCIA MILITAR, e se posicionou na frente do comboio. Dominic se amontoou na parte de trás do próximo veículo ao lado de um grupo de soldados que já estava dentro do caminhão. Eles se ajeitaram para abrir espaço: alguns homens tiveram que ficar pendurados do lado de fora. Dominic se agachou para abrir espaço e esbarrou em um soldado baixinho encolhido no canto.

– Desculpe – disse automaticamente, olhando para cima.

Para sua surpresa, traços femininos o encaravam debaixo de um capacete do exército. Ela se agachava, meio desajeitada ali, observando de olhos arregalados o enxame de homens armados dentro do veículo, mas havia um fogo em seus olhos que o fez ser cauteloso com as palavras dirigidas a ela.

– O que você está olhando? – perguntou ela, com um forte sotaque do Brooklyn.

– Desculpe, senhorita – Dominic sentiu o rosto corar. – Eu não percebi...

Ela o silenciou com um aceno de mão.

– Josie Garrett, *New York Times*.

Dominic ergueu as sobrancelhas.

– Você é repórter?

– Sim. Acompanho Stout e seus homens há semanas. E, você, agradeça a ele por este transporte para o *front*.

O motor do caminhão ligou com um estalo, e Dominic balançou com o movimento familiar de inverter e virar; Josie estendeu a mão, apoiando-se na parede para manter o equilíbrio. Dominic sentiu-se um pouco compadecido com a situação dela, enquanto segurava sua arma com força.

– Então, quais são as novidades? – ele perguntou.

Josie tirou um pequeno bloco de estenografia de um dos bolsos da frente do sobretudo militar que vestia, muito maior do que seu tamanho.

– Bem, uma escultura de Michelangelo foi roubada em Bruges, tenho isso para lhe contar.

O próprio nome de Michelangelo parecia tão incongruente em uma conversa sobre uma missão de guerra quanto a pequena estrutura da jovem na parte de trás de um caminhão do exército.

– Eles roubaram um Michelangelo? – Dominic sentiu seu queixo cair. Se os nazistas não ligavam em massacrar milhões de pessoas inocentes, então também não deveriam se importar em serem ladrões de obras de arte.

Josie confirmou, folheando suas anotações.

– E várias outras coisas de quase todos os países da Europa. Eles roubaram até um Leonardo da Vinci e um Rafael, na Polônia. Estão dizendo aos alemães que os Aliados estão contratando especialistas em arte judeus para roubar tudo que tenha valor artístico. Supostamente, estaríamos enviando tudo isso de volta aos Estados Unidos, para colecionadores particulares. Uma grande mentira, é claro. O maior objetivo da missão dos Homens dos Monumentos é levar essa arte de volta aos seus legítimos proprietários aqui na Europa. Não estamos levando nada para casa conosco.

Dominic balançou a cabeça.

— Eu não fazia ideia. Então o que eles estão procurando em Aachen?

Ela gesticulou em direção ao caminhão dianteiro, como se pudessem ver o tenente comandante Stout no banco do passageiro, ao lado de Paul.

— Bem, agora que o banho de sangue ficou para trás, ele espera que tenham deixado algo na igreja. Aqui era a capital do Sacro Império Romano. Mas ainda não sabemos se sobrou alguma coisa – disse Josie e deu de ombros. – O que sabemos é que eles vão tentar salvar tudo o que puderem. Outras equipes de Homens dos Monumentos também têm tentado preservar as obras. – Ela estudou suas anotações novamente. – Eles estão espalhados pela França e pela Itália. Até cobriram a Ponte Vecchio em Florença com sacos de areia. Meu colega me disse isso no começo da semana.

— Na minha opinião, isso é uma perda de tempo – disse um homem sentado em frente a eles. – Proteger os monumentos não é nosso trabalho. Estamos aqui apenas para salvar o que restou e levar o que pudermos para lugares mais seguros. Tentar proteger esses edifícios é inútil.

— Inútil ou não, esse é o plano – disse Josie. – Os Aliados desenharam mapas aéreos detalhados para proteger outros monumentos também.

Dominic olhou fixamente para os escombros da paisagem enquanto se aproximavam da cidade de Aachen em chamas. Ele sabia que o número de americanos mortos na Batalha de Aachen tinha sido na casa dos milhares, mas que havia tido muito mais baixas alemãs. A luta fora acirrada e milhares de alemães tinham sido feitos prisioneiros, de acordo com os relatórios de inteligência que receberam enquanto observavam a cidade queimar, impotentes, a partir de seu acampamento. E nos territórios a leste, milhões de pessoas já haviam perdido a vida nas mãos dos nazistas. Num momento como esse, o que importavam algumas pinturas e prédios antigos?

Por mais que Dominic apreciasse arte, ele valorizava mais as pessoas e se perguntou como Sally se sentiria se ficasse sabendo que ele tinha morrido para defender alguma pintura ou escultura. Milhares de vidas. Até onde a tristeza se espalharia? Diante disso, o que importava uma missão como aquela? Pelo menos, em seu antigo pelotão ele sentia que estava fazendo algo para repelir o inimigo. Agora, Dominic sentiu seu otimismo começar a esmorecer diante da espera inútil, da limpeza após a pilhagem.

– Também estamos recebendo relatórios de inteligência sobre depósitos de arte roubados dentro da Alemanha – continuou Josie, olhando fixamente para o outro homem com um olhar que transbordava atitude nova-iorquina. – Stout está focado na liberação das obras para que possamos chegar a elas. Ele está no telefone o tempo todo, tentando juntar mais homens para que possamos ir atrás disso. Todas as coisas que os nazistas roubaram devem ter ido para algum lugar: se pudermos chegar aos seus esconderijos, então podemos pegá-las e enviá-las para casa.

– Acho que resta muito pouco de casa – murmurou um soldado sentado ao lado deles.

Olhando para o que restava de Aachen, Dominic tinha que concordar. Não era a primeira vez que ele agradecia a Deus por Sally e Cecilia estarem seguras em Pittsburgh, e rezou para que a guerra nunca chegasse tão longe. Ele se perguntou quantos dos legítimos proprietários dessas obras ainda estariam vivos.

O cheiro acre da cidade bombardeada invadiu suas narinas. Impressionados com a escala da destruição, todos no caminhão caíram num silêncio profundo. O estreito trilho de bonde que estavam seguindo era a única estrada em condições transitáveis nesses primeiros quilômetros. O caminhão lutou e enfrentou sulcos e buracos. Fios pendiam dos trilhos de bonde. À medida que se aproximavam do centro da cidade, a pista foi sendo ladeada por casas geminadas.

Dominic ainda podia ver os restos de uma antiga glória: um segmento de um muro de pedra de arenito aqui, uma estátua de mármore em um jardim ali, um fragmento de fachada rachado e desgastado com um número de casa torto ao lado dos restos carbonizados de um batente de porta. Nas áreas industriais da cidade, não havia mais muros de pé, apenas montes de escombros, fragmentos de vidas e sonhos dilacerados e lançados impiedosamente à terra.

Além daquele comboio, a cidade estava quase abandonada. Sua beleza havia sido reduzida a um terreno baldio plano e assustador. Quanto mais se aproximavam do centro da cidade, menos janelas encontravam intactas. Até que, finalmente, não havia mais casas, apenas ruínas. Em uma delas, uma estante estava caída de lado, meio destruída: papéis farfalhavam ao vento e livros jaziam espalhados sobre o que restara de um piso de madeira.

Josie, que estava rabiscando freneticamente em seu caderno, deu um suspiro suave e apontou.

– Oh!

Dominic seguiu o dedo dela até um monte de escombros enquanto passavam. Era um sapato: uma pequenina peça de crochê que ele podia imaginar sendo cuidadosamente confeccionada pelas mãos de alguma avó amorosa. Agora estava manchado de sangue e coberto de fuligem e pó de gesso no meio da rua. Um dos pneus do caminhão o havia esmagado contra o lodo.

– Olhe para isso – disse um dos outros soldados, apontando para cima.

Dominic olhou para cima e viu, chocado, um prédio ainda em pé: alguma grande igreja antiga tinha a fachada esburacada por tiros, mas seu campanário ainda apontava para o céu orgulhosamente. Ao se aproximarem da parte mais antiga da cidade, mais e mais igrejas iam surgindo através da fumaça, todas velhas e meio conservadas. Dominic percebeu que isso somente devia ter sido possível graças aos mapeamentos feitos pelos Homens dos Monumentos. Se não fosse por eles, certamente aquelas igrejas teriam virado pilhas de escombros como o restante da cidade – como as moradias de civis inocentes que não pediram aquela guerra, responsável por destruir a vida deles.

– Há sobreviventes? – perguntou ele em voz baixa.

Um oficial sentado perto deles deu de ombros.

– A maioria dos civis foi evacuada. Quanto ao restante, suponho que estejam escondidos nos porões. Se ainda houver alguém vivo.

Dominic pensou nas famílias escondidas lá embaixo, na poeira e escuridão, encolhendo-se cada vez mais ao ouvir o ronco dos caminhões lá em cima. Por que o comboio estava se movendo em direção a algum velho edifício quando havia seres humanos lá embaixo que precisavam deles? Dominic olhou para os restos de Aachen. De repente, a arma em suas mãos pesava como uma tonelada de pedra.

Todos eles acreditavam que podiam ser heróis. Todos achavam que lutavam por alguma coisa: liberdade e justiça, a libertação de pessoas inocentes, a perspectiva de paz um dia, para que seus filhos nunca tivessem que enfrentar os mesmos horrores...

Mas enquanto viajava pelo mar e pelo continente europeu, Dominic começava a se perguntar, a cada dia que passava, se ele, afinal, tinha feito alguma diferença. O que importava a arte, e o que importava sua própria opinião?

Ambos pareciam dispensáveis, pensou. Ele fechou a boca e a mente, encarou a parede de lona do caminhão e seguiu em um silêncio amargo.

Ao lado dele, Josie escrevia em seu bloco de notas num ritmo furioso. *E pensar que tantas vezes procurei e ansiei por um pedacinho de papel*, pensou Dominic; mas agora, mesmo que Josie arrancasse de seu caderno uma página inteira e novinha e lhe desse, ele não teria forças para escrever ou desenhar qualquer coisa. Não naquele momento.

18

CECILIA

Milão, Itália
Setembro de 1490

Da cama de Ludovico, o Mouro, Cecilia observava um bando de andorinhas voando em círculos frenéticos do lado de fora da janela. Os lençóis ainda estavam úmidos das horas preguiçosas que tinham passado lá após a refeição do meio-dia.

Ludovico se levantou e enrolou um lençol na cintura. De uma tigela em uma pequena mesa, ele pegou uma romã. Os funcionários da cozinha tinham feito cortes ao longo das laterais da fruta vermelha para que fosse mais rápido e fácil descascá-la. Cecilia se perguntou como e onde eles tinham conseguido encontrar tal luxo sendo que a temporada de frutas acabara de começar.

– Nossos convidados devem voltar em breve da caça – disse ele, olhando pela janela. – Espero que você tenha preparado algo divertido para eles esta noite.

Cecilia confirmou. Estava ficando mais treinada em não falar, a menos que Ludovico lhe fizesse uma pergunta direta, e ela conseguia ver que isso surtia o efeito desejado. Nas últimas semanas, Ludovico a cobrira de presentes. Um lindo vestido novo de veludo com decote dourado. Um cordão de contas de ônix longo o suficiente para dar duas voltas ao redor do seu pescoço.

– Um novo soneto do mestre Bernardo – disse ele.

– Sim – Cecilia se apoiou no cotovelo. – Mas eu pensei que você não gostasse de harpa.

Ele se virou para ela, e metade de sua boca subiu num sorriso.

– Quem te disse isso?

Ela encontrou seu olhar.

– Não me lembro.

– É verdade que prefiro o som da lira para acompanhar composições vocais – explicou ele. – Não há instrumento mais bonito aos meus ouvidos.

– Então vou me lembrar disso no futuro – disse ela.

Ludovico sorriu e voltou para a cama.

– Minha flor... – Ele pressionou o rosto no pescoço de Cecilia, e a aspereza de sua barba lhe provocou um formigamento na espinha. – A verdade é que todos querem ouvir sua bela voz, não importa que instrumento a acompanhe.

– Então você está satisfeito com o meu trabalho.

Ludovico riu baixinho. Então agarrou a trança longa e desarrumada de Cecilia. Ela o viu enrolá-la em torno do punho e puxá-la para perto, como uma corda.

– Muito satisfeito – respondeu ele.

– Espero que os convidados também fiquem. Com a música.

Ludovico levantou-se novamente e abriu as venezianas.

– Minha querida – proclamou em voz alta. – Sua reputação já se espalhou pela Lombardia e além. Em pouco tempo, o nome de Cecilia Gallerani será falado em toda a Terra.

Então Ludovico se jogou em uma cadeira e começou a descascar a romã. Cecilia deitou-se e observou-o extrair as sementes roliças do centro da fruta, enquanto um suco vermelho-sangue escorria por suas mãos. Um sorriso faminto e lascivo. Depois Cecilia o viu pressionar os frutos doces e maduros com a língua, deixando a casca amarga e oca cair no chão.

19

EDITH

Petkinie, Polônia
Setembro de 1939

Os olhos da menina eram inteligentes e amendoados, olhando para a luz como se estivesse distraída por um bando de pássaros além do parapeito da janela. Em seus braços, embalava uma criatura branca e peluda do tamanho de um bebê recém-nascido, cujos olhos redondos e vidrados focavam na mesma direção que os da menina.

Edith tinha lido avaliações anteriores de estudiosos que diziam que Cecilia Gallerani estava vestida *alla spagnola*, com um vestido de veludo e decote quadrado bordado com fios de ouro e um manto azul sem mangas. Um pequeno gorro e uma faixa preta seguravam um véu quase transparente com uma borda recortada sobre a testa. O penteado elegante de Cecilia era moda na época: o cabelo dividido ao meio e disposto numa longa trança envolvida num casulo de seda. Um colar de contas de ônix caía sobre seu peito e ainda embrulhava seu pescoço esbelto uma outra vez, num arranjo artístico.

Edith cuidadosamente passou o dedo pela superfície. Ela já conseguia perceber as pequenas imperfeições, marcas de danos que só podia notar graças aos seus anos de treinamento e experiência. Um fino craquelado de tinta seca havia texturizado a superfície da imagem, certamente decorrente de mudanças dramáticas na temperatura e umidade, já que o quadro, pintado em um painel de nogueira, tinha sido transportado por incontáveis quilômetros com a família Czartoryski nas décadas anteriores.

Alguém mais teria visto a tinta marrom responsável por dar a impressão de que o arranjo na cabeça fosse uma extensão do cabelo? Aquilo, de certo, tinha sido o resultado de uma interpretação descuidada de algum restaurador anterior. E o fundo preto, embora dramático em seu efeito, certamente não era original. Da Vinci deve ter imaginado uma paisagem distante, semelhante ao de sua famosa *Mona Lisa*, imaginou Edith. No entanto, algum restaurador cem anos atrás deve ter coberto esse fundo com verniz preto, talvez para disfarçar alguns danos já existentes na pintura.

Mas a imagem era muito mais do que a soma dessas partes. Quantas pessoas tiveram a oportunidade de estar diante daquele belo retrato da jovem que poderia ter sido a amante de um importante governante de Milão do século XV? De contemplar o trabalho do próprio Leonardo da Vinci? Edith tinha colocado os olhos e as mãos em muitas pinturas da era renascentista, mas aquele retrato a deixou maravilhada. Por mais que odiasse ser arrancada da família e do trabalho em Munique, ela tinha que admitir que ficar diante daquela obra era um sonho tornado realidade.

Quando o soldado puxara a obra de uma caixa na parte de trás da sala escondida, o coração de Edith quase parou. Ela sabia que se tratava de um painel antigo, possivelmente do Renascimento, mesmo de costas. A moldura, feita provavelmente no século XVIII, era uma robusta construção de madeira dourada. Ela conhecia o tamanho e reconhecera o painel de nogueira típico das pinturas italianas do final de 1400. Ainda assim, prendera a respiração até que o soldado virasse a obra para que todos pudessem ver.

Agora, a *Dama com arminho* de Leonardo estava deitada sobre uma mesa na outrora secreta sala do Palácio Czartoryski. Muitas das mais importantes peças reproduzidas nos fólios do catálogo de Edith estavam empilhadas ao seu redor: *Paisagem com o bom samaritano*, de Rembrandt, *Retrato de um jovem*, de Rafael, todas as pinturas que Edith tinha apresentado à equipe do museu e muitas outras.

Ao longo de alguns dias, Edith passou quase todo o seu tempo no espaço abobadado e sem janelas, documentando e avaliando os objetos de valor que a família tentou esconder antes de fugir. Dois soldados tinham sido destacados para ajudá-la a lidar com as grandes pinturas, móveis e outras peças pesadas e para guardar o extenso acervo de joias antigas, protegendo-as contra a tentação na qual podiam cair outros soldados.

Embora Edith tivesse ficado impressionada com a seleção cuidadosa de inestimáveis objetos do acervo da família, o trabalho devia ser tedioso e maçante para aqueles homens, pensou. Eles passavam horas esperando que Edith terminasse de escrever suas copiosas observações. Além das pinturas que ela já havia catalogado em Munique, a coleção da família incluía grandes quantidades de móveis, desenhos, bronzes, moedas e medalhas, joias inestimáveis e gemas. Levaria muitas horas para examinar e inventariar a coleção completa.

As conversas ociosas dos homens embalavam o ritmo do trabalho de Edith; sua mente dividia-se entre as obras de arte e a dúvida de onde estaria Heinrich, se ele já tinha chegado à Polônia com sua unidade. Eles reclamavam da comida polonesa, do idioma, do tédio. Seriam transferidos para pontos a leste, disseram, assim que mais tropas chegassem à região. Os homens tentaram puxar conversa com ela, fazendo perguntas sobre o trabalho no museu, sua vida pessoal, sobre como ela tinha chegado ali, mas Edith não quis se abrir para a curiosidade deles.

Também haviam dito a Edith que havia prisioneiros poloneses no andar de cima. As palavras do tenente Fischer ecoaram em seus ouvidos: *resistência no campo*.

Enquanto trabalhava, Edith sentia o estômago retorcido ao mesmo tempo que se perguntava para onde a família Czartoryski teria ido e se tinha conseguido escapar da captura.

Finalmente, numa tarde, essa resposta chegou.

– *Fräulein* Becker...

Ela se virou e viu o tenente Fischer descendo as escadas. Ele se aproximou da mesa onde Edith estava examinando a superfície com rachaduras em uma pequena natureza-morta alemã do século XVII, escurecida pelos anos e pelo abandono. Por um longo momento, ele examinou a imagem. Então se virou para Edith.

– Disseram-me para instruí-la a fazer uma seleção das doze ou mais obras de maior valor aqui – disse ele. – Os homens podem ajudá-la a embalá-las para um transporte seguro.

– As obras serão transportadas? E quanto à família?

– Não demorou muito para a Gestapo encontrar o príncipe e sua espanhola grávida. Eles foram levados sob nossa custódia.

Edith sentiu o peito arfar.

– Eles foram presos? Mas o que vai acontecer com eles?

O peso do desespero apertou todo o seu corpo e a sala se tornou um túnel escuro. Seria ela a responsável pelo destino não apenas dos bens mais valiosos da família, mas também da sua própria segurança, talvez até das suas vidas? Seria Edith a culpada pelo destino do jovem príncipe e de sua esposa? Até mesmo de seu filho ainda não nascido?

– Isso não nos compete saber – continuou Fischer. – Eu tenho ordens do ss *oberführer* Mühlmann. Ele é o recém-nomeado comissário especial encarregado da salvaguarda de obras de arte em terras orientais ocupadas. Dr. Mühlmann acabou de chegar à Polônia e enviou ordens diretas para você.

– Ordens... – A palavra saiu como um sussurro quase sem fôlego.

O tenente Fischer confirmou.

– *Oberführer* Mühlmann deseja examinar pessoalmente as peças mais valiosas desta coleção. Ele está a caminho de outra residência Czartoryski, perto de Jarosław.

Edith se perguntou como ela poderia escolher apenas dez ou doze obras da coleção cuidadosamente selecionada da família Czartoryski. O rosto vibrante de Cecilia Gallerani chamou a atenção de Edith, e ela se concentrou nele, tentando reunir coragem.

– Viremos buscá-los pela manhã, então você pode começar sua seleção e embalagem imediatamente. E você vai nos acompanhar até Jarosław – disse o tenente Fischer. – Eu a aconselharia a escolher com sabedoria. *Oberführer* Mühlmann pediu especificamente por você.

20

LEONARDO

Milão, Itália
Setembro de 1490

— *Sua Senhoria pediu especificamente por você.*

Assim disse o jovem pajem, sem fôlego depois de ter vindo correndo do castelo ducal nos limites da cidade. Ele se apressou para meus aposentos na Corte Vecchia e disparou pela subida cada vez mais estreita da escadaria em direção ao telhado.

É deste telhado fortificado que estou determinado a fazer um homem voar. Há meses tenho trabalhado na engenhoca, pela primeira vez transformando uma vida inteira de sonhos e desenhos em realidade. Eu enchi pilhas de páginas com imagens de armações de madeira capazes de conter um passageiro. Depois de estudar e desenhar as asas de pombos, morcegos e libélulas, estabeleci que asas de um falcão, julgo eu, são ideais para permitir que a nave voe e paire no ar melhor do que os outros tipos. Com a ajuda de dois carpinteiros, construímos o lugar do passageiro numa leve madeira revestida em bálsamo. Estamos construindo as armaduras para as asas, que serão cobertas com fina seda milanesa esticada nas armações.

Mas agora o jovem, suando, veio me tirar da minha oficina, minha pequena fábrica, e me levar ao palácio ducal, para a sala de audiências de Ludovico, o Mouro.

– Sua Senhoria enviou ordens – diz o menino.

Ordens.

Após sete longos anos, Ludovico, o Mouro, finalmente me deu um salário, alimentação e abrigo nesta velha pilha de pedras em ruínas, com vista para a praça principal da cidade. Consegui o que queria. Espaço para morar e trabalhar. Um lugar em sua mesa. Esse é o lado bom. O ruim: como todos que são sustentados por Sua Senhoria, eu agora estou em dívida com o homem. Quando Ludovico, o Mouro, acena, devo largar todo o resto. Todos os meus projetos.

– Qual – pergunto ao menino – é a natureza do pedido de Sua Senhoria?

– Um retrato – responde o menino.

Ah. Enfim, um retrato. Era apenas uma questão de tempo. Eu previ que Sua Senhoria ia me pedir para replicar sua imagem. Em minha mente, já imaginei como poderia retratar sua mandíbula quadrada. O cabelo preto liso que cai sobre a testa larga. Sua Senhoria já me mostrou os retratos feitos pelas mãos de outros pintores. Não vou retratar Sua Senhoria de perfil. Não só porque é uma imagem forçada e antiquada, mas também porque já tinha pensado em uma composição diferente, que pode servir para suavizar o nariz de falcão de Ludovico, o Mouro.

Ou será possível, eu me pergunto, que Sua Senhoria tenha decidido que eu pinte o sobrinho dele, o jovem Gian Galeazzo? Afinal, se não na prática, o menino é o legítimo duque de Milão em nome. Eu vi o jovem algumas vezes quando ele foi chamado a Milão, vindo das fortalezas de Pavia ou Certosa. Lá me disseram que ele é mantido praticamente como um prisioneiro bem tratado. E quando visita aqui, a Corte Vecchia, Gian Galeazzo Sforza se esgueira pelos corredores e faz suas refeições na privacidade de seu quarto. Certamente o menino sente o peso do legado do pai, se não a reputação de seu pai de separar os membros daqueles que cruzavam com ele, ou de deixar os inimigos, ainda respirando, pregados em caixões.

Colocando de lado qualquer um dos prazeres sádicos do pai, o menino deve sentir o peso da responsabilidade para com seu povo. Mas, com seus cachos longos e finos e sua palidez, o pequeno duque parece mais um anjo caído do que um soberano implacável de um ducado inteiro. O tema de um retrato encomendado por seu tio e regente, Ludovico Sforza? Provavelmente não. Na verdade, não aposto no sucesso das perspectivas do pobre menino.

– *Subitissimo* – o jovem pajem me diz. – Sua Senhoria quer que você venha imediatamente.

Eu olho para minha engenhoca voadora, quase terminada, faltando certamente apenas mais alguns dias de trabalho. Como eu poderia suportar me afastar neste momento?

Ainda não ouvi falar que Ludovico, o Mouro, como seu irmão mais velho, delicie-se em elaborar torturas peculiares de seu próprio gosto. Não obstante, qualquer um seria estúpido em contrariá-lo. Durante os curtos anos em que Milão tem se tornado minha casa, nada fiz senão me submeter às boas graças de Sua Senhoria e de outros homens da corte. Dourei e pintei um grande políptico esculpido na Igreja de San Francesco Grande, não mais que uma engrenagem na roda de uma equipe de escultores, marceneiros e pintores. Um aborrecimento, com certeza, mas que me abriu caminho para mais comissões. Concluí nada menos que duas versões da *Virgem dos rochedos* e cheguei a projetar alguns prédios, várias máquinas hidráulicas e até mesmo um novo tipo de tear de seda.

Sua Senhoria enfim cedeu à minha proposta de uma enorme estátua equestre, um monumento ao falecido pai de Ludovico. Eu tenho já desenhada a cabeça do cavalo e as armaduras de metal que formarão o modelo preparatório. Vamos começar com um modelo de barro enquanto penso em como fazer para moldar a enorme peça em bronze.

Para ser justo, também tive muito tempo e espaço para construir algumas das engenhocas dos meus cadernos. Os pátios do castelo e uma longa sala de audiências em desuso me servem de fábrica perfeita para ideias. Eu até consegui atrair alguns homens para trabalhar como assistentes.

Mas agora o pajem me diz:

– Sua Senhoria quer, na verdade, um retrato de sua amante. A nova. *Subitissimo*.

Eu hesito. Uma nova senhora?

Havia outra amante, pouco antes de minha chegada a Milão, mas Sua Senhoria deve ter perdido o interesse, pois eu não a encontrei em lugar nenhum. Apenas uma criança, uma bela garotinha morena chamada Bianca, foi deixada para trás no castelo ducal como prova do caso.

E agora uma nova senhora. Uma amante digna de um retrato.

Diante de mim, um pedaço esfarrapado de seda balança preguiçosamente pendurado na estrutura de uma das asas da minha máquina voadora. Eu estou quase acertando esse projeto, finalmente. Já podemos ver um homem sobrevoar a praça central de Milão. Eu sufoco um suspiro, e o pajem me observa.

Devo parar de trabalhar nesta engenhoca por causa dessa distração, de pintar uma jovem nas garras de O Mouro?

Mas ninguém pediu minha opinião sobre o assunto.

– Dê-me alguns minutos para preparar minhas coisas de desenho – digo ao pajem. – Diga a Sua Senhoria que já estou indo.

21

CECILIA

Milão
Outubro de 1490

— O pintor chegou, *signorina*. Eu o vi deixar seu cavalo com os cavalariços no portão.

Cecilia tirou os olhos de seu pequeno livro, uma compilação de versos em latim, e se deparou com Bernardo Bellincioni, poeta da corte de Milão, examinando a biblioteca. Bernardo chegou perto de Cecilia, que estava sentada próximo à janela. Seu novo cachorrinho branco, um presente precioso de Ludovico, estava enrolado em seu colo.

— Aristóteles — disse ele, apontando para as páginas do pergaminho dela. — Uma boa escolha.

Ela confirmou.

— Fique conosco — disse ela, apertando a mão do poeta.

— Seria um prazer, *signorina*, se tiver a aprovação dele. Mestre Da Vinci e eu... nos conhecemos, temos as mesmas origens.

Ao longo de semanas, Cecilia e o poeta da corte compartilhavam muitas horas juntos na paz da biblioteca do castelo. Trouxe conforto a Cecilia ouvir sua familiar língua toscana, especialmente porque seu irmão Fazio teve que se ausentar muitas vezes em viagens de negócios diplomáticos, e ela sentiu falta de sua companhia. As mulheres no castelo, camareiras ou cortesãs, estavam todas ocupadas em clarear o cabelo com urina de cavalo, comparar os mais novos adornos de sapatos e compartilhar fofocas de brigas entre casais que se uniram ou se separaram, todos assuntos mesquinhos pelos quais Cecilia não tinha o menor interesse. Com Bernardo, ela saboreava horas de boa conversa sobre interesses comuns.

Bernardo era o único que reconhecia seu verdadeiro potencial para a corte, pensou Cecilia, certamente mais que o próprio Senhorio. Desde aquela primeira noite em que Ludovico, o Mouro, tomou sua virtude, Cecilia continuou defendendo para si própria uma posição de destaque na corte. Ela lia para ele versos de poesia, trechos de filosofia antiga, as palavras de Bernardo, prontas para serem musicadas. Às vezes, Ludovico a tirava de seus aposentos íntimos para que cantasse uma canção, recitasse um poema ou encantasse seus convidados com uma história ou uma melodia no alaúde. Mas, mais frequentemente, ele apenas acariciava seu rosto como se fosse um cachorrinho e a deixava na cama. Cecilia puxava o cobertor de lã sobre o corpo nu e tentava afastar a sensação de vazio que crescia em seu peito.

À medida que a roupa de cama esfriava e o calor do amante se dissipava na noite, ela ficava acordada, imaginando como as coisas poderiam ter terminado de maneira diferente. E se ela tivesse ido ao Monastero Maggiore, provado seu valor ali, preservado sua virtude? O que teria acontecido se seus irmãos tolos não tivessem perdido seu dote e ela fosse uma esposa no interior, com terras e uma prole de filhos?

Era inútil pensar nas possibilidades.

Com certeza, Ludovico valorizava Cecilia, mas não do modo que ela havia imaginado para si. Ele a cobriu com todos os presentes e luxos que ela poderia imaginar, de vestidos a bugigangas douradas. Um belo cavalo, o melhor, de um criador da cordilheira Dolomita, esperava por ela no estábulo. Violina, a dócil cachorrinha branca que a levou às lágrimas de alegria quando Ludovico a apresentou, agora dormia enrolada em um círculo quente em seu colo. Cecilia ficava maravilhada com a beleza de tudo. Sua casa de infância em Siena, com as louças lascadas e roupas íntimas remendadas, parecia apenas um conto ouvido havia muito tempo.

E agora, um retrato. Ludovico havia contratado um artista, mestre Da Vinci, de Florença, para capturar sua amante em pintura.

Ainda assim, sentar-se para uma pintura, embora uma honra, soava como a maneira mais monótona possível de passar uma tarde. Mas, com Bernardo ao seu lado na biblioteca, poderia pelo menos continuar os estudos e as conversas envolventes.

Como ela pôde perceber, mestre Da Vinci não era nada maçante. Ele entrou no quarto adornado com um manto de veludo verde, preso no pescoço com um fecho de joias, e meias num tom de verde-claro emergindo de sapatos com recortes de couro. Sua barba e cabelo escuro e abundante fluíam por baixo de um chapéu de veludo caído. Atrás dele, um pajem e uma camareira se esforçavam para trazer as pesadas bolsas de couro do pintor.

Leonardo e Bernardo se cumprimentaram com beijos nas duas bochechas e um forte abraço. Então o artista se abaixou apoiado em um joelho, segurando a mão de Cecilia entre as suas.

– Seus talentos já estão sendo elogiados em todo o país, *signorina*. Mas agora vejo que nenhuma daquelas palavras que ouvi fizeram jus à sua beleza.

– Você é gentil – Cecilia corou.

– Será meu desafio, e meu privilégio, preservar sua beleza na pintura para as gerações futuras. Além disso – completou ele –, nós, toscanos, devemos ficar juntos nesta cidade cinzenta.

Cecilia decidiu naquele exato momento que gostava do mestre Leonardo. Ela se sentou em uma das duas poltronas, a mais próxima da janela brilhante, enquanto Bernardo se empoleirou na janela para olhar as fileiras ordenadas de zimbros aparados no pátio abaixo. O cachorro se acomodou em seu colo, chiando quase imperceptivelmente. Cecilia acariciou sua cabecinha ossuda. O pintor pegou algumas folhas de pergaminho e um longo estilete de uma das malas.

– Você não ia me pintar? – ela perguntou.

– De fato. Mas começaremos com esboços preparatórios. Isso vai levar algum tempo.

Cecilia assentiu e relaxou na cadeira, de onde podia assistir a mestre Da Vinci trabalhar. Ela nunca tinha sido pintada antes e nunca tinha conhecido um pintor, mas, pelo que sabia, mestre Da Vinci não se parecia com um. Suas roupas eram impecáveis. Se ela o encontrasse na rua, acharia que se tratava de alguém da nobreza. Ele não tinha nem mesmo manchas nas unhas.

– Você pinta todos os dias? – ela quis saber.

– Não – respondeu ele rapidamente. – Não pinto nada há meses. Não é por isso que estou aqui.

Bernardo interveio.

– Sua Magnificência contratou o mestre Da Vinci como engenheiro militar.

– Um engenheiro? – Cecilia espantou-se.

– Pontes – disse o Mestre. – Catapultas. Trabucos. Veículos de cerco. Máquinas que podem até atacar do ar. Isso tem sido minha ocupação ultimamente. Foi o que me trouxe até aqui.

– Há tantas ameaças assim ao ducado? – Cecilia perguntou, se remexendo na cadeira.

– Homens na posição do Mouro sempre se encontram ameaçados, *cara* – respondeu ele, seus olhos suaves. – Mas para responder à pergunta que você originalmente fez, sim, ofereço meus serviços como pintor em tempos de paz. Mas, na maioria das vezes, homens como Ludovico, o Mouro, se encontram em guerra.

– E mestre Da Vinci, portanto, encontra-se empregado – sorriu Bernardo.

– Correto, *signore*. – Leonardo sorriu também e apontou a caneta de prata na direção de Bernardo. Então ele começou a passar a ponta de prata com cuidado sobre a página, movendo os olhos castanhos para ocasionalmente observar Cecilia enquanto ela acariciava a orelha macia de seu cachorro. – E eu estou à disposição de Sua Senhoria para qualquer coisa que precise de projeto ou arranjo decorativo para exibição, como as núpcias que se aproximam.

– Um *matrimônio*? – Cecilia perguntou. – Quem está se casando?

Por um longo momento, o único som foi o suave arrulhar e a sacudida de um pombo sob um beiral perto da janela. Com sua visão periférica, Cecilia viu Bernardo se contorcer desconfortavelmente no parapeito da janela, cruzando as pernas e esfregando os lábios.

O rosto do mestre Da Vinci empalideceu.

– A filha do duque de Ferrara – disse ele, hesitante. – Beatrice d'Este.

O nome dela saiu como um sussurro.

Um silêncio pesado caiu novamente sobre a sala. Cecilia sentiu o coração disparar e o calor subir para suas bochechas quando o quebra-cabeça começou a fazer sentido em sua mente.

– Cecilia – Bernardo quebrou o silêncio. – Você, certamente, sabia, não é mesmo? Sua Senhoria já estava prometido havia muitos anos, assim como você mesma esteve.

– Sou um idiota – disse mestre Da Vinci, correndo para ajoelhar-se na frente de Cecilia. – Minha pobre e inocente criança. Eu devia ter tido mais cuidado. Perdoe-me por ser um bruto. Não pode haver dúvida de que você é a luz dos olhos de Sua Senhoria. Isso é fácil de ver. Por que outro motivo ele gostaria de imortalizá-la num retrato de minha própria mão?

Cecilia lutou para encontrar as palavras. Como pôde ser tão ingênua? Claro que um casamento teria sido arranjado havia muito tempo para um homem como Ludovico Sforza. Por que ela não percebeu, ou pensou em perguntar? O que a fez pensar que tinha a menor chance de ser a senhora daquele castelo?

Ao lado dela, Leonardo da Vinci a olhava com enormes e tristes olhos castanhos.

– Você não é um idiota – disse ela, colocando a mão na dele para tranquilizá-lo. – Eu sou. Eu sou apenas uma garota estúpida do interior. Não faço ideia de por que achei que poderia ser a duquesa de Milão.

– *Cara mia...* – Bernardo deu um passo à frente para consolá-la. – Certamente você não permitiu que nosso mestre tomasse também seu coração, além de sua virtude?

Cecilia teve que parar e pensar sobre isso. Bernardo tinha um jeito de colocar as coisas sob uma luz direta e clara. Ela amava Ludovico? A questão permaneceu no ar, pesada e sem resposta.

Tudo o que sabia era que as coisas tinham rapidamente se complicado. Seu amante, seu guardião, seu mestre: ele se casaria com outra mulher. Estava decidido muito antes de Cecilia cruzar a entrada do Castello Sforzesco. A tal Beatrice d'Este, filha do duque de Ferrara, era o par perfeito. Claro que era. Claro que seria ela a dona daquele castelo. Era perfeita para entreter convidados, para reunir pintores, poetas, músicos. Era aquela que poderia, se as estrelas se alinhassem, ganhar o coração de Ludovico.

Pela primeira vez desde que tinha chegado a Milão, Cecilia não tinha certeza sobre nada. E seus próprios sentimentos por Ludovico eram complicados por um segredo que ela não havia compartilhado com ninguém: estava carregando seu filho.

22

LEONARDO

Milão, Itália
Novembro de 1490

Os dias de Cecilia Gallerani no palácio ducal de Milão estavam contados.
Ela tem consciência disso, certo?

A menina é ingênua. Inteligente, sim. Bela, sim. Mas ingênua. Até pareceu surpresa ao saber do noivado de Ludovico com Beatrice d'Este. Ninguém pensou em informar a pobre garota? Ela não vê que até a própria camareira, Lucrezia Crivelli, está tentando tomar seu lugar?

Em meus esboços, tentei muitas posturas e ângulos diferentes de cabeça. E tentei capturar a mistura de inteligência e ingenuidade que observo no rosto de Cecilia. Deve haver uma maneira de retratar a vivacidade, o envolvimento imediato que qualquer um sente na presença dela. Certamente é parte do que a atraiu para a cama de Ludovico, o Mouro.

Mas não. Algo não está certo. Eu rabisco a imagem e amasso a página. Tenho trabalhado na composição por dias, mas ela ainda me escapa.

Largo meus desenhos e vou até a janela do quarto. A Corte Vecchia é uma residência antiga, mas, como uma beleza envelhecida, conserva seus encantos. Do telhado fortificado e do conjunto de janelas do meu quarto, desfruto de uma vista gloriosa e desimpedida da catedral de Milão em andamento, do castelo ducal à beira da cidade e, em um dia claro, do sopé dos Alpes.

Mas hoje não há vista. Flocos de neve gordos e molhados caem de um céu cinza. Se eu pudesse pegar um na manga preta do meu manto, poderia ver – somente por um momento fugaz – perfeita simetria, um projeto único de nosso Criador, capturado no gelo. E então, assim como eu poderia começar a capturar em minha mente o mais complexo e perfeito desígnio de Deus, ele desapareceria de vista, deixando apenas uma mancha escura e úmida no tecido da manga.

Os dias de Cecilia estão contados, penso, tamborilando os dedos na fria pedra do peitoril da janela, tentando imaginar uma nova maneira, uma maneira original, de fazê-la viver através da pintura no painel. E eu tenho que descobrir rapidamente, antes que O Mouro mude de ideia. Uma mulher como Cecilia Gallerani deve saber que ela vem para o palácio ducal já de saída. A única questão é: quando? E mais importante: como? O que será dessa garota?

Eu assisto aos flocos de neve pesados caindo no recinto fechado do pátio de trabalho da catedral abaixo da minha janela. A área é preenchida com lajes marmóreas brancas de veios cor-de-rosa que chegaram aqui em barcaças dos lagos alpinos, ao longo de canais artificiais abertos apenas para esse propósito. *Quando cheguei aqui, o prédio devia estar em construção há pelo menos cem anos*, penso. Durante os anos que estive em Milão, aquelas lajes de mármore nunca saíram do lugar. No ritmo que está indo, imagino que a construção do prédio possa não ter terminado daqui a cem anos.

Observo as primeiras espirais em forma de espinho completadas ao longo dos pilares do edifício, um estilo estranho que, segundo me disseram, é comum na França. Se a construção continuar com esse projeto, acho que o edifício um dia se assemelhará a um grande palácio de gelo. Como muitos outros, propus um projeto para uma cúpula octogonal no centro do edifício, antes de Ludovico, o Mouro. Mas O Mouro não me parece interessado. Em vez disso, tudo que ocupa sua mente é sua adorável Cecilia.

Cecilia.

Eu me afasto da janela, das proporções perfeitas de arquitetura e dos flocos de neve, e volto aos meus esboços.

Mestre Verrocchio nos ensinou que a pintura imita todas as obras da natureza. Minha pintura deve se parecer com a garota como ela é em vida. Essa é a única certeza. Ludovico, o Mouro, pode não ser bem informado em questões de pintura, mas semelhança será a menor de suas expectativas. E também é certo que Cecilia Gallerani já é perfeita apenas sendo ela mesma.

Só que a perfeição e a beleza não residem apenas na natureza, mas nas proporções, na composição de uma perfeita harmonia, na perfeita colocação do corpo e da cabeça no painel. O perfeito posicionamento dos traços do rosto. O tempo destrói a harmonia da beleza feminina: isso também é certo. Mas pintando Cecilia Gallerani, capturando sua beleza hoje, vou preservá-la para a eternidade. E o espectador – agora ou no futuro – pode sentir o prazer da beleza retratada tanto quanto da beleza presenciada em vida.

Sua Senhoria está cativa de uma maneira que nunca esteve antes: foi o que me disse Bernardo, o poeta. É fácil entender a obsessão de O Mouro. Há algo sobre Cecilia que é difícil de colocar em palavras. Uma vivacidade de espírito, uma inteligência que se iguala a de qualquer homem na corte. Mais alguns traços nesta página e o contorno dos lábios de Cecilia toma forma. Por um momento, acho que ela seria capaz de falar ou cantar.

23

EDITH

Pełkinie, Polônia
Setembro de 1939

Um retrato de beleza fugaz, de perfeição congelada, que perdurou ao longo dos séculos. Edith apoiou o painel de madeira de *Dama com arminho* na saia de seu monótono uniforme verde enquanto observava o Palácio Czartoryski ficar pequeno a distância. Não podia deixar que nada acontecesse com o retrato. O que tinha feito até ali já era suficiente.

O motorista do caminhão de carga leve, um rapaz que parecia muito jovem para ter sido enviado à guerra, convidou Edith para se sentar no banco da frente, mas ela recusou. Preferiu segurar a pintura nas próprias pernas enquanto o veículo, que já tinha passado por maus momentos, sacudia pela saída luxuriante e bem cuidada do palácio e pegava a estrada principal.

Em circunstâncias normais, Edith teria insistido para que uma obra como um retrato feito por Leonardo da Vinci, assim como a dúzia de outras pinturas que havia selecionado entre as melhores da coleção Czartoryski, fosse embalada em caixa de madeira personalizada, feita especialmente para carregar obras de valor incalculável. Mas ali não havia esse luxo.

Além disso, ela se recusou a perder a obra de vista. Era o mínimo que podia fazer, pensou, por seus legítimos proprietários – o príncipe polonês e sua esposa grávida –, que estavam agora nas mãos da Gestapo. Edith sentia uma vergonha incalculável enquanto pressionava a obra ao seu lado.

Na sala secreta, ela instruiu um punhado de soldados sobre como embalar cuidadosamente cada obra em camadas de lona. Inspecionou pessoalmente cada pacote que foi carregado na traseira do caminhão. Cada um foi marcado com as informações de identificação completas. Mas, com o trabalho de Da Vinci, Edith não quis correr nenhum risco. Ela se posicionou no banco de trás, colocando o retrato ao seu lado enquanto o caminhão se arrastava pela estrada esburacada.

A terra se desdobrava em vastas extensões de encostas arborizadas e campos cultivados. Bandos de pássaros voavam sobre os caules caídos de colheitas moribundas, mergulhando, amontoando-se, enxameando rumo ao céu novamente.

A resistência no campo. Estavam eles sendo observados? Edith esquadrinhava a paisagem. Ao longe, vislumbrou algumas fazendas e casas com telhados de sapê, mas não havia fumaça no ar e ela não viu ninguém.

– Todos aqueles pacotes na parte de trás do caminhão são pinturas? – O motorista virou a cabeça brevemente na direção dela.

– Sim – ela respondeu.

– Para onde estão indo?

– Por enquanto, Jarosław. Mais tarde, eu acho que podem ser... protegidos... em outros locais.

Embaixo do banco do motorista, Edith espiou o canto de um jornal. Inclinou-se para pegá-lo, abrindo-o em seu colo. *Deutsche Lodzer Zeitung*, com suas letras góticas em negrito na parte superior. O jornal de língua alemã de Lodz, na Polônia. Ela leu a manchete:

120 MIL POLONESES MARCHANDO EM DIREÇÃO
AO CATIVEIRO ALEMÃO HOJE

Uma imagem de Heinrich apareceu em sua mente. E se ele tivesse chegado à Polônia? Teria feito parte dessa operação massiva de captura de prisioneiros por todo o país?

Instintivamente, Edith se virou para olhar pela janela do veículo mais uma vez, como se pudesse vislumbrar o amado. Mas não havia nenhuma pessoa do lado de fora, apenas colinas infinitas com um toque de outono na cor das folhas. Em um grande campo, centenas de girassóis estavam morrendo. Eles viraram o rosto para o sol uma última vez, e agora as hastes estavam inclinadas e tombadas; as cabeças pesadas das flores, caídas e amarronzadas, soltavam suas sementes nos campos.

– Você encontrou... alguém da resistência... por aqui? – perguntou Edith, hesitante.

– Quem, os poloneses? – o motorista perguntou, então deu de ombros. – Claro! Eles estão por aí. O Exército Doméstico. A Guarda Popular. Às vezes, apenas fazendeiros zelosos com armas. É por esse motivo que usamos isto – disse ele, batendo no topo do capacete de metal. Ele olhou para trás, tirando os olhos da estrada por um breve segundo. – Você é tipo uma senhora *kurator*?

– Sim, algo do tipo – disse Edith, incapaz de conter um sorriso. Ninguém nunca a tinha chamado assim. – Eu sou mais uma *konservator* do que uma curadora. Eu restauro pinturas antigas, trago-as de volta à vida.

Edith desejou saber mais sobre Kajetan Mühlmann, o homem que a chamou para trazer as melhores obras descobertas em Pełkinie. Ele deve ter sido considerado altamente qualificado pelo Partido, ou não teria sido colocado na posição de *oberführer*. Mas Edith tinha aprendido em seus anos de trabalho em museus que as posições de autoridade eram muitas vezes distribuídas de forma injusta, então aquela posição não significava necessariamente que Mühlmann fosse qualificado ou mesmo que levaria em consideração os interesses profissionais dela. Tudo que ele lhe inspirava era desconfiança.

Perto do meio-dia, o carro parou na entrada de outra grande casa, não um palácio como o de Pełkinie, mas ainda assim uma grande e bela residência privada. A entrada de cascalho da residência estava cheia de soldados e de oficiais nazistas, além de uma dúzia de veículos blindados e caminhões. Edith seguiu os soldados pela larga escadaria até a porta da frente, carregando a pintura sob seu braço, incapaz de soltá-la.

Os soldados a conduziram por um longo corredor ladeado de janelas abertas que iam de um lado a outro. O corredor levava a um elaborado salão de baile decorado com molduras douradas e esculturas de mármore.

Do outro lado da sala, um grande homem veio andando em sua direção.

– *Herr dokter* Mühlmann.

Um dos soldados juntou os calcanhares e saudou o homem grande, cujos ombros largos e mandíbula forte lhe conferiam uma aparência de atleta, e não de museólogo.

– *Fräulein* Becker. Obrigado por ter vindo – disse o homem em um característico sotaque austríaco. – *Generaldirektor* Buchner da Alte Pinakothek falou muito bem de você. – Ele estendeu a mão para Edith.

– *Oberführer* Mühlmann – saudou ela, surpresa com seu aperto de mão suave e úmido.

– Por favor – pediu ele. – Me chame de Kai. – Sua boca se espalhou em uma fina linha. Apesar de sua estatura intimidadora, Kai Mühlmann tinha uma voz suave. – Você talvez ainda não se dê conta, mas já fez muito para ajudar nosso esforço. Tornou o meu trabalho com a coleção Czartoryski muito mais simples. – Ele abriu um sorriso mais largo.

Edith sentiu os músculos ao redor dos ombros se contraírem com a menção do príncipe e sua esposa, mas estava tendo dificuldades em rejeitar Kai Mühlmann. Ele parecia bem-educado, inteligente e modesto, e seu sotaque austríaco acrescentava um certo charme. Ela baixou um pouco a guarda.

Atrás deles, vários soldados traziam as pinturas que Edith havia cuidadosamente embrulhado em lona. Ela os observou empilhá-las contra uma parede.

– Não sei o que mais eu poderia ter feito – disse Edith. – Minha carreira... Minha vida... foi dedicada a preservar pinturas.

Um aceno de satisfação.

– Foi o que eu fiquei sabendo. Eu fiz algumas pesquisas sobre você. A melhor da classe na universidade! A única mulher a chegar a tal nível. Estou orgulhoso de você e nem a conheço ainda.

Edith teve que rir.

– Obrigada.

– Então – continuou ele. – Estou curioso sobre a peça que você escolheu trazer com as próprias mãos. Eu notei que as outras foram todas trazidas em um caminhão, mas você foi incumbida de cuidar pessoalmente desta.

– Eu não fui incumbida de cuidar desta peça – Edith o corrigiu. – Eu não seria capaz de protegê-la sozinha, pois não me forneceram uma arma. Mantive essa peça comigo porque quero ter certeza de que nada vai acontecer a ela.

– Então não posso esperar nem mais um segundo. Vamos ver o que você traz aí – disse Kai.

Edith observou-o afrouxar com cuidado a corda que prendia a lona solta em torno do retrato de Cecilia Gallerani, pintado por Da Vinci. Ele deitou o quadro na grande superfície de mármore de uma mesa e abriu o tecido. Por um longo período, em silêncio, Edith observou Kajetan Mühlmann apoiar as palmas das mãos contra a mesa, absorvendo cada detalhe da superfície ricamente oleada, da expressão viva da menina, do giro do corpo da modelo e da estranha criatura em seu colo.

Finalmente, ele olhou para Edith com um sorriso que revelou uma fileira de dentes retos. E assentiu em aprovação.

– Estou muito feliz que você tenha trazido esta obra-prima diretamente para mim. É uma prova de seu bom senso ter escolhido proteger com a sua vida esta peça em particular.

Edith podia ver a honestidade em seu rosto e em suas palavras. Ela se sentiu um pouco melhor, sabendo que não era a única especialista em arte na Polônia que conhecia a importância daquelas peças.

– Sinto que esta pintura é o primeiro retrato moderno – arriscou. – Da Vinci foi além das restrições tradicionais de representar os retratados de perfil ou como figuras idealizadas. Aqui, ele capturou a amante do duque como ela provavelmente parecia em vida.

Edith observou as sobrancelhas de Kai se erguerem, e ele examinou a pintura mais uma vez sob a nova luz da avaliação de Edith. Então olhou para ela.

– Posso ver que você será um membro valioso da minha equipe científica.

– Equipe científica?

Kai assentiu.

– Já tenho um grupo de especialistas em arte sediado em Varsóvia e agora estou montando uma equipe na Cracóvia, para cobrir o sul. Nós estaremos... visitando... coleções particulares, como as que você já viu. E igrejas. Mosteiros. Universidades.

Edith sentiu um calafrio percorrer sua espinha. Ela não seria tão burra desta vez.

– Você está levando as obras de arte.

As sobrancelhas de Kai arquearam.

– Estamos preservando obras de interesse do Reich. Estamos criando um catálogo das melhores obras de arte da Polônia. O catálogo será apresentado ao próprio *führer*, que, como você deve saber, tem um interesse pessoal em história da arte.

Edith ficou em silêncio, absorvendo a informação. Ela já tinha sido responsável pelo saque da coleção de arte de uma família, e talvez até pela sua captura pela Gestapo. Seria forçada a fazer isso de novo? Ela tinha escolha? Se recusasse, o que poderia acontecer com ela? Com seu pai?

Como se lesse sua mente, Kai continuou:

– Seu trabalho, *fraülein* Becker, será classificar as obras recém-protegidas em três categorias: primeira seleção, segunda seleção e terceira seleção. *Wahl* III possui objetos para fins de representação, como serviços de prata, peças cerâmicas, tapetes e afins. Os da categoria de *Wahl* II são peças, embora não necessariamente dignas do Reich, de boa qualidade e serão totalmente inventariadas e armazenadas. *Wahl* I, nossa seleção superior, serão obras a serem fotografadas, documentadas e cuidadosamente conservadas. *Wahl* I representará as melhores obras-primas de coleções polonesas. Sem dúvida esta – ele correu a ponta do dedo ao longo da borda ornamentada da moldura dourada, com os olhos sobre o rosto de Cecilia Gallerani – estará no topo da lista.

Edith protestou.

– Mas essas obras não pertencem ao governo alemão. Pertencem a museus, igrejas. Às famílias... Ao príncipe Czartoryski e sua esposa...

– Não pertencem mais – interrompeu ele. Edith observou os músculos de sua mandíbula quadrada ficarem tensos. – Sob nossos cuidados, essas obras serão estudadas, apreciadas, preservadas para as futuras gerações. Se as deixarmos aqui, nas mãos dos poloneses, bem... podem ser destruídas. Eu tenho certeza de que você sabe apreciar o fato de que elas estão mais seguras em nossas mãos.

– Mas elas pertencem a museus, a proprietários privados – insistiu Edith. – Alguém poderia argumentar que para muitas dessas obras não pode ser atribuído um valor monetário. Ao mesmo tempo, nenhum dinheiro mudou de mãos. Nenhuma transferência legal dos bens ocorreu.

Ela pensou ter visto o sorriso fino de Kai vacilar, mas ele disse:

– Receio que não seja dessa forma que a iniciativa está sendo conduzida e, cá entre nós, aconselho-a a não repetir esse discurso para mais ninguém.

Ele voltou sua atenção para a *Dama* de Da Vinci.

Edith ficou em silêncio, sentindo o peso do papel que desempenhara na prisão da família Czartoryski recaindo sobre ela novamente.

– As pinturas não serão mantidas aqui, não é? – perguntou Edith, vendo os homens se equilibrarem desajeitados sob o peso de uma grande paisagem holandesa.

Kai balançou a cabeça e se virou para Edith mais uma vez.

– Não. Esta propriedade particular é um risco de segurança, há ameaças ao redor da casa, e além disso nosso comandante não quer designar um oficial para cada janela: há trabalhos mais importantes. Como você sabe, há também o risco de exposição ao sol em dias quentes. Então, este é apenas um lugar para guardá-las no momento. Você e eu iremos reembalar algumas das melhores obras para levá-las a Cracóvia.

– Cracóvia...

– Hans Frank é nosso recém-nomeado governador-geral da Polônia. Ele estará nos esperando amanhã. Ele verá pessoalmente nossa seleção ali, escolhida a dedo com obras que representam o melhor das coleções polonesas. Eu entendo que o governador Frank é quase tão educado e apaixonado por arte quanto nosso *führer*.

– O que ele quer fazer com elas? – perguntou Edith, estendendo a mão protetora em direção à moldura do retrato de Da Vinci.

Kai deu de ombros.

– Desconfio que voltaremos com todas para Berlim.

Edith sentiu o coração disparar. Ela estava indo para casa? Já?

– E vamos junto com elas? – perguntou.

– Não vamos querer perder esses tesouros de vista, vamos? Você está desempenhando um papel importante na missão de salvaguardar estas obras de arte, *fräulein* Becker. Você é uma mulher inteligente e corajosa.

Edith pensou ter visto o rosto dele ficar corado, mas ignorou o comentário, mesmo que tenha sido feito de maneira humilde. Em vez disso, ela observou o desenho brilhante do mármore no chão, sentindo um choque de alegria percorrer seu corpo. Estava indo para casa.

No entanto, seu sentimento de euforia foi abruptamente dissolvido quando percebeu que estaria de volta à Alemanha no momento que a unidade de Heinrich estivesse chegando à linha de frente na Polônia. Ela não iria vê-lo mesmo que ele passasse perto. Fez seu melhor para garantir que a decepção não transparecesse em seu rosto.

Com cuidado, Kai embrulhou o retrato no papel protetor.

– Um dos nossos homens vai lhe mostrar seus aposentos no andar de cima. Será servida uma refeição por volta das dezenove horas. Receio que, aqui na Polônia, eles dificilmente consigam atrair cachorros para o fogão. Teremos um pouco mais que pés de porco e repolho podre. A boa notícia é que voltaremos para a comida alemã em breve. Você deve estar pronta para partir para Cracóvia comigo amanhã cedo.

Ele levantou a obra-prima recém-embrulhada da mesa. Enquanto o observava colocar a pintura debaixo do braço, Edith tentou formular palavras. Sua boca se abriu, mas nada saiu. Um grupo de quase uma dúzia de soldados, que de repente apareceu das sombras, o seguiu de perto.

Mühlmann então se virou para Edith, bateu os calcanhares e estendeu uma mão, a palma voltada para baixo.

– *Heil* Hitler – saudou.

Ele se virou e saiu do salão com a pintura bem segura sob a força do braço, deixando Edith em pé, sozinha, embaixo do enorme lustre de cristal, que deu uma leve sacudida quando o último soldado na fila fechou a porta.

24

DOMINIC

Aachen, Alemanha
Outubro de 1944

Dentro da catedral de Aachen, o silêncio era absoluto, mas o cascalho crepitava sob as botas de Hancock, que liderava o caminho para o interior do edifício. Dominic e Paul seguiram logo atrás, Josie se esgueirou entre eles.

Apesar dos melhores esforços dos Homens dos Monumentos, Dominic conseguiu ver que a catedral de Aachen tinha sido destruída até sobrar apenas um esqueleto. As fendas e os buracos no teto abobadado permitiam que clarões de luz entrassem, filtrados pela fumaça, em seu outrora majestoso interior. Parte de uma parede havia sido destruída, a pedra quebrada esmagava uma fileira de bancos. Uma única tapeçaria, inexplicavelmente deixada para trás, agitava-se na brisa que soprava por um buraco irregular na parede.

Então Dominic ouviu. Um ruído arrastado, em algum lugar perto do púlpito. Antes que pudesse pensar, ele empunhou a arma e mirou. O grupo se colocou imediatamente num estado de alerta assustado, com as armas levantadas. O tempo parecia ter congelado, e então Dominic ouviu o som de novo, desta vez acompanhado de um suspiro alto.

– Saia com as mãos para cima! – gritou Paul.

Dominic fixou os olhos no púlpito, o dedo no gatilho, preparando-se para a explosão ruidosa que sinalizaria o início de mais um tiroteio. Mas quando o ocupante do púlpito surgiu, suas mãos já estavam levantadas. Depois apareceu uma cabeça careca, e, tremendo nos farrapos tristes de seu manto imundo, o vigário de Aachen.

Dominic baixou a arma. O homem idoso saiu e se colocou diante deles, tão esquelético e destruído quanto sua igreja. Suas vestes estavam cobertas de cinzas finas que iam caindo pelo chão à medida que ele se movia, os olhos escuros, afundados e arregalados com o trauma. Ele não disse nada, apenas olhou para os soldados em muda capitulação.

– Está tudo bem. – Foi Paul quem falou primeiro, pondo de lado a arma de fogo. – Não estamos aqui para machucá-lo.

O vigário não parecia tranquilo.

– Por favor – disse ele numa voz fragmentada, trêmula de medo, carregada de sotaque alemão. – Não há mais nada aqui para vocês. Apenas vão embora.

– Não vamos fazer você prisioneiro – disse Paul. Ele deu um passo adiante e se aproximou, estendendo a mão. – Você está ferido?

Os olhos do vigário saltavam de um homem para o outro enquanto todos baixavam as armas.

– Não – ele gaguejou.

– Você esteve aqui esse tempo todo? – perguntou Dominic.

– Claro. Eu não podia sair da igreja. Meu sagrado dever. Eu fiquei ali... ali embaixo. – Ele gesticulou em direção ao púlpito. – Foi tão alto. As paredes estavam todas caindo. – Ele olhou ao redor da catedral, e seus olhos se encheram de lágrimas. – Só fiquei assim. – Ele colocou as mãos trêmulas na cabeça e apertou-as sobre as orelhas, fechando os olhos com força; o rosto enrugado numa expressão de terror extremo.

Paul e Josie levaram o vigário a um dos corredores e o fizeram se sentar ali. Hancock remexeu sua mochila e achou um cantil e alguma reserva de alimento. Ele os entregou ao velho esquelético, que se apresentou como vigário Stephany.

O religioso dava mordidas vorazes: estava escondido desde que o bombardeio tinha começado, dias atrás, contou ele, com muito medo de sair quando ainda se podia ouvir o assobio distante e o baque dos tiros.

Sem nenhuma ameaça aparente para eles naquele momento, Dominic se virou, observando o interior da igreja um pouco mais. O aglomerado de edifícios medievais deve ter sido majestoso, mas agora era pouco mais que um estranho esqueleto de pedra e vidro. Grandes cacos espalhados pelo chão em cores diferentes. Ele se perguntou por quantos séculos aquelas paredes imponentes e belas janelas tinham permanecido intactas e sentiu uma pontada de frustração e arrependimento por ter chegado apenas a tempo de vê-las destruídas.

No altar da igreja, jazia a figura alada de uma bomba que não havia explodido. De cabeça para baixo, sua forma aerodinâmica fazia, em silêncio, uma ameaça imóvel. Os corredores estavam cheios de objetos espalhados, deixados para trás por cidadãos e soldados que ali se refugiaram antes do bombardeio; livros, brinquedos, um copo de cerâmica quebrado, um saco de tecido com o nome de uma padaria impresso. Eles deviam ter jogado tudo para o alto e fugido correndo. A boneca de uma criança jazia jogada na parte de trás de um dos bancos, seus olhos de botão encarando o teto. Dominic só podia esperar que a dona da boneca estivesse viva e sentindo falta da companheira.

– Se vocês não estão aqui para me machucar – disse o vigário Stephany –, então por que estão aqui? Os soldados... Eles me disseram que os americanos estão aqui para destruir. O que vocês querem?

– Precisamos de sua ajuda, vigário – respondeu Hancock.

Stephany inclinou a cabeça, sem entender.

– Minha ajuda?

– Sim. Estamos procurando as obras de arte que estavam aqui na sua igreja. Você disse que não havia mais nada aqui para levarmos... Você quis dizer que tudo se foi?

Stephany abaixou a cabeça.

– Sim. Tudo foi levado.

– Levado? – perguntou Hancock. – Por quem?

– Os soldados. Os soldados alemães. – Stephany contorceu os lábios. – Eles levaram todas as relíquias de Carlos Magno, todas as preciosidades que integram o tesouro há mais de mil anos. E outras coisas... inestimáveis. Inestimáveis. – Ele levou a mão trêmula à boca. – Eles pegaram tudo e deixaram a igreja e eu aqui, para sermos bombardeados.

– Eles disseram para onde estavam levando as coisas? – O tom de Hancock era apaziguador.

– Não. Eles apenas dizem que estão salvando as obras dos americanos – Seus olhos estavam em agonia. – Mas vocês têm sido mais gentis comigo do que meu próprio povo.

– Não estamos aqui para pegar a arte, vigário – explicou Hancock. – Nós queremos recuperá-la e devolvê-la aos seus legítimos proprietários. Para você. Eles não têm o direito de roubar nada.

Os olhos de Stephany se arregalaram, depois brilharam em meio à luz cheia de poeira.

– Os tesouros pertencem à catedral. Sempre estiveram aqui. Por centenas de anos. Eu devia ter feito algo para protegê-los.

– Não havia nada que você pudesse ter feito para impedir todos aqueles homens. – Hancock colocou uma de suas mãos de escultor no joelho de Stephany. – Faremos o possível para recuperá-los.

As lágrimas encheram os olhos de Stephany e transbordaram, traçando duas linhas rosadas através das cinzas em seu rosto. Com as duas mãos, agarrou a oferecida por Hancock, ao mesmo tempo que a musculatura magra tremia com os soluços.

– Eu não fiz meu trabalho de protegê-los. Por favor – implorou. – Por favor. Traga-os de volta.

Dominic olhou, tentando compreender o que exatamente se passava com Stephany. Ele tinha acabado de sobreviver a um bombardeio que matara centenas de milhares de pessoas, incluindo quase ele mesmo. Ainda assim, estava preocupado com os tesouros que adornavam sua catedral.

Talvez, refletiu Dominic, essa missão realmente importasse, afinal. Pelo menos para aquele pobre homem preso sob seu púlpito.

O som de passos na porta trouxe Dominic bruscamente de volta à realidade; ele girou, com a arma levantada, apenas para abaixá-la logo quando reconheceu Stout e sua comitiva chegando. Os olhos do tenente examinaram o grupo, pousando em Stephany e Hancock.

– Nada?

Hancock balançou a cabeça.

– Não há mais nada aqui, senhor. A não ser ele. – E deu um tapinha no ombro de Stephany. – Ele diz que os soldados alemães já levaram todas as obras que estavam aqui.

– Pelo menos não foram destruídas – ponderou Stout.

– Sim, mas serão em breve. – Hancock deu de ombros, sem muita esperança. – Se não sabemos onde estão, não há nada que possamos fazer para impedir que sejam bombardeadas.

– Pelo contrário – Stout puxou um pedaço de papel de dentro da jaqueta. – Acabei de receber uma pista da Inteligência.

Hancock pegou a lista e a examinou rapidamente, erguendo as sobrancelhas.

– Pessoal do museu alemão, senhor?

– Exatamente. Seus nomes, funções e paradeiro, quando conhecidos – Stout assentiu quando Hancock começou a passar a lista de mão em mão entre os soldados. – Alguém nesta lista pode nos dizer onde estão alguns dos repositórios de arte roubada. Espero que possamos encontrar pelo menos algumas das coisas a tempo.

Dominic ficou na ponta dos pés para examinar a lista sobre o ombro de Paul. *Edith Becker, conservadora, Alte Pinakothek em Munique; paradeiro atual desconhecido*, conseguiu ler.

– Pode haver algumas pistas boas aqui, senhor – disse Hancock, sorrindo.

Antes que Stout pudesse responder, houve um assobio agudo que fez cada fibra do corpo de Dominic saltar para o estado de alerta. O assobio de uma bomba fez com que todos disparassem em busca de abrigo. Aos berros, o vigário Stephany atirou-se embaixo de um banco. Paul e Dominic mergulharam sob os restos de uma abóboda apenas alguns segundos antes de a bomba atingir a rua da igreja. A explosão sacudiu o chão, o som disparou zumbidos nos ouvidos de Dominic. Stout gritava, mas Dominic não conseguia ouvir suas ordens em meio ao caos.

A próxima bomba caiu tão perto que derrubou Dominic, fazendo-o cair de joelhos e curvar-se para proteger o rifle. Ele se levantou apressado na direção do corredor, dando uma rápida olhada ao redor em busca de sua unidade; Paul estava ao seu lado, outros militares emergiram dos bancos com expressões sombrias. Jornalistas e oficiais se refugiaram sob bancos, arcos e portas dentro da igreja.

Dominic pensou em Stephany, encolhido por dias sob o púlpito, tapando os ouvidos, esperando que tudo acabasse. Mas Dominic sabia que nunca poderia fazer isso. Sabia qual era o seu trabalho antes mesmo de Stout correr para o corredor, chamando-os para a frente. Teve que se jogar de cabeça naquele caos. Assim, elevando sua arma, com os passos pesados de Paul atrás dele, Dominic correu para a praça.

O tempo parou no calor do conflito. A atenção de Dominic estava afiada e era como se tudo se movesse em câmera lenta diante dos uniformes nazistas que apareciam na névoa empoeirada e das balas que zuniam em seu ouvido enquanto se esquivava. Os sons ensurdecedores da luta foram se dissipando até que os tiros de seu rifle não passavam de um *pop-pop* maçante em seus ouvidos. O inimigo tinha se refugiado atrás de um monte de escombros em frente à igreja, e Dominic disparou na direção de todos os lugares onde percebia tiros. A fumaça cobriu o ar e sufocou seus pulmões; ele viu serpentes de pólvora saindo dos escombros onde suas balas haviam perfurado, sentindo uma pontada de arrependimento e alívio cada vez que a cortina de cinzas dava lugar a um jorro de sangue e outro inimigo caía com um grito. Ele havia parado de contar quantos homens tinha matado. Apenas lutava e esperava sobreviver, cada respiração levando-o mais perto de destruir aquele mal de uma vez por todas, mais perto de ir para casa, para Sally.

Pode ter durado trinta segundos. Pode ter durado trinta minutos. Perto do fim, Dominic estava encolhido contra uma enorme pedra que havia caído, inteira, da parede da catedral; ele apoiou a arma contra ela e disparou e disparou e disparou na direção das silhuetas dos alemães no monte de escombros em frente.

E, então, tinha acabado.

Silêncio.

Dominic saiu com cautela de trás da pedra. Olhou para trás em direção à catedral para ver se os outros estavam bem. Stout saía rastejando debaixo da cobertura de um arco, sua arma ainda fumegando.

Foi então que ele viu Paul.

Seu amigo jazia de braços abertos no chão, no portal da igreja, uma mancha vermelha escura se espalhando pelo peito. Sua arma jazia em uma mão flácida, e o sangue se misturava com as cinzas abaixo dele. Seus olhos estavam fechados.

– Não! – Dominic largou a arma e correu em direção ao amigo, as lágrimas sufocando-o. Caiu de joelhos, sem se importar com o sangue quente que encharcava seu uniforme, e agarrou Paul pelos ombros. – Blakely! Blakely!

Os cílios loiros tremularam e Paul abriu os olhos. O rosto dele estava acinzentado e retorcido de agonia, sua respiração acelerada, suspiros rasos chacoalhando em sua garganta. Ele largou a arma e apertou o braço de Dominic com a mão enorme.

– Bonelli – gemeu.

– Fique comigo, Blakely – Dominic rasgou o uniforme de Paul, tentando encontrar o ferimento medonho que causava todo aquele sangramento. – Você ficará bem. Nós vamos cuidar de você. – Ele olhou ao redor, fora de controle. – Médico! Precisamos de um médico!

– Bonelli. Não – Paul gemeu e levantou a cabeça. – Dominic, cara. Olhe para mim.

Dominic encontrou os olhos do amigo. Apesar da agonia em seu rosto, os olhos eram azuis e pacíficos como o céu de verão. Eles se olharam com uma intensidade penetrante. Paul respirou de novo, engasgou levemente e cerrou os dentes para enfrentar uma onda de dor antes que pudesse falar. Um sorriso se infiltrou em suas feições.

– Continue desenhando, meu amigo – sussurrou.

Então seus olhos se agitaram e se fecharam, e sua força pareceu deixá-lo. Sua cabeça pendeu para trás, o capacete batendo na terra.

– Blakely! – Dominic o sacudiu. – Blakely! – Ele agarrou a garganta do amigo, tentando sentir um pulso que sabia que não estava mais lá. – Não! NÃO!

– Bonelli... – Dominic sentiu o toque de Hancock em seu ombro. – É tarde demais. Não há nada que possamos fazer por ele.

– Não! – Dominic desviou o ombro da mão de Hancock. – Não o deixe aqui. Temos que... ele tem que... – Ele engasgou com as próprias palavras, a visão turva de lágrimas.

– Ele se foi, Bonelli. – Hancock agarrou seu braço.

Menos de uma hora antes, dois militares haviam se sentado ao lado de Dominic na traseira de um caminhão barulhento. Agora, aqueles mesmos homens avançavam com uma lona. Sem conseguir dizer uma palavra, Dominic assistiu aos dois homens envolverem o corpo de Paul e o carregarem para dentro da catedral.

25

CECILIA

Milão, Itália
Novembro de 1490

Do corredor que leva às cozinhas do palácio, Cecilia avistou a filha ilegítima de Sua Senhoria. *Só pode ser ela*, imaginou. A pequena Bianca. A menina estava com sete ou oito anos, os cachos pretos emoldurando as bochechas claras e redondas. Ela estava sentada em uma grande mesa rústica na cozinha, enrolando massa com as mãos. Cecilia nunca tinha visto a garota antes; só tinha ouvido falar dela. Presumiu que passava seus dias na creche do palácio com os tutores. Cecilia pressionou as costas contra a parede do corredor e observou a garota por um longo tempo.

O cheiro de pernil de vitela recheado pairava pelo corredor. A boca de Cecilia se encheu de água. Faltavam horas para a próxima refeição, mas agora ela ficava morrendo de fome o tempo todo. A vida crescendo dentro dela exigia ser alimentada. Pensou que poderia pedir ao cozinheiro uma pequena porção de alguma coisa, ou talvez conseguir por si mesma tirando algo das despensas do palácio.

Ela precisava encontrar uma maneira de dizer a Ludovico que carregava seu filho antes que ele descobrisse sozinho. Mas agora, com a nova informação de que Sua Senhoria havia muito estava prometido para Beatrice d'Este, de Ferrara, Cecilia não fazia ideia do que dizer a ele. Passou os últimos dias fingindo estar doente, permanecendo em seu quarto, esperando que Ludovico a deixasse em paz tempo suficiente para que encontrasse as palavras, as perguntas certas. O que poderia fazer ou dizer que o fizesse desistir do acordo com o duque de Ferrara e tomá-la como esposa? E o que aconteceria com ela quando sua gravidez se tornasse conhecida?

Ela temia que Ludovico pudesse jogá-la fora imediatamente, com o lixo da cozinha, ou mesmo que alguém pudesse cortar sua garganta no meio da noite. Não tinha contado a ninguém sobre sua condição: Ludovico manteria o filho aqui, sob seu teto, mas baniria Cecilia para algum destino desconhecido? Onde estava, afinal, a mãe daquela garotinha?

Mas uma coisa assustava Cecilia ainda mais do que ser banida do palácio, ainda mais do que ser separada do bebê: temia não sobreviver ao parto. Ela tinha visto duas de suas próprias tias partirem para o Mundo Vindouro no exato momento que seus recém-nascidos emergiram neste. Tinha visto o sangue, tinha ouvido os últimos gritos da mãe junto com os primeiros gritos do bebê. Acontecia todos os dias: as mulheres sacrificavam a própria vida enquanto davam vida a outros. Por mais que desejasse desabafar com alguém, dificilmente poderia encarar a verdade sozinha. E a verdade era que ela estava apavorada.

Por fim, sua fome a venceu e Cecilia entrou na cozinha. A menina sentiu a presença de Cecilia e desviou os olhos de seu projeto de massa bagunçado. Cecilia examinou a cozinha: um espaço sombrio e cavernoso, cheio de potes de metal, louças, trapos e móveis de madeira. Estava vazia. A menina apenas piscou para Cecilia, com os pálidos olhos azuis arregalados sob franjas de cílios negros.

– Você é filha de Sua Senhoria.

A garota confirmou e voltou ao seu trabalho.

Cecilia aproximou-se da mesa e puxou uma cadeira.

– Eu sou Cecilia.

– Eu sei – disse a menina.

– O que você está fazendo?

– É um pão com passas e laranja.

A menina vestia um avental maior que ela, talvez dado carinhosamente por um dos cozinheiros.

– Eu gostaria de provar. Isso parece bom! – Cecilia sorriu.

– É mesmo. Será. Depois que o cozinheiro assar para mim.

– Posso experimentar?

Bianca não disse nada, mas empurrou uma bola de massa sobre a mesa para Cecilia.

O silêncio se estendeu entre elas. Cecilia apertou a massa quente entre os dedos e se esforçou para perguntar a única coisa que queria saber mais do que tudo. Ninguém mais estava no recinto, e Cecilia tinha que aproveitar a oportunidade, pensou, porque poderia ser a única.

– Sua mãe... – hesitou. A menina olhava para cima agora, fixando os olhos azul-claros em Cecilia. – Onde ela está?

26

DOMINIC

Aachen, Alemanha
Dezembro de 1944

Dominic sentou-se em uma pedra do lado de fora de uma tenda e tentou desenhar a mãe de seus bebês. Por um longo tempo, olhou para o pedaço de papel em branco na luz da noite minguante. Um belo pedaço de papel. Um papel de verdade. Uma folha pautada que Josie havia arrancado de seu pequeno bloco e entregado a Dominic antes de deixar Aachen e juntar-se a alguns jornalistas, seguindo para outra unidade no *front*.

Alguns traços a lápis, mas a imagem não vinha. Dominic não queria considerar o pior: que já tinha esquecido a aparência de Sally. Como isso teria acontecido? O rosto dela parecia confuso e fora de foco em sua mente. Seu coração doeu.

Dominic bateu o lápis no joelho e tentou pensar em o que mais capturar, o que poderia ajudá-lo a se aquecer para conseguir desenhar Sally, mas sua mente era uma confusão de imagens. A ponta do nariz empinado da pequena Cecilia. A explosão de areia na praia de Omaha. O frio e a escuridão esmagadora de uma mina de carvão da Pensilvânia. Paul Blakely esparramado diante das portas da catedral de Aachen, o peito encharcado de vermelho. Dominic colocou o lápis e o papel na pedra e se levantou, cruzando as mãos atrás da cabeça e andando em círculos no chão de terra.

Atrás dele, trechos de conversas em alemão se alastravam pelo ar. A tenda era apenas uma das centenas que abrigavam refugiados alemães que estavam fazendo o seu melhor para sobreviver em meio à devastação inimaginável. Por três meses, a unidade de Dominic havia atravessado a região dos campos de refugiados e museus quase em ruínas, procurando qualquer profissional de arte que restava para que pudessem ajudá-los a localizar e proteger as inestimáveis obras de arte. Mas muitos desses artistas e funcionários de museus preferiam ficar em silêncio: talvez por medo do que pudesse acontecer com eles se dissessem alguma coisa. Outros já estavam muito longe: tinham fugido para o território a leste de Reno, ainda hostil.

O vigário Stephany viajou com a unidade, dando o seu melhor para reunir colegas refugiados alemães em um esforço para encontrar a arte que tanto estimava. Mas esses esforços tiveram pouco efeito. Eles não encontraram nada: as expressões vazias nos rostos dos refugiados mostraram a Dominic que eles estavam começando a se desesperar a ponto de não encontrar mais valor na própria vida. Longe das multidões animadas de cidadãos exultantes acolhendo os salvadores americanos que a propaganda prometia, os alemães permaneciam cautelosos. Quem poderia culpá-los? Famintos e temerosos, eles tinham poucas razões para confiar nos americanos. Dominic entendeu que a libertação seria mais complicada do que ele esperava.

– Bonelli! Carregar! – Dominic viu vários homens de sua unidade carregando um caminhão perto da entrada do acampamento. Viu Hancock ajudando um homem mais velho, alguém que trabalhava num museu alemão, a subir no caminhão. Eles encontraram o velho meio morto em uma tenda com paredes tão finas que Dominic podia ver a luz do dia passando por elas como um filtro; mas o homem estava vivo o suficiente para dizer-lhes que era um especialista em arte aposentado e queria ajudar. Isso tinha sido bom o suficiente para Hancock. Pelo menos sua incursão naquele acampamento tinha sido mais frutífera que a última.

Dominic pendurou a bolsa no ombro e seguiu até o caminhão. Deixou para trás, sobre a rocha, o pedaço de papel intacto e o lápis.

27

EDITH

Polônia ocidental
Outubro de 1939

Edith estudou Kajetan Mühlmann enquanto ele cochilava no assento macio e estofado do trem em movimento.

Mesmo no estado vulnerável de sono, ele era um homem difícil de ler. Edith observou a luz filtrada pela janela riscar linhas no rosto de Kai, iluminando a barba áspera que precisava de uma navalha. Com a testa e os ombros largos e o maxilar anguloso, Edith conseguia imaginá-lo num ringue de boxe. Se ela tivesse passado por ele na rua, nunca teria imaginado que era um historiador de arte. Mas Mühlmann havia subido o suficiente na profissão para ser o encarregado do transporte pessoal dessas obras de valor inestimável. E, nitidamente, era um simpatizante do Partido. Não colocariam no papel de *oberführer* da ss alguém que não fosse.

O que ela estava fazendo ali?

Por um momento, Edith sentiu como se tivesse sido empurrada para o palco em uma peça surreal, como se estivesse vivendo dentro de um sonho. O barulho suave do trem os guiava para a frente, a canção de ninar calma do motor os aproximava cada vez mais de Cracóvia. Em outras circunstâncias, teria sido fácil cochilar, mas os nervos de Edith estavam muito desgastados para ela dormir.

Era muito diferente da viagem de trem que Edith fizera de Munique a Cracóvia, chacoalhando num vagão-dormitório vazio, que mais parecia um quartel. Agora, Edith e Kai ocupavam a cabine de primeira classe de um elegante Pullman, reservada somente para eles. As duas dúzias de pinturas que selecionaram foram embrulhadas, protegidas e cautelosamente empilhadas entre assentos de veludo, cortinas presas com pingentes e mesas de cerejeira do vagão do trem de luxo. Nos armários envidraçados, as pesadas peças do serviço de prata faziam um agradável tilintar enquanto as rodas do trem estalavam num ritmo constante.

Em cada extremidade do vagão, estava posicionado um *feldgendarm*, cada um com sua pistola presa ao coldre na cintura. Edith assistiu às silhuetas esguias dos homens escurecendo o vidro enquanto caminhavam pela estreita faixa entre os vagões de trem que ronronavam suavemente. Ela supôs que eles tinham sido posicionados ali para manter o Pullman e seu conteúdo seguros, mas Edith sentia qualquer coisa menos segurança naquela realidade estranha e alterada.

As pálpebras de Kai se abriram, e ele acordou tendo um terrível ataque de tosse. Edith rapidamente desviou o olhar, estudando um bosque de bordos cujas folhas começavam a ficar douradas. E se ele tivesse visto que ela o observava?

– Depois de descarregarmos as obras em Berlim, você pode voltar para Munique – disse ele, limpando a garganta. Falava baixo, com a voz profunda, desenhando as vogais em seu distinto sotaque austríaco. O coração de Edith acelerou, e ela se perguntou se ele realmente estava dormindo ou sentiu que ela o observava o tempo todo.

Ela assentiu, mas não disse nada, observando a devastada paisagem polonesa passando monotonamente do lado de fora da janela. Ao longe, Edith podia distinguir espirais de fumaça subindo pelo ar numa coluna fumegante. Uma fazenda? Uma cidade?

A testa dela deve ter ficado visivelmente franzida, porque Kai sentiu-se compelido a perguntar:

– Você não vai ficar feliz em ir para casa?

Edith assentiu e encontrou seu olhar.

– Ah, sim. É que... Há uma chance de que meu noivo Heinrich passe por perto, a caminho do leste da Polônia. Espero que ele esteja aqui dentro de alguns dias. Ou talvez já esteja aqui. Eu pensei que poderia ter uma chance de vê-lo, mesmo que apenas por um momento. – Ela deu de ombros. – Bobagem minha...

Dr. Mühlmann assentiu, depois esfregou as palmas das mãos como se estivesse tentando aquecê-las.

– Difícil. – Uma sombra cruzou seu rosto, e sua boca se retorceu numa linha sombria.

– Era apenas uma esperança, só isso.

– Não há nada de errado com ter esperança – disse ele. – Mas as coisas não serão as mesmas quando ele voltar. Seu noivo será um homem mudado. Você deve se preparar para que as coisas sejam diferentes. Que ele será diferente. Eu vi isso acontecer com meus amigos que serviram na Grande Guerra.

Edith não queria pensar nisso. Ela queria seu Heinrich de volta. Será que Kai não poderia simpatizar com o desejo de retomar a vida que tinham antes?

Dr. Mühlmann apertou os lábios.

– Sua família está em Munique? – perguntou.

– Apenas meu pai e alguns primos distantes – respondeu ela. – Meu *papa* é um homem velho agora, frágil e fraco. Ele já foi um conhecido professor na Academia de Belas Artes, mas não se lembra nem mesmo das coisas mais simples. Eu me preocupo com ele a cada minuto que estou longe. Tem sido um desafio encontrar uma enfermeira confiável... – Ela se forçou a parar. Tinha falado demais?

– Bem – disse ele, e sua boca se transformou em uma linha fina novamente. – Eu espero que você chegue logo em casa para ver seu pai.

– Eu também – disse Edith, encontrando os olhos de Mühlmann. – Este não é um lugar para historiadores da arte.

Kai riu, o que provocou outro ataque de tosse. Ele se recuperou e acrescentou:

– Sim. Eu escrevi minha dissertação sobre fontes barrocas em Salzburgo. Nunca me propus a ser o comissário especial encarregado da salvaguarda de obras de arte em terras orientais ocupadas. – Um sorriso apertado se espalhou por seu rosto.

– Mas deve haver algo que possamos fazer para parar esse processo? – Edith sentiu sua voz vacilar. – Certamente há uma maneira melhor de garantir a segurança dessas obras – completou, apontando para os caixotes guardados entre os assentos macios e estofados.

Kai passou a mão larga pela barba por fazer do queixo, considerando.

– Eu posso garantir que estas obras estão muito mais seguras em nossa posse, e dentro dos limites da Alemanha, do que estariam em qualquer outro lugar por aí. – Ele gesticulou para a paisagem sombria do lado de fora da janela do trem. – A Polônia logo será reduzida a escombros, isso deve ser óbvio para você. Além disso, *fräulein*, embora eu não possa discordar que você já tenha feito uma contribuição importante, deve perceber que esta iniciativa é muito maior do que você e eu. Desempenhamos apenas um pequeno papel.

– Mas... – interrompeu Edith. – Poderíamos ter intervindo antes... antes que o príncipe e sua esposa... antes que essas obras fossem arrancadas de seus donos de maneira tão brutal! Eles tiveram que deixar a Polônia pelas mãos da Gestapo?

Uma sombra pareceu passar pelo rosto de Kai, assim como uma nuvem de tempestade de repente bloqueando o sol. Edith fez uma pausa e se arrependeu de ter compartilhado seu pensamento. Kai poderia prendê-la? Poderia, até mesmo, matá-la?

Ele parecia ler sua mente.

– O governador Frank – disse ele – nunca vai querer ouvir nada parecido com o que disse e aconselho-a fortemente, *fräulein*, a manter essas considerações para si mesma. Muito pouco do que acontece na Polônia escapa aos olhos e ouvidos do governador Frank. Pode haver... consequências não intencionais. Considere-se avisada.

Uma longa pausa se estendeu entre eles, e Edith se perguntou se estava em seu poder mudar alguma coisa.

– Posso lhe perguntar uma coisa? – Edith disse, inclinando-se para a frente em seu assento. – Você acredita no que você... no que nós estamos fazendo?

Kai hesitou. Edith observou seus olhos piscarem em direção à silhueta de um dos guardas no final do vagão. Então ele inclinou-se para a frente também, encontrou o olhar dela e baixou a voz.

– Nós estamos em guerra, *fräulein*. Somos encarregados de confiscar e sequestrar propriedade inimiga; esse é o nosso trabalho. E, como já indiquei, estamos garantindo que essas obras sobrevivam para as gerações futuras. Além disso, nossas próprias opiniões pessoais importam muito pouco.

Edith observou outra sombra passar pelo rosto de Kai, envelhecendo-o anos em apenas alguns segundos. O apito do trem soou estridente. Eles passaram por um túnel, e o interior do vagão caiu na mais completa escuridão.

28

DOMINIC

Aachen, Alemanha
Janeiro de 1945

Não muito tempo atrás, o Museu Suermondt deve ter sido esplêndido. Dominic observou a grande escadaria correndo pelo centro do edifício, as colunatas do átrio, os tetos abobadados pintados para assemelharem-se ao céu com míticas criaturas flutuando acima de sua cabeça. Agora, assim como muitos outros prédios antigos que tinha visto nos últimos meses, o museu estava em ruínas. Mesmo lá dentro, rajadas frias de ar invernal penetravam o tecido do uniforme de Dominic, gelando-o até os ossos.

A julgar pela expressão infeliz do capitão Hancock, essa última investida em outra coleção de arte tinha sido uma decepção. Dominic manteve um olho em seus arredores para possíveis ameaças enquanto observava o comandante abrir as gavetas de uma mesa imensa e coberta de sujeira em um dos escritórios do museu, procurando qualquer pista sobre o paradeiro das obras-primas de Suermondt. Dominic passou por cima de tijolos quebrados e gesso pulverizado do buraco na parede para chegar ao outro lado da sala, onde dois homens exploravam o conteúdo de um gabinete.

Uma espessa camada de poeira estava se depositando em tudo, e não era apenas da batalha. O outono tinha se transformado em inverno; Dominic tinha percebido que, fora do museu, a paisagem ao redor deles tinha sido reduzida a entulhos cobertos com um brilho de gelo. Algumas folhas de papel esvoaçaram na brisa, misturando-se com os flocos de neve que sopravam pelo buraco.

Do outro lado da sala, o capitão Hancock se dirigiu à cadeira de escritório coberta de poeira. Ele abriu uma gaveta e tirou uma pilha de cadernos: pegou o primeiro e começou a virar as páginas. As pernas de Dominic pareciam de chumbo; ele se perguntou de onde Hancock tirava tanta energia.

– Eles devem ter levado as obras para algum lugar, talvez até algum lugar por perto – disse Hancock.

Em vez de responder, o tenente comandante Stout fechou a gaveta do armário com força. Tudo tremeu e uma porção de cartuchos vazios e neve deslizaram do topo. Os três homens olharam para cima simultaneamente, avistando o buraco no teto do escritório; tinha perfurado os pisos do edifício, deixando uma trilha de madeira lascada e pedras esfaceladas, possibilitando entrever o céu cinzento.

Uma batida no batente da porta anunciou a chegada de outro oficial, o que dispensou Dominic e o deixou devorar sua porção de comida enlatada. Ao entrar em uma galeria adjacente, ele viu evidências de uma batalha feroz que havia ocorrido entre as forças aliadas e os alemães. Galerias e corredores inteiros estavam cheios de destroços. Muitas pinturas escurecidas, pedaços de cerâmica e pequenas esculturas ainda estavam espalhadas aqui e ali, mas, apesar de vasculhar os destroços, eles não encontraram nenhuma evidência das principais obras-primas que deveriam estar naquele museu. Pedaços de equipamentos abandonados estavam ao longo do elegante espaço onde a elite de Aachen tinha passado muitas noites pacíficas apreciando a arte centenária que agora estava desaparecida. Espaços abertos e ganchos nus nas paredes denunciavam a falta dos itens.

O piso da galeria outrora havia sido polido em um acabamento espelhado. Agora, estava rachado pela guerra e arranhado pelas botas pesadas dos soldados que tinham despejado seus pertences e o corpo pelo chão. O frio corroeu as entranhas de Dominic: quando abriu a porta e entrou na galeria, foi recebido pelo cheiro de sopa. Apesar de tudo, respirou fundo e sorriu. De alguma maneira, o vigário Stephany podia fazer com que as rações escassas e insípidas tivessem o aroma de uma refeição de verdade.

– Dominic! – O vigário estava curvado sobre uma panela na pequena fogueira que havia construído com pedaços de destroços. – Venha! Sente-se. Coma. Você parece congelado.

Enquanto Stephany preparava uma refeição improvável em um lugar improvável, dois militares e o profissional de arte alemão que eles tinham localizado em um dos campos de refugiados examinavam algumas obras ainda penduradas nas paredes da galeria. Um dos homens rabiscava furiosamente enquanto o alemão ditava detalhes para um catálogo elaborado às pressas.

Dominic apoiou o corpo cansado em sua mochila e, agradecido, aceitou a tigela que o vigário ofereceu. Deu uma colherada generosa na sopa quente e saboreou o calor que deslizava pela garganta.

A transformação de Stephany, aquele homem magro e trêmulo que haviam resgatado dos destroços da catedral, tinha sido surpreendente. A princípio os oficiais resistiram às tentativas do vigário de segui-los; mas depois, percebendo o valor de ter um alemão nativo ao seu lado – ainda mais alguém tão pessoalmente disposto a investir na recuperação da arte roubada –, resolveram ceder. Agora, Stephany parecia um novo homem. Seu rosto esquelético tinha sido preenchido e estava entusiasmado e corado, com um sorriso fácil. Ele viajou por toda a parte com a unidade, orando para eles e, ocasionalmente, tentando aspergir as tropas enlameadas com água-benta. Aqueles que não eram tão experientes quanto Dominic resmungavam, chamando-o de velho maluco, mas todos apreciavam sua presença ensolarada – e seu talento em reviver as provisões do exército com restos de comida recolhidos ao longo do caminho.

Dominic olhou para o outro lado do salão, em direção ao funcionário do museu alemão que tinham localizado no campo de refugiados. Stephany seguiu o olhar de Dominic.

– Ach – exclamou, pegando outra tigela de sopa. – Ele está melhorando. – O vigário mancou até o idoso e ofereceu a tigela, falando rapidamente em alemão. De olhos arregalados, o homem aceitou e tomou um gole hesitante. Um sorriso se espalhou por suas feições, e ele se virou para o livro gigante no chão, ao seu lado, com mais entusiasmo, tomando a sopa enquanto virava as páginas, procurando evidências de onde essas obras-primas poderiam estar.

O gesto de bondade de Stephany fez com que Dominic se lembrasse de Paul. Uma pontada de agonia atravessou-o com tanta força que ele sentiu um princípio de náusea no estômago. Pousou a tigela, o apetite perdido, e olhou, sem ver, o chão. Todas as noites ele via a agonia nos olhos de Paul, a voz enfraquecida enquanto engasgava as últimas palavras: "continue desenhando". E todos os dias, quando se sentava ao lado de um espaço vazio nas refeições, quando enfrentava um tiroteio entre outros homens, quando ouvia a respiração desconhecida do homem no beliche de cima, ele sentia um pouco mais a falta de Paul.

Quando a saudade cessaria? Dominic fechou os olhos contra a dor e se abraçou, farto da saudade das pessoas que amava. Ele fez o seu melhor para manter a esperança de ver Sally e a pequena Cecilia novamente. Será que iria, um dia, segurar seu novo bebê?

Quanto ao desenho dele em si, Dominic não tinha colocado o lápis no papel desde que Paul tinha morrido. Simplesmente não conseguia se forçar a fazer isso. Fora pela arte que a vida de seu melhor amigo havia sido sacrificada.

Hancock começou a receber relatórios de inteligência sobre possíveis esconderijos na Alemanha e ainda mais a leste. E Hancock e Stout eram suficientemente loucos para arriscar tudo nessa busca. Mas valia realmente a pena?

Stephany estava observando Dominic. Perguntou, com suavidade, tirando o soldado de seu devaneio:

– Você é italiano, não é?

Dominic ergueu os olhos, aliviado por seus pensamentos terem sido interrompidos.

– Pittsburgh, na verdade. Mas meus pais vieram da Itália.

– Você conhece Leonardo da Vinci?

Dominic sorriu, apesar de tudo, sentindo uma agitação ao ouvir o nome do grão-mestre.

– Claro. Um dos meus favoritos.

Stephany sorriu.

– Continuemos procurando. Em pouco tempo, encontraremos um.

Dominic riu da avaliação de Stephany. *Pelo menos um deles ainda permanecia otimista*, pensou.

– Você está com problemas – disse Stephany, fixando os olhos brilhantes nele.

– O quê?

Stephany gesticulou com a colher.

– Percebo que algo o perturba.

Dominic hesitou.

– Muitas coisas sobre esta guerra me perturbam, vigário.

– Sim. Mas você também viu seu amigo morto – disse Stephany, com cuidado. – Não é uma coisa fácil.

A emoção ferveu no peito de Dominic. De repente, quis gritar e socar alguma coisa, mas engoliu em seco e manteve a voz sob controle.

– Só me pergunto se vale a pena – disse ele. – Eu sei que você realmente quer os tesouros da sua igreja de volta. Mas vale a pena, pela vida de Blakely... e pela vida de todos os outros que foram perdidos?

Stephany fez uma pausa, refletindo.

– Compreendo. O senhor Blakely não estava querendo vir nesta missão?

– Quer dizer... – Dominic engoliu novamente. – Blakely estava decidido a ir para onde fosse enviado, eu acho. Não é isso que concordamos em fazer quando nos alistamos? E ele acreditava que a missão dos Homens dos Monumentos era importante. Veja: eu acho ótimo que esses caras estejam tentando salvar algo para a humanidade e tudo o mais – disse Dominic, apontando para Hancock. – Mas não vejo como vale a pena colocar sequer uma vida em risco, muito menos... milhões. Você ouviu, vigário, o que as tropas de Hitler fizeram na Polônia? Milhões de pessoas massacradas nos guetos, enviadas para campos de trabalho sem motivo. Como isso é possível? E mesmo assim... – Dominic soltou um suspiro. – Aqui estamos nós, acomodados em um museu esquecido por Deus. Desculpe – disse ele, puxando os cabelos.

Mas Stephany permaneceu inabalável.

– Sim. Um mal que passou invisível por gerações. Eu sei. – Ele se virou para Dominic, seus olhos atentos e sérios. – Mas deixe-me perguntar uma coisa, meu amigo: se estivéssemos procurando uma reserva de comida ou alguma outra coisa que nos mantivesse vivos, valeria a pena?

Dominic franziu a testa.

– Acho que sim.

– E se você permanecer vivo durante a guerra, o que fará quando voltar para casa?

– Vou beijar minha esposa e meus bebês. – A emoção transpareceu na voz de Dominic. – Vou voltar a trabalhar nas minas. E... – Ele fez uma pausa, relembrando os momentos mais felizes de sua vida: desenhando Sally enquanto ela lavava os pratos. – E acho que vou começar a desenhar de novo, em algum momento.

– Pois veja só! – Stephany tocou o ombro de Dominic, sorrindo. – Nós já perdemos muito. Não podemos perder também aquilo que amamos. – Ele gesticulou na direção dos homens inventariando as obras empilhadas contra a parede. – Imagine um mundo sem arte, sem música, sem dança, sem as coisas de que, de verdade, não precisamos. Não seria um mundo onde valesse a pena viver.

Dominic sentiu um pequeno alívio tomar seu coração. Ele pegou a sopa novamente, ainda ouvindo os homens escreverem a descrição de uma das poucas pinturas deixadas na parede.

– Cena de mercado – disse o velho alemão, enquanto o soldado rabiscava em seu caderno. – Século XVII, alemão, possivelmente imitador de Altdorfer...

Um soldado, segurando um livro enorme, apareceu de repente vindo de uma das escadas que levavam até o saguão.

– Hancock está aqui?

– Estou aqui – respondeu Hancock por detrás de Dominic, dando-lhe um pequeno susto. – O que é, soldado?

– Um catálogo do museu, senhor. Veja.

Dominic e os outros se aglomeraram ao redor do soldado enquanto ele se ajoelhava e abria o livro no chão. As linhas nítidas do texto tinham sido marcadas a lápis vermelho e azul. Hancock folheou o livro, soltando exclamações abafadas de empolgação.

– Era isso que estávamos procurando!

Stephany e o professor de arte se inclinaram sobre o ombro de Dominic para ver. O professor acenou com os braços e balbuciou em alemão rápido; Stephany teve que pedir duas vezes a ele que diminuísse a velocidade, para que pudesse traduzir.

– Ele diz que vamos encontrar muitas pinturas como esta – disse o vigário. – Este é um registro oficial. Escolas de vilas. Tribunais. Cafés. Outros lugares onde pinturas e esculturas podem estar armazenadas.

– Mas olhe para isso – Hancock apontou uma anotação na parte inferior da página. – Meu alemão não é perfeito, mas vejo a palavra *Siegen* aqui.

– Sim – disse Stephany. – Diz que alguns dos mais importantes objetos foram levados para uma mina lá.

– Mas isso fica do outro lado da Alemanha, do outro lado do Reno – disse Hancock, consternado. – Não consigo imaginar que essas obras tenham sobrevivido intactas a essa jornada. – Dominic olhou para a testa franzida do comandante. Talvez isso significasse que eles poderiam simplesmente limpar Aachen e depois acabar com aquela loucura de missão.

Mas Hancock ergueu a cabeça, o sorriso grudado no rosto.

– De qualquer modo – disse ele –, vai demorar muito para conseguirmos chegar tão longe.

Os ombros de Dominic caíram. Por mais que adorasse a oportunidade de ver uma pintura de Leonardo da Vinci pessoalmente, ele queria ir para casa mais do que qualquer coisa. Não tinha a menor vontade de trilhar um caminho através da Europa devastada.

Dominic sentiu o vigário Stephany apertar seu ombro e virou-se para ver o sorriso vitorioso do ancião.

– Eu disse, vamos encontrar esses tesouros. Está vendo, meu amigo? Há esperança.

29

EDITH

Cracóvia, Polônia
Outubro de 1939

O rugido dos motores dos veículos blindados foi a primeira coisa que escutaram.

Edith assistiu a Kai Mühlmann andar impacientemente de um lado para outro na sala de leitura da Biblioteca Jaguelônica. Ele parou diante de uma pintura holandesa representando uma natureza-morta exuberante e roeu a ponta irregular da unha. Seu rosto tinha uma expressão terrível, a mandíbula larga estava contraída, e a boca, congelada em uma linha fina. Ele parou para ajustar o ângulo de um cavalete, então começou a andar pela sala de novo, cruzando com firmeza os dedos atrás das costas. Ao fundo, ouviram a batida de portas de veículos e passos de botas no vestíbulo da biblioteca.

Durante toda a tarde, Edith e Kajetan Mühlmann supervisionaram a descarga e exposição das duas dúzias de pinturas que tinham acompanhado no trem de Jarosław. A grande sala de leitura da Biblioteca Jaguelônica agora se assemelhava a um museu de arte em vez de um repositório de livros raros. As obras que Mühlmann julgou como as melhores entre todas as confiscadas das coleções polonesas estavam agora expostas ao redor da sala.

Os Três Grandes. Foi assim que Mühlmann começou a se referir às três obras mais valiosas extraídas de coleções polonesas: *Paisagem com o bom samaritano*, de Rembrandt, *Retrato de um jovem*, de Rafael, e *Dama com arminho*, de Da Vinci. Além dessas obras, agora exibidas com destaque, havia algumas paisagens e retratos magistrais, todos eles, *Wahl* 1. Primeiro nível.

As pinturas de valor inestimável tinham sido cuidadosamente posicionadas para tirar proveito da luz natural difusa que emanava das altas janelas nos recortes do teto. Ao redor delas, as paredes estavam forradas com milhares de livros, estendendo-se por cerca de três andares, acessíveis por uma série de escadas angulares e degraus precários.

A sala de leitura cheirava como se estivesse em processo de lenta decomposição, tudo coberto por camadas de poeira. Mesmo assim, além do estúdio de conservação de pintura, não havia nenhum lugar onde Edith gostaria mais de ficar do que uma biblioteca em ruínas. Em outras circunstâncias, ela teria gostado de passar o dia ali, subindo as escadas para encontrar volumes havia muito negligenciados e tirá-los das prateleiras. Seria uma ocasião para um momento de paz, para um devaneio. Por enquanto, tinha que manter a cabeça baixa e seguir ordens. Que escolha ela tinha? Pelo menos, estaria em casa em breve. Kai havia prometido isso a ela no trem.

Quando as portas da biblioteca se abriram, Edith se posicionou ao lado de Mühlmann, que finalmente parou de andar. Eles esperaram. Logo, uma fila de oficiais de casacos compridos entrou na sala de leitura com as pistolas presas em torno da cintura de maneira proeminente. Edith viu Kai tirar fiapos de seu uniforme. Os homens fizeram uma saudação na direção de Kai. Se eles notaram Edith, não mostraram.

No meio de outro redemoinho de homens uniformizados, um oficial, que mais parecia um grande urubu com seu casaco de campanha pesado, cheio de condecorações, entrou na sala. Com cabelo escuro e alisado e nariz de bico sulcado, o homem passou os olhos escuros como uma ave de rapina reparando na sala. Edith deu um passo para trás nas sombras, encaixando o corpo entre dois cavaletes.

O novo governador da Polônia, ela pensou. Hans Frank. Só podia ser.

– *Sieg Heil!* – O homem estendeu o braço, saudando Kai.

Kai retribuiu o gesto.

– Governador Frank.

Por alguns momentos, os homens ficaram cara a cara, ambos de peito estufado como pássaros pomposos, as mandíbulas cerradas e os olhos travados.

Quando levantaram a mão direita no gesto de saudação nazista, Edith teve dificuldade em reconhecer Kai, o opaco, porém educado, historiador de arte que ela tinha começado a conhecer.

Após a saudação formal, os modos de Hans Frank se suavizaram. Ele ofereceu a mão direita para Kai, movendo-a vigorosamente.

– Meu amigo – disse. – Que gratificante encontrá-lo aqui.

Frank estava perto o suficiente de Edith para que ela pudesse sentir o forte aroma de sabonete e pinho. Seu cabelo preto estava tão puxado para trás que era como se ele tivesse usado graxa de sapato para penteá-lo.

Kai fez um gesto para o governador Frank segui-lo em direção à primeira pintura que haviam colocado em um cavalete, uma pequena pintura francesa que mostrava uma visão de uma paisagem idealizada, um templo clássico em um cenário exuberante. Um pequeno grupo de soldados seguiu os dois e Edith foi deixada sozinha. Ela era invisível?

Hesitou, sem saber se devia ou não chamar atenção para si mesma, e observou o governador correr os olhos escuros sobre o *Retrato de um jovem*, de Rafael. Ela podia perceber que ele estava extasiado. Kai lhe dava toda a atenção, explicando ao governador Frank detalhes sobre onde e como as obras tinham sido localizadas, e o que as tornava dignas de preservação sob o Reich.

Alguns soldados se aglomeraram próximo à porta da sala de leitura, parecendo entediados. Uns poucos ficaram atrás de Kai e Hans Frank, ouvindo Kai descrever as pinturas. Um dos soldados estendeu a mão para tocar um pequeno retrato como se fosse correr os dedos por sua superfície. Edith deu um passo à frente, pronta para impedi-lo, mas ele hesitou, colocando as mãos atrás das costas, e depois saiu andando.

– Nós não sabemos a identidade do retratado – explicava Kai ao governador Frank. – Mas alguns acreditam que Rafael possa ter feito um autorretrato aqui.

Edith sentiu um lampejo de inveja, aquele sentimento que ela sempre experimentava quando ouvia alguém que tinha confiança e talento para compartilhar seus conhecimentos. Era um dos dons de seu pai, a habilidade para fazer o espectador realmente "ver" o trabalho de uma maneira que não tinha visto antes. Seu coração doía pela mente brilhante do pai ter sido degradada de modo tão cruel e agora se acelerava um pouco ao se agarrar à esperança de que, logo, logo, o veria de novo.

O governador Frank olhava atentamente para cada pintura, balançando a cabeça em admiração. Por fim, parou diante da *Dama com arminho*. Kai fez uma pausa, dando-lhe um momento para absorver a imagem. A maneira como o governador olhava para a pintura fez Edith se contorcer. Era um olhar faminto e consumista, o olhar de um colecionador obsessivo. Ela já tinha visto esse olhar muitas vezes entre colecionadores e aspirantes a colecionadores que percorriam as galerias da Alte Pinakothek.

– É considerado o primeiro retrato moderno – explicou Mühlmann. – Da Vinci não a pintou de perfil, como os retratos eram pintados na época, ou como uma mulher idealizada, de status mítico.

O coração de Edith começou a disparar em seu peito enquanto ouvia suas próprias palavras saindo da boca de Mühlmann. Ele estava tomando o crédito por seu conhecimento da imagem? Ela sentiu uma onda de calor no rosto e pescoço. Como ele ousava se apropriar de sua pesquisa, um conhecimento ao qual ele poderia não ter tido acesso se ela não tivesse dado a ele aquelas exatas palavras?

Mühlmann continuou.

– Em vez disso, Da Vinci foi além da tradição. Ele capturou a amante do duque como ela provavelmente era ao vivo...

– Onde você achou isso? – Frank interrompeu, com um tom de autoridade na voz.

Kai gaguejou até parar, aparentemente irritado por ter sido interrompido ao compartilhar seu conhecimento recém-adquirido.

– Nossa *fräulein* Becker o encontrou em um esconderijo que o Partido descobriu no Palácio Czartoryski.

– *Fräulein* Becker – disse o governador.

Kai levantou a mão a fim de sinalizar a Edith que se juntasse a eles. Ela se colocou sob a luz.

O governador agora dirigia os olhos escuros para Edith. Ambição. Sim, era isso aquele olhar no rosto dele. Ela se encolheu por dentro, desejando desaparecer nas sombras.

Edith controlou os nervos.

– Encontramos escondido em uma sala secreta no palácio da família em Pełkinie, murada atrás de tijolos e argamassa.

– Perdoe-me – disse Kai, gentilmente alcançando o cotovelo de Edith. – Posso apresentar Edith Becker? Ela veio até nós da Alte Pinakothek em

Munique – disse ele. – Altamente recomendada pelo *generaldirecktor* Buchner por sua experiência em pintura renascentista italiana, principalmente na conservação. Graduada como a melhor de sua classe na Academia de Belas Artes.

Hans Frank a acolheu com os olhos escuros, e Edith desejou que Kai parasse de elogiá-la. Agora, alguns dos soldados também a observavam. Assim como tinha acontecido na sala de reuniões naquele museu em Munique, de alguma maneira ela se tornara o centro das atenções.

O governador Frank assentiu.

– Estou impressionado, *fräulein*. – Ele pegou a mão de Edith em saudação, segurando um pouco mais firmemente do que ela gostaria. – Você deve saber que era o maior sonho do nosso *führer* participar da Academia de Belas Artes de Viena, e eu mesmo considerei uma carreira na Arte antes de meu pai me pressionar para cursar a faculdade de Direito. Espero ansiosamente ter muitas conversas com você.

– Obrigada. – Ela encontrou seu olhar, esperando que ele não sentisse a umidade na palma de sua mão. Seu instinto lhe dizia para puxá-la, mas ela não queria dar àquele homem grosseiro a satisfação de ter abalado sua compostura. Manteve-se firme até que ele finalmente soltou sua mão e girou nos calcanhares, dirigindo-se novamente a Kai.

– *Sehr gut!* Estou satisfeito – disse ele, e ela viu a boca de Kai se espalhar numa linha fina que parecia mais uma careta do que um sorriso.

Por longos e silenciosos momentos, o governador Frank caminhou pela sala novamente, passando seu olhar cuidadoso sobre a pequena exposição. Então ele parou e apontou um dedo comprido para três pinturas. Dirigiu-se aos soldados que o seguiam:

– Este, este e este.

Edith sentiu todos os pelos se arrepiarem nas costas e na nuca. *Retrato de um jovem*, de Rafael. *Paisagem*, de Rembrandt. E *Dama com arminho*, de Da Vinci.

Os Três Grandes.

– Estes ficarão comigo em Cracóvia – disse ele a Kai. – Você pode levar o restante para Berlim.

Ele descartou as outras obras com um movimento rápido da mão. Os soldados entraram em ação. Edith assistiu a um jovem soldado agarrar a armação de Rafael e puxá-la do cavalete.

– Espere! – gritou Edith.

Sem pensar, ela correu à frente e agarrou o antebraço do soldado que segurava a pintura. Sob seu aperto, o soldado congelou. Para Edith, o tempo parecia ter parado. Será que eles a ouviriam agora que tinha sido o centro das atenções? Será que teria alguma opinião sobre o assunto? Mas o soldado se afastou dela e todos os homens na sala voltaram a atenção para Hans Frank.

– Você não pode simplesmente pegá-los! – Edith gritou, sentindo o peito apertado agitar-se. – Eles não pertencem a... nós. Eles eram todos parte da coleção da própria família Czartoryski. Seus ancestrais compraram essas obras na Itália duzentos anos atrás... – Ela viu o rosto de Kai empalidecer. – Todas essas pinturas devem ser encaixotadas para transporte para Berlim, senhor. Temos ordens.

Kai entrou na frente de Edith, protegendo sua visão do governador Frank com seus ombros largos. Ele a estava protegendo, ela percebeu.

Frank deu um passo à frente, ponderando.

– Bem – disse ele –, o restante pode ir para Berlim. Essas... seleções... devem ficar aqui. Elas já estavam em coleções polonesas e podem ficar aqui.

Os soldados fizeram um movimento novamente.

– Não é possível, governador Frank – Kai interveio. – Essas pinturas... Todas elas estão programadas para serem protegidas no novo museu que o *führer* está construindo. Ele terá uma coleção de artefatos, pinturas, estátuas e outros itens valiosos e inestimáveis de todo o mundo em exibição ali...

– Estou bem ciente dos planos do museu – interrompeu Frank, acenando com a mão mais uma vez. – Eu mesmo estive intimamente envolvido. Mas o que não aparecer em Berlim não fará falta.

Frank gesticulou para que outro soldado levantasse a *Paisagem com o bom samaritano*, de Rembrandt, do cavalete. O homem agiu imediatamente.

– Hans... – Kai estendeu a mão para pegar o antebraço de Frank. Edith supôs que Kai devia ter tido um longo relacionamento com o governador Frank, uma vez que se atreveu a dirigir-se a ele pelo primeiro nome e ousou tocá-lo sem permissão. Kai baixou a voz, aparentemente para não ser ouvido pelos soldados. – É Göring.

Pela primeira vez, Edith viu o governador Frank hesitar. Göring. Hermann Göring? O líder do Partido? O nome pareceu fazer Hans Frank frear. Por um longo momento, o governador coçou a ponta do nariz adunco.

Kai continuou.

– Göring já sabe sobre eles, Hans. Ele assinou pessoalmente documentos para que as pinturas sejam levadas a Berlim. Ele tem visto fac-símiles. Ele viu os inventários que preparamos. Está esperando um Da Vinci, um Rembrandt, um Rafael, entre outros. Se nós deixarmos qualquer coisa aqui na Polônia, então alguém terá de responder a ele. Não desejo que essa pessoa seja eu. Tenho certeza de que você pode respeitar isso, senhor.

Edith ficou nervosa por Kai. Ela não gostaria de lutar contra o governador. E não gostaria de ter sua própria credibilidade examinada por gente como *reichsmarshall* Göring.

Frank finalmente assentiu, a boca se transformando numa carranca profunda.

– Entendo.

Kai continuou.

– Eu lhe asseguro que estarão bem protegidos. *Fräulein* Becker e eu os acompanharemos pessoalmente até Berlim em um trem blindado. Temos tropas designadas especialmente para nosso comboio. Percebe? Devolvê-los ao Reich é a única maneira de garantirmos que essas obras-primas serão salvaguardadas. As coisas são mais... instáveis aqui no *front* – disse ele. – Eu não preciso lhe dizer isso. – E sua voz foi desaparecendo.

O governador virou-se para Edith agora e sua boca se abriu numa linha fina.

– Senhorita Becker – disse ele. – Espero que tenhamos a chance de conversar mais na próxima vez que eu a vir.

Apesar de tudo, Edith devolveu a civilidade dele com um olhar silencioso.

O governador Frank se virou e marchou em direção à porta. Os soldados correram para a formação, seguindo sua retirada.

Quando os homens saíram da biblioteca, o ar pareceu fluir de volta para o salão pela primeira vez. Edith sentiu uma onda de alívio tomar conta de si. Não podia suportar a ideia de Frank sair pela porta com a *Dama* de Da Vinci nas mãos. Já tinha sido difícil o suficiente assistir a Kai arrancá-lo de suas próprias mãos.

Assim que ouviram o ronco dos motores lá fora, Edith soltou a respiração que estava segurando e deixou os ombros caírem.

– Obrigada, senhor! Nem imagino o que poderia ter acontecido se você não tivesse sido corajoso o suficiente para falar.

Toda a cor parecia ter sumido do rosto de Kai.

– Eu não tive escolha, Edith. Como vou voltar para Berlim sem todas as peças prometidas? Eu seria fuzilado. – Ele fez uma pausa, e Edith percebeu que não estava exagerando. – Göring não é um homem fácil. Quando ele dá uma ordem, ela deve ser seguida, sem questionar. É como se viesse do próprio *führer*. Não há desculpa que eu poderia ter inventado para explicar por que essas obras não estariam conosco. – Ele correu as palmas das mãos sobre o topo da cabeça.

– Eu não invejo você. Não ia querer ficar entre aqueles dois homens.

– Não – disse Kai, balançando a cabeça com vigor. – Exatamente o que eu estava tentando evitar. Não posso deixar, aqui na Polônia, nada que esteja na lista. Em especial, não nas mãos de Frank.

– Então estou feliz que o governador não tenha continuado a pressionar.

Kai começou a cobrir com as cortinas de veludo a superfície delicada de cada obra. Eles passariam o dia seguinte supervisionando o encaixotamento e o transporte para o trem, desta vez com destino a Berlim.

– Somos pressionados a servir, mas que parte temos nessas maquinações de guerra? – Edith viu a testa de Kai franzir. Por trás de seu exterior, que nada transparecia, ela podia ver que ele estava abalado. – Como você mesma disse, Edith, este não é um lugar para historiadores de arte.

Enquanto Kai manuseava o Rembrandt maior, Edith se dirigiu ao cavalete com a *Dama* de Da Vinci. Com cuidado, levantou a obra pela moldura e a colocou sobre uma grande lona estendida em cima de uma mesa.

– Oh! Senhora – disse ela, silenciosamente, para a garota na foto. Por um momento encarou os olhos vivos de Cecilia Gallerani como se esperasse dela uma resposta. – Parece que você atraiu a atenção de um homem ganancioso e obsessivo. Um homem que pode mudar seu destino com um estalar dos dedos. – Edith hesitou. – Bem – continuou, silenciosamente –, talvez você saiba como é isso, não? Mas a verdade é que, por minha culpa, você está nessa confusão. Eu sinto muito. E prometo que farei o que estiver em meu poder para tirá-la disso.

PARTE III

ESCONDIDA

30

LEONARDO

Milão, Itália
Novembro de 1490

Por que algumas mulheres insistem em se envolver com homens obsessivos? Homens perigosos. Homens que não merecem sua atenção. Tanto em Florença quanto em Milão.

Pondero a questão enquanto deixo de lado, no meu prato, os ovos de codorna delicadamente salpicados. Já avisei o pessoal da cozinha de Sua Senhoria que não como carne de animais, nem mesmo seus ovos. Mas eles insistem. Talvez um dos lavadores de louça ou alguma camareira possa pegá-los do meu prato quando voltar para a cozinha. Melhor assim. Eu quero me certificar apenas de que não ofendo Sua Senhoria recusando-me a comê-los.

Mas Ludovico, o Mouro, não está me observando.

Na cabeceira da mesa, Sua Senhoria está rasgando a carne de perdiz de um osso pontiagudo, com os olhos focados no outro lado da sala. Eu sigo seu olhar até Lucrezia Crivelli, a menina que atende à *signorina* Cecilia. Lucrezia está entre um pequeno grupo de damas de companhia, sentadas de costas para a parede, prontas para atender à menor necessidade das senhoras à mesa. Mas Lucrezia e as outras damas de companhia tornaram-se tudo menos invisíveis. Elas estão brilhantemente adornadas como se pedras preciosas tivessem ganhado vida: safiras, rubis, esmeraldas. A própria Lucrezia resplandece como uma flor vívida em um vestido cor de tomate maduro. Ela colocou uma fita brilhante combinando com a trança escura e coloriu as bochechas.

Nunca entendi o gosto da corte milanesa por essas cores vulgares. Meus olhos se voltam para as abóbadas pintadas da sala de jantar. O teto de cada sala pública no palácio de Sua Senhoria é de uma cor berrante, afrescos feitos às pressas por uma equipe de pintores escolhidos com base no menor preço, e não no mérito. Eu poderia propor a Sua Senhoria fazer algo inteiramente diferente, dada a oportunidade.

De muitas maneiras, eu acho, Lucrezia Crivelli é o oposto da querida Cecilia, pelo menos da maneira que decidi retratá-la. Ela vai estar elegante, mas modestamente vestida com uma echarpe de seda sob um ombro. Vai usar seu mais novo vestido de veludo, aquele com o corpete de decote quadrado e um padrão de nós. Cecilia me contou que o vestido foi um presente de Sua Senhoria, junto com um longo colar de contas de ônix que contrasta com sua pele pálida. Eu desenhei seu cabelo em duas mechas pesadas, puxadas firmemente ao longo de suas bochechas. O efeito geral será de elegância, de modéstia, o extremo oposto dos tetos e paredes pintados de maneira barata deste castelo.

Eu vejo a barba preta de Ludovico, o Mouro, ganhar vida enquanto ele mastiga. Seu olhar não se desviou de Lucrezia. Com os olhos brilhantes como gemas e o nariz pontudo como um bico, ele se parece com uma grande ave de rapina, e eu não posso deixar de pensar nas centenas de desenhos que fiz de falcões em preparação para minha máquina voadora. E então vejo que Lucrezia encontra seu olhar. Ela sorri, um sorriso tímido, mas gracioso.

Devo completar o retrato de Cecilia Gallerani o mais rapidamente possível. Acho que, neste lugar, as coisas podem mudar a qualquer momento.

31

CECILIA

Milão, Itália
Novembro de 1490

— Você deve tomar cuidado para não confiar nas pessoas com todo o seu coração. Elas nem sempre têm as melhores intenções em mente, mesmo que pareçam gentis por fora.

Cecilia ouviu as palavras de mestre Leonardo, mas não as escutou completamente. Ela continuava pensando no que a filha bastarda de Sua Senhoria havia dito a ela na cozinha do palácio. Sua mãe tinha ido para um convento, dissera a mocinha, e ela, na verdade, sabia pouco sobre a mãe; apenas o que ela tinha escrito em cartas que Bianca recebera no aniversário, no dia do seu santo ou no Natal.

O coração de Cecilia doía. O que seria dela e de seu filho? Eles seriam separados, a criança presa atrás dos muros daquele castelo e Cecilia confinada atrás dos muros de um convento? Não sabia como revelar seu segredo, as consequências pareciam grandes, assustadoras e desconhecidas.

Os pensamentos de Cecilia foram interrompidos pela visão de três *condottieri* passando pelos portões do castelo em cavalos pretos musculosos. As armaduras refletiam o sol, e as plumas coloridas dos capacetes os tornava visíveis a longa distância. Não era, obviamente, uma maneira discreta de se aproximar. Ela esperava que mercenários contratados fossem bem mais sutis.

Durante toda a manhã, Cecilia e Leonardo aproveitaram o ar puro do pátio do castelo, onde o mestre Da Vinci havia dito que a cinzenta luz natural tornaria o retrato mais bonito. Ele havia trazido uma pilha de esboços em uma pasta de couro. Puxou uma nova folha e começou a desenhar, mas, com um olhar perturbado no rosto, segurou a caneta no ar e fez uma pausa.

– Você vê, minha cara? Mesmo dentro das muralhas do castelo, algumas pessoas sentem-se... ameaçadas. Sua Senhoria deve defender ativamente não apenas seus territórios, mas sua própria vida.

Cecilia se esforçou ao máximo para entender as palavras de mestre Leonardo como sinceras. Ela sabia que mestre Leonardo era inteligente, que ele conhecia todo tipo de assunto, incluindo os distantes, além das muralhas do castelo. Quando ela perguntou, ele lhe mostrou seus cadernos com anotações, em ambos os lados das páginas, numa caligrafia estranha, de leitura inversa, que ela não conseguiu interpretar. Tratados sobre máquinas militares e hidráulicas, ele explicou. Na óptica, na anatomia, até no voo dos pássaros. Desenhos de *Madonnas*, de santos. De garotos jovens e lindos, de aparência angelical.

– E o sobrinho de Sua Senhoria, ele também é uma ameaça? – perguntou ela.

Leonardo bufou.

– Especialmente o jovem Gian Galeazzo. Ele é apenas um menino, mas ainda é o duque de Milão – disse ele, abaixando a voz num sussurro. – Cá entre nós, temo o que possa acontecer à medida que ele amadurece o suficiente para resolver os assuntos... – Leonardo parou de falar, olhando para trás instintivamente para ver se alguém poderia estar ouvindo a conversa deles. – Mas você, minha querida. Você mesma está em uma posição com relativo poder agora, como companheira de Sua Senhoria – continuou ele. – Quer você perceba ou não. Alguém pode tentar tirar algo de você, ou talvez reter. Como eu disse, eu a aconselho a observar aqueles que estejam mais próximos de você.

Mas Cecilia sentia-se tudo, menos poderosa. Na verdade, temia pela própria vida.

32

DOMINIC

Bad Godesberg, Alemanha
Março de 1945

Herr Weyres era a sombra de um homem, com suas órbitas escuras e assustadas. Ele tremeu sob um cobertor puído sentado numa cadeira de cozinha. Seu olhar percorreu a sala, concentrando-se em cada americano por vez enquanto se aglomeravam em torno dele. Dominic imaginou que a guerra devia ter reduzido Weyres, que disse ter sido arquiteto e assistente do conservador de arte da província, num amontoado trêmulo de nervos.

– Você está me dizendo que as listas foram todas perdidas? – perguntou Hancock.

– Todas elas – respondeu Weyres.

Atrás dele, uma mulher robusta – a prima distante de Weyres, que estava lhe dando abrigo – amaldiçoava em alemão enquanto o fogão crepitava e lutava contra o vento gelado. Os homens mal cabiam na pequena cozinha. Eles encheram o cômodo vazio como uma floresta de soldados altos. A casa da mulher tinha sido meio bombardeada. Vidros quebrados cobriam os caixilhos das janelas; restos de cortinas esfarrapadas haviam sido puxados inutilmente sobre os buracos vazios, esvoaçando desolados ao vento. Ela tentou reacender o fogo sob a panela de cobre que estava no fogão, a fim de aquecer água para o café. Os soldados quase nem reparavam nela enquanto o capitão Hancock falava com *herr* Weyres.

– Todas elas – repetiu Weyres, puxando o cobertor um pouco mais perto dos ombros. – Queimadas nos bombardeios ou diláceradas pelo meu próprio povo.

Uma chuva congelante gotejava através de um buraco no telhado, que se abria como um dente perdido. Dominic se encolheu um pouco mais, dentro da gola do sobretudo, observando o olho vazio de *herr* Weyres.

– Por que eles levariam e destruiriam sua própria cultura?

O olhar no rosto do velho arquiteto tornou-se muito familiar para Dominic e para os outros nas últimas semanas, enquanto seguiam a trilha de vitórias aliadas a leste. Primeiro Colônia e depois Bonn haviam caído, ambas batalhas árduas. Dominic queria continuar na linha de frente, onde acreditava que estavam os verdadeiros guerreiros. Onde poderia fazer uma diferença real. Em vez disso, ele e sua unidade ficavam na retaguarda. Nunca muito atrás do *front*, procurando o maior número de profissionais de museus e universidades que conseguiam, riscando nomes de uma lista no calor após cada batalha. Um trabalho tedioso, que dilacerava a alma.

Na maioria das vezes, a busca dava em nada. Os indivíduos que eles procuravam haviam fugido, estavam se escondendo ou, se preferiram ficar, tinham sido, certamente, mortos. Mas o capitão Hancock, com o apoio entusiástico do vigário Stephany, perseverava: os poucos profissionais que tinham conseguido encontrar foram capazes de dar-lhes algumas informações. A fama dos Homens dos Monumentos – e das poucas obras de arte que tinham sido capazes de descobrir – começou a se espalhar pela comunicação clandestina na Alemanha dilacerada pela guerra. Gradualmente, pessoas com informações tornaram-se mais dispostas a falar com eles. Algumas até mesmo se apresentaram por livre e espontânea vontade.

Enquanto o estoque de obras de arte recuperadas crescia lentamente, a lista de repositórios de arte de Hancock chegava às centenas. Sempre que possível, ele tentava encontrar uma linha telefônica segura para fazer chamadas aos comandantes aliados no *front*.

Bonn tinha lhes fornecido a maior pista até então: o lar do conde Von Wolff-Metternich, um líder *konservator* da comissão de monumentos históricos. A cidade parecia uma promissora mina de ouro de informações. Dominic tinha passado muitas horas seguindo Hancock e os outros em meio à desolação agora tão familiar, procurando qualquer sinal de Metternich. Mas seu escritório da universidade tinha sido destruído, quase a ponto de sobrar apenas o chão. Dominic se lembrava mais vividamente da escrivaninha, ou melhor, do que tinha restado dela: a laje que havia caído por causa das explosões tinha conseguido esmagá-la e amassá-la. Papéis e lascas se espalhavam por toda parte. Descobriu-se que o próprio *konservator* havia fugido para o leste, atrás das linhas inimigas, onde a unidade de Dominic não ousaria ir, pelo menos por enquanto.

Começando, porém, com uma folha de pagamento encontrada entre os escombros e continuando com um trabalho de investigação meticulosamente lento, a trilha os trouxera até aqui, para Bad Godesberg, e para esta relíquia de casa. E para *herr* Weyres, assistente do *konservator*, escondido na cozinha da residência de sua prima.

A prima, uma dessas esplêndidas alemãs que de algum modo tinham conseguido manter sua figura robusta apesar das devastações da guerra, se movia com agilidade entre os soldados com canecas fumegantes nas mãos. Ela os cotovelava para abrir caminho, como se fossem apenas crianças travessas, resmungando e estalando a língua.

– Aqui – disse ela, tropeçando no inglês enquanto segurava uma caneca para Weyres. – Está quente. Agradeça a este bom jovem. – Ela se virou para Dominic e lhe deu um tapinha afetuoso na bochecha.

Dominic sentiu o rosto corar enquanto dois militares lutavam para abafar uma risada. Weyres parecia tão patético encolhido ali que Dominic se sentiu compelido a oferecer-lhe sua porção de café em pó. Era um café barato e meio salobro, mas ajudava um pouco a aguentar o ar que congelava os ossos.

Herr Weyres aproximou a caneca do rosto e saboreou o vapor como se fosse o luxo mais inexprimível. Ele tomou um enorme gole, engasgou um pouco e balbuciou algo enquanto sua prima batia em suas costas.

– Então você não tem registro de onde as obras foram parar? – Hancock instigou-o, tamborilando os dedos compridos na mesa da cozinha, que se equilibrava sobre três pernas raquíticas, a quarta era um toco patético.

– *Ach*, não, não, não foi isso que eu disse. – *Herr* Weyres enxugou o bigode eriçado e segurou a caneca com as duas mãos, enquanto a tremedeira cedia. – Para começar, eu estava escrevendo uma lista dos repositórios em um pequeno livro de contabilidade. Eu o mantive escondido em um compartimento de metal ao lado da nossa lareira. Pensei que ninguém iria encontrá-lo lá e conectá-lo a mim. Tínhamos alguns pequenos grupos de resistência na cidade. Não tive coragem suficiente para me juntar a eles, mas pensei que talvez, algum dia, eu tivesse a oportunidade de entregar meu livro de registro para os líderes desse grupo. Talvez eles pudessem recuperar as obras, ou pelo menos ajudar a evitar que fossem destruídas. Mas, então, alguém deu meu nome para as autoridades. Ouvi dizer que eles estavam vindo me pegar.

Dominic mal podia acreditar em seus ouvidos. Aquele homem arriscou sua vida por uma lista manuscrita de obras de arte?

Herr Weyres continuou.

– O mais rápido que pude, acendi uma fogueira na lareira. E joguei o livro de contabilidade nas chamas. No momento que a Gestapo chegou, não havia mais nenhuma prova. Eu tive sorte.

– Então as listas estão destruídas – disse Hancock, seus ombros caídos demonstrando derrota.

– Não, eu ainda as tenho.

– O que você disse? – perguntou Hancock.

– Ainda tenho as listas dos repositórios. Tudo aqui. – Ele ergueu a mão trêmula e bateu na cabeça com o dedo. – Talvez nem todos, mas muitos. Eu tive um pressentimento sobre esses homens que estavam roubando minha coleção, então tentei me lembrar.

– Você pode nos dizer?

– Claro – *herr* Weyres tomou outro gole. – Você traz a arte de volta ao meu museu, ao meu povo. – Ele gesticulou como se estivesse escrevendo no ar. – Você tem papel, não tem?

Hancock tirou um caderno e um lápis do bolso do casaco.

– Manda brasa.

Com uma velocidade surpreendente, Weyres começou a despejar uma lista de repositórios por toda a Alemanha, tão rápido que a escrita de Hancock tornou-se um rabisco que mal conseguia acompanhar o pensamento. *Herr* Weyres ditou três folhas, frente e verso, antes de parar, tão repentinamente quanto começou. Ele deu um longo gole no café amargo e então ficou olhando para Hancock por alguns segundos.

– Isso é tudo que eu lembro. Pode haver um ou dois que eu tenha esquecido.

– Isso é brilhante – Hancock apoiou as costas contra a cadeira e soltou um suspiro de alívio. – Podemos fazer muito com isso. Obrigado, senhor.

Ele se levantou, arrastando-se em direção à porta enquanto o restante da unidade se preparava para sair. Hancock estendeu uma mão comprida para o velhote. *Herr* Weyres apertou-a com as suas, olhando fixamente nos olhos de Hancock.

– Você encontrará arte em todos os tipos de lugares estranhos, *amerikaner*. Procure nos lugares que nem imagina. Masmorras de castelos, mosteiros, cofres de bancos, depósitos de restaurantes, quartos de hotel, ginásios escolares, mesmo embaixo de casas comuns. Mas o que você realmente quer está em Siegen. – Seu aperto aumentou tanto que Dominic observou os dedos de Hancock ficarem brancos. – Lá, abaixo da cidadela, há uma mina de cobre. Você encontrará os maiores tesouros lá.

Siegen. Hancock acenou com a cabeça para o nome que eles encontraram em Aachen.

Os homens saíram para a chuva gelada, que batia oca no capacete de Dominic. Sua cabeça parecia igual: vazia, rasa, como um cartucho vazio. Ele sabia que "os maiores tesouros" deviam se referir às relíquias de Carlos Magno, talvez até a outras obras-primas perdidas. Mas enquanto sentia uma pontada de alívio porque o velho e querido vigário Stephany podia estar próximo de reencontrar seus amados tesouros, depois de toda a morte e destruição, Dominic não conseguia mais se emocionar ao pensar em arte.

"Continue desenhando", dissera Paul. Naquele momento, a distância entre ele e seu lar esticou-se ainda mais. Dominic sabia que, com aquela lista apressadamente rabiscada de repositórios de arte, Hancock ia se mover sempre para o leste com um renovado senso de propósito. Estariam ocupados por muito tempo.

Se ele estaria ocupado com isso por um longo tempo, Dominic pensou, então poderia muito bem se envolver plenamente. Homens como Weyres estavam colocando a própria vida em perigo para salvar obras de arte. E talvez Stephany estivesse certo. Eles não deveriam apenas viver. Deveriam encontrar algo pelo que viver.

Enquanto se dirigiam para o leste, Dominic resolveu que, se ele fosse sair daquela guerra com um pingo de sanidade, deveria se agarrar à ideia de que a arte fazia a vida valer a pena. Sua vida dependia disso.

33

EDITH

Munique, Alemanha
Novembro de 1939

A arte faz a vida valer a pena, era o que o pai de Edith sempre dizia. Ela tentou agarrar-se à ideia de que tinha feito o seu melhor para cuidar de algumas das obras mais preciosas do mundo numa forma de expiação por tê-las posto em perigo antes.

– Abra caminho.

Edith deu um passo para o lado enquanto dois homens manejavam uma tela pesada – a ampla paisagem escurecida pelo tempo – através de seu estúdio de conservação. Ao passarem, Edith notou as camadas de poeira que se instalaram nas fendas da ornamentada moldura de madeira dourada.

Tudo o que importava, ela disse a si mesma, era que seu pai estava seguro e tão bem quanto poderia esperar sob os cuidados de uma nova enfermeira do lar. Por isso, sempre seria grata.

Mas, para desgosto de Edith, seu estúdio de conservação, normalmente silencioso, havia sido requisitado como uma estação para classificar e priorizar pinturas trazidas de longe. Ela esperava retornar ao seu trabalho e ao seu laboratório tranquilo, mas a sala havia sido transformada em um eixo de passagem, com os poucos funcionários na Alte Pinakothek administrando a organização, a catalogação e o armazenamento das novas obras que chegavam de toda a Europa.

As pinturas foram empilhadas às dezenas contra todos os espaços disponíveis nas paredes. Alguém havia levado suas luvas, removedores de verniz, remendos de lona e neutralizadores das prateleiras para sua mesa, que agora estava amontoada com correspondências fechadas, livros com marcadores de páginas e pilhas de papel. As prateleiras, outrora tão ordenadas, agora exibiam uma desordenada coleção de relógios de bronze, pequenas esculturas, peças de cerâmica e retalhos de tecidos.

O desânimo de Edith só foi atenuado pelo fato de seu amigo Manfred ter sido um dos poucos a ter ficado para trás. Manfred e seus dois assistentes agora passavam os dias nas docas de carga do museu, equipados com uma grande câmera e pequenas etiquetas para rotular cada obra que chegava. O museu havia contratado duas dúzias de trabalhadores, homens fortes que passavam os dias descarregando veículos blindados na área de carga do museu.

– Há novas obras de Holbein, Cranach... – disse Manfred, com um tom de empolgação na voz.

– Manfred – Edith baixou a voz para um sussurro e fechou a porta do laboratório de conservação. – Você entende a magnitude do que está acontecendo? Estamos sendo recrutados para despojar todo o continente de suas obras de arte mais valiosas. Nós estamos levando heranças de família, seus bens mais valiosos. E eles estão indo diretamente para as mãos dos líderes do Partido!

Manfred piscou, os olhos arregalados por trás dos óculos redondos.

– Eu estou ciente disso, minha querida.

Edith piscou de volta.

– Está mesmo?

Manfred assentiu.

– Já que você sabe mais do que a maioria, vou compartilhar um segredo com você. Estou em contato com nossos colegas em museus na Itália, França e Inglaterra. Nós nos comunicamos por meio de canais que são... ocultos. Não são apenas os museus que estão sendo dilapidados, minha amiga. Coleções particulares, especialmente essas dos judeus que você vê sendo encurralados nos trens, também estão sendo confiscadas, não apenas aqui em Munique, mas em toda a Europa.

As mãos de Edith voaram para a boca.

– Meu Deus, Manfred... O que nós podemos fazer? – Suas palavras foram abafadas pelo desânimo.

Manfred continuou.

– Não podemos parar os eventos que já estão em movimento. Eles são... maiores do que nós. E movem-se rapidamente. Mas pelo menos podemos documentar tudo o que vemos, tudo o que tocamos, tudo o que conhecemos. Estamos compilando registros completos de cada obra de arte: de onde veio, a quem pertencia. Um dia, quando tudo isso ficar para trás, esperamos ser capazes de devolver as obras aos seus legítimos donos.

Edith absorveu a informação.

– E o *generaldirektor*? – perguntou ela. – Ele sabe disso?

Manfred balançou a cabeça.

– Acredito que, no começo, as intenções de *dokter* Buchner eram honrosas. Mas agora... Ele se sente compelido a agradar o Partido; Munique é considerada um padrão mais alto do que o restante da Alemanha. Estivemos no centro no Dia da Arte da Alemanha e em muitas outras exposições culturais. Além disso, ele também está tentando proteger nosso prédio de ataques aéreos. Então o que pode fazer? – Manfred deu de ombros. – Nossa cidade é o quartel-general do Partido Nazista. E eu não ousaria dizer a ele o que sei agora. É perigoso demais.

Até que ponto seus outros colegas iriam para se proteger? Agora que Edith tinha experimentado o que significava salvaguardar obras de arte, ela se perguntava quantos outros profissionais de arte alemães mentiriam, roubariam e saqueariam se isso significasse salvar a própria vida, ou até mesmo chamar a atenção da liderança do Partido?

Ela se apoiou na beirada de sua mesa, ponderando essa novidade sobre a missão e o papel de Manfred. Lutou para imaginar seu amigo, tão bem-educado, como uma peça na engrenagem de uma grande roda da resistência, com aliados entre os profissionais de museus de toda a Europa, contra os interesses da Alemanha.

Manfred pegou a mão de Edith.

– Agora que você voltou, talvez possa se juntar a nós nesse esforço. – Ele fez uma pausa. – Você é filha do seu pai, afinal.

– E o que tem meu pai?

Manfred apertou os olhos.

– Quanto ele lhe contou sobre seus esforços depois que a Grande Guerra terminou?

– Quase nada – disse Edith, vasculhando a memória. – Ele sempre me disse que as pessoas são facilmente enganadas, especialmente no início. Não sei muito mais do que isso.

Manfred entrelaçou os dedos atrás das costas e começou a andar de um lado para outro, olhando para os azulejos do chão.

– Você talvez não se lembre das revoltas em nossa cidade em 1918. Você era muito jovem. Muitos de nós em Munique queríamos garantir que essa história jamais se repetisse. Seu pai se sentiu inspirado, eu acho... Todos nós nos sentimos... Pelos marinheiros e trabalhadores do setor de munições que organizaram greves e por aqueles soldados que foram corajosos o suficiente para abandonar seus quartéis e exigir a paz em vez de violência contínua.

Manfred continuou.

– Seu pai ajudou um grupo de estudantes que queria imprimir panfletos denunciando a corrupção que viam nos diferentes níveis de governo. Ele sabia que eu estava fazendo algo semelhante com meus associados. Mas seu pai tinha que ser extracuidadoso: havia, e ainda há, apoiadores do Partido, principalmente dentro das universidades. Eles conseguiam deixar os folhetos em lugares onde seriam facilmente vistos: largados nos corredores do lado de fora das salas de aula, afixados do lado de dentro das portas dos banheiros, até enfiados sorrateiramente nas mochilas dos alunos.

– Meu pai fez isso?

Manfred assentiu.

– Ele ajudou a organizar a impressão dos folhetos. Ele sentiu que era importante. Como eu disse, já vivemos as consequências de homens que querem se engrandecer colocando muitas vidas em risco.

– E está acontecendo de novo! – exclamou Edith. – Manfred... – disse ela. – Se você tivesse visto. General Frank... Ele queria pegar para si um Rembrandt, um Rafael, até mesmo um Da Vinci!

– Governador Frank? Você mesma o viu?

– Ele tentou tirar a *Dama com arminho* das nossas mãos!

O rosto de Manfred empalideceu.

– Edith – disse ele. – Meu Deus. Eu sinto pena de quem entra em contato com aquele homem. Você sabe o que ele fez? Tantas pessoas inocentes perderam a vida na Polônia... É Frank quem está dando as ordens. Edith, eu me preocupava com sua segurança todos os dias. E não duvido de que eles retiraram qualquer coisa de valor de casas por todo o país. Você nunca verá nada disso em reportagens e notícias. A maioria das pessoas não tem conhecimento disso.

– Mas, Manfred... É culpa minha que essas obras estejam agora em risco. Você estava em minha apresentação ridícula aqui mesmo, neste museu. Como pude ser tão ingênua? Como não vi que as informações seriam usadas desse modo? Que eles estavam me usando?

– Você não deve se culpar. Este conflito é muito maior do que você. Os jornais britânicos dizem que o general Frank emitiu um decreto para o confisco de todas as propriedades polonesas. *Todas*... pense nisso, Edith. Os britânicos estão relatando o número de pessoas que Frank já executou ou enviou para os acampamentos. É por isso que é mais crítico do que nunca que tomemos uma atitude. E agora, Edith, você tem um conhecimento especial da situação na Polônia...

Uma batida à porta. Manfred fez uma pausa no meio da frase.

– Perdoe-me. Talvez eu tenha falado demais. Devo voltar para as docas de carga; eles já devem estar procurando por mim – sussurrou Manfred, apertando a mão de Edith. – Pense bem, minha amiga. Você sabe mais do que a maioria de nós. E você seria um trunfo para o nosso esforço.

Manfred passou rapidamente pela porta quando um mensageiro entrou no estúdio de conservação com a bolsa pendurada no torso, chegando a tocar seus joelhos magros.

– Tem uma Edith Becker aqui?

– Eu sou Edith Becker – respondeu ela.

– Telegrama para você, *fräulein* – o rapaz se inclinou e entregou o envelope para Edith, depois deu meia-volta.

Ela olhou para o envelope.

EDITH BECKER, CONSERVADORA DE ARTE
ALTE PINAKOTHEK
MUNIQUE

Tinha sido enviado de Berlim. Edith apertou os lábios, o coração pulando no peito. Seria uma mensagem sobre Heinrich? Com dedos trêmulos, rasgou o papel fino que envolvia a mensagem. Ela leu, depois piscou com força e leu novamente.

ESCRITÓRIOS DE KAJETAN MÜHLMANN DESTRUÍDOS POR INCÊNDIO APÓS INVASÃO AÉREA. SUAS INSTRUÇÕES SÃO ENCONTRAR O DR. MÜHLMANN NO ESCRITÓRIO DO DIRETOR NA ALTE NATIONALGALERIE EM BERLIM EM 1º DE DEZEMBRO PARA PREPARAR PINTURAS PARA TRANSPORTE A CRACÓVIA. ORDENS OFICIAIS.

34

CECILIA

Milão, Itália
Dezembro de 1490

— Vamos repetir mais uma vez.

Bernardo andava de um lado a outro na biblioteca com um maço de pergaminho na mão. Cecilia pigarreou e recomeçou:

Perchè le rose stanno infra le spine:
Alle grida non lassa al Moro e cani...

Enquanto Bernardo andava de um lado a outro e Cecilia recitava as falas do soneto recém-composto, ela sentiu os olhos do mestre Da Vinci sobre si. Com os desenhos preliminares concluídos, ele montou seu cavalete e uma pequena mesa dobrável que continha potes de pigmento, assim como uma coleção de pincéis de cabos longos com cerdas de pelos de cavalos, doninhas e raposas.

Ainda assim, Cecilia ficou intrigada ao ver que, mais frequentemente do que ela esperava, o pintor usava o pincel para aplicar pigmento em seu próprio polegar ou na ponta de outro dedo e então, com cuidado, aplicava a fina cor diluída com o dedo no painel. Ele nunca passou pela mesma parte do painel duas vezes em um mesmo dia, deixando cada camada macia de tinta secar antes de aplicar a próxima. Até agora, apenas seu rosto tinha começado a surgir em alguns detalhes.

Era um trabalho extremamente lento. Eles tinham abandonado havia muito tempo a ideia de Cecilia sentada diante da janela. Sentar ainda parecia impossível, ela pensou, especialmente agora. Ela se sentia consumida pelo nervosismo da nova vida crescendo dentro de seu corpo. E hoje, mais do que em qualquer outro dia desde que chegara ao Castello Sforzesco, estava tomada pela euforia, pois Ludovico sabia que ela carregava seu filho, e ele estava feliz.

Para grande surpresa de Cecilia, Ludovico já havia adivinhado que Cecilia estava grávida. E um choque ainda maior: ele se deleitou com a notícia. À medida que sua cintura se expandia, ele disse a ela, assim também crescia sua admiração. Quando estava nua e exposta diante dele, Ludovico colocava as mãos na pequena ondulação de sua cintura, sua criança dentro dela, e dizia que ela era linda como uma flor. Cecilia via no rosto de Ludovico que sua alegria era tão íntima quanto pura.

À medida que o alívio e a esperança começaram a dominar as semanas de pavor, Cecilia trabalhou para reforçar seu lugar na corte de Ludovico com toda a energia que tinha. Ludovico havia pedido a Cecilia que declamasse uma série de rimas, sonetos e canções para um grupo de dignitários que estava vindo visitar o castelo em dois dias. Bernardo andou de um lado para outro com ela até tarde da noite, corrigindo sua pronúncia, ajustando as nuances de sua dicção, suavizando seu sotaque toscano e fazendo pequenas alterações nos versos de poesia em sua página enquanto praticavam em voz alta.

Cecilia tinha a impressão de que Leonardo da Vinci preferia que seus retratados ficassem parados, mas ele adaptou sua prática para segui-la enquanto ela caminhava com Bernardo pelos ladrilhos polidos. Talvez, pensou ela, o pintor ainda se sentisse culpado por ter dado a notícia do casamento do duque antes que ela descobrisse de uma maneira menos traumática. Ele não reclamou de seus movimentos. E trabalhar na apresentação era uma distração bem-vinda para Cecilia, que estava se sentindo mais desconfortável. Ela se perguntava se qualquer outra pessoa suspeitava da vida florescente dentro dela.

Quando Cecilia chegou ao final do poema desta vez, Leonardo abriu um largo sorriso.

– *Brava!* A melhor versão até agora. Eles ficarão cativados.

Cecilia fez uma pequena reverência. Aquela tinha sido a melhor parte do seu dia, na feliz companhia dos dois homens criativos.

– O antigo embaixador francês é difícil de impressionar – disse Bernardo. – Eu mesmo já vi. E ele é conhecido por adormecer assim que se senta para assistir a uma apresentação. Mas eu sinto que esta vai pelo menos mantê-lo acordado, se não entretê-lo.

– O embaixador francês? – perguntou Cecilia. – Por que ele está vindo?

Bernardo respondeu:

– Sua Senhoria está tentando alinhar-se com o rei Carlos da França.

– Para qual finalidade? – perguntou Cecilia. – Por que alguém iria querer se enredar com os franceses?

– Você pode ser uma jovem educada – disse Bernardo –, mas ainda tem muito a aprender sobre política. Alinhar-se com o rei Carlos renderá maior autoridade a Ludovico e, ao ducado, maior segurança.

– Sim – meditou Leonardo. – E os franceses têm um impressionante e bem organizado exército. Eu poderia me esforçar para oferecer meus serviços como engenheiro militar.

Todo mundo, pensou Cecilia, estava se acotovelando para garantir a própria posição na corte. Se ela fosse honesta consigo mesma, também estaria fazendo isso. Trabalhou duro para ganhar os aplausos e elogios dos visitantes da corte Sforza. Nada a enchia tanto de luz e alegria quanto uma sala cheia de convidados explodindo em aplausos após uma de suas apresentações. Era ela vaidosa só porque desejava a atenção e a aprovação desses estranhos? Será que o mesmo acontecia com Leonardo, quando ele ganhava elogios por finalizar uma pintura ou uma daquelas estranhas engenhocas dele?

Qualquer que fosse o caso, Cecilia trabalhava com afinco para encantar cada visitante da corte ducal. E sua voz melodiosa, além do seu acompanhamento cuidadoso no alaúde e sua habilidade incrível para recitar versos, parecia impressionar. Ela ficava orgulhosa de saber que os outros achavam seu trabalho tão satisfatório; e quando via o brilho no olhar de Ludovico cada vez que encantava alguém novo, ela sabia que estava funcionando. Por mais que Cecilia sentisse a incerteza de seu status no fundo de suas entranhas, precisava admitir que Ludovico sentia uma atração apaixonada por ela. Cecilia ansiava por sua aprovação, seu consentimento.

– Suas mãos, eu não sei... – Leonardo fez um gesto para Cecilia voltar a seu lugar, retomando a posição que tinha assumido no retrato. – A cadela, talvez. Você pode colocá-la em seus braços?

Cecilia ergueu Violina do chão e acomodou a massa gorda e quente da cachorrinha no colo, enquanto se sentava na cadeira. Violina olhou com expectativa para Cecilia com seus olhos de pedras preciosas, depois abaixou as orelhas quando a jovem passou a mão sobre seu crânio pequeno e redondo.

– Um símbolo tradicional de fidelidade – disse Bernardo.

– Não! – disse Cecilia. – Um cachorro, não.

– Não quer um cachorro? – perguntou Leonardo, suspendendo o pincel no ar. – Então, o quê?

Cecilia bateu o dedo no queixo. Parecia algo bobo, mas era uma pergunta importante, ela sabia disso. Apenas Cecilia sabia que a ideia do cachorro em seu colo não combinava com ela. De alguma maneira, a palavra *fidelidade* a irritava.

– Não, eu não acho que um cachorro vá ficar bom.

Leonardo a encarou por trás do cavalete.

– Bem, você tem outra ideia?

– E quanto a... outro animal?

Ela viu as sobrancelhas do mestre Da Vinci se erguerem.

– Outro animal? Mas o cachorro parece ser o melhor símbolo para este retrato. A lealdade é tradicionalmente esperada para tal retrato.

Cecilia assentiu.

– Mas há outros bichos que as pessoas mantêm como animais de estimação. Gatos. Pássaros. Camundongos. Furões.

– Ou um arminho – disse Bernardo, levantando o dedo como um orador. – Em grego, vendaval. *Gale*. Gallerani...

– Sim! – gritou Cecilia. – Gallerani! Meu nome de família. Sua Senhoria nunca pode esquecer quem eu sou.

– Acho que dificilmente isso seja um risco, *signorina* – disse o pintor.

Por um longo momento, Leonardo olhou para a pintura em andamento. Cecilia tinha certeza de que ele estava prestes a discutir e possivelmente pintar o cachorro de qualquer maneira. Mas, em vez disso, ele passou a palma da mão sobre a barba, como se isso ajudasse a extrair as nuances de uma ideia complexa.

– O arminho – disse ele. – Sua pelagem fica branca no inverno para que ele consiga se esconder melhor dos predadores. Dizem que, diante de um caçador, o arminho prefere morrer a sujar seu belo manto branco. É, portanto, um símbolo de pureza. Também pode ser um sinal de fertilidade. Até de gravidez.

Cecilia viu as bochechas do artista ficarem rosadas de vergonha quando percebeu o que tinha acabado de dizer. Os três sentaram-se em silêncio constrangedor enquanto o pintor ponderava sobre o problema. Ele não quis ofendê-la, ela tinha certeza disso.

– Mas – disse Cecilia – pense nisso! O próprio rei de Nápoles honrou Sua Senhoria com a Ordem do Arminho. Isso vai agradar Ludovico. Tenho certeza.

De repente o rosto dele se iluminou, e ela viu aquele entusiasmo familiar do qual havia aprendido a gostar. Rapidamente Leonardo começou a esboçar o arminho solicitado em um pedaço de pergaminho ao lado.

– Minha querida, você é nada menos que brilhante.

De volta aos lugares de retratada e pintor, Cecilia e Leonardo se acomodaram confortavelmente mais uma vez. Ela passava as mãos na cabeça branca de Violina enquanto Leonardo esboçava o arminho num pedaço de pergaminho.

A porta do escritório se abriu, e Cecilia se virou para ver Marco, músico oficial da corte do duque, correr para a sala com as mechas do cabelo caindo sobre os olhos.

– Ouviram as notícias? – perguntou ele, quase tropeçando na mesa dobrável do mestre Da Vinci, cheia de pigmentos e pincéis. – Felicidade! Uma celebração notável paira sobre nós! Foi marcada a data para o casamento entre nosso Senhor e a adorável Beatrice, no Castello di Pavia.

Cecilia engoliu em seco.

– Uma celebração de inverno espetacular! – gritou ele. – Em menos de trinta dias. Há muito o que fazer!

35

EDITH

Munique, Alemanha
Novembro de 1939

Nas largas avenidas que margeiam o parque, enormes bandeiras com suásticas estavam sendo penduradas antes de um desfile militar. Uma celebração de inverno.

– Você anda rápido.

Edith reprimiu um sorriso.

– Sinto muito, papai. Não temos pressa.

Edith agarrou o braço do pai enquanto ele se arrastava pela calçada. No outro braço, seu pai apertava Max, o emaranhado cachorro de pelúcia, ao lado do corpo. Ela diminuiu o ritmo, tentando não pensar naquele pequeno telegrama, outro pedaço de papel que iria, mais uma vez, mudar sua vida. Em dois dias, ela estaria fora de casa novamente, de volta à linha de fogo. Como poderia dar essa notícia ao pai?

O inverno havia chegado numa rajada de vento frio que sacudiu as janelas e dobrou os galhos quebradiços das árvores que cercavam o parque. Do outro lado do rio Isar, homens uniformizados enchiam as ruas, marchando em formação enquanto o povo de Munique olhava de suas janelas.

No tempo em que Edith esteve longe de casa – meras semanas que pareceram uma vida inteira –, a cidade de Munique havia se transformado na capital do mundo nazista. Em todos os lugares, bandeiras gigantescas e homens de uniforme e sobretudo ladeavam as ruas. Tanques bloqueavam algumas das principais vias para permitir desfiles frequentes. Por toda a cidade havia preparativos para o carregamento de pinturas e esculturas alemãs pelas ruas, enquanto os cidadãos cantavam e entoavam canções patrióticas.

Apesar da fanfarra, Edith sabia que durante suas semanas na Polônia também houve um atentado contra a vida de Adolf Hitler. De acordo com os jornais, o *führer* havia se retirado do púlpito em uma cervejaria popular quando uma bomba-relógio explodiu, errando por pouco o alvo, mas matando oito pessoas por perto. Para Edith, os tanques que bloqueavam as principais ruas de Munique pareciam mais um show de defesa do que de patriotismo.

Desconsiderando a estranha atmosfera de sua cidade natal e as temperaturas extremas, Edith havia prometido fazer o pai caminhar ao ar livre o máximo de tempo possível. Ela sabia que era bom para ele, e ela não podia suportar pensar em como o havia encontrado quando voltou.

Quando chegou a Munique, Edith ficou consternada ao ver que o pai tinha ido embora do apartamento deles. Na ausência dela, ele havia sido colocado aos cuidados de um sanatório nos arredores da cidade. Sua vizinha, *frau* Gerzheimer, pediu desculpas com profusão, mas precisava priorizar o cuidado com a própria mãe doente, que tinha vindo do campo para que a filha pudesse cuidar dela.

No sanatório, Edith encontrou *herr* Becker jogado em uma cadeira em um quarto escuro, com as roupas e os dentes sujos, ainda mais esquelético e frágil do que quando ela havia partido apenas algumas semanas antes. Ele parecia uma criança encurvada, segurando firme o cachorro de pelúcia ao seu lado.

Edith rapidamente assinou os papéis de alta e conseguiu uma enfermeira do sanatório: uma agitada mulher de meia-idade, de brilhantes cabelos ruivos, chamada Rita, que trabalhou por cerca de três décadas com idosos, agora, já esquecidos.

– É melhor você levar seu pai para casa o mais rápido possível – Rita havia sussurrado para Edith quando esta chegou para encontrar o pai. – Eles nos instruíram a reduzir a comida para pacientes como ele. Não está certo. O número de mortos aqui está aumentando. Há muitos quartos vazios agora. Ninguém se atreve a fazer perguntas. Se ele fosse meu pai, eu o teria levado para casa muito antes. – Edith viu os olhos de Rita cheios de medo.

– Você está livre para trabalhar diretamente conosco? – Edith havia sussurrado, fora do alcance das outras enfermeiras. – Por favor... venha para casa conosco. Vou fazer valer a pena.

Então, Edith tinha dado a Rita um merecido descanso. Ela e seu pai caminhavam lentamente ao longo de um trecho do parque, observando as últimas folhas de outono rodopiarem e saltarem pelos caminhos em direção à lagoa. A passarela se abria para um bosque de árvores ao longo da margem. Edith levou o pai até um banco do parque e se acomodou ao lado dele.

Ela pegou o jornal diário, o *Völkischer Beobachter*, debaixo do braço. Rita disse a Edith que era importante ler para os pacientes que não se lembravam mais do passado: isso ajudava a estimular a mente, às vezes até os ajudava a resgatar recordações. Além disso, Edith estava constantemente debruçada sobre os jornais procurando notícias do príncipe Czartoryski e sua esposa, ansiosa para saber o que havia acontecido com eles.

Edith examinou as manchetes.

DEMOCRACIA SOCIAL ALEMÃ CONQUISTARÁ
O DOMÍNIO MONETÁRIO DA INGLATERRA.
HORA DE LIMPAR A BAGUNÇA JAPONESA. O *FÜHRER*
REVELA SEU MAIS RECENTE PLANO DE SEGURANÇA.

– CHEGA DE HIPOCRISIA MORAL – Edith murmurou alto outra manchete.
– Hipocrisia moral... – seu pai repetiu. – Ah! *Arschlecker*!
– *Arschlecker*, de fato, papai – concordou ela.

O fato não característico de seu pai falar palavrão lhe pareceu subitamente hilário. Os dois se sentaram no banco do parque por um minuto, rindo tanto que perderam o fôlego. Ela suspeitava de que o pai não tinha ideia do que era o título ou por que ambos riram tanto, mas quem se importava? Quando fora a última vez que os dois tinham dado risada assim, espontânea?

– Papai – disse ela, enxugando os olhos. – Eu preciso te perguntar uma coisa. Uma coisa importante. Você se lembra de trabalhar com estudantes da universidade durante a Grande Guerra? Ajudando-os com um projeto de impressão?

Ela fez uma pausa. O pai não respondeu, mas sua risada desapareceu.

– Eles estavam tentando influenciar os outros alunos a fazer a coisa certa... – Edith olhou por cima do ombro, constrangida. – Você se lembra de alguma coisa sobre isso?

Silêncio.

Edith suspirou. Como ela desejava que o pai conseguisse compartilhar algo ao qual ela pudesse se agarrar, um pouco de sabedoria paterna que a ajudasse a ver mais nitidamente o que estava em seu poder de controlar... e o que não estava.

– Tenho algo para lhe dizer, papai. – Edith procurou as palavras certas. – Eu tenho que ir embora de novo por um tempo. Você lembra que eu trabalho na Alte Pinakothek, certo? – Seu pai continuou olhando inexpressivamente. – O museu de arte?

Edith esperou por uma faísca de reconhecimento que nunca veio. Ela continuou.

– Tenho que ir para Berlim e depois voltar a Cracóvia para cuidar de algumas pinturas importantes e muito valiosas.

Seu pai olhou para as árvores estéreis e resmungou.

– Não é minha escolha, papai, tenho ordens oficiais. Eles querem que eu... salvaguarde essas obras para que não sejam destruídas. Você sempre me ensinou que a vida não é nada sem arte. Lembra?

Seu pai parecia estar trabalhando arduamente para processar o que ela dizia.

– Edith – disse ele.

Ela segurou a mão dele com alívio.

– Sim, papai.

Ele virou os olhos para ela.

– *Wehret den Anfängen*.

Edith reconheceu o lampejo de lucidez. *Cuidado com os começos*. Seu estômago se revirou.

Quando reparou que o maxilar do pai tremia de frio, Edith ajudou-o a começar sua lenta caminhada pelos poucos quarteirões de volta para casa. A geada cobria os galhos nus das árvores ao longo das alamedas do parque. Folhas recém-caídas enroladas sob o peso da neve branca desenhavam um padrão irregular nos caminhos de cascalho que os levavam de volta ao seu bloco. Eles passaram pela porta empoeirada e negligenciada do apartamento dos Nusbaum, e o coração de Edith doeu. Sua mente elaborou a imagem dos muitos trens que ela tinha visto nas últimas semanas, rumo a leste. Desejou ter o conhecimento de hoje naquela época para que pudesse alertá-los para fugir. Se pudesse ter previsto tudo isso, pensou.

No corredor do apartamento, Edith pendurou o casaco e abriu uma gaveta na mesa onde estava o brilhante telefone preto. Dentro da gaveta havia duas cartas que recebera de Heinrich. A primeira, datada do dia seguinte à sua partida para a Polônia. A outra, datada de alguns dias depois. Ela as tinha lido e relido dezenas de vezes. Já fazia quase um mês, e não tinha ideia de onde ele estava. O noivo estava seguro naquela época, mas e agora? Estava se mantendo aquecido? Estava em segurança? Vivo? Seu coração doeu por ele. Ela se sentou na cadeira ao lado da mesa e leu ambas as cartas mais uma vez com lágrimas nos olhos.

A pilha de correspondência também incluía todas as cartas que ela havia escrito para seu pai enquanto estava na Polônia. Nenhuma delas tinha sido aberta. Seu coração ficou apertado. Semanas haviam se passado, e o pai não tinha tido notícias dela. Quando *frau* Gertzheimer o levou para o sanatório, será que ele se perguntou onde ela estava? Será que se lembrou de que tinha uma filha?

Na cozinha, Edith ouviu Rita conversando com o pai, descrevendo seu processo para fazer sopa de carne e repolho. Edith sentiu o coração se encher em agradecimento por ter Rita presente ali. Ela não conseguia imaginar o que poderia ter acontecido ao pai se ele tivesse ficado no sanatório nem pensar nas coisas que Rita lhe contara sobre o número de incapacitados diminuindo lá.

Em seu quarto, com poucos móveis, Edith colocou alguns artigos de primeira necessidade em uma bolsa de couro para a viagem de trem a Berlim. O telegrama tinha apenas uma informação básica: o escritório de Kai Mühlmann tinha sido destruído, mas ele devia estar bem, uma vez que estava convocando sua presença para se encontrar com ele. Não havia nenhuma outra informação sobre se mais alguém estava ferido ou se alguma coisa havia sido resgatada. O que tinha acontecido com a *Dama* de Da Vinci? Edith não conseguia imaginar a possibilidade de que a obra pudesse ter sido danificada ou destruída. Se isso acontecesse, nunca perdoaria a si mesma enquanto vivesse. Não. Seu trabalho era salvar obras de arte, e não colocá-las em risco. Mas ela colocaria sua própria vida em risco por uma obra de arte?

Enquanto punha na mala suas luvas mais quentes em cima de poucas peças de roupa, Edith ponderou sobre a proposta de Manfred. Até onde iria para salvar uma pintura?

O que seu pai teria feito? Ela só desejava que ele pudesse lhe dizer.

36

EDITH

Cracóvia, Polônia
Dezembro de 1939

Quando amanheceu, Edith observou as torres em formato de cebola do Castelo de Wawel aparecerem sob a luz. Ela sentiu o vagão de trem balançar na curva seguindo um promontório do rio Vístula, onde um fino manto de neve delineava as margens. O som da chuva gelada era como pequenos projéteis atingindo o teto de metal do vagão-dormitório.

Ela se levantou e se espreguiçou. Todo o corpo parecia torcido e dolorido. Ela havia perdido uma noite de sono no trem, revirando-se no beliche estreito e duro, observando as sombras das árvores passarem contra o céu noturno. Finalmente, ela cochilou com o balanço do trem na escuridão; a mão descansava no caixote de madeira que carregava a *Dama com arminho* de Da Vinci.

A pintura tinha sido embalada da maneira correta agora, graças ao trabalho de um colega conservador da Alte Nationalgalerie, em Berlim. A obra estava em um caixote de madeira feito especialmente para ela, com uma alça de couro resistente para fácil transporte. Edith sentiu-se consolada sabendo que desta vez a imagem seria transportada com mais segurança: confiava mais em si mesma do que nos soldados, que não sabiam nada sobre como lidar com aquele tesouro.

– Não foi fácil – disse Mühlmann a Edith, enquanto a acompanhava à estação de trem de Berlim em um Mercedes preto com motorista uniformizado. No banco de trás, com a pintura encaixotada que se espremia entre eles, Edith examinou o rosto abatido de Kai. – O governador Frank argumentou que as obras que trouxemos de Cracóvia eram propriedade do Estado – disse ele. – Ele exigiu que todas sejam devolvidas à Polônia. Imediatamente.

Edith sentiu-se afundar no banco de couro enquanto pensava na audácia, na ganância daquele homem em exigir um Rembrandt. Um Rafael. Um Da Vinci. Muitas outras obras de valor inestimável. Tudo para ele mesmo. Ao mesmo tempo, Edith não tinha certeza de que levar as obras-primas para a Alemanha tornava tudo mais seguro do que deixá-las na Polônia. *Foi apenas um golpe de sorte que impediu que as obras tivessem sido destruídas naquele ataque aéreo a Berlim*, pensou Edith. Mühlmann disse a ela que havia transferido as obras para o Museu Kaiser Friedrich poucos dias antes de as bombas começarem a cair do céu.

Mas agora apenas a *Dama com arminho* estava mais uma vez sob seus cuidados. Edith agarrou a alça de couro do caixote quando as janelas escuras dos apartamentos de Berlim apareceram pela janela do vagão.

– E as outras? – ela perguntou.

– Não se preocupe, estão seguras. O curador da Dresden Gemäldegalerie está cuidando pessoalmente das necessidades técnicas em seus cofres de armazenamento. Elas já foram destinadas para o museu do *führer*, em Linz.

Mas, Mühlmann contou a ela, de todas as obras que Frank exigia, só conseguiu garantir o retorno do Da Vinci. O governador, entretanto, negociou mais do que apenas a *Dama com arminho*. Ele queria que Edith a entregasse pessoalmente.

– Apenas esta pintura – Mühlmann tinha dito a ela, dando um tapinha no topo do caixote de madeira diante da estação de trem em Berlim. – E apenas você.

Sair daquele carro com a bolsa numa mão e a caixa com a pintura na outra foi uma das coisas mais difíceis que Edith teve que fazer. Kai ficara sem jeito diante dela, aparentemente sem saber se deveria apertar sua mão ou abraçá-la. Em vez disso, apenas cruzou as mãos atrás das costas e curvou-se ligeiramente em sua direção.

– Você deveria se orgulhar de suas contribuições, Edith. Que você faça uma viagem segura.

Mas agora, vendo o amanhecer trazer os contornos volumosos do Castelo de Wawel através da janela do trem pela segunda vez em três meses, Edith sentiu tudo, menos orgulho. Sentiu-se, na verdade, suja, corrompida por seu recrutamento em extorquir pertences pessoais de seus legítimos proprietários e colocá-los nas mãos de um homem mau. Seu coração ficou apertado.

O que ela poderia fazer? Não podia se dar ao luxo de questionar ou parecer desafiar as ordens do governador Frank, não se valorizasse sua vida. Isso estava muito evidente. Ele já tinha sido o responsável pela morte de dezenas de pessoas... Edith imaginou que ele poderia considerá-la dispensável também, depois de tudo.

Ela pensou no pai e em Manfred, trabalhando em silêncio nos bastidores para mudar o curso dos acontecimentos na última guerra. Decerto deveria haver uma maneira de parar aquela roubalheira de arte aparentemente insana ao redor da Europa. Quem poderia lhe ajudar? Era evidente que Kai Mühlmann tinha as conexões certas e um cuidado aparentemente genuíno pela arte, mas ela nunca poderia pedir sua ajuda. Ele já havia deixado claro que ela deveria apenas seguir as ordens se quisesse voltar viva para casa.

A resistência no campo. Como Edith poderia encontrá-los? E onde?

O trem desacelerou na estação de Cracóvia, seu apito exalando como um longo suspirar. Edith se levantou. Na plataforma do trem, uma folha de jornal jazia descartada, amassada numa bola de papel. Edith assistiu enquanto ela contornava os montes de gelo, pulando sobre eles, até finalmente cair sem vida no poço onde as rodas do trem rangeram até parar.

37

CECILIA

Milão, Itália
Dezembro de 1490

Depois de sua apresentação para o último encontro de convidados, Ludovico abraçou Cecilia com força enquanto os dois observavam os padrões ondulantes no teto acima da cama, reflexo da água de uma pequena piscina nos jardins, abaixo de seus aposentos particulares.

– Você se tornou mais do que a mulher que parecia ser, uma mulher que pode me ajudar a legitimar minha posição diante daqueles que se opõem a mim.

Cecilia se apoiou nos cotovelos para olhar em direção à escuridão no poço dos olhos de Ludovico.

– Bem, eu lhe informei que queria governar este castelo.

Ele aconchegou o rosto no pescoço dela e correu a palma da mão sobre sua barriga, que já despontava. Ela se perguntou se ele sabia que tinha sido por isso que ela trabalhara tão arduamente em sua poesia e prática vocal, que aprendera a sorrir perfeitamente e a se portar como uma dama da corte. Ela queria ser a senhora do castelo e sabia que precisava provar seu valor.

E, se pudesse acreditar nas palavras dele, então ela devia estar fazendo exatamente o que se esperava dela. Com certeza, Ludovico via quão valiosa ela era agora.

Em sua mente, porém, Cecilia começou a contar as noites que ele vinha passar com ela e percebeu que, apesar de sua aparente admiração, seus encontros estavam se tornando menos frequentes. Às vezes, era como se ele fosse insaciável para ela, e ela tivesse aprendido a ter seu próprio prazer com ele. Mas ele a procurava cada vez menos, e isso a assustou.

Nas noites em que estava sozinha em sua cama, aquelas palavras que ele havia dito – de como ela estava se tornando importante para ele e para sua corte – pareciam um sonho. Ela começou a se perguntar o que mais poderia fazer para se manter nas graças daquele homem, cujos caprichos moldavam a forma de seu destino.

38

EDITH

Cracóvia, Polônia
Dezembro de 1939

Quando Edith entrou no vasto pátio do Castelo de Wawel, esforçou-se para pensar no que mais poderia fazer para se proteger contra aquele homem cujos caprichos pareciam desenhar o mapa de seu destino.

Embora ela tivesse passado algum tempo dentro de dois belos palácios poloneses nos últimos meses, nada preparou Edith para a escala monumental da sede oficial de Hans Frank, em Wawel. Uma dúzia de soldados da SS marchou com ela para o pátio gigante, com três andares de arcos simétricos abertos para o céu cinzento. Isso lembrou Edith de um dos palácios renascentistas italianos que ela tinha estudado na universidade.

Gotejando sobre as imensas bandeiras tremulantes com suásticas nazistas, a chuva gelada havia se transformado em pequenos flocos de neve, que acabavam virando poças de gelo nas grandes pedras. Homens com metralhadoras montavam guarda sob os arcos, olhando para o pátio enquanto ela marchava com os soldados, subindo uma larga escada de pedra.

Os homens a acompanharam por um labirinto vertiginoso de corredores e pátios, subindo largas escadarias de pedra. Ela deixou um dos jovens levar sua bolsa de pertences, mas insistiu em carregar o retrato da *Dama com arminho* ela mesma, segurando a alça de couro do caixote de madeira com a mão enluvada.

Incoerentemente, no topo da escada, ela passou por três crianças que brincavam com bolinhas de gude no corredor, rolando-as para a frente e para trás e deliciando-se com as belas cores que lançavam pelo chão na luz gelada. Ela admirou suas roupas combinando, *lederhose* verde e dourada e camisa amarela. Seus cabelos loiros encaracolados tornavam quase impossível saber quem era o menino e quem era a menina. Os dois mais velhos, que pareciam quase da mesma idade, passavam as esferas transparentes para a mais nova, uma bela menina de rosto reluzente de cerca de quatro anos.

Edith seguiu os homens pelo corredor até que o soldado à sua frente parou diante de uma alta porta de madeira, sem dúvida o gabinete privado do governador-geral. De cada lado da porta havia um guarda armado, parados como soldados de chumbo. O homem à frente do grupo de Edith estendeu a mão em saudação, e um dos soldados de chumbo ganhou vida, abrindo a porta para que ela pudesse entrar.

Atrás de uma mesa que parecia exageradamente grande para seu propósito, Edith reconheceu o agora familiar perfil de falcão de Hans Frank na penumbra. Ao som da porta, o governador Frank levantou a cabeça e fixou os olhos negros nela. Ele parou.

– *Fräulein* Becker – exclamou, abrindo os braços como se esperasse um abraço.

Ela não queria chegar muito perto. Apenas esperava poder segurar a língua tempo suficiente para voltar para casa com segurança. Edith assentiu educadamente. Observou que ele não estava mais olhando para ela, mas que seus olhos haviam pousado no caixote de madeira em suas mãos.

– Por favor – disse ele depois de um momento –, me chame de Hans. Afinal, somos companheiros da Bavária em uma terra estranha. Além disso, tenho a sensação de que vamos nos ver muito, então é melhor dispensar as formalidades, você não concorda?

Edith assentiu brevemente, mas se recusou a repetir seu primeiro nome.

– Eu estava prestes a pegar uma bebida para mim – disse ele. – O que posso te oferecer?

– Nada, obrigada.

Hans balançou a cabeça e olhou diretamente para ela.

– Vodca polonesa é surpreendentemente palatável. Mas suponho que, depois de uma viagem dessas, você prefira café. – Frank se dirigiu a um dos soldados parados perto da porta: – Faça Renate trazer um café para a senhorita Becker.

O soldado bateu as botas e saiu.

Frank foi até o carrinho de bar perto da janela e começou a servir um líquido claro de um decantador. Ele olhou novamente para o caixote.

– Estou ansioso para vê-la de novo – disse ele. Para desgosto de Edith, Frank agarrou a alça de couro de sua mão e colocou o caixote sobre a mesa. – Abra – ordenou ele a um dos soldados da porta. O homem entrou em ação.

– Eu fiquei sabendo que você é uma especialista em obras de arte do Renascimento italiano, não é mesmo, *fräulein* Becker?

– Trabalhei na restauração de obras de artistas de diversas épocas e lugares – respondeu ela. – Memling, Friedrich, muitos outros.

Ele engoliu quase toda a vodca polonesa em um gole e depois olhou diretamente para ela.

– Então vejo que temos muitos interesses em comum. E que você tem um bom olho.

Edith sentiu os cabelos da nuca se arrepiarem.

– Você demonstrou um talento para identificar e localizar pinturas importantes e respeitáveis – continuou ele. – Apenas obras-primas. Nada degenerado.

– Acredito que vale a pena preservar todo tipo de arte. – Ela encontrou seu olhar.

– Por isso solicitei ao diretor da Alte Pinakothek que você fique comigo por um tempo.

Edith ficou quase muda. Ficar com ele?

Como poderia explicar que tinha deveres em casa? Mesmo assim, que escolha tinha? Ela nunca se sentiu tão pressionada, temendo tanto por sua vida. Ela poderia ser torturada ou... estremeceu, recusando-se a permitir que a palavra se formasse em sua mente. *Eu seria fuzilado*, ouvira Mühlmann dizer. E o que Manfred tinha dito a ela? Frank havia decretado o confisco de todas as propriedades polonesas. E ele já havia enviado um número incontável de pessoas para os campos de detenção.

Atrás deles, o soldado conseguiu abrir o caixote que continha a *Dama com arminho*. Assim que Frank viu a pintura cuidadosamente embalada ali dentro, largou sua bebida e chegou mais perto para observá-la com atenção. Ele se inclinou para a frente, as mãos entrelaçadas atrás das costas, enquanto os olhos corriam sobre a garota na pintura. Então ele se virou para olhar para Edith por um longo momento.

– Você vai me ajudar a pendurá-lo – disse ele, e tirou a pintura do caixote, levando-a para o outro lado da sala.

O soldado moveu uma escada perto da parede oposta à escrivaninha de Frank. Ele gentilmente colocou a pintura de lado. Em uma mesa próxima, um pequeno martelo e prego esperavam. Frank entregou ambos a Edith. Ela hesitou, sentindo o calor dos olhos dos homens sobre ela. Parecendo se mover em câmera lenta, ela subiu a escada e bateu o prego suavemente na parede acima de um aquecedor. O soldado levantou a obra e a entregou a Edith. Com cuidado, ela nivelou o quadro. Frank deu alguns passos para trás, olhando com orgulho para sua mais nova aquisição. Edith sentiu as pernas tremerem ao descer a escada, mas forçou-se a enfrentar Frank.

– Você não pode simplesmente... pegar – disse ela, baixinho.

Frank a encarou por um longo momento, e ela prendeu a respiração. Mas então ele apenas riu, balançando a cabeça.

– Não, minha cara. Eu não peguei. *Você* pegou. E agora o *führer* me presenteou com ela, como prova de sua estima.

Edith sentiu um nó na garganta. Sim, ela tinha pegado a obra. Isso era inegável. Mesmo assim, ele a tratava como uma pessoa tonta e inferior. Certamente Hitler tinha coisas mais importantes em mente do que obras de arte, certo?

– Temos que guardar esta com cuidado, não? Eu passo todo o meu tempo aqui. Meus guardas estão sempre do lado de fora. Não há lugar melhor do que este para uma bela obra de arte. Ninguém vai levar. Estará segura sob meus cuidados pessoais.

– Tal pintura não é substituível – disse ela. – E o aquecedor... Fará a pintura rachar.

Frank parecia perturbado, e ela percebeu que tinha ultrapassado os limites.

– Ficará segura aqui. Você cumpriu seu dever, não precisa mais se preocupar com isso. Venha. Sente-se comigo.

Ele caminhou com um ritmo rígido até uma mesa perto da grande janela. Puxou uma cadeira para ela se sentar e pegou a xícara de café da sua mão. Edith não tinha tomado nem um gole.

– Vamos encher isso com algo mais adequado. Fique à vontade...

Ela se sentou, tensa, e apertou os lábios enquanto ele ia ao bar e preparava outra bebida para os dois. Sua cabeça já estava zonza, resultado da tensão e da falta de sono. Ela virou a cabeça para olhar o retrato novamente. A menina parecia clamar por sua ajuda, Edith pensou, os olhos parecendo um pouco mais desesperados e tristes do que antes. O que Edith poderia fazer para salvá-la de tempos como aqueles?

Frank voltou e colocou o copo na frente dela. Então ele se sentou e tomou um gole de sua bebida, olhando para ela por cima da borda.

– Por favor, *fräulein*, diga-me como você se tornou tão proeminente no mundo da arte de Munique?

Ela tomou um gole da mistura forte, esperando que a acalmasse.

– Eu não tenho nenhuma posição de destaque – disse ela. – Apenas trabalho em um simples estúdio de conservação...

– Mas você se formou em primeiro lugar na sua classe na academia de arte, Mühlmann me disse.

Ela hesitou.

– Meu pai me ensinou sobre arte quando eu ainda era muito nova: ele me ensinou que a arte faz a vida valer a pena. E, depois disso, eu queria aprender tudo o que pudesse sobre preservação de pinturas. – Ela olhou com cautela novamente para a obra-prima inestimável de Leonardo da Vinci, agora pendurada sobre um aquecedor.

Frank assentiu.

– Você será um trunfo para o futuro deste império. Pretendo dar ao *führer* minha opinião sobre seu trabalho, o que, como você deve ter adivinhado, é altamente favorável.

Frank ergueu seu copo em um brinde, então se inclinou para Edith, tão perto que ela podia sentir o cheiro de metal penetrante em seu hálito.

– Estou ansioso para ver que outros tesouros você pode encontrar para nós.

39

DOMINIC

Bonn, Alemanha
Março de 1945

Dominic entregou cuidadosamente uma pintura embrulhada e acolchoada em lona para um soldado de pé na caçamba do caminhão Jimmy. O soldado a tratou com reverência, deslizando-a para descansar ao lado de uma pilha de obras de arte embrulhadas de modo semelhante. Aquela era a última de várias dezenas de obras recuperadas no porão de uma biblioteca universitária em Bonn.

Obras protegidas com segurança, Dominic pulou na parte de trás do veículo e se agachou ao lado delas, segurando o rifle entre os joelhos em uma pose que tinha se tornado muito familiar. Outro soldado bateu a porta traseira, fechando-a, e bateu a mão contra a parte de trás do caminhão para sinalizar ao motorista. Dominic manteve o olhar fixo para trás enquanto o caminhão se afastava, balançando entre dois outros militares. Ele mal sabia seus nomes. Um ou dois tentaram se aproximar dele, famintos por companhia; mas nenhum era o gentil Paul e, principalmente, nenhum deles era Sally. Ele evitou todos, recolhendo-se num amontoado de silêncio tão desolado como a paisagem ao redor.

O caminhão seguiu seu percurso lento e difícil através dos escombros para o campo, a leste, ao território inimigo, em direção a Siegen e a quaisquer tesouros que pudessem estar escondidos lá. A estrada era esburacada e íngreme, mas era a única aberta para uso: todas as outras ainda estavam sob fogo pesado. Mesmo aquela estava coberta de ruínas, e as manchas escuras que viam de vez em quando davam testemunho do preço que tinha sido pago para abri-la.

Pelo menos o caminhão na frente deles carregava a coisa mais próxima de um amigo que Dominic ainda tinha: Stephany. O velho vigário os reencontrara em Bonn, decidido a estar presente quando chegassem a Siegen. Hancock tentou dissuadir o vigário de se juntar a eles por causa dos perigos óbvios de andar pelo território ainda sob fogo, mas Stephany não quis nem escutar. Ele iria para Siegen, quer Hancock gostasse ou não, e teria sido necessário mais do que um mero exército americano para impedi-lo de ver se seu amado tesouro da catedral estava escondido lá como prometido.

À medida que a cobertura da cidade recuava, Dominic sentiu-se exposto nas colinas do interior. Ele olhou para o horizonte ondulante, procurando os canos das armas inimigas que sabia que ainda deviam estar por lá, escondidos logo acima da crista de uma colina. Fios de fumaça marcavam o céu em alguns lugares com restos de batalhas ainda não muito distantes. Ele apertou o rifle com um pouco mais de força, uma sensação desconfortável agitando-se em seu peito.

Alguém os observava.

No momento seguinte, tiros rasgaram o ar. Dominic jogou-se no chão da caçamba enquanto buracos explodiam na lona que os cobria, perfurando uma tela de valor inestimável e enchendo o ar de pólvora. Sem pensar, Dominic agarrou a borda de uma moldura de madeira e pressionou a tela na carroceria do caminhão. O homem ao lado dele gritou e rolou, sangue de seu ombro respingava quente na bochecha de Dominic.

Dominic estava deitado, pressionando a barriga contra a caçamba, no momento que o caminhão freou bruscamente. Ele rolou para fora, usando o caminhão como cobertura, e posicionou o rifle para buscar o inimigo. Lá. O topo da colina brilhava com os canos de armas ao sol. O estômago de Dominic afundou em um pavor familiar enquanto ele repetia a velha rotina. Cheio de terror, apertou o gatilho e seu rifle estremeceu, sacudindo em suas mãos.

– Bonelli!

O grito de Hancock veio bem na hora. Dominic se abaixou instintivamente e sentiu o calor em seu braço direito. Ele olhou para o ombro, quase não entendendo ao ver o rasgo no tecido e a carne saudável logo abaixo. Seu momento de maior risco até agora. Na próxima, talvez seguisse o mesmo caminho de Paul e nunca mais abraçaria a linda esposa e sua garotinha. Nunca veria seu novo bebê. Pensar na família incendiou sua alma. Ele se reergueu e atirou com uma precisão nascida do desespero. Um por um, a linha de soldados alemães caía a cada bala que ele conseguia acertar. Os últimos, vendo a linha da morte cada vez mais perto, agarraram seus rifles e bateram em retirada atrás da colina.

O silêncio caiu. Dominic tentou espiar através do véu de fumaça. Finalmente, baixando a arma, ele viu que suas mãos estavam tremendo. Ele se virou para o restante do comboio, todos olhando para ele, até mesmo Hancock. Um pensamento que mais parecia um sussurro lhe despertou a mente. *Stephany*. Ele colocou o rifle de volta pendurado no ombro, passou por cima, tão respeitosamente quanto podia, do corpo de um camarada caído e caminhou até o caminhão à frente do seu, de onde puxou a lona.

Stephany estava agachado no assoalho, enrolado tão firmemente quanto seu corpo podia se comprimir, tapando as orelhas com as mãos. O coração de Dominic se partiu ao perceber que tinha sido assim que o vigário passara toda a Batalha de Aachen, encolhido sob seu púlpito. Os lábios se moviam em um fio de *sotto voce,* que Dominic sabia que só podia ser uma oração em alemão. Ele tocou o ombro de Stephany.

– Vigário. *Stephany*. Está tudo bem.

Aos poucos, Stephany se desenrolou, os olhos perfurando os de Dominic com um terror cru. Seu rosto estava drenado de sangue, e sua expressão vidrada dizia que, mentalmente, ele estava lá na sua amada catedral, despojado de seus tesouros, as bombas caindo ao redor. Dominic apertou seu ombro.

– Você está seguro. Eles se foram.

Stephany agarrou os pulsos de Dominic com as mãos trêmulas e olhou em seus olhos.

– Por que eles fazem isso? Por que toda essa matança? – gritou com a voz rouca. – Meu próprio povo.

Dominic desejou poder fazer essas mesmas perguntas em voz alta. Em vez disso, ele deu a Stephany o mais próximo que pôde de um sorriso.

– Ainda dá tempo de voltar para Bonn, você sabe. Não precisa ir para as minas. Você ainda terá sua arte de volta se a encontrarmos lá.

Stephany estava balançando a cabeça antes que Dominic pudesse terminar.

– Não, não. Eu vou. Ponto-final. – Seus olhos brilharam com determinação. – Eles não vão tirar tudo de mim.

– Vamos! – gritou Hancock. – Vamos sair daqui.

Foi um dia longo e lento rastejando pelo campo, parando para se proteger sempre que viam movimento no topo das colinas. De alguma maneira, eles conseguiram evitar outro confronto. Apenas quando o crepúsculo caiu, na densa cobertura de uma floresta, eles conseguiram ganhar velocidade. Dominic cuidadosamente colocou cada pintura na caçamba do caminhão, examinando uma a uma em busca de perfurações de balas ou outros danos.

Exausto, Dominic encostou-se na lateral do caminhão, com o peso familiar do rifle pressionando-lhe os joelhos, enquanto embalavam noite adentro. O tiroteio tinha feito buracos nos embrulhos de papel pardo das pinturas. Dominic inclinou a cabeça e observou os faróis do caminhão de trás brilharem através dos buracos e refletirem as molduras douradas. A visão era surreal, uma partícula de beleza que não pertencia àquele deserto de morte e destruição.

Quando o sol se pôs, o caminhão roncou por uma ponte, e Dominic olhou para fora a fim de ver a vasta e cintilante extensão do Reno. Rumo a leste, em direção a Siegen.

40

CECILIA

Milão, Itália
Janeiro de 1491

— Mais apertado.

Cecilia agarrou a borda de pedra da lareira enquanto Lucrezia Crivelli puxava firmemente as fitas de seu espartilho em torno de seu abdômen proeminente. Ela fez o possível para não gritar de agonia.

— *Signorina*, sua barriga cresceu — disse Lucrezia. — Não há nada que eu possa fazer. Que pena... — A insinceridade em sua voz fez o couro cabeludo de Cecilia formigar.

Janeiro. Ela estava no meio da gravidez e não tinha mais como escondê-la. Cecilia havia florescido com essa criança, e o crescimento dela só ficaria mais aparente. Não era mais um segredo: todos no castelo sussurravam sobre a barriga de Cecilia. Ela mandara dizer a Ludovico que iria visitá-lo em seus aposentos: era a primeira vez que solicitava tal encontro com Sua Senhoria. Agora, ela fazia de tudo para parecer a jovem e encantadora amante que tinha assegurado um lugar naquele palácio.

Cecilia usou todas as suas forças para ficar em pé na apertada vestimenta. Cambaleou pelo corredor de mármore, enquanto a tontura enchia sua cabeça e a apreensão brotava em seu peito. Ele a ouviria, levaria em consideração seus apelos? Ou iria querer apenas tomá-la em sua cama antes de trocar anéis de ouro com Beatrice?

Durante semanas, o castelo vibrara com atividades. Flâmulas de armas azuis, vermelhas e douradas tremulavam nos pátios, proclamando a aliança de Ferrara e Milão. Os servos se apressavam pelos corredores, tirando o pó e as teias de aranha dos cantos, corredores e escadas. O cheiro de bolos de maçã flutuava das cozinhas no andar de baixo, onde as cozinheiras cronometravam cuidadosamente as rotações da ampulheta antes de remover suas obras-primas comestíveis dos fornos de tijolo. Lá, cortavam cebola, salsa e beterraba até que as pontas dos dedos e suas palmas estivessem vermelhas como sangue. Os cavalos nos estábulos tinham sido escovados, lustrados com óleo e calçados com ferros novos da forja do ferreiro.

Cecilia fez o possível para ignorar os detalhes, mas pelos sussurros dos criados e das senhoras que Ludovico insistiu para que ela tivesse como companheiras, a cerimônia de casamento despontou como algo maior do que apenas uma união com Beatrice d'Este. Seria uma dupla celebração, pois uniria também o irmão mais novo de Beatrice, Alfonso, com Anna Sforza, a irmã do sobrinho de Ludovico, o Mouro.

Na enxurrada de preparativos nupciais, Sua Senhoria se recolheu atrás das portas fechadas de seus próprios aposentos privados. Até Leonardo, cujo trabalho era orquestrar a encenação do casamento, abandonou rapidamente o retrato de Cecilia. Ela foi deixada mais uma vez na solidão de seus livros e de sua cachorrinha. Cecilia insistiu na rotina normal de ir à biblioteca, onde praticava as recitações e o alaúde com Bernardo. Mas era apenas por um salto diário em sua imaginação que ela conseguia ignorar os preparativos do casamento acontecendo ao redor.

Ela dispensou todos que tentaram envolvê-la, todos, exceto Bernardo, o poeta e, de vez em quando, seu irmão Fazio, que havia retornado da Toscana a Milão bem a tempo para o casamento. Ele a ergueu em seus braços e riu, então correu a mão pelo seu abdômen, os olhos arregalados de admiração. E apenas Fazio tinha o poder de acalmar os temores de Cecilia de que poderia ser rejeitada ou morta antes do casamento.

– Bobagem, Cecilia – disse o irmão, apertando suas mãos. – Você está perfeitamente saudável e é a alegria da vida de Sua Senhoria. Você permanecerá assim. Tenho certeza disso.

Agora, Cecilia tentava se apropriar um pouco da confiança do irmão no momento que ousava bater à porta dos aposentos particulares de Ludovico. Ela ouviu a voz dele, profunda, ressoar que podia entrar.

Respirou fundo e audivelmente quando viu Ludovico adornado em camadas de veludo fino, sedas e insígnias de metal. Apesar de tentar manter o controle, vê-lo pronto para se casar foi como ter um punhal no coração. Ela forçou-se a olhar para o chão.

– Minha bonita flor – disse ele, acariciando a bochecha dela e envolvendo-a pela cintura. Ela sentiu os anéis de metal amarrados em seu peito pressionando seu corpete.

– Ludovico.

– Sei que não a visito há algum tempo. Nada mudou, você me traz alegria.

Por um momento, Cecilia se permitiu fechar os olhos e respirar o cheiro inebriante da transpiração dele mascarado com *acqua vita*.

– Você deve visitar o estábulo mais tarde hoje – disse ele calmamente, correndo a mão na lateral do pescoço dela. – Há uma nova égua vinda dos Estábulos Callocci, na Úmbria. Ela é a escolhida da época de acasalamento. Meu estribeiro vai familiarizá-la com ela. Vou deixar que você lhe dê um nome.

– Estou em dívida com você mais uma vez, meu senhor – disse Cecilia, sem encontrar seus olhos.

Era apenas o último dos belos presentes que Cecilia recebera nas últimas semanas, enquanto Ludovico permanecia atrás de portas trancadas. Tinha ganhado exóticas frutas geladas entregues em seu quarto, tão doces que eram como comer as melhores sobremesas; caixas douradas que tremeluziam à luz das lanternas; pedras coloridas que pendiam pesadamente contra seu peito; e finas teias de pérolas para o cabelo. Havia cordões de contas de vidro e fitas de azul transparente para tecer suas tranças. Além de um gorro preto, feito de organza, moda entre as mulheres de Milão. E agora, outro cavalo. Quanto mais perto do casamento, mais presentes lhe eram oferecidos. Mas Ludovico em si permanecia ausente.

Do lado de fora da janela, Cecilia ouviu o barulho das rodas da carruagem na calçada de pedra. Não havia muito tempo.

– Ludovico – Cecilia se endireitou no vestido, a mão mais uma vez encontrando seu caminho para a barriga. Ela respirou fundo. – Eu seria uma esposa melhor.

Ele sorriu para ela com indulgência.

– Minha flor – disse ele novamente, colocando as mãos dela nas dele. – Você já tem meu coração. E você tem brincado com a minha mente, tanto que já adiei este... evento... não uma, mas duas vezes. – Ele suspirou pesado e acenou um dedo para ela, como se a repreendesse. – Agora, Cecilia, não posso adiar mais. E você sabe que a força e a segurança do ducado dependem de minha aliança com Ferrara.

Cecilia balançou a cabeça.

– Não. Eu não sei disso. Me diga uma coisa que Beatrice d'Este pode fazer que eu não possa. Eu gastei incontáveis horas entretendo seus convidados com comida, bebida e conversas. Eu recitei sonetos para todas as pessoas importantes que puseram os pés em sua corte. Eu até cantei uma canção ridícula para o embaixador da França!

Ludovico abafou uma risada.

– E... – sua voz tornou-se um sussurro. – Estou carregando seu filho.

Ludovico tocou levemente o queixo dela com o dedo e roçou os lábios nos dela. O beijo foi doce, terno e cheio de paixão, como das primeiras vezes. Ela sentiu seu corpo aberto para ele. Mas então ele desfez o beijo e apenas tocou, com suavidade, a testa contra a dela.

– Sinto muito.

– Mas por quê? Eu sei que você sente isso entre nós. Eu sei que você sente mais por mim do que simplesmente o que acontece por trás das portas dos nossos quartos.

O coração de Cecilia começou a acelerar assim que ela percebeu que poderia perder a batalha.

Ludovico suspirou e caminhou até a janela, olhando as carruagens que haviam se reunido sob as bandeiras azuis e douradas da corte de Ferrara.

– Porque este casamento não é simplesmente um casamento. Sou obrigado.

– Mas não está certo. Eu sou a única que merece.

Ludovico se aproximou e passou a mão pelo braço dela.

– Minha beleza. Você merece muito mais do que isso. Eu não estou deixando você. Eu prometo. Eu ainda irei até você. Você terá terras. Honra. Uma ama de leite. Servos para ajudá-la. Todas as coisas possíveis de que precisar. Eu vou mantê-la aqui no palácio, escondida num lugar onde nós não seremos incomodados. Você não vai me perder.

Cecilia sentiu os lábios começarem a tremer. Ela sempre foi tão cuidadosa para mascarar suas emoções diante dele, mas isso era mais do que podia aguentar.

– Por favor – disse ele, dando um passo para trás quando os ombros dela começaram a desmoronar. – Você deve entender a posição em que me encontro. – Cecilia sentiu que não conseguiria mais articular uma palavra sem chorar.

Da janela, Ludovico olhou para o pátio enquanto fileiras de *condottieri* em suas melhores armaduras marchavam escada acima no castelo. Então, Cecilia assistiu às polidas botas de couro de Ludovico se moverem em direção à porta. Quando sua mão alcançou o trinco, ela respirou fundo e encontrou a voz.

– Ludovico! – O grito saiu alto, como se ela o estivesse chamando de uma grande distância. Ele parou imediatamente e virou-se para olhar para ela. Cecilia nunca tinha levantado a voz para ele, mas agora o desespero quente subia pela garganta.

– Você deve *me* tomar como sua esposa! Vá lá e diga a todos. Você está no comando, afinal. É *sua* decisão. De mais ninguém.

Por um longo momento, eles sustentaram o olhar um do outro. Ela assistiu a seus olhos negros piscando na luz. Então viu as linhas ao lado de seus olhos se enrugarem e sua boca se ergueu num meio sorriso.

– Minha querida menina.

41

EDITH

Arredores de Puławy, Polônia
Março de 1940

*W*ahl I. *Wahl* II. *Wahl* III.

Primeira Seleção, Segunda Seleção, Terceira Seleção.

O tosco feixe de luz da lâmpada de mesa iluminou as pilhas de livros e estoques. Mais afastados, nos recessos sombrios do depósito do porão, tesouros desconhecidos esperavam sua inspeção. Nas últimas semanas, Edith havia identificado uma pequena obra do pintor holandês Anthony van Dyck. E havia mais pilhas de pinturas, esculturas, tapetes e móveis à espera de sua análise. Havia também dezenas de peças menores: serviços de prata, vidro e cristal, latão.

Wahl I. *Wahl* II. *Wahl* III.

Edith começou a pensar neles como cores: verde, azul, vermelho.

E fotografias. Centenas, talvez milhares de fotografias. Rostos sem nome olhavam para Edith das sombras enquanto ela se sentava sozinha com sua caneta e uma página do livro em branco. Fotografias em molduras, em caixas, em álbuns, soltas.

Estava em mais uma propriedade polonesa. Desta vez, ela não sabia o nome nem a localização exata daquela que tinha sido uma lindíssima casa de campo, nem sabia o que havia acontecido com seus donos. O nível subterrâneo

– agora transformado no espaço de trabalho de Edith – tinha sido definido para a coleta e triagem de bens despojados de propriedades privadas em toda a Polônia. Edith ficou feliz por Hans Frank ter escolhido um local longe do Castelo de Wawel. Longe dos escritórios de Frank. Longe do próprio Frank.

Edith estava tão aliviada por ter sido designada para um lugar longe de Frank que nem se importava de ser a única mulher alojada numa casa cheia de homens. Os andares superiores tinham sido transformados em quartéis para abrigar oficiais nazistas. Assim que ficaram sabendo que o noivo de Edith era um deles, que também tinha sido destacado para o *front* polonês, os homens começaram a tratar Edith com respeito. Eles também compartilhavam histórias sobre suas próprias esposas, namoradas, irmãs e mães que tinham deixado para trás na Alemanha.

Edith foi designada para os aposentos de ex-funcionários perto da cozinha, por isso seu quarto tinha cheiro de carne cozida e pão. Ela e os oficiais comiam numa grande sala de jantar no piso térreo, servidos por três matronas polonesas forçadas a executar tarefas domésticas e de cozinha. As mulheres sussurravam entre si enquanto enrolavam massa ou picavam cebolas e cenouras. Edith tentou ser amigável com as outras únicas mulheres na casa, mas rapidamente descobriu que as cozinheiras eram não apenas extremamente cautelosas como também não entendiam alemão. Edith não falava polonês, então logo desistiu de tentar fazer uma amiga ou até mesmo ter uma conversa que não envolvesse apenas gestos grosseiros com as mãos quando precisava de algo.

Durante todo o dia, Edith vasculhava cuidadosamente cada item que entrava por aquelas portas. Três repositórios. Um para itens valiosos, um para aqueles de algum interesse e outro para objetos de pouco valor. Durante meses, os itens continuavam a ser despejados nos depósitos sem cessar. Os salões, uma vez desertos, começaram a ficar cada vez mais cheios e mais obras lotavam os quartos adjacentes.

Edith ficou apenas um pouco surpresa com a variedade de peças que ia parar em suas mãos. Tapetes orientais, candelabros de prata, relógios de bronze, pequenas esculturas, porcelanas de Meissen e Sèvres, serviços de jantar de prata completos. Alguns dos itens eram relógios, objetos sentimentais, brinquedos ou pequenas lembranças de bebê feitas de prata ou latão. Eles eram inúteis para o *führer*. Mas eram inestimáveis para a família que os perdera. *Wahl* III. Ela anotava suas descrições em um livro grosso que ficava em um suporte bambo de madeira embaixo da única e alta janela.

Edith não estava sozinha naquele esforço quase impossível; Frank tinha designado três assistentes para ajudá-la. Dois eram soldados alemães atribuídos a Edith com base em sua força, não em qualquer experiência que tivessem tido com arte. Karl e Dieter passavam os dias descarregando caminhões e levando as coisas para as salas de armazenamento no nível inferior. Jakub, um ex-professor polonês de cabelos levemente grisalhos, tinha sido recrutado para o grupo alemão como tradutor dos oficiais do andar de cima. Ocasionalmente, Jakub ajudava Edith a decifrar documentos poloneses e material escrito que vinha dos caminhões.

Desde sua chegada à Polônia pela segunda vez, Edith havia recebido uma saia de algodão e lona, uma parka e mocassins de couro brilhante. Ela não chamava muita atenção, pensou, e Frank tinha insistido para que sua equipe usasse uniformes alemães, o que, de qualquer maneira, ajudava Edith a passar despercebida entre os homens.

Mas um dia, enquanto um grupo de soldados se reunia ao redor das mesas de jantar, Edith reconheceu um rosto familiar.

– Edith? – O homem olhou para ela do outro lado da mesa com a colher suspensa em pleno ar.

– Franz!

Fazia pelo menos dez anos que Edith e Franz Klein tinham dividido a mesma sala de aula em Munique. Franz tinha se tornado um homem alto, de ombros largos e rosto esculpido, mas com os mesmos olhos verdes e espaço entre os dentes da frente que ela teria reconhecido após tanto tempo. Anos depois, ela o veria ocasionalmente na mesma cervejaria onde conheceu Heinrich.

– Você se lembra de mim! – exclamou ele.

– Claro – disse ela. – Você era amigo de Heinrich. – Ao falar o nome do noivo, o coração de Edith doeu. – Ele está com a Wehrmacht, Oitavo Exército.

– Oitavo? Eles estão se movendo pela área – disse ele.

Edith sentiu o peito se encher de esperança.

– Então você deve me deixar ir com vocês a campo. Faz tanto tempo que não o vejo!

Franz bufou.

– Levar você conosco? Edith, você não quer sair deste lugar para ir lá fora – disse ele, gesticulando em direção à porta da frente. – Não se você valoriza sua vida.

Embora ele continuasse a recusa diante da insistência dela para que a levasse com os soldados, Franz muitas vezes ficava na propriedade por dias depois de viajar pelo *front* polonês. Quando ele chegava, descia para visitar Edith e compartilhar qualquer novidade que tivesse. Sim, ele disse a ela, havia campos de prisioneiros sendo montados numa zona rural próxima. Sim, trens cheios de judeus e outros indesejáveis estavam sendo descarregados dentro de altos muros recém-construídos, protegidos por arame farpado. Ao mesmo tempo, trens carregados de civis alemães estavam sendo descarregados em cidades por toda a Polônia para repovoar o novo território com sangue alemão.

Protegida dentro dos armazéns do porão e do terreno idílico da propriedade, Edith se esforçava para imaginar essa enorme seleção de pessoas para além de sua visão. À noite, ela dormia um sono inquieto enquanto sua mente era invadida pelas imagens de classificação. *Wahl* I. *Wahl* II. *Wahl* III. Verde. Azul. Vermelho. Tudo e todos estavam sendo julgados, precificados, divididos em categorias que determinariam seus destinos.

Quando Franz estava fora da propriedade, Edith salpicava os soldados com mais perguntas sobre o que estava acontecendo do lado de fora, e também se eles tinham notícias de Heinrich. Perguntava se alguém sabia o que tinha acontecido com o príncipe Czartoryski e sua esposa grávida. Ninguém era capaz de responder, mas, ainda assim, os soldados passaram a lhe dar notícias livremente. Eles foram relaxando e se tornaram amigáveis com Edith. Ela sabia que eles tinham deixado as esposas para trás, em casa, e acolhiam sua conversa quando ela emergia das profundezas da propriedade e saía para os jardins, outrora tão bem cuidados, em busca de respirar um pouco do ar fresco e frio.

À noite, Edith escrevia para o pai. A cada carta, e nenhuma resposta, ela ficava mais ansiosa imaginando que ele talvez não estivesse recebendo a correspondência. Ela tinha depositado sua confiança em Rita e esperava que ele estivesse sendo bem cuidado. Rezou com toda a fé para que ele não tivesse voltado ao sanatório.

Além de seu copioso inventário registrado no livro-razão de capa de couro, a cada semana Edith preparava um relatório que detalhava as obras que considerava mais valiosas. Esses relatórios eram entregues aos soldados alojados no andar de cima. A lista *Wahl* I tinha sido enviada diretamente para Cracóvia. Em sua mente, Edith imaginava o governador Frank correndo o dedo pela lista do inventário de cada semana, faminto por outro tesouro localizado por Edith para sua coleção.

Depois, a cada semana, um pedido de remessa era entregue a Edith. Ela e seus assistentes empacotavam cada obra para transporte. Ela observava Karl e Dieter transportarem os itens pelo caminho de cascalho na entrada da propriedade, endereçados a unidades de armazenamento em escritórios de museus, armazéns e outros locais em Berlim, Munique, Dresden, Nuremberg ou algum outro esconderijo não revelado dentro dos confins do Reich. O governador Frank não tinha sido o único a se beneficiar pessoalmente daqueles bens de luxo, Edith percebera. Outros oficiais nazistas de alto escalão recebiam remessas diretamente em suas casas. Edith registrava de forma meticulosa cada item e seu destino no livro-razão.

De vez em quando, havia um pedido para empacotar determinado produto de alto valor para o Castelo de Wawel. Ela não tinha ouvido nada sobre a *Dama com arminho* e, até onde sabia, a pintura ainda estava pendurada acima do aquecedor no escritório de Hans Frank. Estremeceu ao pensar que o quadro estava nas mãos de um homem tão vil e rezou para que tudo acabasse logo, mas se sentia impotente para a tarefa de devolver a pintura ao seu lugar original, com a família Czartoryski, se é que ainda estavam vivos.

Depois do jantar na cozinha do quartel, Edith encontrava um canto calmo para ler os jornais alemães, geralmente com atraso de semanas, que os soldados adquiriam. Via que os números estavam cheios de histórias sobre o sucesso das campanhas de Hitler, gloriosos relatos da expansão alemã em terras vizinhas, e mais nada. Ao fundo, as polonesas cortavam legumes, lavavam panelas e mais panelas, zombando em tons sussurrados enquanto transitavam.

Um artigo relatou que as obras de arte estavam sendo salvaguardadas em toda a Europa para garantir que não caíssem nas mãos de colecionadores judeus na América. Edith gargalhou em resposta. Frente à quantidade impressionante de pertences pessoais empilhados ao seu redor, ela não conseguia mais se agarrar à ilusão de que ela, Kajetan Mühlmann ou qualquer um de seus colegas estavam no negócio de salvaguardar qualquer coisa.

Wahl i, *Wahl* ii, *Wahl* iii.

Ao contrário, toda aquela arte estava em risco.

E, Edith sabia, nada estava indo para os judeus, para a América ou para qualquer outro lugar. Em vez disso, estava apenas sendo arrancada deles, junto com sua liberdade e talvez até suas vidas. Não podia ignorar a evidência diante de seus olhos. Tudo que estava relatado nos artigos de notícias era mentira. O que mais estava acontecendo fora das paredes daquela propriedade que não estava sendo divulgado?

Edith não conseguia compreender a enormidade de tudo aquilo. Tudo o que sabia era que as obras de arte não estavam caindo nas mãos de ninguém, apenas nas de oficiais do alto escalão nazista, como o governador Frank.

E ela teve de encarar o fato de que fazia parte da gigante rede que havia dado àqueles homens a chance de se engrandecer ao custo de tantas vidas inocentes. Não tinha colocado a mão em ninguém nem agido por malícia ou preconceito. Estava apenas seguindo ordens.

Mas agora, Edith percebeu, seguir ordens não absolvia ninguém de estar ligado a algo criminoso. Covarde. Maligno. Não havia juiz, júri, ninguém para indiciá-la. Essa jurisdição, Edith percebeu, dependia apenas de sua própria consciência.

42

LEONARDO

Milão, Itália
Janeiro de 1491

Carregando uma pilha de livros das prateleiras para a mesa, noto algo pequeno, quase sem peso, flutuando em direção ao chão.

Eu me curvo para recuperá-lo do chão no meu quarto empoeirado. É um dos primeiros esboços da *signorina* Cecilia, um que a mostrava de perfil, com uma inclinação suave da testa alta e o traço do nariz. Quão diferente a imagem parece agora, penso, em comparação com esse pensamento preliminar.

Enquanto isso, pedi a um dos meus meninos que preparasse o painel de nogueira com gesso e pasta de arsênico para repelir insetos chatos. Por meses, o painel ficou no cavalete esperando por mim. Em branco.

Então comecei o desenho em tamanho real que forma minha modelo. Em uma grande faixa de pergaminho, calculei a curva e a pose de seu corpo, os contornos nus da paisagem distante atrás dela. Para as mãos, usei uma ideia de um retrato anterior, esboçado separadamente e anexado com um ponto de cola de coelho. Quando finalizado, fiz furos nos contornos, e depois despejei pó de carvão nos buracos para fazer um contorno no meu painel, assim como mestre Verrocchio me ensinou quando eu mal tinha idade para moer pigmentos.

Um novo tipo de retrato. Não há mais nenhuma razão para mostrar o retratado de perfil, eu acho. Isso é mais adequado para moedas e medalhas.

No entanto, os pintores vêm fazendo isso há anos, até, ou talvez especialmente, na corte de Milão. Basta olhar para os últimos retratos da corte de Sua Senhoria e de seu próprio pai, Deus guarde a sua alma.

Mas este retrato da *signorina* Cecilia é diferente, eu acho. Um novo tipo de retrato que a corte milanesa nunca viu.

Eu viro a última página do meu caderno e examino os últimos esboços da sua mão esquerda e do arminho. Posicionei seu corpo para não mostrar seu status – na realidade, que status essa garota realmente tem? –, e sim como ela parece em vida. Sim. Devo me esforçar para mostrar Cecilia como Sua Senhoria a vê: animada, inteligente, uma jovem com o poder de cativar uma sala inteira de pessoas acostumadas a tais entretenimentos. É também como eu a vejo. Sua verdadeira natureza.

Pois, embora Cecilia Gallerani não seja duquesa, ela é algo mais do que apenas uma garota com um cachorro.

43

EDITH

Arredores de Puławy, Polônia
Março de 1940

Levando uma carga pesada de livros de um depósito no porão para sua mesa, Edith notou algo pequeno e quase sem peso flutuando em direção ao chão.

Ela levou a pilha para a mesa, deslocando papéis desordenados e tirando um grande relógio de bronze do caminho. Uma lâmpada velha estava em um canto da mesa. Estendeu a mão e girou um pequeno botão até que uma tosca poça de luz inundou a mesa. Edith virou-se para descobrir o que tinha caído no chão: era uma fotografia quadrada, em preto e branco, com bordas irregulares.

Ela se inclinou para pegar a foto. Uma garotinha com um cachorro maior do que ela, ambos sentados no que parecia ser a escada da frente de um prédio de apartamentos, encarou Edith. O cabelo escuro cobria sua testa em mechas despenteadas, seu sorriso era largo e livre. O cachorro, por sua vez, abria seu próprio sorriso, com uma língua comprida pendurada na boca.

Edith se jogou na cadeira da escrivaninha e respirou fundo. Ela encarou os olhos escuros da garota por um longo momento. O que teria acontecido com aquela menina sorridente e seu cachorro?

A foto havia caído de um grande álbum encadernado em couro. Ela começou a abrir espaço em meio à desordem para que pudesse pegá-lo. Algumas fotos perdidas escorregaram do álbum e caíram no chão aos seus pés.

Edith sentiu uma pontada no estômago, mas se atreveu a olhar. Uma mulher sóbria em um vestido de noiva, cujo longo véu de renda esparramava-se pelo chão. Um casal de idosos, avós de alguém, estava sentado rigidamente diante da câmera em suas roupas engomadas. Em outra foto, que podia ser a menina sorridente agora crescida, uma mulher tinha o cabelo cortado bem rente à altura do queixo, num rosto agora sombrio.

De súbito, a sala fria pareceu inundar-se de calor. Tudo no porão parecia dar uma guinada em direção a Edith: as pilhas de livros, as fotos, a confusão de candelabros, os rolos de tapetes, os casacos de pele, as pilhas intermináveis de pertences pessoais... Tudo parecia cambalear e tombar sobre ela de uma só vez, como se ela estivesse sentada no centro de um vórtice rodopiante que puxava tudo para dentro de seu coração mergulhado na escuridão.

Edith virou a foto da garotinha e de seu cachorro. Não conseguia encarar o sorriso da garota, sua inocência descarada. Até agora, Edith tentara apenas descobrir as informações sobre cada obra e não pensar muito profundamente nas famílias em si. Ela não tinha se permitido. Tinha sua própria família com que se preocupar. Queria apenas se separar da tragédia, mesmo que as próprias mãos tivessem vasculhado aqueles pertences: porcelanas queridas, fotos de casamento, histórias, vidas. Edith respirou fundo algumas vezes para tentar conter o nó amargo que se formava na garganta.

Ela apagou a luz, e o quarto foi tomado por um mar de sombras. Não queria que os soldados ou Jakub a vissem assim, à beira de um colapso. Fechou os olhos, lutando para se recompor. Contou até dez mentalmente. Estava feliz por estar sozinha. Se algum dos homens a visse naquele momento, poderiam não confiar em seu julgamento no futuro.

Ela examinou cada pilha à sua frente, sombras se estendendo atrás de cada uma na penumbra do porão. Sua respiração ia e vinha rapidamente enquanto pensava na dimensão gigantesca da situação. Ela estava ali havia meses, passando por dezenas de pilhas a cada dia, cada pilha representando uma família. Às vezes, duas ou três pilhas tinham vindo do mesmo lugar. Posses de famílias reunidas ao longo dos anos.

Seu coração afundou quando ela pensou sobre as miríades de famílias deslocadas como resultado da guerra e das maquinações da Wehrmacht. Pessoas que tinham fugido, sido capturadas ou mortas. Homens, mulheres e crianças, judeus encurralados em campos um pouco além dos limites daquela propriedade.

Cuidado com os começos, seu pai havia dito.

Edith pensou em Franz, nos outros homens no andar de cima, em Heinrich. Eles pareciam homens decentes, inteligentes e morais. Ela se considerava parecida com eles em muitos aspectos, apenas uma cidadã alemã normal tentando manter a cabeça baixa até que tudo isso acabasse. Então, como eles podiam concordar em colaborar com algo tão abrangente e profundamente perverso?

Era tarde demais para fazer alguma coisa? Era tarde demais para tomar alguma atitude, por menor que fosse, que pudesse fazer com que a vida retornasse ao que era antes? Que pudesse salvar uma obra de arte? Uma vida?

Edith se levantou. O brilho pálido do luar iluminou o suporte com seu grande livro. Ela arrancou um punhado de páginas em branco da parte final do exemplar, tomando cuidado para não fazer barulho.

Ela não sabia como conseguiria essa informação, ou quem poderia ajudá-la, mas resolveu começar. Alguém tinha que descobrir como devolver aquelas coisas aos seus legítimos donos, salvar e devolver o que era importante e significativo àquelas vidas. *Por que não eu?* Edith pensou no pai imprimindo panfletos. Um ato tão simples, mas, se todos fossem corajosos o suficiente para fazer algo pequeno, isso não faria alguma diferença no final?

Edith virou a primeira página do livro e começou a copiar seu inventário, linha por linha. Item. Descrição. Destino. Proprietário original.

44

CECILIA

Milão
Abril de 1491

Ela faria a diferença no final?
Cecilia sentou-se em sua cama e contemplou a pergunta enquanto ouvia Bernardo, o poeta, ler sua última composição:

> *... quanto mais alegre e bela Cecilia é,*
> *maior será sua eminência no futuro.*
> *Seja grata, portanto, a Ludovico, ou melhor,*
> *ao gênio e à mão de Leonardo, o pintor,*
> *que permite que sua imagem perdure para a posteridade.*

Mas quanto maior o poema a fazia parecer, menor Cecilia se sentia. Ela passou a mão sobre a barriga cheia de Violina. A cachorra branca estava esticada ao longo de suas pernas, adormecida, com as orelhas abertas sobre os joelhos da jovem e as almofadas das patas apoiadas na barriga saliente de Cecilia. De seu lugar, no alto da plataforma de sua cama, Cecilia assistia aos olhos da cadelinha abrindo e fechando preguiçosos, dormindo e acordando para espiar Bernardo enquanto ele andava de um lado a outro diante de Cecilia.

Bernardo continuou:

*Todo mundo que vir Cecilia Gallerani – mesmo se for tarde demais
para vê-la em vida – dirá: isso nos basta
para entender o que é natureza e o que é beleza.*

– ... o que é natureza e o que é *arte* – disse mestre Da Vinci, segurando o pincel no ar enquanto falava.

– Você está correto nessa observação, meu amigo – Bernardo riscou uma palavra no pergaminho com a caneta. – O que é natureza e o que é arte – completou. – Muito melhor.

Núpcias terminadas e convidados tendo partido, o Castello Sforzesco voltara ao seu ritmo tranquilo. A única diferença era que Cecilia agora se escondia em seus próprios aposentos privados em vez de na biblioteca. Sim, ela tinha sido deixada de lado. Mas, sendo bem sincera consigo mesma, não estava completamente insatisfeita com esse arranjo, pois não tinha vontade de encontrar a nova esposa de Ludovico pelos corredores. Pelos relatos dos criados, Beatrice d'Este, de Ferrara, era uma menina da idade de Cecilia e de aparência notavelmente semelhante, exceto pelo seu gosto inigualável em roupas. Em pouco tempo, ela com certeza ditaria moda a todas as senhoras da casa e, provavelmente, a todo o ducado de Milão.

Com a amante pouco mais que uma prisioneira em seu próprio quarto, Ludovico havia consentido com o pedido de Cecilia para que alguns de seus volumes favoritos fossem transferidos da biblioteca para um armário em uma pequena sala de estar na entrada do aposento. Era lá que Leonardo e Bernardo se encontravam todos os dias para continuar suas atividades criativas, e de onde Cecilia fazia o possível para manter as senhoras da corte e os criados afastados. Ela pediu uma dama de companhia particularmente quieta duas vezes por dia para cuidar do fogo e tolerava as brincadeiras ambíguas de Lucrezia Crivelli apenas o tempo que ela levava para fechar os botões apertados na parte de trás de seu vestido e untar a solas de seus pés.

Depois de guardar as elaboradas decorações para o quadro e de jogar fora as flores podres, Leonardo tinha retornado à sua tarefa. E Bernardo compunha agora um poema laudatório em louvor à obra e à própria Cecilia. A moça percebeu que, mesmo que temesse a ideia de ficar sentada por longas horas diante do artista, apreciava suas piadas particulares, suas conversas sobre literatura, as histórias antigas e o significado dos símbolos e das imagens. Não podia imaginar quão vazios seriam seus dias sem esses dois toscanos ao seu lado.

– Vou recomeçar – disse Bernardo, limpando a voz. Ele segurou o papel com o braço estendido. Cecilia observou-o apertar os olhos diante do grande texto labiríntico que havia desenhado na página:

... Natureza, quem desperta sua ira e quem desperta sua inveja?
Natureza: é o mestre Da Vinci, que pintou uma de suas estrelas!
Cecilia Gallerani, hoje tão linda, é aquela
cujos belos olhos fazem o sol parecer apenas uma sombra escura.
O poeta: toda glória a ti, Natureza, mesmo que em seu retrato
ela pareça ouvir em vez de falar...

Uma batida à porta interrompeu a recitação de Bernardo.

Cecilia reconheceu o rosto do irmão pela fresta da porta. A manga de renda dançou no ar quando ele acenou. Ele limpou a garganta.

– Desculpe a interrupção, *signori*. – Os olhos de Fazio se voltaram para o retrato, e Cecilia viu o mestre Da Vinci colocar o corpo na frente, como que para protegê-lo da vista, ao mesmo tempo que o pintor sorria para o irmão. – Nosso Excelentíssimo Senhor solicita saber o estado do retrato. E dos versos do mestre Bernardo.

– Estamos trabalhando neles agora – disse Cecilia, fazendo uma careta enquanto o bebê lhe dava um chutinho rápido na lateral de seu corpo. Ela pressionou a palma da mão na barriga e arqueou as costas. O bebê tinha se tornado ativo nos últimos dias, trazendo-lhe dores lancinantes nas costas e coxas.

Enquanto Cecilia se contorcia, Violina trotava, abanando o rabo, na direção de Fazio. A cadela deitou-se de barriga no chão, encolhendo-se em submissão, com a mão de Fazio em sua cabeça. Cecilia desejou que ela também pudesse se encolher no abraço reconfortante do irmão, que ele pudesse lhe dar alguma garantia de que tudo ficaria bem no final. Mas ela jamais se mostraria vulnerável diante do mestre Da Vinci e de Bernardo. Eles contavam com ela.

– Meu poema será uma mera distração comparado ao retrato do mestre Da Vinci, mas estaremos prontos – disse Bernardo.

– Eu esperava poder ver o retrato de minha própria irmã antes que as multidões se amontoem derrubando os portões do palácio – provocou Fazio. – Parece que o nome do mestre Da Vinci está na boca de todos em Milão. As pessoas estão clamando para ver seu trabalho depois de ter testemunhado seu talento para decoração de eventos. Depois dessa festa, tenho certeza de que todos nesta cidade vão querer um quadro pintado por Leonardo da Vinci!

Mestre Da Vinci fez uma reverência curta.

– Estou lisonjeado.

– É verdade – disse Fazio. – Um número sem precedentes de convidados aceitou o convite de Sua Senhoria.

Sem jeito, Cecilia ficou de pé, pressionando o corpo à frente e calçando os chinelos no chão de pedra. Ela se aproximou do irmão.

– Fazio, você tem certeza de que Ludovico me quer lá? Isso é estranho, eu acho.

– Não seja ridícula! – exclamou Fazio. – O retrato é *seu*, minha encantadora irmã. Seria estranho se você continuasse escondida neste quarto enquanto todos ficam boquiabertos com a sua imagem.

– Seu irmão está certo – disse Bernardo.

– Além disso – continuou Fazio –, uma das costureiras está terminando um vestido novo para você usar na inauguração do retrato. O próprio senhorio pediu que ela fizesse um que... a vestisse de maneira mais adequada à sua condição atual – disse Fazio, acenando com a mão insegura sobre o corpo arredondado de Cecilia.

Ela assentiu.

– Que bom. Eu posso tocar alaúde sem problemas, mas mal posso cantar com meu espartilho tão apertado – disse Cecilia, olhando para baixo e passando as mãos sobre a barriga. – E... Beatrice? – perguntou ela, com cautela.

Fazio balançou a cabeça.

– O secretário de Sua Senhoria me assegurou que enquanto todos vocês estiverem entretendo os convidados na inauguração, Beatrice estará em uma carruagem a caminho de Ferrara com suas cunhadas. Nós nos certificamos de que ela tem negócios para resolver lá.

Cecilia sentiu os ombros caírem em total alívio.

– *Madonna mia*. Obrigada! – disse ela ao irmão, agarrando-lhe a mão.

– O prazer é meu – respondeu ele. – Eu sou um diplomata, afinal, embora deva admitir que esse tipo de coisa está fora da minha rotina habitual de negócios.

Leonardo havia voltado a pintar, fazendo pequenos e cuidadosos ajustes com o pincel e o polegar. Fazio aproveitou a oportunidade para olhar o retrato. Cecilia o observou tapar a boca com a mão ao ver a imagem.

– *Complimenti*, mestre – disse ele. – Você capturou a minha irmã em toda a sua beleza e teimosia.

Cecilia deu um tapa no braço do irmão.

– Não muito diplomático de sua parte, Fazio!

Seu irmão riu.

– Bem, a parte sobre capturar sua semelhança é verdade. Só vejo um erro.

– Um erro? – Mestre Da Vinci perguntou.

– Apenas um – disse Fazio. – Essa não é uma imagem muito boa de Violina.

– Não é para ser a Violina! – exclamou Cecilia, golpeando o irmão novamente.

– Então você tem uma doninha que eu não conheço escondida em algum lugar neste quarto? – provocou ele, fingindo caçar a criatura embaixo da cama.

– Não é uma doninha, é um arminho.

– O arminho – disse Leonardo –, por moderação, nunca come mais de uma vez por dia; prefere deixar-se levar por um caçador, em vez de refugiar-se em um covil sujo, para não manchar sua pureza.

– E – acrescentou Bernardo – não se esqueça de que o rei de Nápoles concedeu a honra da Ordem do Arminho a Sua Senhoria não muito tempo atrás.

– Muito bom – disse Fazio. – Então Sua Senhoria ficará ainda mais satisfeito com o retrato. E, minha irmã, seus admiradores estarão esperando por você.

45

EDITH

Arredores de Puławy, Polônia
Dezembro de 1940

No bolso da parka, Edith segurava a única carta que tinha recebido de casa. Por meses, ela a manteve bem dobrada ali. Agora, as bordas estavam esfarrapadas, as dobras, amassadas. Enquanto andava em um carro blindado ao lado de Franz e de vários outros soldados, ela puxou a carta do bolso e a leu novamente:

Prezada Edith,

Espero que esta carta, juntamente com as outras que enviei, tenha encontrado o caminho até você. Nós não tivemos notícias suas e não sabemos se você está tentando falar com seu pai. Não sabemos sua localização. Eu continuo a escrever, esperando que você receba pelo menos uma de nossas mensagens.

Seu pai continua o mesmo. Seu apetite é bom. Ele gosta do meu stollen *e de batatas fritas. Eu tento andar com ele no parque tanto quanto ele me permite, mas ele gosta, principalmente, de ficar em sua cadeira olhando as árvores pela janela. Não fala seu nome, mas acho que está procurando você.*

Meus colegas no sanatório relatam cada vez mais pacientes partindo ao encontro de Deus todos os dias. As políticas... Bem... Não ouso compartilhar muitos detalhes, por medo de que esta carta não chegue até você. Basta dizer que estou grata pela oportunidade de ter me tirado de lá, junto com herr *Becker. Eu vou fazer o que estiver em meu poder para impedir que seu pai volte para lá.*

Esperamos que você possa voltar para casa em breve.

– Rita

Por um momento, a carta a transportou de volta para casa, muito longe da realidade da Polônia oriental. Edith examinou os campos desolados através da janela do veículo. Além da paz e organização dos jardins da propriedade, o campo era um grande panorama do inferno. Onde estaria Heinrich?

Franz Klein finalmente cedeu à insistência de Edith para sair do terreno da propriedade. Ele lhe dissera que havia uma pequena chance de levar Edith ao acampamento onde o regimento de Heinrich estava posicionado. E, agora, o coração de Edith enchia-se de esperança com o pensamento de que pudesse estar distante dele a apenas alguns minutos de carro. Será que ele sabia que ela o procurava?

Mas à medida que se afastavam da vila e entravam em campo polonês, Edith sentiu uma pontada de ironia cruel na alma. Sua vila, seu escritório no porão, os belos jardins do oásis que ela ocupou no meio do caos a mantiveram protegida dos verdadeiros efeitos da guerra. Desde a chegada de Edith, apenas alguns meses atrás, tornara-se impossível distinguir cidades, vilas, prédios governamentais e até restaurantes ou lojas. Agora, espremida entre três soldados na traseira de um carro blindado, saindo dos terrenos do palácio e entrando na estrada principal, Edith viu que as estruturas que antes pontilhavam a paisagem eram agora apenas amontoados de pedras quebradas, palha e telha. Ela imaginou quantas pessoas estariam por ali, escondidas no sótão de um celeiro ou num porão sob uma ruína fumegante de pedra. Quantas famílias inocentes se esconderam para evitar o encarceramento nos acampamentos?

E as pessoas, as famílias que eram as legítimas proprietárias de todas as coisas reunidas no porão do prédio – todas aquelas que faziam parte das listas em seus copiosos inventários –, onde estariam? Tinham sido surpreendidas pelos militares? Arrastadas para campos de detenção? Assassinadas?

Ela pensou em seus inventários secretos, aqueles que mantinha enfiados embaixo do colchão à noite. Haveria alguma chance de que aquela lista de objetos roubados pudesse fazer a diferença? Teria ficado algum funcionário dentro dos museus poloneses? Haveria alguém que pudesse ajudá-la a salvar obras de arte? Alguém seria deixado para receber de volta as obras depois de tudo?

Após seus repetidos pedidos para saber o que havia acontecido com Augustyn Józef Czartoryski e sua esposa, Dolores, os legítimos proprietários da *Dama com arminho* de Da Vinci, Jakub pôde compartilhar boas notícias com Edith. Através dos canais diplomáticos, foi concedido a eles o exílio na Espanha, país de origem de Dolores. Edith sentiu uma onda de alívio inundar seu coração ao pensar que a família estava segura e que ela não teria que arcar com o ônus da culpa por sua prisão. Desejou haver alguma maneira de contatá-los para dizer-lhes que sua preciosa coleção estava pelo menos segura, mesmo que não estivesse mais em sua casa. Mas só o fato de saber que eles haviam escapado das garras da Gestapo dava a Edith coragem para continuar.

O comboio diminuiu a velocidade. Eles estavam passando por um acampamento onde os insurgentes poloneses estavam presos. Uma fila de homens sujos observava o comboio atrás de uma cerca alta de arame farpado. Ao longe, a fumaça se enroscava no céu. Um arrepio percorreu Edith. Ela não conseguia tirar os olhos dos rostos perturbados dos homens poloneses, com seus olhares desesperados, vagando sem rumo. Eles eram magros demais e suas roupas eram apenas trapos. Sobreviveriam ao inverno?

Edith se perguntou por que o comboio tinha diminuído a velocidade a ponto de quase parar. Eles estavam dando a ela uma oportunidade de observar os homens esfarrapados? Estavam os soldados tendo prazer em observar os prisioneiros poloneses?

Edith respirou fundo e segurou o ar por um momento. Ela havia se tornado especialista em manter o rosto neutro. Era a maneira mais segura, a única maneira na verdade, de existir em um mundo onde ela tinha pouca escolha. Não queria que os homens a vissem como uma mulher fraca por baixo da fachada dura.

De repente, uma forte explosão aconteceu atrás deles. Edith pulou em seu assento e depois a grande mão de um dos soldados sentados perto dela a empurrou para o chão. Ela ouviu uma rajada de tiros. Balas zumbiam no alto, fazendo seu coração pular para a garganta.

– Fique abaixada, *fräulein*! – gritou o soldado.

Por um longo momento, tudo o que ela ouviu foi um zumbido nos ouvidos. Então, de repente, eles foram atacados por ruídos que vinham de todas as direções. Caos. Ela não conseguia nem escutar o que o soldado ao lado dela gritava. Ele estava de joelhos e erguia-se apenas o suficiente para ver por cima dos assentos do carro, estendendo a mão para indicar que ela deveria ficar abaixada.

Edith manteve a cabeça baixa até o barulho e o caos se dissiparem. Olhou para o alto a tempo de ver o soldado levantar a mão fazendo um sinal com um polegar para cima. Ela se levantou do chão.

A porta se abriu e os homens saíram. De repente, o som era de botas sobre o cascalho. Os soldados correram para cima e para baixo na estrada, procurando qualquer um que estivesse ferido.

– Você está bem, senhorita? – perguntou o soldado. – Foi atingida ou está ferida?

– Estou bem – respondeu ela, enquanto se perguntava se eles podiam ouvir seu coração batendo.

Sem dizer nenhuma outra palavra, ele correu na direção do comandante. Edith abriu a porta e pôs um pé na terra.

Os insurgentes poloneses que atiraram em seu carro estavam agora enfileirados na beira da estrada, a maioria de joelhos. Aqueles que se recusaram a se ajoelhar foram baleados instantaneamente. Tentando disfarçar seu choque, ela viu os homens caírem.

Edith examinou a fileira de homens. Havia onze alinhados ali, dois deles já no chão, mortos, baleados na testa. Será que tinham escapado do acampamento? Estariam tentando resgatar prisioneiros? Os homens do acampamento pareciam desamparados. E eram pouco mais que cadáveres ambulantes, de olhos afundados, corpos esqueléticos, roupas esfarrapadas e cobertas de cinzas, raiva e desespero no olhar.

Edith esperou e observou, imóvel, tentando manter os olhos na linha daqueles prestes a serem executados. Ela ouviu os soldados alemães gritarem com os insurgentes. Nenhum dos homens respondeu: estavam no chão, com as mãos atrás da cabeça, olhos para baixo. Nenhum deles olhou para cima, embora Edith pudesse ouvir o soldado exigindo que o fizessem. Ela ouviu os soldados rindo dos homens poloneses, lançando insultos vis.

Um dos soldados andava de um lado para outro na frente dos nove homens. Algum barulho à esquerda fez Edith virar e olhar. Mais dois soldados alemães se aproximaram, um polonês lutando entre eles. Estavam segurando seu braço e o empurraram para a fileira dos conterrâneos. Ele tropeçou um pouco, levantando poeira. Ele virou-se, tentando atacar o soldado que o empurrara, e foi imediatamente baleado pelo outro.

Edith fechou os olhos. Ela ouviu o corpo do polonês bater no chão.

– Pare com isso! – Edith gritou, mas sua voz parecia perdida no caos.

Sem qualquer aviso, o soldado que quase havia sido atacado andou até a fileira de insurgentes e atirou na cabeça de cada um deles.

– Pare, por favor!

Edith teve que virar o rosto. Os insurgentes não pareciam fisicamente fortes o suficiente para representar qualquer ameaça aos soldados alemães. Eles foram executados como se fossem animais. Cada um que tinha ousado olhar para a frente ou para dentro dos olhos dos soldados alemães tinha um ódio profundo, fácil de detectar, embora estivesse misturado com o aspecto familiar do desespero.

Edith vomitou. Seu Heinrich. Ele estava entre os que atiravam naquelas pessoas indefesas, doentes e pobres?

Edith olhou para as mãos, fechando-as em punhos. Ela era diferente daqueles homens armados? Afinal, estava ajudando no saque de casas em toda a Polônia e no restante da Europa.

Os homens subiram novamente no carro blindado. Edith sentiu-se suja, não queria se sentar ao lado de nenhum deles.

– Há mais fogo pela frente, senhor – disse outro soldado ao motorista. – Vamos dar a volta. Os insurgentes podem ter plantado minas na estrada. Temos que voltar.

Edith sentiu o motorista virar o carro bruscamente, os pneus oscilaram nos sulcos da estrada e pegaram o caminho de volta à tranquila propriedade.

Durante o trajeto, os ouvidos de Edith ressoaram com o tremor dos tiros, e o horror da guerra enchia cada uma de suas veias. Ela ficava pensando no que Kai Mühlmann lhe dissera: que Heinrich não seria o mesmo homem quando voltasse. Que tipo de homem ele seria? Que tipo de homem poderia ficar na frente daqueles prisioneiros indefesos, encarar seus olhos e executá-los? E que tipo de mulher ela seria se tivesse a sorte de sair viva daquela situação?

46

CECILIA

MILÃO, ITÁLIA
MAIO DE 1491

Que tipo de mulher ela seria, pensou Cecilia, enquanto a parteira passava as palmas das mãos sobre sua barriga saliente, se tivesse a sorte de sair viva daquela situação?

Cecilia estudou os rostos coloridos e desbotados pintados nas abóbadas acima de sua cama, esperando. A parteira era uma mulher grisalha, séria, com mãos frias e lisas. Ela trabalhava devagar, lendo seu corpo como se Cecilia fosse um cavalo de corrida: cutucando, apalpando, ouvindo, observando os sinais.

Mesmo se sobrevivesse ao parto, pensou, certamente seus dias no palácio ducal estariam contados de qualquer maneira, a menos que continuasse a defender a posição que tinha conquistado, continuasse a provar seu valor para Ludovico. E se ela fosse mandada embora, o que faria então? Talvez nada importasse no final.

De tempos em tempos, ela passou a ver um pouco de sangue. A princípio, esperou e apenas desejou que parasse. Mas, quando não parou, enfim confidenciou a Lucrezia, e a parteira apareceu.

Finalmente a parteira levantou-se e olhou para Cecilia com a testa enrugada.

– As próximas semanas são as mais críticas – disse ela. – Você já viu sangue. Se aparecer novamente, deverá ficar na cama. Não deve se levantar por nenhum motivo. Entendido?

Cecilia assentiu, pensando na preparação de sua prática vocal para a próxima série de eventos planejados no castelo.

– E como eu faço para me certificar de que o nascimento vai sair... como o planejado?

A parteira apenas apertou os lábios.

– Eu não quero te contar mentiras, minha senhora. Não há dois nascimentos iguais. Não há garantia de resultado. Em última análise, a natureza seguirá seu curso. Eu sou apenas um instrumento. Outra parteira pode lhe dar falsas garantias, mas eu só digo a verdade.

A mulher estudou o rosto de Cecilia por um longo momento, então apertou de leve a sua perna, um pequeno gesto que Cecilia sabia que não merecia.

– Peça à sua garota para me chamar quando chegar a hora.

47

EDITH

Arredores de Puławy, Polônia
Janeiro de 1941

Após sua dura incursão no meio do conflito, Edith estava mais determinada do que nunca a exercer o pouco controle que tinha em acertar as coisas. Ela passava os dias catalogando objetos, duplicando seu livro-razão, fazendo o possível para não se debruçar sobre o fato de que havia perdido a esperança de encontrar Heinrich além dos muros da propriedade naquele país desolado.

Com o passar do tempo, os rostos no local mudaram. Homens apareciam e desapareciam. Aqueles que ficavam pareciam mortos-vivos, como se toda a vida tivesse sido sugada deles. Não era de admirar que os homens pareciam magros e sombrios. Os jornais ainda não tinham noticiado, mas Edith sabia pelos rumores dos soldados no palácio que Hitler havia invadido a Rússia. Os russos não eram mais aliados: eram inimigos. E aquela propriedade não estava longe da fronteira russa. Agora, além de lutar contra um bando valente de insurgentes poloneses, havia também a ameaça russa, os soldados lhe haviam dito.

Depois de testemunhar o tiroteio na estrada, Edith fez o possível para ficar sozinha no subsolo, tentando abafar as preocupações sobre a devastação infernal que sabia que se estendia por quilômetros ao redor, em todas as direções.

Ela não conseguiria funcionar se parasse para pensar em quantas propriedades rurais havia, se ainda existia alguma cidade em pé, quantas casas de famílias polonesas tinham sido despojadas de seu conteúdo, quantas pessoas estavam amontoadas em vagões de gado. Tudo o que ela podia fazer, pensou, era registrar cada coisa que via, tudo que passava por suas mãos, até que pudesse descobrir o que seria necessário para fazer a diferença.

Edith rasgou uma página em branco do verso de seu livro-razão e começou a copiar os detalhes de uma pequena pintura a óleo.

> *Assunto: paisagem com pastores.*
> *Artista: século XVII, holandês, possivelmente um seguidor de Van Ruysdael.*
> *Suporte: painel de nogueira, 0,32 metro por 0,63. Membros iguais unidos na horizontal. Sinais de danos de perfuração de insetos, não mais ativos.*
> *Base: branco, muito fino. Quebrado em alguns lugares, provavelmente durante transporte.*
> *Tinta: óleo, finamente aplicada com filme translúcido e desenho a lápis pouco visível por baixo.*
> *Moldura: baixa, pinho. Deformada. Cantos superiores quebrados...*
> *Destino: enviado para Alte Pinakothek, Munique, via trem, Registro #3467.*
> *Proprietário original: família Nowak, Baixa Silésia, cidade exata desconhecida.*

– Bom dia, minha cara! – Jakub, o elegante tradutor polonês, entrou na sala, cheirando a sabonete e creme oleoso, que ele costumava usar para alisar o cabelo e o bigode crespo.

Edith rapidamente enfiou o papel com o inventário duplicado entre as páginas amassadas de seu livro. De certa maneira, Jakub lembrava o pai dela, e a jovem se sentia confortável em sua presença. Mas agora sentiu-se surpreendida, o pânico de ter seu segredo descoberto. Ele a tinha visto copiando os livros?

Mas Jakub mal parecia notar o que Edith estava fazendo. Ele sentou-se numa grande mesa e se debruçou sobre a própria pilha de páginas. Os oficiais alemães contavam com Jakub para traduzir uma variedade de coisas que entravam por aquelas portas. Edith observou-o anotando atentamente o conteúdo de uma carta. Ele era meticuloso, obediente. Fazia somente o que lhe era pedido porque, bem, que escolha ele tinha? Assim como ela, pensou, e se perguntou onde estaria o verdadeiro coração de Jakub. Edith caminhou até ele e se apoiou na borda da mesa.

– Jakub – ela começou, a voz quase num sussurro. Ela lutou para saber o que dizer ou como abordar o assunto. Mas tinha sua atenção agora, os afiados olhos azuis sobre ela. – Eu me pergunto se você teria algum... contato... com alguns grupos lá fora... – ela começou, hesitante.

Edith sabia que Jakub deixava o palácio no fim de cada dia e voltava na manhã seguinte. Não sabia para onde ele ia, ou quem ou o que ele conhecia além daquelas paredes. Seu rosto permaneceu em branco, ilegível.

Ela tentou novamente.

– Ouvi dizer que há pessoas no campo que conseguem obter informações para aqueles que podem, que podem... – seus olhos escanearam a vasta horda de bens roubados empilhados nas sombras dos depósitos – ajudar a proteger tudo isso. Ou talvez levá-los de volta para o local ao qual pertencem. Você sabe alguma coisa sobre isso?

Edith observou Jakub se encostar na cadeira e apertar os lábios. Por um momento, ele considerou as palavras dela, virando a caneta repetidas vezes entre os dedos. Finalmente ele disse:

– Estou apenas fazendo o que me pedem, minha querida. – Um sorriso apertado. – O que mais eu poderia fazer?

Edith assentiu e começou a se virar, mas então Jakub se inclinou para a frente e sussurrou:

– Mas, por favor... Conte-me. O que você tem em mente?

Edith foi até o livro-razão e removeu a duplicata que havia escondido entre as páginas. Ela voltou para a mesa e entregou a página a Jakub.

Edith observou Jakub espiar sua letra minúscula e elegante através dos óculos. O silêncio se estendeu longo e pesado entre eles. Ele a entregaria? Diria aos oficiais lá em cima que ela estava compilando um inventário duplicado até que pudesse encontrar uma maneira de colocá-lo nas mãos do grupo de resistência certo? O que aconteceria com ela?

– Você está copiando os inventários – Jakub finalmente sussurrou, encontrando seu olhar.

– Eu... sim – confirmou Edith, fazendo um esforço para se explicar, mas Jakub parecia já entender.

O tradutor fez uma pausa, pressionando os dedos sob o queixo.

– Seu governador Frank... – disse Jakub. À menção do nome de Hans Frank, Edith arrepiou-se. – Talvez você saiba que ele já ordenou o assassinato de centenas de milhares do meu povo? Talvez mais. Meus irmãos estão desaparecidos. E suas esposas e filhos. – Uma sombra passou pelo rosto de Jakub. – Seus homens não hesitam em atirar. Não precisam nem de motivo.

Uma dor aguda atingiu o estômago de Edith e ela olhou para suas mãos. Como poderia explicar que ela mesma ajudara Frank a conseguir o que queria? Que Jakub tinha todo o direito de culpar Edith e todos os outros alemães que invadiram seu país de origem tão brutalmente?

– Só sei o que é relatado nos jornais – ela mentiu.

– E a imprensa alemã não vai denunciar seus crimes contra nós – disse Jakub.

Assim que Edith concluiu que Jakub não a ajudaria, ele completou:

– Mas acredito que nem todos os alemães sejam ruins. Você, por exemplo. Está claro para mim que você é uma senhora com grande respeito pela arte. E pela vida humana. Você quer ver essas coisas devolvidas aos seus donos. – Ele gesticulou para os recessos escuros do depósito, depois para a página de inventário sobre a mesa. – Talvez eu possa te ajudar – disse ele finalmente, baixando a voz.

– É mesmo? – Edith sentiu os ombros relaxarem de alívio. – O que podemos fazer, Jakub? Eu me sinto tão impotente!

Jakub fez uma pausa e examinou a porta com cautela. Enfim, sussurrou:

– As senhoras na cozinha. Elas aparentam não saber de nada, mas estão ligadas a grupos além deste palácio.

O queixo de Edith caiu. As mulheres quietas e despretensiosas que assavam pão, lavavam suas roupas e seus lençóis? Aquelas que pareciam não entender nada de alemão? Edith tinha tentado tudo, mas havia desistido de se comunicar com elas. Agora, mal conseguia acreditar no que Jakub dizia.

– Seu segredo também é meu – disse Jakub. Então ele tocou na página de inventário copiada por Edith. – Se trabalharmos juntos, acho que podemos encontrar uma maneira de colocar tudo isso nas mãos certas.

PARTE IV

OBJETO DE DESEJO

48

LEONARDO

Milão, Itália
Abril de 1491

O quadro está finalizado.
    O secretário de Sua Senhoria pediu que eu marcasse uma noite para revelar o retrato de Cecilia à corte, aos amigos mais próximos de Ludovico e convidados. Por enquanto, a imagem repousa sobre um cavalete no meu quarto na Corte Vecchia, a tinta finalmente secou sob meu toque. Volto aos meus desenhos, o rosto de Cecilia Gallerani parece me observar por cima do meu ombro com sua expressão curiosa.
    Folheio as pilhas de desenhos que fiz durante os anos que passei em Milão. Um homem baseado nas proporções perfeitas descritas por Vitrúvio. Diversas interpretações em tinta de Nossa Senhora em várias obras devocionais. Um projeto para uma praça pública e minha tentativa fracassada de ganhar a comissão para uma cúpula da catedral de Milão. Inúmeros estudos de cavalos em preparação para o grande monumento equestre ao falecido pai de Sua Senhoria. Quase todas essas coisas, Ludovico, o Mouro, me encarregou de projetar.
    Mas a verdade é que Sua Senhoria não precisa de nenhum deles. Num pedaço fresco de pergaminho, comecei a traçar uma série de projetos de melhorias para o Castello Sforzesco que reforçarão sua defesa frente aos invasores. Gastei muitas horas medindo as antigas ameias e o longo e desatualizado

sistema subterrâneo de hidráulica. Redesenhei a ponte sobre o fosso, que atualmente é inútil contra um ataque.

Nas últimas semanas, observei comandantes mercenários contratados por Sua Senhoria entrando e saindo dos portões do castelo em cavalos poderosos. Dois dos conselheiros mais próximos de Ludovico desapareceram: não me atrevo a perguntar para onde foram. Em seus aposentos, Ludovico, o Mouro, cerca-se de um círculo de homens. Ele parece imaginar ameaças de todos os lados: dentro e fora do castelo.

Uma batalha está chegando, creio. É apenas uma questão de tempo.

49

DOMINIC

Siegen, Alemanha
Abril de 1945

Uma batalha está chegando, pensou Dominic. *É apenas uma questão de tempo.*

A estrada esburacada se curvava através da floresta; os faróis do Jimmy seguiam como dedos dourados nos troncos das árvores escuras. O grupo se movia lentamente, rastreando: Hancock pendurava metade do corpo para fora do caminhão, apertando os olhos na direção da floresta, observando com atenção. Dominic não pôde deixar de se perguntar se estariam perdidos. Ele colocou o rifle um pouco mais para cima, apoiando-o confortavelmente nos braços, uma suspeita desagradável torcendo seu intestino. Perdidos. Ou sendo conduzidos para algum tipo de armadilha.

O caminho para Siegen tinha sido difícil, mas não tão difícil quanto deslocar a fortaleza alemã para o leste, tarefa dos homens que estiveram na batalha antes deles. Passaram por um número incontável de evidências de uma batalha selvagem. Mesmo que os cadáveres já tivessem sido removidos da beira da estrada, restavam ali os jipes queimados, tanques salpicados de buracos, cartuchos de balas abertos na terra, armas descartadas espalhadas pelas encostas. E manchas de sangue. Elas jaziam sobre as colinas, manchas escuras ecoando o trajeto pelo qual os corpos tinham sido arrastados.

Uma grande mancha ainda estava vermelha, brilhante e pegajosa quando eles passaram, com um capacete americano meio encharcado nela. A visão despedaçou o coração de Dominic. Ele se perguntou se alguém havia contado à família de Paul Blakely o que havia acontecido com ele. Agora Francine seria apenas outra garota cujo futuro havia sido roubado pela guerra. O casamento que ela e Paul tinham sonhado, as crianças que ele queria que tivessem os olhos da mãe: nada disso jamais aconteceria. Dominic se perguntou se sua pequena Cecilia veria o pai novamente... e se seu novo bebê conheceria o pai.

– Ali! – Hancock cuspiu a palavra tão de repente que o dedo de Dominic pulou no gatilho, mas a expressão do comandante era de alegria.

O Jimmy parou. Hancock puxou uma lanterna do bolso e iluminou a escuridão. Seu feixe fino iluminou uma abertura escura na encosta, uma fenda cortada grosseiramente no solo liso, coberta pelos restos de um grande portão de metal. O portão pendia de uma dobradiça, as reentrâncias afiadas dos buracos de bala brilhando na superfície.

– Abra! – gritou Hancock.

Dominic saltou do caminhão. Enquanto os outros homens ficaram cautelosos, examinando a floresta em busca de perigo, Dominic agarrou o ferro frio e puxou. Os músculos de Dominic protestaram enquanto ele lutava contra o peso do portão, mas a peça começou a se mover, e, com um som de metal rangendo, ele e dois outros homens conseguiram tirá-la do caminho.

Hancock desembarcou do Jimmy e olhou para a escuridão, jogando sua tocha pela abertura, enquanto Dominic e os outros esticavam as costas doloridas e empunhavam novamente os rifles.

– Bonelli, pegue mais quatro e venha comigo – ordenou ele. – O restante de vocês, fiquem aqui e vigiem o comboio.

Houve um coro de "Sim, senhor", e Hancock deu um passo à frente, Dominic seguindo logo atrás.

– Espere! – A voz vinda do caminhão fez os ombros de Hancock caírem desanimados. – Eu também vou!

Dominic viu Hancock, que já se preparava para seguir, se virar, com o restante dos homens seguindo o exemplo. Stephany tinha enganchado um joelho na parte de trás do Jimmy enquanto tentava sair: o traje que o vigário insistia em usar tornava as coisas muito mais difíceis naquela luta para se libertar. Ofegante, ele se içou ao chão com um ranger de ossos velhos antes de correr até o grupo, endireitando as vestes.

– Stephany... – Hancock começou.

– Não, não, não. – Stephany acenou para ele com a mão, os olhos brilhando. – Eu sei o que você vai dizer. É muito perigoso, devo ficar com os caminhões. Você sabe que vai perder essa luta, Walker. – Ele chegou perto de Hancock e lhe deu um tapinha afetuoso na bochecha. – Vamos encontrar minhas relíquias, sim? – Sorridente, o vigário se pavoneou em direção à entrada da mina.

Hancock soltou um palavrão entre os lábios.

– Tudo bem. Faça o que quiser, Stephany. Eu não consigo impedi-lo.

O tenente comandante Stout esperava por eles na entrada da mina. Ele aguardava reforços antes de entrar: da unidade que tinha deixado Aachen, restavam apenas cinco homens, os quais se aconchegavam ao redor dele como se quisessem se aquecer. Mas a postura determinada de Stout não havia se alterado. Seu bigode se curvou em um sorriso.

– Hancock!

– Senhor! – Hancock saudou.

– Ouvi dizer que você teve alguns problemas perto de Bonn. Venha, vamos ver o que temos aqui.

Stout liderou o caminho para a mina de cobre, sua lanterna erguida e o facho insignificante lutando contra o frio absoluto e a espessa escuridão.

Um longo túnel arqueado havia sido cortado grosseiramente na escuridão. O teto baixo era opressivo, e o ar teria sido sufocante se não estivesse tão frio. Dominic sentiu as mãos dormentes no cano do rifle. O túnel se contorceu e alargou-se em câmaras escuras que se abriam para os lados.

Quando seus olhos se ajustaram à escuridão, ele começou a ver. Primeiro, apenas o branco dos olhos... depois, os rostos redondos, brilhando no fraco feixe de luz.

Civis.

Retardatários, sobreviventes que, de algum modo, conseguiram escapar de Siegen durante a luta. Agrupando-se em pequenos aglomerados nas câmaras pequenas, assistiam com olhos de presas à tropa americana passando por eles. Stout e Hancock, vendo que estavam desarmados, nem prestavam atenção. Mas o medo em seus olhos gelou o sangue de Dominic.

Ele presumiu que haveria apenas aqueles poucos, escondidos perto da entrada da mina, mas quanto mais fundo os homens avançavam na escuridão, mais úmido ficava o ar. O calor começou a encher o ar ao redor deles, fazendo os dedos congelados de Dominic se contraírem. Com o calor, veio o cheiro. Já conhecido dos acampamentos mal higienizados que tinham visitado perto de Aachen, apenas amplificado mil vezes no ar fechado da mina: o cheiro da humanidade em seu pior. Suor. Urina. Excremento.

Um dos jovens soldados engasgou silenciosamente ao lado de Dominic, e ele sentiu o próprio estômago se revirando enquanto verificava o chão constantemente para ver onde estava colocando as botas. Estava tão frio ultimamente que ele dormia com elas e não queria pisar em nada que pudesse sujar seus cobertores. Mais premente era o pensamento de que, para esse cheiro ser tão forte, tinha que haver muitas pessoas ali. O estômago de Dominic se contraiu.

— Esteja pronto — Stout obviamente compartilhava as preocupações de Dominic. Ele mantinha uma mão na pistola em seu quadril.

Hancock tirou a própria pistola. A arma bruta parecia estar no lugar errado entre seus dedos magros e elegantes.

Um som fino e penetrante subiu no ar. O barulho era um lamento e fez Dominic se lembrar tanto de casa que seu coração ficou apertado: o choro de um bebê.

Só que aquele não era o grito normal de um bebê agitado. A criança estava com frio, com fome e com medo, e deu voz à sua infelicidade da única maneira que sabia. Dominic engoliu com força à medida que avançavam e a terrível verdade veio à tona. O túnel se ramificou, e, enquanto seguiam, viam muitas pequenas cavidades cortadas na caverna, todas cheias de pessoas. Nenhuma delas se levantou: estavam todas caídas em várias atitudes de derrota em bancos, pedras, num berço improvisado. Mulheres. Crianças. Homens. Bebês. Os feixes da lanterna que esvoaçavam através da escuridão impenetrável revelaram centenas de rostos pálidos e sujos, olhando para eles com profunda desconfiança.

Parecia que toda a população de Siegen estava escondida naquelas minas, esperando o fim da guerra. Dominic queria dizer a eles que não tivessem medo, que não seriam machucados, mas ele não falava alemão. E percebeu, com um choque, que eles não estavam com medo. Aquelas pessoas *eram* alemãs: não a minoria disposta a exterminar os exércitos aliados, mas o verdadeiro povo alemão que vivia, dormia e comia e não queria nada além de ter a vida de volta para fazer o que fazia antes de a guerra deixar seu país em pedaços.

— *Amerikaner*.

Sussurrada por todas as bocas assim que avistaram seus uniformes, a palavra saltitou entre as paredes numa evocação de desconfiança. Dominic olhou nos olhos de uma garotinha e sorriu instintivamente; ela sorriu de volta, mas sua mãe a agarrou com força e puxou-a para mais perto, os olhos cheios de terror.

O túnel se abriu em outra caverna, tão grande que as lanternas dos homens não conseguiam distinguir o fim. Os adultos que estavam deitados ao redor da caverna pularam como um só corpo e se colocaram contra as paredes, segurando seus trapos com mais força em torno dos ombros enquanto olhavam em mudo horror. Stephany tentou falar algumas palavras tranquilizadoras em alemão, mas até seu entusiasmo diminuiu diante de tal medo coletivo. Todos se olharam em silêncio, alemães e americanos igualmente.

Todos menos um. Um garotinho entrou no círculo de luz. Seu cabelo escuro era um emaranhado sujo na testa, mas quando ele olhou para eles, seus olhos eram azuis como pedras preciosas em meio à lama. Ele caminhou até o tenente comandante Stout, que congelou, sem compreender.

O garotinho estendeu a mão para tocar um remendo na parka de Stout. Sua risada de repente encheu a mina, numa bolha dourada de felicidade no escuro. Então ele agarrou o dedo indicador de Stout com sua pequena mão e puxou-o para a frente. Encantados, os soldados seguiram como num sonho enquanto o menino os conduzia a uma grande porta de metal. Ele estendeu a mão, fechada em seu pequeno punho, e bateu uma complicada melodia no metal.

– *Amerikaner* – ele gorjeou.

A porta se abriu. Vendo apenas uniformes, Dominic e seus homens ficaram atentos, puxando os canos das armas para mirar. Mas os olhos para os quais olhavam não eram alemães. Eram britânicos, franceses, americanos, de acordo com os desenhos em seus uniformes cobertos de fuligem. E, à vista de tropas aliadas armadas entrando na mina, os homens caíram de joelhos e alguns explodiram em lágrimas.

O homem mais próximo agarrou Stout pelas mangas com mãos trêmulas, apesar do fato de que o tenente, atônito, ainda apontava uma pistola para ele.

– Por favor! – implorou ele. – Leve-nos para casa!

50

EDITH

Arredores de Puławy, Polônia
Março de 1941

Numa noite, enquanto os oficiais alemães descansavam alegres à mesa de jantar servida com bolinhos de batata e vodca, Edith viu sua oportunidade.

Prato vazio na mão, ela se retirou furtivamente da mesa e andou até a cozinha, deixando para trás os homens, que giravam seus óculos e riam das piadas grosseiras uns dos outros. Ela faria o seu melhor para parecer que estava simplesmente se retirando para dormir, pensou. Afinal, seu quarto minúsculo estava localizado no fim do corredor da copa.

Na cozinha, as três polonesas se movimentavam em torno uma da outra, empilhando pratos sujos, limpando massa e farinha dos balcões, varrendo os detritos do chão. Edith não tinha certeza de qual delas se aproximar primeiro. Não sabia seus nomes... Era melhor assim, pensou. Ela só sabia o que Jakub havia dito: se obedientemente copiasse o inventário de cada dia, anotando os caminhões e comboios com destino às fronteiras alemã e austríaca, as mulheres saberiam o que fazer com a informação. Poderiam colocá-la nas mãos certas. Pelo menos, ela esperava que conseguissem.

A mão de Edith foi instintivamente para o bolso de sua parka. Dobrado em um pequeno pacote estava o registro dos itens que ela havia catalogado naquele dia, incluindo os proprietários e locais originais, se fossem conhecidos, todos anotados em sua letra pequena e elegante. Mas ela hesitou. Será que aquelas mulheres de aparência despretensiosa realmente tinham o poder de impedir que seus aliados na resistência explodissem trens e caminhões, como Jakub lhe dissera? Parecia incrível demais para imaginar. Mas Edith confiava em Jakub, e ele assegurou-lhe que era a melhor chance de proteger aquelas obras, para que talvez algum dia voltassem a seus legítimos donos.

O que mais ela poderia fazer? Era apenas uma mulher presa em um porão perto da fronteira russa e seus únicos contatos com o mundo exterior eram um regimento de soldados nazistas, um discreto tradutor polonês e uma cozinha cheia de membros da resistência disfarçados de funcionárias da cozinha.

Edith hesitou. De qual delas deveria se aproximar? A mais nova das três mulheres estava na pia, com água e sabão até os cotovelos. Edith escolheu a mulher que limpava os balcões. Deu um passo para o lado dela e colocou o prato sujo no balcão. Então enfiou a mão no bolso e tirou o inventário do dia.

A mulher não encontrou os olhos de Edith e mal parou o que estava fazendo. Simplesmente moveu a mão em direção à de Edith e enfiou o pequeno pacote de papel no próprio bolso. Um movimento pequeno, quase imperceptível, sob a borda do balcão da cozinha.

Edith se virou, então ouviu um sussurro atrás de suas costas.

– *Danke schön.*

Edith sentiu os pelos da nuca se arrepiarem. Elas entendiam, sim, alemão.

Através de uma abertura estreita na porta da sala de jantar, Edith olhou para os oficiais ainda sentados à mesa. Um soldado robusto, um dos comandantes da unidade, recostou-se na cadeira e enfiou um palito no vão entre os dentes.

Edith involuntariamente suspirou de admiração. Os homens não tinham ideia de que as mulheres da cozinha ouviam cada palavra do que diziam.

51

DOMINIC

Siegen, Alemanha
Abril de 1945

Prisioneiros de guerra. Como eles haviam escapado de seus captores nazistas? Dominic sentiu o queixo cair. Quanto tempo estariam escondidos naquela mina ao lado dos moradores de Siegen?

Stephany distribuía rações de café em pó para aquecer aqueles ossos congelados quando Hancock veio correndo. Todos os homens na sala se encolheram como se fossem um só corpo, e Dominic agarrou o rifle mais firmemente. Mas a expressão no rosto de Hancock era de perfeita alegria.

— Senhor! — Pela primeira vez, até o elegante Hancock estava desgrenhado com tamanha emoção. Ele endireitou o capacete, o rosto radiante. — Você tem que ver isso.

Dominic, Stephany e Stout seguiram Hancock por uma série de túneis sinuosos até chegarem a uma porta que, julgando pela moldura lascada, acabara de ser quebrada. Atrás da porta, Dominic viu apenas uma nuvem de poeira fina. Mas assim que seus olhos se ajustaram à escuridão, um belo retrato de uma senhora de cabelo encaracolado com bochechas rosadas olhou para ele. Então ele viu o que Hancock tinha visto.

Fileiras e fileiras de obras de arte. Pinturas. Esculturas. Pilhas e pilhas de embalagens. As obras inestimáveis tinham sido colocadas ao acaso em prateleiras descuidadas feitas de madeira bruta, seu esplendor incongruente em meio à sujeira, ao frio e ao cheiro.

Mas a verdade era inegável: as minas de Siegen escondiam tudo que o velho *herr* Weyres havia prometido.

Dominic sentiu o coração cansado bater mais rápido quando entrou na sala. Ele pôde ver imediatamente que aquela mina suja poderia estar guardando obras-primas sobre as quais ele só havia lido. Ele queria chegar perto e tocar em todas, mas, em vez disso, agarrou o cano do rifle e caminhou entre elas, olhando as molduras douradas e as brilhantes superfícies de tinta a óleo. Algumas das pinturas tinham sido rotuladas com etiquetas escritas em tinta preta. Manet. Vermeer. Parecia um hall da fama de artistas cujo trabalho Dominic apenas sonhava em ver ao vivo. De repente os dedos de Dominic coçaram para desenhar.

Continue desenhando.

Num piscar de olhos, Dominic estava de volta a Aachen, ajoelhado sobre Paul em frente à catedral em ruínas, vendo o amigo ofegar os últimos suspiros. A agonia que inundou seu corpo foi substituída por desgosto. Virou-se, de repente nauseado. Era esplêndido, mas daria cada obra de arte daquela sala para ter Paul de volta. E então, entorpecido de dor, ele viu. Uma enorme caixa com os escritos: AACHEN.

– Stephany – disse ele, numa voz sem modulação.

O vigário se apressou, com esperança no olhar. Os olhos se alargaram quando ele viu o caixote. Stephany correu até Dominc, e seus dedos arranharam inutilmente a madeira; Hancock conseguiu um pé de cabra e os militares ajudaram-no a abrir o caixote. O conteúdo tinha sido embrulhado com estopa. Com as mãos trêmulas, Stephany puxou-o para o lado com a gentileza de quem pega um bebê dormindo. Ouro e joias brilhavam entre os panos ásperos, e Stephany caiu de joelhos, lágrimas escorrendo pelo rosto, como se seus próprios familiares tivessem acabado de ser encontrados vivos.

Ele começou a falar em alemão fluente, rápido demais para Dominic entender. O coração de Dominic disparou. Ele se ajoelhou ao lado de Stephany e colocou a mão no ombro do ancião.

– O que é isso?

Quando Stephany olhou para ele, a alegria em seus olhos apertou a garganta de Dominic. O vigário agarrou os ombros do soldado com as mãos trêmulas.

– Graças a Deus. Graças a *vocês*, meus amigos – disse ele. – Nós os encontramos.

52

EDITH

Arredores de Puławy, Polônia
Abril de 1941

Certa noite, depois de entregar o inventário do dia para as mulheres da cozinha, Edith sentiu uma necessidade irresistível de tomar um pouco de ar fresco. Atrás de si, ouvia o riso dos oficiais, suas brincadeiras sociáveis à mesa. Será que eles – e ela mesma – um dia fariam as pazes com o que estavam executando? E será que eles suspeitavam dela? Edith vestiu o casaco de lã por cima do uniforme pardo e enrugado e saiu.

Ao luar, conseguia distinguir as silhuetas do padrão formal do jardim e dos canteiros de flores da propriedade. Uma camada fresca e quebradiça de gelo tinha se assentado sobre as superfícies. Uma bandeira nazista tão grande que nem parecia real pairava imóvel no ar parado, a suástica pendurada nos beirais da casa, descendo dois andares até o banco onde Edith estava sentada, vendo sua respiração se transformar em uma nuvem de vapor. Ela puxou o colarinho mais apertado no pescoço.

Por quase três meses, Edith e Jakub copiaram diligentemente os inventários do dia e registros de transporte, confiando tudo nas mãos das mulheres da cozinha. Um ato tão pequeno, pensou Edith, faria diferença? Mesmo se apenas um vagão de trem, um caminhão blindado cheio de bens preciosos e obras de arte pudesse ser salvo, pensou Edith, então, sim, valeria a pena.

Pensava em seu pai agora e nos pequenos atos de resistência dele na guerra anterior. De todo o coração, Edith desejou poder falar com ele, queria dizer-lhe o que estava fazendo, pedir seu conselho.

Fazia tanto tempo que não recebia uma palavra do pai ou de sua enfermeira. Edith abaixou a cabeça até os joelhos, cruzando os braços ao redor da cabeça. Ela apertou o rosto na manga do casaco e segurou a respiração por um momento, fechando os olhos para conter a emoção.

– Edith.

Edith pressionou as palmas das mãos nos olhos, como se pudesse afastar a pontada de dor.

– Edith – ela ouviu novamente uma voz gentil.

Ela se virou para ver Franz parado ali, de uniforme, totalmente contra a ponta da bandeira pendurada na fachada da *villa*. Mesmo na escuridão, podia ver que suas bochechas estavam coradas no ar gelado. Ele se sentou ao lado de Edith no banco e ambos olharam para a escuridão. De repente, ela sentiu a mão larga dele em seu ombro. O que ele estava fazendo? Ele sabia que ela era noiva. Será que estava tão faminto por afeto feminino que poderia tentar beijá-la de qualquer maneira, aproveitar o isolamento solitário daquele lugar estranho, tão longe de casa e de tudo que amavam?

Mas quando ela se virou para encontrar seu olhar, ela viu que o rosto de Franz estava sombrio, os olhos, injetados de sangue.

– Tenho notícias de seu Heinrich.

53

DOMINIC

Siegen, Alemanha
Abril de 1945

Havia algo reconfortante e familiar sobre as minas, pensou Dominic, por mais úmidas e pungentes que fossem. Fogueiras construídas nas câmaras trouxeram calor e luz à escuridão dos túneis. Com a certeza de que a luta havia terminado em sua cidade natal, os refugiados começaram a se aventurar nas primeiras luzes solares da primavera. Uma pitada de alegria parecia voltar com eles, no cheiro limpo das roupas, na nova tonalidade da pele e no brilho dos olhos. Ou talvez fosse apenas esperança: esperança de que não morreriam todos lá, naquelas minas.

Mas não foram os refugiados que fizeram Dominic se sentir em casa nas minas. Ele montava guarda em um dos muitos depósitos cheios de arte que encontraram, encostado confortavelmente na parede enquanto abraçava o rifle, sabendo que era improvável que realmente tivesse que usá-lo agora; ele estava protegendo os tesouros dos refugiados, mais do que qualquer outra coisa. Eles eram civis, mas eram humanos, afinal, e confrontados com a perda de tudo o que tinham. Quem poderia culpá-los por cobiçar diante de tais circunstâncias?

Além dos cidadãos enlameados que encontraram nas minas – pessoas que estavam mais do que dispostas a ajudar –, eles tiveram que contratar prisioneiros também. A maioria tinha sido presa por furto e precisava ser vigiada quando estivesse perto dos tesouros, mas os Aliados não tinham escolha. Havia muito o que fazer. Dias já tinham se passado, e Dominic sabia que poderia acabar levando semanas.

Siegen o lembrou das minas de carvão onde tinha passado toda a vida trabalhando, lá em casa, em Pittsburgh. Seu trabalho era árduo e sujo, muito abaixo do toque da luz do sol, mas era bom, duro e pacífico, e ele sentia falta disso. Sentia falta da camaradagem com os outros mineiros e a certeza de que estava fazendo um trabalho honesto para trazer às pessoas algo de que precisavam. Ele sentia falta de ter mãos duras, calejadas e cansadas que haviam lascado o carvão da terra para aquecer as casas das pessoas com as quais ele se importava. Agora, essas mesmas mãos tinham, por meses, feito quase nada além de matar.

Mas, acima de tudo, ele sentia falta de sua família. Fazia quase um ano.

Passos no depósito atrás dele chamaram a atenção de Dominic, e ele se apressou em abrir a porta, mantendo-a de lado para que o grupo de militares que carregava uma gigantesca caixa de madeira passasse. Aquela tinha sido uma das muitas câmaras que haviam descoberto, lotada até o teto com obras de arte; Dominic viu a etiqueta COLÔNIA colada na lateral do caixote quando os homens passaram carregando.

Haviam descoberto peças de muitos museus de cidades alemãs escondidas ali na escuridão. Colônia, sim, mas também Essen, Munster, mais do que Dominic conseguia acompanhar. Havia retábulos, pinturas a óleo, esculturas, bustos dourados, todos eles antigos e de valor inestimável. Quase quarenta caixas de documentos e partituras musicais originais vieram da casa de Beethoven, em Bona. Dominic só conseguia balançar a cabeça, maravilhado.

Logo atrás dos homens que carregavam o caixote vieram outros soldados, estes carregando pinturas a óleo individuais com grande reverência. Cenas de guerra dramáticas, campos exuberantes, retratos de olhares profundos passavam cambaleando por Dominic nas mãos sujas dos soldados, dirigindo-se à superfície e ao transporte para os abrigos de segurança.

– Esperem! – O outro soldado que guardava a porta ao lado de Dominic estendeu a mão e parou um soldado carregando uma pintura. – Isso é o que eu acho que é?

O homem de cara redonda olhou para o outro soldado. Dominic ainda não falava muito com seus companheiros, mas conhecia seu colega de guarda, George Weaver, um cidadão de Boston que havia chegado às praias da Normandia com as hordas naquele mesmo dia fatídico que Dominic.

– O que você acha que é isso? – perguntou o outro soldado.

– Isto *é*! – Os olhos de Weaver se iluminaram. Ele estendeu a mão reverente, quase tocando a pintura, mas hesitando com as pontas dos dedos trêmulas a alguns centímetros de distância. – É um Rubens – ele sussurrou. – Um original.

Dominic estudou a pintura. Representava uma magnífica Madonna e uma criança rodeadas de santos, imagem cuja paz ressoava através dos séculos.

– Imagine! – disse Weaver. – Esta pintura guardada aqui, embaixo da terra.

– Bem, ela pesa uma tonelada, então se você puder me dar licença... – retrucou o outro soldado. Ele passou por Weaver e foi para a superfície, murmurando mal-humorado.

O entusiasmo de Weaver permaneceu inabalável.

– A maioria das pessoas considera Rubens um flamengo – disse Weaver a Dominic, apontando para o teto da mina. – Mas na verdade ele nasceu bem aqui em Siegen.

Enquanto as obras-primas continuavam a desfilar, Dominic reconheceu a mistura de admiração e desânimo no rosto de Weaver, lembrando o dia em que o desmiolado Kellermann tinha pegado seu esboço de Sally e zombado dele na frente de todos os outros. Era uma coisa solitária ser um amante da arte em um mundo de guerra.

Quando outra grande tela com uma mulher nua passou por eles, Weaver nem bem olhou para o quadro e disse:

– Lucas Cranach!

– Você conhece tudo isso? – perguntou Dominic, soltando uma risada.

Weaver deu de ombros.

– Estudei Arte antes da guerra. Teria terminado meu curso, mas tive que me alistar. – O canto de sua boca ergueu-se em um quase sorriso cauteloso. – Nunca pensei que me encontraria em uma mina de cobre na Alemanha, olhando para algumas das maiores obras-primas de todos os tempos.

– Eu só espero que todas consigam sair daqui do mesmo jeito que entraram – disse Dominic. – Veja.

Weaver seguiu o dedo de Dominic até a próxima pintura. Representava uma família, toda montada em cavalos elegantes com caudas, mas a pintura estava muito descascada no canto superior. Uma mancha escura no quadro testemunhava a umidade que começava a devorar a arte nas minas.

Originalmente, contara Hancock, os nazistas estavam controlando o calor e a desumidificação da mina a partir de uma fábrica nas proximidades, mas o local havia sido bombardeado semanas, talvez meses, antes. Agora, ecoava pela mina o som de água pingando do teto. Cada superfície estava impregnada de umidade. A preciosa arte, salva da destruição em massa que rasgava o continente, agora enfrentava um inimigo rastejante tão perigoso quanto.

Era uma corrida contra a umidade para conseguir tirar as obras da mina e colocá-las nos veículos porta-armas que rodariam todo o país até um ponto de coleta. Lá, disseram a Dominic, elas estariam protegidas, seriam catalogadas e devolvidas aos seus legítimos proprietários. Se algum deles ainda estivesse vivo.

Mas ele se lembrava da expressão no rosto de Stephany quando abriu aquele caixote de Aachen, a pura alegria em seus olhos enquanto tocava a brilhante superfície dourada do santuário contendo as relíquias de Carlos Magno. Era a primeira vez que Dominic via aquela expressão desde que chegara à Europa. Não muito tempo atrás, ele havia se perguntado por que a arte importava. E agora sentia uma onda de algo que achava que tinha perdido para sempre: esperança.

– Veja isso! – suspirou Weaver. Ele fez o outro soldado parar, e seus olhos correram sobre a imagem.

– E esta? – Dominic apontou para um belo retrato de uma majestosa mulher de pele pálida, com as dobras do vestido vermelho retratadas tão vividamente que sentia que quase poderia tocá-las.

Weaver olhou para ele, assustado, enquanto recolocava a obra na caixa.

– Você também é um artista.

Dominic balançou a cabeça.

– Não, na verdade não. Eu costumava desenhar. Retratos.

– Costumava desenhar?

Dominic se virou, de repente sentindo dor ao ouvir o último suspiro de Paul em sua mente outra vez.

Continue desenhando.

54

EDITH

Arredores de Puławy, Polônia
Abril de 1941

– Sinto muito, Edith – disse Franz.

Mas que palavras poderiam explicar como um homem no auge de sua vida poderia desaparecer, vivo em um segundo, morto no outro? E com que justificativa?

– Aconteceu não muito longe da fronteira – murmurou Franz, olhando para os próprios dedos entrelaçados entre os joelhos, com a cabeça baixa, enquanto se sentavam juntos no banco em meio ao ar gelado. – Havia uma vila, me disseram. A unidade de Heinrich se alinhou ao longo de um bunker do lado de fora...

Edith fez o que aquela guerra a ensinara a fazer bem. Ela cobriu o rosto com o véu da indiferença. Em torno das bordas do véu, imagens abriram caminho em sua consciência. Heinrich pegando sua mão enquanto passeavam pelas galerias vazias da Alte Pinakothek depois que as portas tinham sido fechadas à noite. Chamando os pássaros enquanto eles flutuavam em um pequeno barco a remo na lagoa do parque. Ajudando seu pai a descascar uma maçã. Afastando uma mecha de cabelo de seu rosto e beijando delicadamente seu pescoço.

Ela prendeu a respiração. O coração já estava endurecido com a missão da Wehrmacht. Os alemães estavam sacrificando suas vidas por um empreendimento cuja impressão era de equívoco desde o início, mas agora parecia cada vez mais sem esperança. Havia uma pessoa, pensou Edith, que poderia ser responsabilizada pela destruição da Polônia. E pela morte de Heinrich.

Edith imaginou o governador Frank, sentado em sua mesa pesada, bebendo vodca polonesa, olhando para seu Da Vinci em cima do aquecedor, enquanto Heinrich e milhares de outros eram mortos em combates sangrentos. Ela não tinha dúvida agora de que Hans Frank, o escolhido a dedo de Hitler para ser governador-geral, era o responsável por tudo aquilo, pelas vidas arrancadas brutalmente em todo o campo polonês: inimigos ou compatriotas, igualmente. Calafrios percorreram sua espinha quando ela pensou em sua solicitude, em seu falso verniz de gentileza.

Franz continuou a dar-lhe detalhes sobre as circunstâncias da morte de Heinrich, mas na cabeça de Edith não cabia mais nenhuma informação cruel. Tudo o que ela conseguia pensar era que tinha perdido o homem com quem teria se casado, e tudo por causa do governador Frank.

55

CECILIA

Milão, Itália
Maio de 1491

— Se você tiver juízo, vai ficar na cama.

Lucrezia Crivelli prendia o último enfeite cravejado de pérolas em volta da longa trança de Cecilia quando ouviram a batida.

No espelho apareceu Leonardo da Vinci, e Cecilia sorriu diante de seu reflexo. Para quem não conhecia aquele humilde artesão de Florença, poderia parecer que ele próprio fosse um duque. Estava meticulosamente arrumado com meias roxas e um gibão de couro com tachas de metal que brilhavam à luz da lanterna.

Cecilia ficou boquiaberta.

— Você é uma visão, *signore*.

Ele fez uma reverência.

Mas quando se levantou da penteadeira para cumprimentá-lo, Cecilia se curvou, incapaz de se endireitar. O artista correu para o seu lado, e Lucrezia agarrou o braço de Cecilia.

— Você está bem, *signorina*? — disse o mestre.

— A parteira aconselhou-a a ficar na cama para estancar o sangue — respondeu Lucrezia. — Um momento muito perigoso. Mas ela não quer ouvir.

Cecilia deu risadas nervosas e se endireitou.

– Por favor. Eu estou bem. Não é nada sério.

Ao longo do dia anterior, Cecilia sentiu-se instável e fraca. Seu estômago se apertava em uma bola tão forte que, às vezes, ela precisava se enrolar na cama até que a sensação diminuísse. Ela esperava ser capaz de terminar o soneto e a música que havia praticado sem ter que se deitar novamente. O fato era que se sentia aterrorizada com o nascimento, mas a última coisa que podia fazer era dar a Ludovico um motivo para mandá-la embora. Precisava manter seu lugar na corte: ninguém mais poderia fazer isso por ela. Uma canção. Uma saudação aos convidados de Sua Senhoria. Depois voltaria para a cama como a parteira instruíra.

Cecilia enrolou o braço no de Leonardo, e os dois se puseram a caminhar pelo corredor, com ele tomando o cuidado de apoiá-la desajeitadamente, em um progresso lento em direção à grande sala onde Ludovico realizava seus eventos mais importantes. Lanternas piscavam e tremeluziam ao longo da extensão cavernosa dos corredores que levavam ao grande salão. O peso de seu novíssimo vestido de veludo verde fazia um ruído sutil arrastando-se pelo mármore. Cecilia olhou ao redor, nervosa; era sua primeira incursão fora de seus aposentos particulares desde o dia do casamento de Ludovico uns cinco meses atrás. Uma camareira inclinou a cabeça, e Cecilia ficou aliviada ao ver que a garota permaneceu em silêncio enquanto passavam.

– Ela mal consegue andar – Cecilia ouviu Lucrezia sussurrar para a camareira. – Olhe para ela!

À frente, à luz da lanterna, um grupo de damas da corte e convidados se reuniam na antecâmara do salão principal. Cecilia sentiu uma agitação e, em seguida, um aperto no estômago, que rapidamente desapareceu. Houve um murmúrio coletivo, e então a multidão se separou para que Leonardo e Cecilia passassem por eles. Cecilia ousou olhar para cima e, vendo suas expressões curiosas e abertas, tão cheias de empolgação, conseguiu sorrir. Sabia que o esperado era que ela os encantasse com seus talentos vocais. Tinha conseguido antes e conseguiria agora, disse a si mesma. Ela reuniu toda a sua coragem.

Além da antecâmara, ela pôde ouvir a voz de Bernardo e sentiu-se animada o suficiente para prosseguir em direção à grande sala. Sabia que os desenhos de Leonardo eram exibidos ali para que os convidados os observassem com atenção, mas o retrato dela estava no centro do cômodo, coberto com uma longa faixa de veludo que o próprio mestre removeria quando chegasse a hora de desvendar sua obra-prima. Mestre Da Vinci apertou sua mão com força, e ela sentiu que tudo ficaria bem.

Mas assim que eles entraram no vestíbulo do grande salão, ouviu-se um grito. A multidão ficou em silêncio. O som seco de saltos de sapato ecoou no mármore quando uma mulher desceu apressada pelo corredor.

Leonardo soltou o braço de Cecilia, mas rapidamente a apoiou pela cintura.

– Beatrice – ela o ouviu sussurrar atrás de sua orelha. – *Dio*.

– *La dogaressa* – ela ouviu o sussurro coletivo da multidão.

Até aquele momento ela não tinha posto os olhos na esposa de Ludovico, mas lá estava ela, inacreditavelmente, diante deles.

– Ela não deveria estar a caminho de Ferrara? – sussurrou Leonardo.

Cecilia ficou estupefata, e suas palavras desapareceram à medida que a mulher avançava em direção a eles. Foi como se o mundo parasse no momento em que Beatrice avistou Cecilia. As duas mulheres ficaram frente a frente, boquiabertas, enquanto olhavam para o que poderia ser sua própria irmã gêmea.

Ambas estavam usando vestidos verdes de um veludo profundo, quase idênticos entre si; seus cabelos, castanhos e trançados nas costas; seus olhos escuros, ambos queimando com fogo. Leonardo ficou entre as duas mulheres, protegendo Cecilia. Mas Cecilia colocou a mão em seu braço e gentilmente o empurrou para o lado. Ela nunca quis ver a esposa de Ludovico, mas agora não conseguia tirar os olhos dela.

A multidão de convidados, que havia aumentado graças aos gritos de fúria de Beatrice, estava em silêncio. Cecilia não tinha certeza do que poderia dizer ficando frente a frente com a mulher que ela tinha desejado ser todos aqueles meses. Não era apenas o fato de Beatrice ter tomado a posição que ela acreditava ter conquistado para si. Como Ludovico pôde ter se casado com uma mulher tão parecida com ela?

Os olhos de Beatrice se afastaram dos de Cecilia enquanto ela examinava a multidão de convidados que se reunia em seu castelo.

– Onde ele está?! – exigiu uma resposta. – Ludovico!

Mais adiante no corredor, Cecilia ouviu o familiar tilintar de metal que acompanhava o Regente de Milão quando comparecia a um evento oficial. O homem baixo e moreno cortou a multidão de pessoas. Era a primeira vez que ela o via em semanas, e sentiu uma pontada como uma lança escaldante no coração.

– O que está acontecendo, em nome de Deus? Minha esposa...

Ao ouvir a palavra *esposa*, Cecilia se inclinou profundamente nos braços de Leonardo.

– Esta puta! – Beatrice estendeu um dedo acusador para Cecilia. – O que ela está fazendo aqui?

A voz aguda de Beatrice ecoou pelos corredores. A multidão de convidados avançou, enfeitiçada com o escândalo que se desenrolava.

Os olhos negros de Ludovico pousaram nos de Cecilia, então o duque reparou na amplitude de sua figura. Seus olhos piscaram para a multidão de convidados ilustres que tinham feito um círculo em torno deles, e ele soltou uma risada nervosa, como se quisesse desarmar a nuvem de tempestade que ameaçava explodir e chover sobre todos eles. Agarrou os ombros de Beatrice, assim como Leonardo fez com Cecilia. As duas mulheres ficaram de frente uma para a outra.

– Bem, todos estão aqui para ver o belo retrato do mestre Da Vinci. Não é mesmo, amigos? Vamos entrar?

Outro riso nervoso. Ludovico tentou conduzir sua esposa em direção à porta do grande salão, mas Beatrice não se moveu de onde estava, diante de Cecilia, e as duas imagens espelhavam-se em seus vestidos verdes. Cecilia podia ver que uma tempestade se formava atrás dos olhos castanhos da mulher. Seu ódio era quase fisicamente doloroso.

Cecilia estremeceu e pressionou a palma da mão na barriga quando outra forte onda a comprimiu como se fosse uma bola. Ela vacilou, e mestre Da Vinci colocou seu peso atrás dela para segurá-la.

– Esse vestido! – gritou Beatrice. – Um presente, eu presumo? – Ela olhou acusadoramente para Cecilia enquanto sua voz ecoava. – Que caridade. Infelizmente faz pouco para esconder sua condição.

Ludovico pegou a mão da esposa e puxou-a para si, sussurrando em seu ouvido. A multidão avançou, ansiando por ouvir.

– Absolutamente, não! – Beatrice respondeu em voz alta ao sussurro dele, o que quer que tenha sido. – Ela está carregando seu filho!

Nesse momento, uma forte onda atingiu Cecilia, e ela deu um grito.

– *Signorina* Cecilia! – Leonardo tentou pegá-la, mas ele também cambaleou para a frente quando ela caiu no chão.

– Por favor! Deixem-me passar! Ela é minha irmã! – Cecilia reconheceu a voz do irmão enquanto Fazio abria caminho pela multidão de espectadores. – Cecilia!

Cecilia sentiu um jorro explodir entre as pernas, e um fluxo começou a correr pelo interior de suas coxas. Sangue. Ela sentia que poderia desmaiar a qualquer momento.

– Ajude-me a levá-la para seus aposentos! – gritou Fazio.

Dois homens parados por perto agacharam-se para ajudar a levantar Cecilia do chão. Ao puxá-la do mármore, Cecilia avistou as costas largas de Ludovico enquanto ele tentava reunir a multidão de espectadores encantados no grande salão. Beatrice d'Este, com punhais nos olhos, continuou observando Cecilia ser carregada em direção ao corredor. *É isso*, pensou Cecilia. *Meu último dia nesta terra. A última coisa que terei visto serão as costas de Ludovico, recuando por um corredor.*

– Abram caminho! – gritava seu irmão, enquanto a multidão se separava. – Um bebê está para nascer!

56

DOMINIC

Siegen, Alemanha
Abril de 1945

Dominic encostou na parede e colocou uma colher de ração fina e aquosa na boca. Cada osso em seu corpo doía: a exaustão se instalava cada vez que ele levava um minuto para se sentar. Os militares trabalhavam em turnos de 24 horas para colocar todas as obras de arte em segurança: Dominic assistiu a fileiras e fileiras de soldados marcharem pelos túneis, carregando pinturas e esculturas, caixas e estojos.

Um movimento ao lado lhe chamou a atenção: ele olhou para cima e viu Stephany plantar-se contente ao seu lado, segurando uma tigela fumegante.

– Você tem o suficiente? – perguntou ele, oferecendo a tigela.

– Ah, sim. Eu estou bem, obrigado. – Dominic conseguiu esboçar um sorriso para o vigário.

Stephany se aconchegou feliz. Tomou algumas colheradas e depois se sentou, mastigando um biscoito seco e velho, vendo a arte passar.

Dominic observou os belos objetos sendo carregados, temas da arte retratando tantos sentimentos. Alegria. Medo. Triunfo. Tranquilidade. Ele estava lutando para permanecer vivo, mas também lutava por um mundo onde essas coisas importassem. Queria que Cecilia e seu novo bebê crescessem com arte, amizade e, o mais importante, esperança. Weaver, Stout,

Hancock e Stephany não eram loucos, afinal. Eles tinham entendido desde o início.

Dominic colocou sua lata no chão e alcançou no bolso da parka um pequeno estoque de papel que havia coletado. Com uma pequena ponta de seu lápis, começou a esboçar as bochechas redondas do vigário Stephany, sua linha de cabelo recuada. Apenas algumas linhas, quase um desenho animado.

– Você me faz parecer jovem e bonito – disse Stephany, continuando a olhar para a frente e a enfiar porções na boca.

Dominic riu um pouco da dor em seus ossos e continuou desenhando.

– Farei o meu melhor, vigário.

57

EDITH

Arredores de Puławy, Polônia
Junho de 1941

Edith consertava um pequeno rasgo na parte de trás de uma pintura em tela quando Kai Mühlmann apareceu na porta do depósito no subsolo.

Ela prendeu a respiração. Por um momento, duvidou que fosse ele. Piscou sob a luz áspera da lâmpada e depois a desligou para poder se concentrar.

O homem diante dela parecia Kai Mühlmann; ela reconheceu o maxilar largo, os lábios finos, o cabelo penteado para trás. Mas quando ele se aproximou, ela viu que o homem presente ali estava longe de ter o peito largo do confiante austríaco que vira apenas alguns meses atrás. Ele estava magro e abatido, os olhos afundados em órbitas escuras. Seu uniforme jazia pendurado em ombros ossudos, como se estivesse em um cabide.

Edith sentiu uma onda quente de pânico subir pela garganta. Teria Mühlmann descoberto que ela estava ajudando os poloneses? E se ele tivesse descoberto sobre seus inventários, seus registros, todos entregues a Jakub e às mulheres na cozinha?

Edith afastou o banco da mesa de trabalho e se levantou.

— Dr. Mühlmann! Que surpresa!

— Edith — respondeu Kai, pegando a mão dela. — Já faz mais de um ano. — Ele correu os olhos pelas pilhas de obras de arte armazenadas nos cômodos atrás deles. – Fico feliz em ver que ainda somos parceiros no crime. – Edith se encolheu ao reconhecer seu papel na pilhagem do povo polonês.

– Bem – gaguejou ela. – A maior parte dificilmente é digna de nota – disse, apontando para as pilhas de mercadorias. – Mas algumas coisas valem a pena serem... salvaguardadas.

– Estou bem ciente – disse ele. – Vi seus relatórios *Wahl* 1.

Claro que ele tinha visto. Mühlmann devia conhecer todos os detalhes das obras de arte que trocavam de mão dentro dos altos cargos do regime. Mas, olhando para sua testa franzida, as novas linhas em seu rosto, Edith percebeu que o trabalho havia cobrado seu preço.

Ele se jogou em uma cadeira ao lado da mesa de trabalho de Edith e correu o dedo preguiçosamente ao longo da borda empoeirada e irregular da tela que ela consertava.

– Já estive em toda a Europa. Vi coisas que iriam impressioná-la. – Edith se perguntou se Mühlmann estava falando das obras de arte ou das atrocidades da guerra. Ela tinha visto mais que o suficiente de ambos, pensou.

Os dois ficaram em silêncio por alguns momentos, então Mühlmann fixou seu olhar intenso nela.

– Mas... – disse ele. – Fale-me sobre você. Teve notícias do seu noivo?

Edith engoliu em seco, empurrando para baixo o nó na garganta.

– Ele foi... morto – disse ela. – Perto da fronteira com a Rússia.

– Ah – Mühlmann estendeu a mão e apertou o antebraço de Edith –, lamento saber disso.

Os dois caíram em silêncio novamente. Mühlmann se levantou e caminhou até os depósitos dos fundos, dedilhando com cuidado meia dúzia de pinturas a óleo emolduradas e empilhadas contra a parede.

Depois que Edith teve certeza de que não iria chorar, ela se levantou e juntou-se a ele.

Ele manteve os olhos nas pilhas de pinturas.

– Você está fazendo um bom trabalho aqui, Edith. Trabalho importante. Será recompensada por tudo o que fez pelo Reich.

Se ele soubesse, ela pensou.

– Não pretendo chamar atenção – Edith respondeu rapidamente, levantando a mão. – Eu não quero alguém me notando. Tudo o que desejo é voltar para Munique.

Edith viu o rosto de Mühlmann ficar sombrio

— Às vezes penso a mesma coisa – disse ele, tão baixo que ela mal podia ouvi-lo. Mühlmann passeou pelas altas pilhas com porcelana e pequenas estatuetas de bronze. – Eu... sinto como se estivesse preso no meio de algo maior do que eu, um redemoinho tão amplo quanto destrutivo. Esta não é a vida que eu vivia antes da guerra. Meu pai me incentivou a ser advogado... – Ele riu com amargor. – Mas, em vez disso, insisti em trabalhar com belas obras de arte, com obras esquecidas ou mal apreciadas de séculos passados... – Balançou a cabeça. – Sou apenas um historiador de arte. Você é uma conservadora. Não deveríamos estar aqui no meio de tanta morte e destruição. Mas, ainda assim, aqui estamos, e o que podemos fazer? Nada. Devemos seguir ordens se quisermos sobreviver.

Edith balançou a cabeça ao ouvir Kai expressar as palavras que estavam em sua mente desde que recebera sua convocação em Munique, dois anos atrás.

— Minha única esperança é que você esteja aqui para me dizer que está me mandando de volta para Munique, que está me substituindo por alguém mais qualificado. – Edith tentou fazer uma piada no intuito de esconder a ansiedade.

— Alguém assim seria difícil de encontrar – respondeu ele, voltando os olhos para ela. Edith viu o sorriso dele desaparecer. – Bem. Parece que mais uma vez você se tornou indispensável. E suponho que devo explicar por que estou aqui, afinal, Edith.

Ela congelou. O que Mühlmann sabia sobre ela? O que aconteceria se ele soubesse de seus inventários?

Edith procurou em seu rosto um lampejo de compreensão, mas Mühlmann virou as costas e continuou a andar entre as pilhas de mercadorias dispostas nos depósitos.

— *Reichsmarschall* Hermann Göring, com quem tenho mantido contato próximo ao longo dos últimos anos, ordenou-me que regressasse à Polônia. Ele quer que eu volte para a Alemanha com várias pinturas valiosas que deseja adquirir para a nova galeria do *führer*.

— *Dama com arminho*, de Da Vinci – disse Edith.

Um pequeno sorriso ameaçou o canto da boca de Mühlmann enquanto ele se virava para olhar para ela.

— Sim – ele confirmou. – Essa é uma delas.

Edith balançou a cabeça.

— Isso significa arrancá-la das garras de Hans Frank. Ele está obcecado com essa obra. Não vai ser fácil.

— Não imaginei que seria — disse Mühlmann. — Mas há questões mais urgentes desta vez. Hitler ordenou mais tropas contra os russos. E como você já percebeu, os russos são perigosos. Göring está preocupado com a segurança dessas inestimáveis obras de arte em Cracóvia. Estamos muito perto da fronteira. Nossos oficiais nazistas não estão mais seguros aqui. Nem as obras.

Edith se perguntou se isso significava que ela mesma — e todos no palacete — também estariam em perigo.

Mühlmann continuou.

— Da última vez, tive que aplacar Göring com um retrato de Antoine Watteau. Göring ficou furioso porque a *Dama* tinha ficado aqui na Polônia. Levou semanas para ele se acalmar. Desta vez Göring emitiu um comando e não tenho escolha. — Mühlmann deu de ombros. — Devo pegar a *Dama com arminho*, juntamente com o *Retrato de um jovem*, de Rafael, e a *Paisagem com o bom samaritano*, de Rembrandt.

Os Três Grandes, pensou Edith.

— Eu mesmo os levarei de trem de Cracóvia a Berlim — disse ele, e agora Edith entendia por que Mühlmann parecia um homem sendo caçado.

— E quer que eu vá com você — completou Edith, tentando esconder o ressentimento em sua voz.

O rosto de Kai ficou sombrio.

— Temo que isso não seja possível desta vez, minha cara. Você recebeu uma missão diferente.

Edith sentiu o peito se encher de pavor.

— Por favor, não me dê mais notícias ruins — disse ela finalmente, quase num sussurro.

Mühlmann balançou a cabeça. Acima deles, uma lâmpada cintilou com uma luz dura.

— Governador Frank — disse ele. — Ele pediu que você fique aqui na Polônia. Não quer que você volte para a Alemanha com as pinturas. Você era... parte do acordo.

Edith piscou rapidamente, tentando processar o que estava sendo dito a ela. Havia sido trocada por várias obras de arte valiosas, forçada a ficar com um homem vil e mau. O homem que ela considerava responsável pela morte de Heinrich.

– Você conseguiu uma barganha? – perguntou ela, com o coração virando aço.

– Uma troca – respondeu Mühlmann. – Estou retornando com apenas algumas obras para Berlim neste momento. Muitas outras ficarão em Wawel. E Frank... Ele quer que você faça parte de sua equipe de curadoria pessoal.

Edith respirou fundo.

– Eu... Eu tenho que ficar com ele?

– Sim, junto com sua esposa, Brigitte, seus filhos e muitos outros de sua equipe pessoal. – Dr. Mühlmann deu de ombros, mas não olhou nos olhos de Edith. – Ele não vai te machucar, Edith. Pelo contrário. Ele valoriza sua experiência.

Edith virou-se para Mühlmann.

– E se eu me recusar?

– Eu não recomendaria que fizesse isso – disse ele, encontrando seu olhar. – Edith, se eu pudesse ter feito alguma coisa sobre isso, teria feito, mas o ouvi se gabar de suas habilidades de investigação artística na frente dos outros. Uma mulher, nada menos. Você fez seu trabalho tão bem que Frank a vê como uma das joias de sua coroa.

– Mas eu estou aqui em um porão, em algum canto esquecido por Deus na Polônia, lidando com coisas que pertencem a pessoas que foram capturadas ou pior. E, enquanto isso, minha própria família está desmoronando!

Mühlmann deu um sorriso fraco para ela.

– Você está fazendo muito mais do que isso, Edith. – Por um momento, ela congelou de terror... Ele sabia? Mas Mühlmann continuou: – Você deve se consolar sabendo que está trazendo uma grande honra ao Líder Supremo e ao seu país. A guerra exige um grande sacrifício de todos nós. Além disso, eu acho que Frank gosta da ideia de ter você por perto.

Edith sentiu como se alguém tivesse lhe dado um soco no estômago. Ela olhou em volta para as pilhas de livros que havia completado ao longo dos meses e as pilhas de obras de arte deixadas para catalogação. Então olhou para Kai, percebendo que ele estava estudando o rosto dela de perto.

– Partirei para Cracóvia amanhã – disse ele. – Você tem um pouco de tempo, mas Frank não vai esperar para sempre. Devemos aguardar até que algumas batalhas esfriem. Em seguida, o comboio vai transportá-la para Wawel.

58

DOMINIC

Marburg, Alemanha
Abril de 1945

Dominic ficou sozinho em uma doca de carregamento e assistiu à aproximação do comboio de caminhões de carga e de escolta das tropas aliadas que pareciam desaparecer ao longe, como um trem sinuoso de veículos carregados de arte e de soldados que as defendiam. Dominic observou o comboio se aproximar com uma mistura de empolgação e orgulho, com a cabeça e o rifle erguidos solenemente.

Dominic estava de guarda havia algumas semanas. Viajara de Siegen com um comboio de porta-armas lotado de obras de arte para o novo lar temporário dos tesouros das minas de cobre e sal: Marburg.

As tropas americanas que os precederam haviam se apossado de um edifício enorme e impressionante, anteriormente uma biblioteca de arquivo de Estado, para armazenar e catalogar a arte. E havia muita arte. Como Dominic logo ficou sabendo, Siegen era apenas a ponta do iceberg. Repositórios estavam sendo descobertos em toda a Alemanha, seus conteúdos cuidadosamente embalados e enviados até ali. Agora, Dominic se sentia orgulhoso e animado por seu pequeno, mas vital, papel na missão. Seu dever era apenas guardar a entrada para o cais de carga, uma tarefa bastante simples, mas ele se emocionava ao ver as obras-primas passarem.

Outro soldado o ajudou a abrir os portões das docas de carregamento, permitindo a passagem do primeiro M151 da fila. Como a maioria dos comboios que vinham recebendo, havia uma mistura de forças americanas e britânicas trabalhando juntas para preservar os tesouros da Europa. Todos os dias eles vinham – jipes, porta-armas, caminhões do exército – carregados com pinturas inestimáveis, esculturas, pequenos objetos, arquivos e documentos. Cada comboio entregava um repositório de valor precioso que havia sido recuperado dos gananciosos nazistas.

– Veja! – George Weaver apontou. – É Hancock.

Weaver e Dominic ficaram em posição de sentido e saudaram quando um jipe carregando seu comandante se aproximou e parou. Hancock saltou, com um sorriso que tinha permanecido intacto por todos aqueles meses. Hancock passara semanas em campo, investigando os relatórios que continuavam a chegar, detalhando a localização de ainda mais depósitos: minas de sal, cavernas, castelos, mosteiros, escritórios... qualquer lugar que os nazistas pudessem usar para contrabandear a arte. Se estava de volta, só podia significar que aquele comboio era maior do que o habitual, e também importante.

– Saudações, senhores! – Hancock inclinou a cabeça para trás, dando um largo sorriso, e chegou mais perto. – Vocês não vão acreditar no que eu encontrei.

– Espere – disse Weaver. – Não diga "Da Vinci" muito rápido, ou o Bonelli aqui vai molhar as calças.

– Ei! – balbuciou Dominic, indignado, enquanto Hancock e Weaver riam. Ele sorriu, apesar de ser o alvo da gozação. – Ainda espero, um dia...

– Continue esperando – disse Weaver, batendo no ombro de Dominic. – Então, o que você encontrou, senhor?

Os olhos de Hancock brilharam.

– Acontece que Siegen não é a única mina onde os nazistas esconderam coisas. Há outra mina perto de Bernterode, e não encontrei só arte lá. Encontramos caixões. Os restos mortais de um bando de grandes heróis. Frederico, o Grande, e o pai dele. O marechal de campo Paul von Hindenburg e sua esposa.

– Von Hindenburg? – disse Dominic, irritado. – Poderíamos ficar sem *esse*, senhor. – Ele sabia que Von Hindenburg tinha sido parcialmente responsável pela ascensão de Hitler ao poder.

Hancock deu de ombros.

– Será história um dia, filho. De qualquer jeito, alguém tem que tomar conta disso tudo. – Ele sorriu. – É um achado esplêndido. Venham, eu quero que vocês dois me mostrem todas as coisas novas que chegaram. Seus substitutos de ronda já estão aqui.

Dominic e Weaver entregaram a guarda do cais de carregamento para os dois soldados que tinham acabado de chegar e seguiram Hancock para dentro do prédio. No interior, várias mesas preenchiam o enorme hall de entrada, cada uma delas guarnecida por um profissional vindo de um dos grandes museus e universidades da Alemanha. Os homens e as mulheres estavam equipados com câmeras, canetas e cartões de indexação. Dominic sabia que documentar o tesouro crescente era um pesadelo logístico: o sistema de identificação de cada item com um número único era demorado mas necessário. Conforme as obras iam sendo descarregadas, cada uma era fotografada e marcada com um cartão de indexação, antes de ser movida para dentro do espaço de armazenamento seguro, longe da umidade das minas.

Dominic e Weaver levaram Hancock pelo prédio, mostrando-lhe os tesouros que tinham chegado, muitos deles parte do acervo da catedral de Metz. Pinturas, esculturas, joias finas e outros objetos preciosos de museus, igrejas, arquivos e coleções particulares tinham sido empilhados ordenadamente em fileiras, aguardando sua eventual devolução aos legítimos donos. O volume absoluto era esmagador. Dominic foi cercado por fileiras ordenadas de beleza inexprimível, cada peça um testemunho do valor do espírito humano que a criou; um exemplo de como a humanidade estava determinada a trazer luz e beleza para um mundo que tinha caído numa escuridão inconcebível. Aquela guerra mundial não tinha sido a primeira tragédia a atingir a humanidade e não seria a última, mas nenhuma delas tinha sido capaz de destruir o apreço da humanidade pela beleza. Era a única coisa que dava esperança a Dominic.

Os nazistas conspiraram para tirar tudo de bom e valioso do mundo e tomar para si. Mas os nazistas não venceriam. Um dia, quando Cecilia fosse uma mulher adulta, ela também poderia olhar para as obras de valor inestimável e saber que seu pai tinha sido parte de um grupo que fez tudo para salvá-las. Dominic sentiu uma onda de alívio inundando seu coração.

E, melhor ainda, Dominic pensou que o vigário Stephany poderia finalmente voltar com seus amados tesouros para a igreja em Aachen, acompanhado por um contingente completo de guardas aliados.

– Excelente! – exclamou Hancock com bastante entusiasmo enquanto completavam o tour. – Vou checar os novos trabalhos que estão chegando – disse, e partiu sorrindo.

Em vez de irem ao salão improvisado convertido em refeitório, Weaver e Dominic vagaram pelas pinturas empilhadas no corredor, conversando sobre esta ou aquela peça. Sua nova amizade tinha começado a preencher o vazio violento que Paul havia deixado na vida de Dominic. O melhor de tudo: ele voltara a desenhar.

Os dois se dirigiram para o busto de uma jovem que Dominic estava querendo desenhar havia dias, e ele se acomodou no chão em frente à obra. No momento que Dominic pegava o lápis de carvão novamente, um presente de Stephany lá em Siegen, começava a desenhar e não conseguia parar. Quando não tinha mais modelos humanos para desenhar, ele usava as peças de arte como inspiração.

Sentado de pernas cruzadas no chão, Dominic puxou um dos cartões de indexação que havia tirado das pilhas, perto das docas de carga. O busto tomou forma rapidamente; primeiro, apenas o contorno oval do rosto, depois as curvas das maçãs, as madeixas, os olhos. O nariz. Ele trouxe aquele busto à vida esboçando os olhos, escuros e vibrantes. Quando terminou, o retrato de alguma jovem havia muito esquecida corou lindamente para ele, e ele viu-se rabiscando um par de sardas no nariz.

– É ótimo, Bonelli – disse Weaver, assim que viu o cartão exibido pelo amigo.

– Correio! – Um soldado magro com uma mala postal de lona adentrou na sala, e os homens entraram em formação.

A voz do jovem falhou quando ele chamou os nomes escritos nos envelopes em sua mão.

– Ackerman. Barnes. Bonelli...

O coração de Dominic saltou em seu peito. O jovem soldado colocou um envelope em sua mão.

Bonelli, dizia o endereço do remetente. Greensburg, Pensilvânia. Dominic reconheceu a caligrafia elegante de Sally, as letras com volteios controlados. Dominic pressionou o envelope em seu rosto e inalou, como se pudesse sentir o cheiro de Sally impresso nele. Ele tateou para abrir a aba do envelope.

– Bonelli.

Seu nome de novo, mas desta vez era Hancock, aproximando-se de Dominic e Weaver. Ambos saudaram o oficial enquanto ele chegava mais perto, mas Dominic pensou ter detectado uma pitada de tristeza nos olhos de Hancock.

– Tenho novidades – disse ele. Dominic tocou a carta de Sally, mal conseguindo evitar rasgar o envelope. Lutou para manter a atenção em Hancock. – Vocês dois foram transferidos.

O estômago de Dominic se revirou. Ele tinha começado a apreciar a paz e a tranquilidade em Marburg. Agarrando o envelope, tentou disfarçar o medo em sua voz.

– Por quê?

– Parece que é muito pacífico aqui para gente como você, soldado. Você provou ser muito valioso como homem de linha de frente. Tem que continuar avançando em direção à ação.

Hancock entregou a Dominic um pedaço de papel fino, com as ordens estampadas em grandes letras impessoais, mudando uma vida toda com apenas algumas palavras.

O coração de Dominic afundou.

Bem naquele momento, quando tinha começado a se dedicar de todo o coração à missão dos Homens dos Monumentos, Dominic seria obrigado a deixá-la para trás. Ele e Weaver estavam voltando para as linhas de frente.

59

EDITH

Cracóvia, Polônia
Janeiro de 1942

Em uma mesa, um menino fazia seu dever de casa, com as pernas balançando livremente sob a cadeira. A luz filtrava-se pela janela ao seu lado, num reflexo luminoso da neve que flutuava e se acumulava no pátio do Castelo de Wawel. O fogo estalava alto na enorme lareira que ocupava uma parede da grande sala. Vários sofás e cadeiras com almofadas macias mobiliavam a sala. Cobertores, jornais e livros espalhavam-se pelas mesas.

Edith esperava para ser levada de volta ao escritório de Hans Frank, mas, em vez disso, um soldado a levou para uma sala onde a secretária de Frank, Hilda, coava folhas de chá em um pote de cerâmica e um menino concentrava-se profundamente em escrever o alfabeto.

– *Fräulein* Becker – Hilda cumprimentou-a. – Fique à vontade. *Herr* Von Palézieux está vindo aqui para vê-la.

Ela hesitou.

– *Herr*... quem?

– Eles não informaram você? Sinto muito. Wilhelm Ernst von Palézieux. Ele é um ilustre arquiteto que veio da Suíça para cá, foi nomeado como o novo curador pessoal do governador Frank. Você vai trabalhar com ele.

Von Palézieux? Curador pessoal? Ele também era outro protegido de Kai Mühlmann?

Mas Edith não teve chance de pedir mais detalhes. Hilda já havia desaparecido, indo em direção à sala ao lado com a bandeja de chá, e a porta agora balançava atrás dela.

Edith sentou-se à mesa em frente ao garotinho.

– Olá – disse ela. – Eu sou Edith.

O menino a ignorou, escrevendo suas letras. Ela olhou para seus cabelos louros e o rosto perfeitamente formado no reflexo da neve através da janela. Edith viu o menino escrever caracteres cuidadosos no estilo antigo, com letras elegantes e bem definidas que pareciam pertencer ao Renascimento alemão em vez do século XX.

– Você tem uma caligrafia muito boa – disse ela. – Qual é o seu nome?

Desta vez o menino levantou a cabeça e encontrou seu olhar. Em contraste com seus cabelos louros, os olhos do menino eram quase pretos. Assim como os do pai.

– Michael.

– No que você está trabalhando?

– Praticando minhas letras – disse ele. Edith espiou várias outras páginas de caligrafia saindo de um caderno ao seu lado.

– Michael – disse uma adolescente que apareceu na porta distante. – Venha. Seu tutor está esperando. – Michael fechou o caderno em um golpe, olhando para Edith novamente. Depois desceu da cadeira e atravessou a sala em direção à irmã.

Edith observou mais duas crianças de Frank abrirem caminho através do pátio coberto de neve, logo abaixo da janela. Parecendo completamente alheios ao frio, o menino mais velho e a menina mais nova tiraram suas luvas e começaram a jogar neve um no outro até aparecer uma mulher, ordenando que parassem imediatamente, que ela não ia tolerar que sujassem as roupas. Com uma mão, ela arrastou a criança mais nova, que tropeçou relutantemente ao lado da mãe.

Brigitte Frank. A esposa do governador. Edith tivera apenas um vislumbre da mulher pela janela enquanto atravessava o gramado com suas cinco crianças, e também a vira em fotos granuladas em preto e branco nos jornais, mas reconheceu aquela mulher alta imediatamente. Ela era uma imagem de severa elegância, vestindo um longo casaco de lã com gola de *vison* que tremulava ao vento. Mesmo do alto ponto de vista da janela, Edith se sentiu tão intimidada por Brigitte quanto por seu marido.

De alguma maneira, Edith se envolveu na intimidade da família naquela ala do Castelo de Wawel. Em seus negócios privados. Como tinha se colocado naquela posição? Por mais que tivesse se sentido presa na vila rural, agora desejava poder voltar para lá, longe das garras de Frank e sua família.

– *Fräulein* Becker.

Edith se levantou.

Diante dela estava um homem franzino com grandes óculos. Ele mostrou seus dentes tortos num sorriso tenso.

– O governador Frank a cobriu de elogios. É uma honra finalmente conhecê-la. – Ele estendeu a mão. – Eu sou Ernst. – Edith pegou, sem muita firmeza, aquela mão calorosa e confiante. – O governador Frank está longe do palácio. Podemos conversar na sala em frente, que fica ao lado do escritório dele. Teremos espaço lá para nos conhecer. Por favor.

Ernst abriu a porta para Edith e gesticulou para que ela o seguisse.

Eles entraram em um longo corredor cheio de pinturas e grandes janelas panorâmicas com vista para o rio Vístula. Pelo caminho, Edith não pôde deixar de observar as dezenas de pinturas penduradas ao longo do corredor. Paisagens. Retratos. Todos com pelo menos um século de existência. Ernst parecia feliz em diminuir o ritmo. Ele olhava para as pinturas silenciosamente ao lado de Edith.

Edith não disse nada enquanto caminhavam pelo corredor. Ela manteve as mãos cruzadas atrás das costas e a coluna ereta. Ernst sorria para ela com frequência, mas Edith não respondia com um sorriso. Não queria ser encantadora. Não queria fazer um novo amigo. Queria fazer seu trabalho e voltar para Munique com seus inventários. Talvez então pudesse fazer a diferença. Por enquanto, ela havia enfiado os inventários debaixo do colchão, com medo de que alguém revistasse sua mala ou os bolsos de suas roupas enquanto estivesse fora do quarto.

Edith reconheceu um quadro familiar na parede e parou.

– Paisagem com pastores – disse ela. – Possivelmente um Van Ruysdael ou um de seus seguidores.

– Bom olho – disse ele.

– Eu já tinha visto esse em outra bela casa – Edith reconheceu a obra como uma que ela havia catalogado e embalado para Wawel. Com um enjoo na boca do estômago, percebeu que estava, mais uma vez, testemunhando o fruto de seus esforços: obras de arte inestimáveis arrancadas de seus legítimos donos, as mais preciosas reservadas para a coleção particular do próprio governador. Ela se perguntou se Ernst conseguiria ver seu rosto verde de raiva.

Edith não tinha papel nem caneta, mas instintivamente, enquanto passeavam no corredor, começou a catalogar mentalmente cada trabalho.

Artista, obra, tamanho, suporte, origem.

Os dedos de Edith se agitavam atrás das costas, como se escrevesse no ar. Ela duvidava de que conseguiria uma maneira de obter uma lista de obras que estavam no Castelo de Wawel para enviar a Jakub. Mesmo assim, pensou que deveria registrar o que havia desembarcado na coleção particular do governador da Polônia. Talvez, de posse dessa informação, pudessem fazer algo.

– Você é o curador pessoal do governador – disse ela, encarando Ernst agora. As palavras pessoal e curador não pareciam se encaixar.

– Sim – disse ele. – Assim como *você*, minha querida. – Sua boca se transformou em um sorriso. – Suas habilidades e seus conhecimentos são bem conhecidos. O governador Frank insistiu em trazer você aqui como parte de sua equipe pessoal.

Edith sentiu os cabelos se arrepiarem.

Ele começou a andar pelo corredor novamente.

– Somos encarregados da decoração interior de cada uma das residências particulares dos governadores em toda a Polônia. Nenhuma delas é tão grande quanto Wawel, mas, mesmo assim, a tarefa nos manterá ocupados por algum tempo, acredito eu. – Ele riu. – Graças aos seus próprios esforços e de outros curadores trabalhando em todo o país, temos muitas coisas para escolher.

– Decoração... de interiores – ecoou Edith.

– Bem – hesitou Ernst, com a testa enrugada. – É muito mais do que isso, claro. Sim, devemos nos preocupar com cortinas e talheres, receio, mas ao longo do caminho você e eu teremos o privilégio de lidar com, e pendurar, muitas outras pinturas para o governador Frank e sua esposa.

Edith ficou em silêncio, assimilando a informação.

Ernst abriu outra grande porta e eles entraram em uma sala que Edith imediatamente reconheceu como o escritório de Hans Frank. Não havia ninguém lá, mas, quando Edith entrou na sala, ela prendeu a respiração.

Dama com arminho.

Ainda estava lá, pendurada na parede, logo acima do aquecedor, como quando ela partiu do Castelo de Wawel cerca de dois anos antes. Os olhos castanhos e suaves de Cecilia Gallerani, amante do duque de Milão, olhavam para Edith do outro lado da sala. Edith permaneceu boquiaberta por alguns segundos até que conseguiu reencontrar a voz.

– Oh, céus! Não esperava ver este aqui novamente. Eu... Eu pensei que essa obra tinha voltado para Berlim...

Ernest assentiu.

– Foi. Mas, como você deve saber, esta é a obra favorita do governador Frank. Ele fez um acordo com Göring... – Ernst hesitou – e agora ela está de volta onde deve ficar.

Edith se virou para olhar a obra, sentindo pena de Kai Mühlmann, que havia feito muitas viagens de ida e volta a Berlim com aquela e outras duas pinturas. Ele devia ter se sentido impossivelmente preso entre dois homens egoístas brigando pela pintura de uma menina que viveu tanto tempo atrás. Edith balançou a cabeça.

– Mühlmann... – murmurou ela.

Ernst coçou a têmpora, na linha onde o cabelo começava e era puxado para trás com óleo.

– *Oberführer* Mühlmann não está mais a serviço do governador Frank – disse ele, os lábios se espalhando em uma linha fina. – Por isso o governador Frank me ligou na Suíça para tratar de seus assuntos de arte.

Edith sentiu o coração disparar. Ela sabia que Kai Mühlmann estava trabalhando longe, mas agora tinha sido dispensado de suas funções? Teria ele ultrapassado algum tipo de limite com Hans Frank? Tinha sido demitido? Ou pior? Por mais que Edith discordasse da opinião de Kai de se apossar de obras de arte que nunca pertenceram à Alemanha, ela simpatizava com sua situação no meio daqueles homens poderosos.

– Fiquei feliz em saber que foi você quem trouxe a *Dama com arminho* aqui para a Polônia, para o governador Frank – disse Ernst. – Eu estava esperando havia muito tempo a oportunidade de admirá-la pessoalmente.

Edith olhou para ele com uma expressão vazia, sem retornar seu sorriso encantador.

– Sim, eu a trouxe até aqui da primeira vez. Aparentemente, já esteve em Berlim e voltou várias vezes. Eu entendo que *reichsmarschall* Göring esteja interessado em tê-la na coleção do *führer*.

– Bem, agora foi devolvida para onde deveria estar. Aqui na Polônia. É nossa por direito. Você sabe, todas as três grandes pinturas pertencem à Polônia, você não concorda? – perguntou Ernst, tentando atraí-la para a conversa justamente no momento em que ela percebeu que não seria capaz de confiar nele.

– Certamente a pintura é colocada em maior risco ao ser levada pra lá e pra cá, entre aqui e Berlim. Acredito que nosso maior trabalho seja garantir a segurança das obras, e não colocá-las em risco – disse Edith.

Ernst abriu um largo sorriso.

– Eu respeitosamente discordo, senhorita Becker. Nosso maior trabalho é fazer o governador Frank feliz. Não importa o que aconteça.

– Bem, no mínimo, essa obra não deveria estar pendurada acima do aquecedor!

– Você está certa, é claro. – Ernst deu de ombros. – Eu mencionei isso em várias ocasiões ao governador. Mas é onde ele quer que fique. O governador Frank quer que as pessoas ao seu redor o deixem feliz e satisfeito. Isso nos inclui, não é, senhorita Becker?

Edith se eriçou. Seu Heinrich havia perdido a vida por causa de Hans Frank e suas campanhas pela Polônia. Ela não queria arriscar qualquer coisa que pudesse matá-la e, mais do que tudo, desejava voltar para Munique e estar com o pai no capítulo final de sua vida. Se ao menos houvesse alguém que aceitasse sua carta de demissão...

Mas, ao olhar nos olhos de Cecilia Gallerani, Edith se perguntou o que mais poderia fazer para manter aquelas obras-primas inestimáveis fora das coleções pessoais – e das garras – daqueles homens gananciosos. Como poderia garantir a sobrevivência de uma pintura quando toda a Polônia parecia à beira da destruição?

60

DOMINIC

Na floresta perto de Dachau, Alemanha
Abril de 1945

Até as árvores pareciam prontas para atacar. Com o comboio serpenteando entre os troncos escuros das plantas, Dominic tentava engolir seu medo. A familiar sensação de estar no limite, o velho instinto para puxar o gatilho tomavam conta dele.

Tiros não o preocupavam. De volta ao patrulhamento de segurança em um caminho arborizado pelo interior da Alemanha, ele já tinha estado em alguns confrontos e voltava ao velho estado de hipervigilância; suas habilidades de tiro não haviam sofrido durante as poucas semanas de paz, e ele estava aprendendo a não pensar. Somente atirar, estar pronto para lutar e esconder a dor e o medo nos esboços feitos à luz de velas quando paravam em algum lugar quieto.

Acima de tudo, Dominic lamentava ter sido afastado da missão de recuperar a grande arte, de recuperar a esperança para o futuro. Para sua surpresa, Dominic lamentou ter que deixar Hancock e os outros Homens dos Monumentos lá em Marburg. Recuperar obras de arte era onde estava agora seu coração, onde sentia que podia fazer uma pequena, mas duradoura, contribuição em um mundo que de outra maneira dificilmente faria sentido.

A única coisa que o mantinha são era correr os olhos sobre as palavras de Sally, escritas em sua caligrafia caprichada. Ele havia guardado a carta dela no bolso do peito e, em momentos de silêncio, a puxava e a lia novamente. *Eu te amo*, ela havia escrito. Era tudo o que importava, isso e uma nova menininha saudável. Kathleen, em homenagem à mãe de Sally.

De acordo com seus comandantes, a divisão de Dominic estava prestes a se reunir com os comboios de outro batalhão antes de tomar o rumo de Dachau. Os homens haviam sido informados sobre o grande campo de prisioneiros que ficava dentro dessa área. A nave-mãe dos campos de concentração nazistas, disseram os oficiais. Os relatórios da inteligência pintaram um quadro angustiante dos milhares de prisioneiros sendo forçados a marchar para Dachau, pois era um dos poucos campos dentro do território de domínio nazista que ainda funcionava. Dominic tinha certeza de que muitos dos prisioneiros em marcha não chegariam tão longe.

Enquanto o M151 roncava, Dominic abraçou seu rifle apertado contra o peito, tentando compreender o alcance da crueldade que exigia o assassinato de milhares. Ele manteve os olhos nas curvas da estrada.

Na curva seguinte, o jipe saiu da floresta e adentrou uma clareira, e, à frente, Dominic viu dúzias de vagões parados ao acaso ao lado da pista, abandonados por alemães em fuga. No horizonte, a luz do sol fazia brilhar o arame farpado e um portão fortificado: Dachau. Eles continuaram em direção ao acampamento, uma curva da estrada os levava aos vagões, e foi quando o cheiro os atingiu.

Ao lado de Dominic, Weaver proferiu um palavrão com os lábios apertados. Dominic não teria fôlego para xingar, mesmo que quisesse. Em vez disso, agarrou o lugar onde sua medalha de São Cristóvão costumava ficar pendurada e orou silenciosamente, o estômago revirando. O fedor era inconcebível. Comparado a isso, o cheiro das minas de cobre em Siegen era um doce perfume. Siegen cheirava a milhares de pessoas vivendo e suando e urinando; aquilo cheirava a milhares de pessoas morrendo. Havia odores de excremento, mas muito mais angustiante era o cheiro de carne em decomposição. Era doce e enjoativo e sufocava as narinas de Dominic.

Dominic sentiu como se estivesse preso com solda na lateral do jipe. Ele olhava fixamente para a frente, a imaginação correndo solta: o que aquele cheiro podia significar? Então ouviu os gritos. Inicialmente, pensou que havia pessoas vivas naqueles vagões, até que ouviu palavras em inglês perdidas na gritaria e percebeu que as vozes eram dos soldados americanos nos caminhões à frente. Ele não havia pensado que homens adultos pudessem emitir sons como aqueles, com tal nível de puro horror. Seus cabelos ficaram em pé, arrepios explodiam pelo corpo, e ele ainda olhava para o campo, recusando-se a virar a cabeça para a frente. Então, o jipe diminuiu a velocidade, e todo o comboio assobiou numa parada desorganizada e não planejada.

– Não – resmungou Weaver ao lado dele. A palavra, pronunciada num tom de pavor inexprimível, arrancou Dominic de seu transe. Ele tinha que olhar. Tinha que ver, porque não podia ser o que imaginava.

Não era. Era muito pior.

Os vagões estavam empilhados com cadáveres.

Devia haver mais de trinta vagões parados nos trilhos. Os corpos estavam uns em cima dos outros, nenhum deles coberto, apenas jogados, nus e emagrecidos, em montes apodrecidos. Homens e mulheres. Crianças. Mães, pais, irmãos, irmãs, seus restos mortais jogados fora e esquecidos, embalados com menos cuidado do que Dominic empilhava sacos de carvão. Pessoas que tinham deixado alguém de luto, corpos deitados e inchados ao sol com moscas rastejando em seus rostos flácidos, andando pelas superfícies dos olhos enevoados. Sangue e excremento pingavam lentamente da parte inferior dos vagões. Braços e pernas, rostos pendurados nas janelas. Bochechas e olhos pressionados contra o vidro de janelas fechadas por causa do peso de outros cadáveres. Era um panorama infernal da morte em uma escala que Dominic não conseguia compreender. A imagem foi gravada em sua própria alma. Oprimido pelo horror, o comboio aliado não conseguiu ir mais longe.

– Eu vou vomitar – resmungou Weaver.

Atordoado, Dominic saltou do veículo, dando espaço para seu camarada enquanto ele se arrastava e cambaleava em direção às árvores.

– Ainda nem chegamos ao acampamento – disse ele baixinho para ninguém em especial. – Ainda não chegamos lá.

Ele deu um passo para trás e sua bota fez um barulho de esmagamento. Olhando para baixo, viu que estava pisando em uma mancha escura e pegajosa de sangue podre. Moscas enxameavam em torno de suas botas, e ele não conseguiu aguentar mais. A pressão da guerra, todo o horror, se derramou sobre ele, esmagando-o como um punho gigante determinado a derrubá-lo na lama.

Ele reviveu tudo: os desembarques na Normandia, a primeira vez que viu um homem rasgado membro a membro por uma explosão, o primeiro suspiro de morte que ouvira, o estampido das armas, o terror das bombas que passavam assobiando, as centenas de quilômetros que percorreu chacoalhando em um jipe barulhento esperando os sons de tiros que explodiam das colinas, o bombardeio de Aachen, a distância entre ele e sua família, as obras de arte destroçadas e destruídas que não tinham conseguido salvar, o terror no rosto de Stephany quando ele emergiu do púlpito arruinado, a luz desaparecendo dos olhos de Paul.

Essa última foi a pior: a dor que ele sentiu ao perder Paul, também sentida pela família de cada uma daquelas centenas de mortos inocentes, despejados sem nenhum cuidado em vagões. A magnitude do luto ameaçou esmagá-lo. Ele jogou o rifle no chão e perdeu o controle, e tapou os ouvidos com as mãos, como se isso pudesse apagar as memórias. Ele tropeçou e caiu numa vala, com os joelhos dobrando-se na lama e o conteúdo de seu estômago subindo pela garganta.

61

EDITH

Palácio Kressendorf, arredores de Cracóvia
Junho de 1944

— Três garfos estão faltando. E uma colher de servir. – Brigitte Frank lançou um olhar acusador na direção de Edith.

Edith examinou o serviço de prata espalhado na mesa de jantar diante deles. Bules e bandejas, facas de trinchar, colheres. Garfos especiais para caviar, arenque e caça. Edith e Ernst tinham contado todos eles antes de Brigitte e Hans Frank chegarem à recém-mobiliada casa de campo. Certamente houve um erro, não?

Ernst insistiu para que ele e Edith supervisionassem a organização do serviço de prata. Brigitte Frank, ele tinha dito a Edith, iria se certificar de que cada peça individual fosse contabilizada e catalogada. A esposa de Hans Frank crescera na miséria, Ernst havia confidenciado a Edith, e agora, como rainha da Polônia, cobiçava cada precioso pertence. E, Edith percebeu, o pior medo de Brigitte era que alguém pudesse lhe tirar tudo.

— É como eu já falei – Brigitte disse, olhando com desdém para Edith. – É muito fácil para um empregado enfiar uma peça dessas no avental. Qualquer um desses poloneses ingratos pode tentar tirar vantagem de nós – disse ela, alto o suficiente para ser ouvida da cozinha.

— Vamos contar de novo – disse Edith, trazendo uma prancheta com o catálogo da prataria destinada a mais uma bela casa de campo que os Frank haviam tomado para si. Era verdade que muitas obras de arte inestimáveis tinham sido transportadas para a Alemanha; algumas das mais valiosas tinham sido selecionadas para o museu de Hitler em Linz. Mas agora Edith sabia que muitas coisas valiosas estavam sendo usadas para mobiliar as belas casas, recentemente confiscadas, dos líderes nazistas. A verdade é que muitos desses luxos nunca tinham sido planejados para integrarem o acervo de qualquer museu: eles serviam, na verdade, para forrar os cofres de Hans Frank e de outros líderes de alto escalão.

Enquanto Brigitte e Ernst se preocupavam com a colocação de uma pintura, Edith verificou duas vezes sua lista de peças de prata. O barulho de prata tilintando fez soar como se houvesse um jantar em andamento, e Edith imaginou o elaborado sarau que o governador-geral e sua esposa iriam patrocinar naquele mesmo salão no dia seguinte, depois que ela e Ernst terminassem a tarefa de pendurar quadros, colocar candelabros e contar centenas de peças de prata.

– Mais alto do lado esquerdo – Brigitte gritou para Ernst do outro lado da sala.

Na pintura, a cabana de um camponês estava em primeiro plano, o telhado frouxo, meio pendurado, e a porta, tomada pelo corpo largo de uma ovelha. No horizonte, os contornos suaves das árvores apareciam na penumbra. Edith classificaria a pintura, provavelmente obra de um artista alemão de um século atrás, como *Wahl* II, mas outro curador, desconhecido de Edith, deve tê-la inserido na coleção da casa de campo de propriedade de Hans Frank, onde Edith e Ernst estavam encarregados da decoração. Do alto de sua escada, Ernst estendeu a mão para ajustar o quadro. Com a pintura nivelada, ele desceu para o chão, decorado com recortes de diferentes espécies de madeira montados num intrincado padrão.

De todas as propriedades rurais de Frank que Edith tinha visto nos últimos meses, aquela era a mais bonita. Tinha ajudado a desenrolar tapetes, colocar a prataria em novos baús e pendurar as cortinas com precisão. Eles mantinham as cortinas puxadas para as laterais, amarradas com pingentes dourados.

Edith se distraiu com o movimento ao seu lado: um funcionário passou, segurando dois candelabros. Ela os vira antes. Havia avaliado seu valor no porão da sede onde tinha trabalhado antes de ser forçada a ficar com o governador Frank e então com Wilhelm Ernst von Palézieux. Seriam as peças um presente de casamento para algum casal polonês que poderia não estar mais vivo? Sentiu-se enojada.

A sala escureceu ao redor dela. Edith olhou para a janela alta com vista para o campo aberto. Nos últimos meses, tinha feito o possível para evitar contato com Brigitte e seus filhos, ansiosa para manter distância deles. O que significaria manter distância de Frank. Para alívio de Edith, Frank estava frequentemente longe dali. Mas agora a família chegara, e não havia como evitar os Frank por mais tempo.

Nesse momento, as portas da sala de jantar se abriram, e Edith reconheceu a silhueta sombria de Hans Frank na porta. Seu filho adolescente, Norman, seguia o pai. Uma pontada afiada esfaqueou o intestino de Edith, uma reação agora familiar que ela sentia cada vez que se encontrava na presença de Frank. Desejou arrumar uma desculpa para desaparecer.

– Estamos perdendo peças de prata – proclamou Brigitte em voz alta para o marido. – Eu estou dizendo, vão acabar levando todas num instante.

– Vou verificar a cozinha, senhora – disse Edith, aliviada por ter um motivo para sair da sala.

Na grande cozinha, duas das atendentes da sala de jantar, mulheres polonesas que haviam sido recrutadas nos campos fora da vila, levantavam panelas e frigideiras de um caixote, colocando-as cuidadosamente num aparador de louça de madeira ornamentada e esculpida. Ao longo dos dias, Edith observou cuidadosamente as mulheres, imaginando se elas poderiam ser, como as da outra cozinha, combatentes da resistência disfarçadas de boas funcionárias do lar. Edith ficava na cozinha e conversava com as mulheres com frequência, verificando se mostravam sinais de compreender alemão. Seriam elas capazes de ajudá-la, e vice-versa? Mas Edith não viu nenhum lampejo de reconhecimento, mesmo depois de várias tentativas para se comunicar com elas.

Todas as noites, Edith registrava cada informação que podia nas páginas de contabilidade em branco, dobradas em um pequeno pacote escondido novamente embaixo do seu colchão. Ela se deu conta de que o catálogo de serviços de prata de Brigitte não era nada comparado aos inventários que havia compilado. *Um dia*, pensou, *talvez os registros possam ajudar a devolver as obras aos seus legítimos donos.*

Edith descobriu que um dos ajudantes de cozinha, Józef, falava bem inglês. Com uma expressão ansiosa e brincalhona, ele a cumprimentava com um

"Bom dia, senhora" nos corredores e falava com Edith sobre música e arte, praticando suas habilidades em inglês. Mas ela não sabia se ele estava ciente dos quilômetros de devastação ao seu redor. Edith questionou Józef sobre a vida fora dos muros da propriedade, procurando um lampejo de resistência, tentando ver se o rapaz poderia abrir a porta para redes além dos muros. Mas ele manteve a conversa em tópicos básicos: a chegada da chuva, o serviço de café, seu tipo favorito de bolinho...

Quando conseguia colocar as mãos em um jornal alemão, Edith estudava as manchetes. O CERCO DE LONDRES CONTINUA. CONFIANÇA NA VITÓRIA NA HORA DECISIVA. O PERIGO DO AMERICANISMO. A ETERNA BATALHA PELA VERDADE. Não havia nada sobre a realidade brutal do campo polonês. Seus dias eram preenchidos com comunicações estranhas, incompletas e alteradas.

De repente, a porta da cozinha se abriu, e Józef veio correndo. Olhou com olhos arregalados para Edith e para os funcionários da cozinha.

– Józef – Edith lhe disse em inglês. – Estamos tentando localizar vários garfos de prata e uma colher de servir. Você os viu? Pode perguntar às senhoras em polonês por mim?

Mas Józef apenas encarou Edith como se não tivesse ouvido uma palavra do que ela dissera.

– Os americanos! Os britânicos! – disse ele, quase sem fôlego. – Eles desembarcaram nas praias da França!

– O quê? Como você sabe disso, Józef? – perguntou Edith.

– Nós... No corredor da área de serviço. Ouvimos no rádio. – Ele fez uma pausa, uma expressão de culpa no rosto. – A BBC.

Józef estava ouvindo programas de rádio proibidos? Era perigoso, especialmente com a família Frank agora na residência. Mas Edith podia perceber que a desobediência de Józef fora ofuscada pela sua empolgação nervosa.

– Eles desembarcaram aos milhares! – anunciou ele novamente. – Os anglo-americanos! Eles invadiram as praias na França!

PARTE V

A PÁTRIA MÃE

62

LEONARDO

Milão, Itália
Junho de 1491

Um bebê recém-nascido. Um filho para Ludovico, o Mouro. Um filho bastardo, que fique claro. Mas eu entendo, pois eu também sou um. Ele nunca governará o ducado, mas, no final das contas, o menino terá um futuro.

E, graças a Deus, Cecilia está bem. É sempre uma preocupação quando uma criança nasce. Uma nova vida e uma morte tão intimamente entrelaçadas. Pelo bem de Cecilia, sinto-me grato por sua boa saúde, especialmente pelo fato de a menina ter sofrido tanto durante o parto.

Mesmo assim, certamente seu tempo acabou agora. Ludovico, o Mouro, tem uma nova esposa, uma amante e um filho bastardo recém-nascido sob o mesmo teto. Dificilmente um arranjo sustentável. Um ou mais devem partir. O que será deles?

Para meu próprio bem, sinto-me grato por meu retrato de Cecilia Gallerani estar finalizado. Bem a tempo. Melhor ainda, Ludovico, o Mouro, aceitou o retrato, dando-me um tapinha no ombro em agradecimento, depois encarou a linda garota da pintura com uma mistura de amor e tristeza. Como eu disse, é hora de ela partir.

Na minha pequena oficina na Corte Vecchia, finalmente retornei à minha maior alegria: a empoeirada engenhoca voadora que jazia adormecida no telhado todos esses longos meses. Tempo e espaço levaram-me a mudar o desenho. Uma semente da ideia veio a mim há muito tempo em um sonho, e esbocei-a brevemente. Se apenas pudesse recapturar a imagem!

Abro o velho caderno de desenho que estava na minha bolsa durante aquela longa viagem de Florença a Milão, quase dez anos atrás. As páginas, desgastadas, há muito abandonadas nos confins da minha mente. Todos os projetos defensivos que havia proposto originalmente à Sua Senhoria. Embarcação de desembarque. Um tipo de catapulta nunca visto antes. Uma ponte portátil.

Meu dedo pousa em um desenho para canhão que pode ser usado para explodir uma mina cheia de tesouros. Não é uma má ideia, eu acho. Arranco a página do caderno e prometo a mim mesmo mostrá-la à Sua Senhoria.

63

EDITH

Altaussee, Áustria
Janeiro de 1945

Edith passou por cima dos escombros que cobriam o chão de terra da mina. Na quase escuridão, ela seguia a silhueta de um *gefreiter* com sua lanterna iluminando as paredes gastas dos túneis que tinham sido construídos com explosivos na encosta de uma montanha. Ela inalou profundamente o ar frio e rarefeito, sentindo pânico, um medo instintivo de que pudesse ficar sem fôlego. O soldado se movia com rapidez e confiança pelos túneis baixos. Edith e Ernst lutavam para manter o ritmo.

Enquanto seus olhos se ajustavam à penumbra, Edith distinguiu prateleiras e andaimes, pouco mais que pedaços de madeira pregados às pressas. Dentro desses andaimes improvisados, ela viu pilhas de caixotes. E enquanto a lanterna do soldado escaneava as paredes irregulares da mina de sal, Edith viu a borda dourada de um quadro piscar na luz. Pinturas. Centenas – não, podiam ser milhares – de obras de arte.

A visão tirou o fôlego de Edith.

Finalmente, o soldado parou.

– Esta é apenas uma das minas que estamos usando – ele se gabou, virando os olhos para Edith. Ele continuava a olhar para ela, escaneando seu corpo, mas nunca encontrando seu olhar. Ela cruzou os braços.

– Onde estão as outras? – quis saber Edith, e Ernst logo atrás dela.

– Isso é confidencial – disse o soldado em tom arrogante. – Elas estão espalhadas em vários locais na Áustria e na Alemanha. Nós as usamos para salvaguardar as obras de arte que o *führer* usará para preencher seu novo museu.

O soldado podia ser um tolo arrogante, mas não estava mentindo. A magnitude da operação deixava Edith perplexa. Por mais de cinco anos, tivera a impressão de que estava trabalhando ao lado de um punhado de outros profissionais de arte, silenciosamente abduzindo pinturas, esculturas e outras obras em nome do Reich. Agora, enquanto atravessava sala após sala de andaimes e caixotes, cada uma lotada de obras de arte de lugares talvez mais longínquos, ficava evidente que ela não era tão importante quanto fora levada a acreditar.

Quantos profissionais de arte haveria por toda a Europa, presos em porões, em casas de campo, em depósitos de museus, em tesouros de igreja, catalogando e providenciando o transporte para cada uma daquelas obras-primas de valor inestimável? Ela era apenas uma pequena engrenagem em uma roda-gigante.

Em junho, pouco depois de saberem da invasão anglo-americana na Normandia, Edith e Ernst começaram uma mudança. Frank havia encarregado os dois de mover todas as obras de arte consideradas de primeira qualidade da Polônia – as *Wahl* 1 – para esconderijos. Os dias de Edith agora começavam e terminavam com encaixotamento, carregamento, descarregamento, arranjo, organização e documentação das peças de arte. Ela e Ernst viajavam com uma grande caixa de papelada, páginas de inventário, registros de transporte rodoviário, transcritos cuidadosos da carga instável e inestimável.

Minas, cofres de bancos, depósitos universitários, escritórios de museus. Obras de arte insubstituíveis tinham sido levadas para os quatro cantos da paisagem alemã e austríaca onde, argumentou Frank, estariam a salvo de danos à medida que a Polônia se tornava cada vez mais volátil, com novas ameaças dos russos e dos Aliados. Edith temia que as obras pudessem ser danificadas, roubadas, perdidas ou esquecidas.

À noite, na penumbra de seu quarto, as pálpebras se fechando sozinhas, Edith se obrigava a ficar acordada por tempo suficiente para copiar cada mudança em seu inventário secreto, reduzido a um minúsculo bloco que só ela poderia interpretar.

Na maioria dos dias, Edith achava que seus esforços meticulosos eram fúteis, pois o que ela poderia fazer com os estoques agora? Enviar as listas para seu amigo Manfred na Alte Pinakothek parecia a coisa mais natural a ser feita, mas muito perigoso para se considerar. E se alguém interceptasse a carta antes que chegasse a Munique? Como ela poderia entrar em contato com ele? Em vez disso, Edith escondia os inventários copiados entre seu colchão e as molas de metal da estrutura da cama, ou no forro de sua mala de viagem. Era tudo o que podia fazer, pensou, até que tivesse uma oportunidade melhor. Ela sabia que não podia confiar em ninguém da equipe de Frank. Certamente eles deviam ter dado provas de sua lealdade mais do que qualquer outra pessoa.

E agora eles estavam constantemente em movimento.

Em janeiro, o governador Frank enfim fora forçado a abandonar Cracóvia e voltar com a família para terras de língua alemã, na companhia de sua equipe e das obras de arte que mais estimava. *Dama com arminho*, de Da Vinci, raramente ficava fora de sua vista.

Na primeira vez que mudaram os Três Grandes de endereço, Edith trabalhou com Ernst e alguns funcionários para carregá-los na traseira de um caminhão blindado, juntamente com algumas outras obras de valor inestimável. A sua chegada a uma remota residência privada em Sichów, uma aldeia no oeste da Polônia, onde era improvável que fossem rastreados, tinha sido arranjada com antecedência. As pinturas seriam armazenadas lá temporariamente por segurança.

Aos poucos, partes de informação chegavam até eles: tropas americanas e britânicas estavam indo para o leste, lutando contra as linhas alemãs. Ao mesmo tempo, as tropas russas, agora inimigas, moviam-se para o oeste. Nesse meio-tempo, as forças nazistas estavam sendo espremidas em uma faixa cada vez mais estreita. Edith se preocupava com Jakub e seus amigos nas redes de resistência polonesas. Ela não tinha como entrar em contato e se perguntava o que poderia ter acontecido com ele... e com seus esforços.

Apesar das novas ameaças, Edith tinha ficado aliviada ao saber que Hans Frank, a princípio, ficaria para trás, em Cracóvia. Posteriormente, porém, para seu desgosto, o governador se juntou a eles em Sichów, levando Brigitte e os filhos. Logo após a chegada da família, o grupo – e os Três Grandes – se mudou para outra residência privada em Morawa, ficando lá por pouco tempo.

Noite após noite, Edith continuava escondendo seu precioso, e agora esfarrapado, inventário de obras roubadas de coleções polonesas debaixo do colchão, embalando-o de novo todas as manhãs no forro de sua mala de couro. Não era fácil, pois seus movimentos se tornaram cada vez mais incertos, seu círculo, cada vez mais fechado. Será que suas anotações ajudariam a repatriar os pertences aos seus legítimos donos? Edith se sentia sobrecarregada com a magnitude da tarefa de devolver tudo para seus lugares de origem.

Edith tinha dificuldade em reconhecer o homem que, de dia, era responsável pela devastação ao seu redor e, à noite, devotava-se aos filhos. A própria Brigitte estava muitas vezes ausente, feito um borrão de salto alto e casaco de pele quando saía pela porta. Edith ficava confusa com o fato de que aqueles que eram mais próximos de Frank o tratavam com carinho ou indiferença. Não podiam ver o mal que ele trouxera envolver todos ao redor?

Então, algumas semanas atrás, Brigitte e as crianças haviam voltado à Baviera de férias. Frank tinha ficado, mas, para alívio de Edith, ele a despachara, novamente, junto de Ernst e das inestimáveis obras de arte. E lá estavam eles de novo na caçamba de um caminhão em direção à fronteira austríaca. Toda vez que moviam as pinturas, Edith testemunhava a devastação cada vez maior da paisagem polonesa, pouco mais que um panorama infernal de entulho e poeira. Ela focava em proteger as obras nos caminhões: era tudo o que podia fazer agora.

Foi somente quando cruzaram a fronteira austríaca que Edith começou a notar sinais de vida. Seu coração doeu ao ver as primeiras placas de rua em alemão. À noite, ela teve uma refeição e uma cama quentes. Como parte da comitiva do governador Frank, nada nunca lhe faltava, exceto as coisas que mais queria: sua família e sua liberdade.

O pai ainda estaria vivo? E, se estivesse, já teria esquecido tudo sobre ela? Ela estava longe havia tanto tempo, e as únicas comunicações que recebiam eram os relatórios da inteligência que os mantinham em movimento.

Ao longo da mina de sal e em alguns dos palácios e residências que Frank possuía, ela reconhecera artefatos que vieram de seu escritório, quando ocupava o porão. Alguns, havia considerado valiosos, outros não. Talvez tivesse recebido mais poder do que merecia, mais autoridade sobre as propriedades alheias do que deveria ter. Quem era ela para dizer o que realmente era valioso ou não? Ela não queria ver perdidas aquelas obras de valor incalculável. Obras-primas e objetos, cada um insubstituível.

Agora, Edith, Ernst e outros funcionários e soldados que acompanhavam a família por segurança pisavam com cuidado pelos escombros de uma mina de sal em Altaussee, na Áustria. Era a primeira vez em quase três anos que Edith punha os pés em terras de língua alemã.

Passaram por uma pequena sala que os soldados usavam como latrina. Edith estremeceu ao perceber o que tinha visto: pinturas dentro da cela escura e úmida, encostadas na parede.

— Pare! — ordenou ela, agarrando o antebraço de Ernst. — Você não pode manter obras na latrina! — repreendeu o soldado que liderava o comboio. — Você não tem juízo?

Edith entrou na sala fedorenta e arrancou duas grandes paisagens escurecidas pelo tempo e pelo solo. Desejou poder levá-las para seu estúdio de conservação imediatamente.

Mas, olhando ao redor as centenas de obras de arte inestimáveis empilhadas dentro da escuridão da mina de sal, Edith sentiu o desespero lhe fechar a garganta. E se os oficiais nazistas explodissem tudo por conta própria enquanto fugiam, uma garantia desesperada de que nunca caíssem nas mãos dos inimigos? E se as forças anglo-americanas bombardeassem as minas sem perceber que havia tesouros ali dentro? O tempo não estava a favor deles, Edith percebeu. Como poderia colocar seus inventários secretos nas mãos certas sem arriscar a própria vida?

64

CECILIA

Milão
Junho de 1491

Cecilia estava apaixonada.

Enquanto observava o peito de seu filho subir e descer a cada respiração, ela o aconchegou nos braços e pensou que nunca poderia largá-lo. Tudo o que queria fazer era mirar os olhos escuros do bebê: profundas piscinas noturnas, assim como os do pai.

A camareira espanou a poeira que entrava pelas janelas dos cantos, abertas no calor pesado e úmido. Agora, as persianas estavam fechadas por conta de uma tempestade de verão; distantes, a chuva e os trovões batiam num ritmo constante e reconfortante para os que estavam dentro do palácio, enquanto o mundo lá fora se transformava em uma bagunça escorregadia e assustadora.

Cecilia inalou a umidade, que cheirava a árvores e à casa da infância. Trouxe à lembrança a imagem da menina correndo pela floresta, e, por um momento, desejou escapar daquela cidade de pedra cinzenta e voltar para seu lar, na Toscana. Se Ludovico a mandasse embora, pensou Cecilia, talvez pudesse encontrar um caminho de volta. O que quer que acontecesse, Cecilia estava apenas grata por estar viva.

Na penumbra, ela traçou o perfil perfeito do bebê com um dedo. Correu o polegar até a mão do filho, e ele apertou o polegar da mãe em seu pequeno punho. Violina pressionou o nariz úmido no pescoço do bebê, inalando bruscamente e olhando para o rosto de Cecilia com tranquilidade, antes de se sentar ao seu lado na cama.

Em uma pequena sala ao lado dos aposentos de Cecilia, a ama de leite desfez as malas com seus escassos pertences. Havia pouco para a mulher fazer, pois Cecilia insistira em colocar o bebê no próprio peito. Ninguém mais poderia amar tanto seu filho, talvez nem Ludovico.

Quatro dias tinham se passado. Quatro dias, e Ludovico ainda não tinha vindo colocar os olhos em seu novo filho. Toda vez que a porta se abria, ela esperava ver seu rosto, mas era apenas uma camareira, uma empregada da cozinha ou Lucrezia.

Na véspera, o secretário do duque, Giancarlo, chegara a seus aposentos com alguma fanfarrice, presenteando Cecilia com uma grande caixa dourada. Ela a abriu e encontrou várias folhas de pergaminho, com pesados selos de cera pendurados na parte de baixo dos documentos. Ela correu o dedo pelas palavras latinas gravadas em tinta marrom. Pavia. Saronno. Lugares sobre os quais nunca tinha ouvido falar antes. Extensões de terra com arroz e videiras. Escrituras que nomeavam Cecilia Gallerani como proprietária. Páginas que atestavam a propriedade de fazendas de gado e criação de cavalos no delta do vale do Pó.

Seus olhos se voltaram à penteadeira, empilhada com mais presentes de Ludovico e de pessoas da corte que nunca haviam lhe prestado a mínima atenção até agora. Roupas costuradas à mão e adornos para o bebê. Bolos de mel e doces de pasta de amêndoa de um convento próximo. Uma grande bandeja dourada pintada com cenas da vida de Santa Ana. Placas de cerâmica e pequenas pérolas para seu cabelo e fios de prata para adornar seus vestidos.

Até seu leal poeta da corte, Bernardo, fez-lhe duas visitas e compôs um lindo soneto em homenagem ao nascimento de Cesare. Mas, na maior parte do tempo, Cecilia permanecia sozinha na cama, enrolada com seu bebê e sua cachorrinha.

Uma batida firme à porta, e Cecilia sentiu a esperança crescer em seu corpo. Ludovico? Mas, quando a porta se abriu, Cecilia reconheceu a sobrancelha larga e o sorriso tímido do irmão.

65

EDITH

Neuhaus am Schliersee, Alemanha
Janeiro de 1945

— Gostaria de uma bebida?

Hans Frank caminhou até o carrinho de bar perto de uma janela com uma vista deslumbrante do lago Schliersee. Desse ponto, Edith podia ver os familiares telhados inclinados das belas casas da Baváriae, ao longe, os picos cobertos de neve. De Munique, apenas uma hora de viagem. Ela poderia encontrar um caminho de volta para casa? O que quer que acontecesse, estava grata só de estar viva.

— Não, obrigada.

— Eu tenho vodca polonesa — Frank sorriu com a referência à primeira reunião que tinham tido em Cracóvia. Edith apenas manteve os olhos na estampa do tapete. Ela estava em pé, as mãos cruzadas na frente, ao lado de uma mesa enorme no escritório da centenária casa de fazenda que era o coração da propriedade da família Frank.

Schoberhof, a casa de fazenda Frank, era enorme, mas estava praticamente vazia. Brigitte Frank tinha saído, e os filhos do governador brincavam lá fora, correndo na neve, à beira do jardim que se inclinava em direção ao lago. O cozinheiro e as empregadas deviam estar trabalhando na cozinha, Edith pensou, escondidos nas entranhas da casa. Ela ponderou que eles também teriam desejado ficar fora de vista. O único som era o do relógio batendo alto no corredor.

A caminho da fazenda, eles haviam parado para deixar um caminhão cheio de tesouros e guardas armados no antigo escritório de Frank, em Neuhaus. Ele havia encarregado Ernst da entrega segura das obras como um presente a outro oficial nazista do alto escalão em Munique.

Foi aí que Edith se viu sozinha. Por um momento, ela se permitiu fantasiar que poderia voltar para casa. Mas, em vez disso, para seu grande desânimo, Frank insistiu que Edith continuasse em sua *villa* particular com a família. Agora, ela era essencialmente uma prisioneira. Sua casa, seu pai ficavam a menos de uma hora de carro daquelas montanhas nevadas, mas ela não podia deixar a propriedade. Estava com medo do que Frank poderia fazer se ela o contrariasse, ou se atrevesse a sair.

Dama com arminho, de Da Vinci, não estava na lista de obras a serem deixadas no antigo escritório de Frank. Em vez disso, o retrato agora permanecia em seu caixote de madeira, a poucos metros de onde Edith estava, na casa de Frank. Ela sentia algum conforto em ter a obra ao alcance dos olhos, sabendo que estava segura. Também se preocupava com outras pinturas: o Rembrandt, o Rafael e as tantas outras de valor incalculável que tinham sido transportadas constantemente nos últimos meses.

Mesmo assim, Edith sabia que a *Dama* de Da Vinci não estava mais segura ali do que viajando por toda a Polônia e a Áustria, ou sendo armazenada no subsolo em uma mina de sal. Certamente, Frank era um alvo para os anglo-americanos. Superficialmente, havia a ilusão de que Frank vivia como uma espécie de nobreza rural naquela propriedade bávara. Mas, se ele fosse um alvo e sua *villa* particular fosse bombardeada, a pintura e suas vidas estariam em risco tanto quanto estiveram na Polônia ou em qualquer outro lugar.

Edith olhou para o caixote, sabendo que em breve receberia ordens para abri-lo e pendurar a obra ali. Frank estava em silêncio próximo ao carrinho do bar, examinando um copo de cristal cheio de líquido. Ela se perguntou o que estaria passando por sua mente. Desejou que Brigitte voltasse para casa.

– Você poderia, por favor, pendurar nossa garota? – Frank disse finalmente, em voz baixa, tomando um gole da bebida e franzindo os lábios. – Tenho certeza de que você vai fazer um trabalho mais profissional do que eu.

Não era a primeira vez que ela segurava a *Dama* em suas mãos, mas lidou com isso com tanta reverência quanto da primeira vez que a viu sendo retirada de trás da parede improvisada do salão, em Pełkinie. Ela andou em frente, em direção à parede onde a pintura deveria ser pendurada. Olhou nos olhos de Cecilia Gallerani, admirando sua beleza, absorvendo cada pincelada e a superfície brilhante que separava as duas mulheres por cerca de quinhentos anos. A expressão no rosto de Cecilia parecia tão serena. Será que tinha sido mimada como um tesouro? Certamente não poderia saber como era ser vítima dos caprichos de homens poderosos e eventos além do seu controle.

– Encantadora, não é?

Edith sentiu Frank de pé a apenas alguns centímetros de suas costas. Ela fez seu melhor para ignorá-lo, estendendo a mão a fim de nivelar a pintura. Com a outra mão, apertou o cabo do martelo que tinha usado para fixar o prego na parede. Frank tinha fechado o espaço entre eles até um ponto que ela não conseguia escapar. Ela mantinha o punho bem fechado ao redor do martelo.

– Você está feliz em voltar para Munique, *mein liebling*?

Eu não sou sua querida. Em voz alta, ela disse:

– Estou ansiosa para ver meu *vati* novamente, ver se ele está indo bem. Ele estava doente quando eu parti. Espero que ainda esteja lá quando eu voltar.

Edith olhou por cima do ombro para ele, cruzando os braços sobre o peito e se afastando um pouco.

– Cecilia Gallerani era uma mulher bonita – ela murmurou, tentando distraí-lo.

Ele olhou para a pintura, um olhar orgulhoso no rosto.

– Sim. É um privilégio tê-la sob meus cuidados.

Porque não é sua, pensou Edith.

– Você vai voltar para o seu noivo quando retornar a Munique?

Edith tentou manter a expressão neutra no rosto. Ela balançou a cabeça, virando um rosto vazio para encará-lo.

– Ele foi morto na Polônia.

Mas Frank mal parecia estar ouvindo. A notícia não alterou em nada seu rosto e seu olhar. Ele ainda encarava o retrato de Cecilia Gallerani. Não se importava que Heinrich tivesse morrido, que havia sido morto em uma batalha pela qual ele, Frank, tinha sido o responsável. Não se importava com as milhares de vidas que tinha ajudado a destruir. Era um monstro ganancioso e obsessivo.

Edith se perguntou se ela poderia acertá-lo na cabeça com o martelo. Teria a força física? A coragem? O que aconteceria se sua tentativa não fosse bem-sucedida? Mas e se conseguisse? Ela se entregou à fantasia por um momento antes de falar novamente.

– Você prestou um excelente serviço durante seu tempo conosco, senhorita Becker. Vou providenciar para que tenha um merecido posto no museu quando tudo isso acabar.

Edith tinha dúvidas de que, quando tudo acabasse, haveria um posto alto para ela considerar.

– Preciso ir para casa agora. – Edith se forçou a olhar nos olhos de Frank. – Meu pai... Ele está doente há muito tempo. Por favor – pediu ela. – Deixe-me ir para casa em Munique.

Ela observou os lábios de Frank se espalharem em uma linha fina.

– Hum. Mas, minha cara, ainda temos trabalho aqui. E, além disso, estamos em risco neste local agora, talvez ainda mais do que estávamos na Polônia. Não é hora de viajar.

Frank se aproximou dela novamente. Ele estava tão perto que ela podia sentir sua respiração no pescoço. Ela fechou os olhos, tentando reprimir o nojo. Edith inclinou-se e contornou-o, voltando para o sofá em frente à mesa.

Ela continuou andando devagar e foi até a varanda com vista para o gramado, que descia até o lago. Dois guardas armados andavam pelo caminho entre o lago e a casa, parecendo entediados. Edith abriu as janelas duplas e saiu para a varanda estreita, sentindo Frank atrás dela, acompanhando seus passos. Desse ponto de vista elevado, ela observou os jardins e as colinas ondulantes, em cascatas como ondas do mar, estenderem-se diante dela até a borda gelada do lago. Baviera. Lar. Quatro anos era tempo demais.

Ela se inclinou sobre o parapeito, olhando as crianças rolando na neve abaixo. Norman e Michael, vestindo *lederhosen* combinadas com luvas de tricô, simulavam uma luta livre. Os cães os rodearam, pulando de alegria. O gramado estava cheio de bolas de neve esmagadas e pegadas enlameadas. O pequeno Michael então parou e olhou para ela, com os cachos loiros escapando do boné. Ele abriu um sorriso e acenou freneticamente, como se ela só pudesse localizá-lo desse modo. Ela sorriu e acenou de volta. Doce e inocente criança. O que seria dele? Em quanto tempo seria arrastado para a Juventude Hitlerista?

– Você tem bons filhos – disse Edith. Frank avançou e ficou ao lado dela, olhando para os filhos abaixo. – Você deve protegê-los – disse Edith.

Os dois assistiram a um monte de neve seca de repente ganhar vida e rodopiar pela superfície vítrea do lago.

66

DOMINIC

Munique, Alemanha
Maio de 1945

Munique era uma cidade livre, Dominic maravilhou-se quando o jipe empoeirado passou pelos portões ornamentados da cidade. A batalha tinha sido breve, com pouca resistência das minguadas tropas alemãs que tinham permanecido. Agora, o alívio tomava conta dos soldados.

Houve batalhas nos últimos dois dias, a primeira delas nos arredores de Dachau, no dia anterior àquele em que os americanos, em estado de choque, cambalearam diante do horror de ver cadáveres empilhados tão descuidadamente nos vagões. Aqueles vagões. Todos aqueles corpos emagrecidos e despidos de tudo o que tinham: dignidade, sociedade, posses, identidades. Apenas uma coleção de carnes sem nome apodrecendo ao sol implacável, desnudada até os ossos de suas almas e corpos antes de serem mortos e esquecidos.

Histórias de outros campos de concentração que foram libertados – começando com Majdanek, na Polônia, no último mês de julho – tinham chegado aos ouvidos das tropas americanas que marchavam em Dachau. Os números eram impressionantes. Auschwitz, libertado pelos soviéticos poucos meses antes, era a história que mais assombrava Dominic. Um número ficou em sua mente. Oitocentos mil. Era o número de vestidos femininos que os soviéticos descobriram escondidos em um armazém cheio de pertences pessoais, presumivelmente dos presos que haviam sido mortos. O número era maior do que Dominic podia compreender. Mas nada os havia preparado para o que os esperava em Dachau.

Em comparação com o restante da unidade de Dominic – os homens que marcharam sobre Dachau para libertar o campo atingido –, sua missão agora era simples: ele tinha sido enviado com um pequeno grupo de outros soldados para ir em frente, a Munique, e prepará-la para a chegada do restante das tropas. Estava intensamente grato por não estar marchando pelos campos de prisioneiros. Os tiroteios que enfrentou pareciam um incômodo insignificante em comparação à tarefa gigantesca de resgatar os milhares de prisioneiros doentes e desnutridos.

O comboio não encontrou resistência quando entrou na cidade. Pelo contrário. A atmosfera parecia silenciosa, à espera. A divisão anterior à de Dominic já havia garantido a cidade, e, quando desceram a rua principal, as pessoas começaram a sair das casas, porões e abrigos. De olhos arregalados, olhavam para aquele novo espetáculo: homens armados que não faziam mal aos civis. Aquilo não era uma ocupação, e sim uma libertação.

O dano à cidade parecia aleatório. Eles passaram por blocos de prédios que permaneciam intocados, com o vidro ainda inteiro nas vidraças e flores começando a desabrochar em canteiros e jardineiras de janela, que, logo depois, deram lugar a uma rua inteira transformada em um monte de escombros fumegantes e estilhaços espalhados perigosamente ao redor.

Ignorando os escombros pontiagudos, mais e mais civis saíam às ruas, olhando com uma descrença muda para Dominic e os outros soldados. A esperança começou a encher seus olhos quanto mais adentravam a cidade: uma multidão começou a se reunir, depois a segui-los à medida que avançavam lentamente. Munique tinha sido o alvo de uma enxurrada de bombardeios nos últimos anos. Os cidadãos que tinham permanecido ali por todo aquele tempo agora custavam a acreditar que talvez tivesse finalmente acabado.

A multidão ganhou força, enchendo as calçadas. Então, um lenço flutuou, branco contra a desolação. E outro. E outro. Vozes se ergueram na multidão, conversando, aplaudindo, e de repente todos estavam lá; as ruas eram ladeadas por inocentes que não tinham tido parte alguma naquela guerra, aplaudindo e acenando, indescritivelmente aliviados pelo que parecia ser o fim de tudo. Lenços brancos salpicavam a multidão enquanto eles acenavam e gritavam. A cada momento, parecia mais um desfile de vitória do que uma zona de guerra. As crianças, depois seus pais, começaram a correr ao lado dos tanques; bicicletas batiam e giravam pelas ruas, pilotadas por crianças numa animação descontrolada; tentavam acompanhar e desviar de detritos ao mesmo tempo.

Gritos animados em alemão chamaram a atenção de Dominic. Ele se virou e viu dois adolescentes correndo atrás do caminhão, estendendo a mão para ele com expectativa e os olhos ardendo de esperança. Rindo, ele e um dos outros militares se inclinaram para agarrar as mãos e puxá-los para cima da caçamba do caminhão. Dominic reparou numa mulher com um lenço na cabeça sacudindo o dedo para os dois meninos: só podia ser o tom de uma mãe repreendendo. Os meninos, por sua vez, acenaram descaradamente, sorrindo para os homens armados ao redor deles. Animados com a ideia, cada vez mais adolescentes e jovens adultos correram para os jipes em um frenesi de empolgação pacífica, tentando pegar uma carona. Todos queriam fazer parte da festa da libertação, da paz que finalmente chegara à cidade.

– Dominic! – gritou uma voz feliz.

Dominic olhou para cima.

Weaver, que estava na parte de trás do jipe ao lado do veículo de Dominic, erguia uma placa que, pouco tempo atrás, havia sido colocada nos limites da cidade. O alemão de Dominic não era perfeito, mas ele conseguiu entender o suficiente:

MUNIQUE: CAPITAL DO MOVIMENTO NAZISTA

Weaver riu, acenando com a placa acima da cabeça, apreciando a ironia.

O povo de Munique não cabia em si de felicidade. Eles encheram as ruas, embalando o comboio com tanta força que os soldados diminuíram a velocidade para evitar atropelar a multidão em festa. Em um enxame de cores, acenando com lenços e jogando flores, a população rodopiava em torno dos veículos. Havia pelo menos uma dúzia de adolescentes alemães na caçamba do caminhão com Dominic; eles saltaram e se abraçaram, abraçaram os soldados. Ele nunca tinha visto tantas pessoas juntas tão felizes por estarem vivas.

Ao longo do caos geral da multidão feliz que aplaudia e gritava, uma voz de repente se elevou acima do restante, em um grito de incrédula alegria. O comboio parou com um ruído quando um jovem de olhos arregalados correu para a rua, ora carregando, ora arrastando um transmissor de rádio que estalava, como se protestasse, enquanto era empurrado rudemente em direção à calçada.

– Ouvir! – gritou ele, seu forte sotaque se espalhando em meio a palavras de animação. – Ouvir!

Ele colocou o volume do rádio no máximo.

De seu lugar no meio do comboio, Dominic não conseguia ouvir muito. Ele achou que tinha reconhecido a dramática música clássica que tocava – Wagner, talvez. A esperança saltou sobre ele, e ele pôde vê-la saltando sobre os rostos ao redor também.

A música parou, e então uma voz alemã estrondosa falou através daquela estática cheia de estalos. A multidão se calou enquanto ouvia as palavras que Dominic não conseguia entender, mas sentiu uma onda de emoção correndo pelo corpo. A voz mal tinha acabado de soar quando de repente a multidão irrompeu em um grito de alegria e triunfo. Lenços foram jogados no ar; pessoas se abraçavam, dançavam, gritavam em alemão. Um completo estranho envolveu Dominic num abraço e pulou para cima e para baixo, sacudindo-o até seus dentes baterem.

– O quê? O que é isso? – perguntou Dominic. – O que está acontecendo?

– É Hitler. – Os olhos de Weaver se encheram de lágrimas ao ver os civis eufóricos. – Hitler está morto.

Dominic não podia acreditar em seus ouvidos. Ele mal pensava no implacável ditador como ser humano; parecia mais uma força da natureza, alguma presença sombria e taciturna empenhada na destruição da raça humana. Ele se perguntou, brevemente, por quantas mortes Hitler poderia ser responsabilizado. Dominic pensou em Paul. Depois pensou naqueles vagões, e parte dele não conseguia imaginar se Hitler tinha sido um humano, afinal.

Mas sua morte ainda tinha que significar alguma coisa. Berlim havia caído. Dominic tirou o capacete e o balançou no ar.

– Êêêêê!

– Sabe o que isso significa? – Weaver perguntou a ele, radiante.

– Está quase acabando. Está quase no fim – respondeu Dominic.

Weaver estava rindo.

– Está quase na hora de voltar para casa.

Lar. O pensamento perfurou Dominic com uma agonia doce e familiar que rasgava sua própria alma. Fechando os olhos, tocou o caderno de desenho aninhado em seu bolso ao lado de um pacote de cartas que havia recebido de volta em Marburg, agora dobradas e esfarrapadas nas bordas, presas com um pedaço de barbante.

Quando abriu os olhos, eles iluminaram uma parte da multidão. Um velho homem estava curvado na calçada em uma expressão vaga, exceto por um sulco confuso entre as sobrancelhas espessas. Ele fitou Dominic com olhos arregalados e incompreensíveis; Dominic tentou sorrir, mas só serviu para o homem parecer mais perdido. Ele aconchegou um cachorro de pelúcia no peito; outrora fora branco, mas agora estava emaranhado e desbotado com o tempo. Seus olhos de botão olhavam para Dominic com uma expressão benevolente enquanto o velho o apertava contra o peito.

Dominic se perguntou quando teria sido a última vez que aquele velho tinha visto o sol. Ele apertou os olhos, aprofundando as rugas das bochechas, e olhou para Dominic com a cabeça para o lado. Então uma mulher ruiva de meia-idade, vestida com uniforme de enfermeira, de pé ao lado do homem, agarrou a mão do velho. Ela sussurrou algo em seu ouvido quando ele inclinou a cabeça em direção a ela, parecendo tentar concentrar-se intensamente em suas palavras. Quando olhou de volta para Dominic, seus olhos se iluminaram. Seus lábios frouxos se contraíram, depois se curvaram e então abriram o rosto em um largo sorriso. O velho acenou para Dominic, e Dominic viu lágrimas nos olhos da mulher.

Isso, pensou Dominic, era o que a libertação realmente significava.

67

EDITH

Neuhaus am Schliersee, Alemanha
Maio de 1945

Lá do alto da janela do seu quarto, sob os beirais da fazenda da família de Hans Frank, Edith ouviu inglês no rádio.

Ela ficou sentada na beira da cama a maior parte da tarde, revisando sua minúscula caligrafia nas páginas esfarrapadas de seus inventários copiados. A maioria das obras da lista estava agora marcada com pequenos tiques, indicando onde cada uma havia sido deixada nos "portos seguros" de Frank, entre a Polônia ocidental e a Baviera – os muitos cofres de bancos, depósitos de museus, minas de sal em que Edith tinha pisado nos últimos meses.

Os olhos de Edith percorreram os últimos itens que agora estavam guardados na propriedade pessoal de Frank: um punhado de tapetes valiosos e outros objetos decorativos, além de várias pinturas importantes. Edith passou o dedo na primeira entrada da lista: *Dama com arminho*, de Da Vinci. Ela se sentiu aliviada que aquela obra, pelo menos, permanecia sob seus cuidados.

Enquanto isso, Edith estava ociosa. A antiga propriedade da família de Frank quase não precisava de decoração. Brigitte tinha ido embora em um carro cercado por soldados armados, levando as crianças mais novas para visitar a família em outros lugares da Baviera. Apenas Norman e seu pai tinham ficado para trás. Norman, cujo inglês era quase tão competente quanto o de Edith, evitava a ajuda dela para fazer suas lições.

O que uma senhora que trabalhava com conservação poderia fazer? Edith gastava seu tempo tentando ficar invisível na propriedade, à beira do lago, esperando que Frank a deixasse em paz. Ela tinha verificado duas vezes a fechadura na porta do quarto antes de se permitir tirar as listas das molas rangentes.

Mas agora o som estranho vindo de outro lugar da casa, de um locutor falando inglês pelo rádio, e flutuando através de sua janela, atraiu Edith para fora da cama. Ela se moveu silenciosamente na direção do som, tocando os pés macios no chão. Foi até a janela, abriu ainda mais o alto painel e olhou a extensão vasta do verde primaveril que descia até o lago e suas águas cintilantes à luz do sol da tarde.

Edith se esforçou para decifrar as palavras. Ela se inclinou sobre a varanda e olhou uma das janelas abaixo. O quarto de Norman. Estava bem abaixo dela. Ela sabia que, como a maioria dos adolescentes, às vezes ele gostava de passar um tempo sozinho, onde ninguém fosse incomodá-lo. Mas agora ele estava ouvindo rádio com a janela aberta e o volume alto. Ele sabia que a família não estava e que ela era a única pessoa ali além dele, do pai e da equipe. Será que estava fazendo aquilo de propósito, para que ela ouvisse o que estava sendo dito?

Edith começou a prestar muita atenção nas palavras. Era um inglês britânico, tinha certeza disso. Olhou para o céu, e uma sensação de apreensão tomou conta de si.

Hitler. Morto a tiros.

Teria ouvido direito?

O locutor estava falando rapidamente, mas então ela ouviu a palavra *Munique* e se esforçou mais.

Munique. Os Aliados já haviam entrado em Munique. Os americanos e os britânicos estavam entrando pelas ruas de sua cidade natal.

O coração de Edith batia pesado e forte contra o peito. Papai. As tropas provavelmente estavam bombardeando à esquerda e à direita, soldados abrindo caminho pela cidade, deixando corpos em seu rastro. Se os americanos fossem como os soldados alemães, haveria muito derramamento de sangue.

Ela se afastou da varanda quando ouviu Norman fechando a janela. Ele a tinha aberto para que ela escutasse?

Ela precisava sair, chegar em casa agora. Mas como? Frank não a deixaria ir. Ela sabia seu paradeiro e o que ele tinha feito todos aqueles meses. Poderia facilmente entregá-lo.

Edith examinou a paisagem além das margens do lago. Haveria tropas aliadas lá fora? Eles destruiriam a *Dama* de Da Vinci? Havia algo que pudesse fazer para salvá-la? A mente de Edith ficou atordoada. Ela deveria ficar e contar às forças estrangeiras tudo o que sabia? Havia passado os últimos anos fazendo o que estava ao seu alcance para salvar obras de arte inestimáveis, mas agora pensava principalmente em salvar a própria vida. Além disso, não tinha certeza se os soldados estrangeiros não iriam tratá-la como uma inimiga.

Edith dobrou as páginas irregulares de seus inventários, alisou-as tanto quanto podia e as enfiou no cós da saia, onde a jaqueta leve mal as escondia. Ela gentilmente abriu a porta do quarto e caminhou na ponta dos pés no corredor escuro.

Seu coração batia forte enquanto procurava uma porta para o lado de fora, local menos provável de atrair a atenção do pessoal da cozinha ou dos guardas armados de Frank que bocejavam caminhando ao longo da margem do lago.

A porta que dá para a horta, ela pensou, pisando na lateral dos degraus para que não rangessem enquanto descia. Aquela escada permitiria que se escondesse nas árvores ao longo do muro que dava para a estrada principal.

Mas assim que ela entrou no patamar escuro da escada, Hans Frank apareceu do nada. Ele parou, segurando o corrimão, e fixou os olhos escuros nela. Instintivamente, a mão dela agarrou a própria cintura, e ela congelou.

– Aonde você vai, *fräulein*?

68

DOMINIC

Neuhaus am Schliersee, Alemanha
Maio de 1945

Dominic quase tinha esquecido que havia beleza do mundo. Até mesmo a beleza inestimável das obras de arte resgatadas e danificadas pela umidade ou, na melhor das hipóteses, escondidas em algum armazém, em vez de serem exibidas num lugar onde as pessoas pudessem apreciá-las.

Mas a paisagem da Bavária aberta diante dele era emocionante, fazendo-o ansiar por uma grande folha de papel na qual pudesse desenhar numa entrega selvagem. Primeiramente, retrataria as linhas incríveis: as curvas longas, arrebatadoras e suaves das colinas verdes; a visão ocasional dos picos alpinos afiados a distância, com topos brancos e lados azuis; as pontas das coníferas que se aglomeravam nos vales. A cor da estrada de areia que o comboio seguia serpenteava pelas colinas tão naturalmente que era como se a cobertura verde tivesse sido raspada suavemente por dois dedos gigantes. E naquele final de primavera tudo parecia florescer em branco e amarelo nos flancos dos montes. Aqui e ali, pequenos lagos se aqueciam ao sol, como pedaços de céu que resolveram vaguear e se enrolaram para dormir nas cavidades da terra quente.

Ele estava livre para se divertir também. Capacete enganchado no joelho, permitiu que a brisa quente passasse os dedos por seus cabelos curtos e pretos. Mal podia acreditar que era real. Apenas alguns dias atrás estava enfrentando os horrores de Dachau e a dura realidade da cidade de Munique bombardeada. Mas o campo ao sul da cidade parecia o paraíso. Ele estava com medo de olhar muito de perto e descobrir que era apenas um sonho. Seu rifle estava sobre os joelhos, e as mãos ociosas, no barril.

Quase não houve lutas desde que tinham entrado em Munique. As notícias da morte do *führer* e da queda de Berlim se espalharam pelo país, deixando o exército alemão em desordem e tornando o povo alemão cada vez mais ousado. A outra notícia que se espalhou rapidamente foi que os soldados americanos eram amigáveis com os civis. As pessoas saíram rastejando dos esconderijos que tinham salvado suas vidas durante o terrível bombardeio – celeiros, porões e abrigos antibombas – para correr atrás dos libertadores, gritando, empolgados, em alemão enquanto sacudiam seus trapos brancos. As crianças logo descobriram que os soldados americanos tinham pequenas rações de açúcar e vinham mendigar, com seus olhos arregalados e travessos. Muitos dos soldados eram pais e poucos conseguiam resistir àqueles olhos famintos e ansiosos.

Dominic recostou-se na lateral do jipe enquanto o veículo rodava. Era um alívio abençoado viajar por aquele campo ensolarado, desfrutando de uma pausa do terror e desespero, mas ele ainda sentia pesar por não estar com os Homens dos Monumentos. O Castelo de Neuschwanstein, não muito longe de onde estavam agora, tinha sido capturado pelos Aliados. Dominic ouvira a notícia que, dentro do castelo, os Homens dos Monumentos descobriram um tesouro de arte que, em qualidade e número, rivalizava até com os encontrados em Siegen: esculturas de Rodin, retratos de Fragonard, obras-primas de Vermeer. Ele se perguntou se algum dia veria obras de arte tão impressionantes quanto as que tinha encontrado em Siegen e sentiu uma pontada de pesar por ainda não ter visto um Da Vinci. Se ao menos pudesse ter ficado com os Homens dos Monumentos tempo suficiente para descobrir um achado tão incrível...

O comboio chegou ao topo de uma pequena colina, e Dominic olhou para a comovente visão. Logo à frente estava mais um dos lagos da montanha que cobria o campo. Uma brisa suave agitou sua superfície, tornando o azul mais profundo do que ele poderia imaginar, com dobras que pareciam uma faixa de tecido luxuoso. Ondas de grama em movimento intercaladas com flores silvestres ondulavam em ambos os lados da estrada enquanto o comboio continuava em direção ao lago cintilante. Os cheiros da primavera os cercaram: grama esmagada, néctar doce, poeira levantada pelo comboio, tudo com uma doçura ensolarada que deixou Dominic quase sonolento de contentamento. Se ao menos Sally pudesse ver aquilo!

O comboio parou com suavidade. Um oficial saiu e esticou-se antes de ordenar que os homens fizessem uma pausa e comessem as rações. Os militares desembarcaram, olhando para a beleza da cena; alguns deles simplesmente se deitaram de costas na grama e olharam para o céu como se estivesse encantado. Parecia que muito tempo havia passado sem que qualquer um deles tivesse recebido permissão para desfrutar do sol.

– Você tem que desenhar isso, cara – disse Weaver para Dominic, ao descer do jipe.

Dominic saltou ao lado dele.

– Eu vou. Mas primeiro tenho que dar uma mijada.

Weaver se jogou na grama e abriu sua mochila.

– Eu não vou esperar. Estou morrendo de fome.

Dominic dirigiu-se para uma moita de arbustos que tinha visto na crista do morro.

– Eu já volto.

Ele tirou o rifle do ombro e colocou-o no jipe. Não havia necessidade dele agora. Então vagou em direção ao morro, admirando o tapete de beleza que se desenrolava ao seu redor. Deu-lhe esperança, esperança real de que aquela guerra estava mesmo quase no fim.

69

EDITH

Neuhaus am Schliersee, Alemanha
Maio de 1945

Hans Frank nunca a havia tocado antes.

Edith se encolheu ao sentir o aperto dele em seu antebraço. Lentamente, ele a levou escada abaixo e ao longo do corredor que parecia interminável.

Quando cruzaram a porta do escritório de Frank, os olhos de Edith pousaram de imediato no retrato de Cecilia Gallerani, como se a garota de quase quinhentos anos pudesse transmitir alguma serenidade para aquela situação à beira do desastre.

– Governador Frank... – começou Edith.

– Sente-se – disse ele, soltando o braço dela.

Ele se sentou atrás da mesa de madeira maciça, Edith sentou-se na cadeira em frente.

Frank parecia sombrio, as sobrancelhas juntas em uma carranca. Ele se sentou por um momento em silêncio, os cotovelos sobre a mesa, as mãos entrelaçadas na frente da boca. Edith pensou ter visto seu olho se contrair. Ele parecia estar juntando sua energia, ou talvez reprimindo-a. Ela não conseguia discernir

Finalmente, ele colocou uma pilha de papéis na frente dela.

– Eu preciso que você...

Frank parou de falar abruptamente quando a porta se abriu. Seu filho adolescente, Norman, parou sob a ombreira, mas não entrou. Apenas encarou o pai.

– O que é? – Frank enfim quebrou o silêncio.

– *Vati* – disse Norman, hesitante. – Os Aliados estão vindo prender você. Eu ouvi no rádio.

Os olhos de Edith se arregalaram. Ela agarrou os braços da cadeira com tanta força que os nós de seus dedos ficaram brancos. Ela estudou o rosto de Frank, tentando ler sua reação. Mas Frank apenas ficou quieto e se afastou tanto de Edith quanto do filho. Edith olhou para Norman. Tentou enviar uma mensagem telepática, agradecendo-lhe por permitir que ela ouvisse o rádio quando o anúncio sobre Hitler e a libertação de Munique estava sendo transmitido.

– Papai... – disse o menino. – Você me ouviu? Eles estão vindo.

Frank tirou um grande diário da prateleira atrás dele e colocou-o sobre a mesa. Em seguida, removeu cuidadosamente mais alguns volumes e empilhou-os. Depois, caminhou até a janela. Pressionou com força as mãos nos bolsos e simplesmente olhou para o lago.

Edith se movia devagar; não queria fazer barulho para não atrair a atenção daquele homem perturbado.

Quando ela passou pela *Dama*, de Da Vinci, hesitou. Poderia tentar salvar a pintura? Será que ela se atreveria a tirá-la da parede? O que Frank faria? Ela não podia mais prever. Hesitou, e então se obrigou a colocar um pé na frente do outro. Não havia como levar aquela pintura com ela.

Quando chegou à porta, Norman estava bloqueando o caminho. Ele olhou-a nos olhos por um momento. Ela retornou seu olhar, sem piscar. Com um único aceno de cabeça quase imperceptível, Norman deu um passo para o lado, e ela passou por ele. O menino entrou no escritório do pai e fechou a porta.

Edith se moveu rapidamente pela cozinha, onde a cozinheira e seus assistentes faziam tortas para o almoço do dia seguinte, quando Brigitte deveria voltar para casa. Não tinham ideia de que tudo estava prestes a mudar. Edith não disse nada. Com um andar profissional, seguiu em direção à porta do jardim dos fundos, que levava a um caminho de cascalho. Lançou um olhar por cima do ombro para ver se alguém tinha notado que estava saindo, mas não viu sinal dos guardas que passavam os dias vagando preguiçosamente pela propriedade. Edith deixou a porta clicar suavemente atrás dela.

No mesmo instante, colocou a mão no cós da saia para certificar-se de que os inventários duplicados ainda estavam lá.

E assim Edith estava fora dos muros da casa da fazenda. Ela olhou para a encosta diante de si e viu o sol brilhante desenhando manchas por toda a paisagem, onde as flores começavam a brotar em todas as cores da criação.

Olhou para trás apreensiva, com medo de que alguém pudesse estar observando através de uma janela enquanto corria pela grama. Ela contornou o caminho de pedra na fundação da casa. Talvez até o próprio Hans Frank a veria, mas certamente ele pouco se importava com o que poderia acontecer com ela agora. Era sua própria vida em jogo. Ele não era mais o arrogante governador da Polônia, que podia reivindicar para si as riquezas de qualquer um. Agora era um inimigo para forças extremamente poderosas que estavam prestes a chegar e imputar-lhe a justiça que merecia.

Edith sentiu-se feliz com a chegada dos Aliados, pois eles finalmente poderiam penetrar o círculo cada vez mais restrito do qual fazia parte Frank e seus associados mais próximos nos últimos meses. Tantos mortos e famílias destruídas por causa de seu ego, de sua ganância.

Edith correu pelo gramado até um pequeno campo que a levava a um caminho sinuoso contornando a beira do lago. Pela primeira vez em anos, a alegria encheu seus pulmões de esperança.

Ela se moveu rapidamente ao longo da costa enquanto serpenteava para o norte, na direção de Munique. Os soldados americanos e britânicos eventualmente encontrariam a propriedade. Será que a bombardeariam? Destruiriam toda a sua beleza só por causa do homem mau que vivia lá? Ela esperava que eles respeitassem as obras de arte e os artefatos que nunca poderiam ser substituídos, especialmente a *Dama com arminho*. Será que haveria alguns homens inteligentes, amantes da arte, entre os soldados?

Ela apenas podia cultivar a esperança. Mas, por enquanto, tudo o que queria era ir para casa.

Quando chegou a uma trilha estreita onde o lago afilava em um riacho menor, Edith começou a correr.

70

CECILIA

Milão
Junho de 1491

— Pequeno duque.

Fazio aproximou-se da cama de Cecilia e se jogou ao lado dela, lançando seu olhar para o pacotinho em seus braços. Ele beliscou um dos dedinhos do pé do menino entre dois dedos e beijou sua ponta. Depois olhou as pálpebras quase transparentes da criança, que tremeluziam em seu sono.

— O único filho de Sua Excelência.

Cecilia só conseguiu balançar a cabeça.

— Em quem ele nunca pôs os olhos.

Ela viu o rosto do irmão cair.

— Não? Ah... — Ele se levantou da cama e começou a andar pelo quarto. O silêncio pairou pesado no ar. — Bem. Acredito que ele foi chamado para assuntos importantes...

Seu irmão começou a falar, mas ela levantou a mão e ele ficou em silêncio.

— Fazio — disse ela. — Todas as camareiras, até mesmo o velho Bernardo, seguraram o bebê em seus braços. Mas não o próprio pai. — Ela suspirou. — Acho que é hora de admitir que nossa mãe estava certa.

— Nossa mãe? — Fazio ergueu as sobrancelhas.

— Sim. Ela disse que eu não seria nada além de uma prostituta de alto escalão. E agora... Bem, olhe para mim. — Ela gesticulou para a grandeza do quarto e o bebê em seus braços.

— Cecilia... — Fazio voltou para a cabeceira. — Mamãe só queria garantir um... futuro respeitável para você. Mesmo com seu jeito um pouco bruto, ela estava tentando proteger você de ter o coração partido. Ela podia ver como as coisas acabariam, mesmo que você não conseguisse.

Cecilia engoliu em seco.

— Aquela horrível Beatrice! Você acredita?

Fazio sentou-se e pegou a mão dela. Ele fechou os olhos e assentiu.

— Eu sei. Mas essa senhora é a esposa de Ludovico agora. Esta é a casa dela, seu castelo. Ela tem todo o direito de assegurar sua posição. Não fez nada errado.

Cecilia queria apenas alguém que tomasse seu partido, mas sabia que o irmão estava certo.

— E Sua Senhoria... Ele está sob certa pressão da esposa. Vir aqui para esta ala do palácio é provavelmente mais difícil para ele agora do que você imagina. E, de qualquer maneira, agora, minha querida, há uma decisão a ser tomada.

— Que decisão?

— O retrato – disse ele. – Beatrice não quer que fique aqui na casa. Sua Senhoria pediu ao mestre Da Vinci que o remova.

— Meu retrato? Entendo... Bem, suponho que será ainda mais fácil para Ludovico, e para todos os outros, se esquecer de mim assim que a obra desaparecer do palácio.

A boca de Fazio se estendeu em uma linha fina.

— Acho que dificilmente Sua Excelência vá te esquecer, minha linda, mas há mais. — Fazio pegou a mão da irmã, um ato de conforto que ela graciosamente aceitou porque tinha certeza de que o que viria a seguir seria difícil de engolir. Cecilia prendeu a respiração. — Sua Senhoria providenciou para que o Palazzo dal Verme fosse preparado para você. — Ele fez uma pausa. — Você não pode ficar aqui por muito mais tempo.

Instintivamente, Cecilia apertou o bebê contra o peito.

— Cesare?

Fazio assentiu.

— Ele irá com você. Assim como a ama de leite, uma cozinheira e uma camareira. Você terá tudo de que precisa. Eu não sei como isso aconteceu.

Sua Senhoria estava interessada em manter o menino aqui sob seu teto junto com Bianca. Mas parece que mudou de ideia.

Cecilia exalou.

— Graças a Deus.

Cesare agora se agitava, fazendo ruídos gorgolejantes nos braços de Cecilia. Ela mexeu nas tiras de seu vestido e prendeu o bebê no peito nu enquanto o irmão estudava o leque de marfim – um presente do enviado napolitano – sobre a mesa de cabeceira de Cecilia.

— Ele não poderia ter vindo me dar a notícia pessoalmente? — Ela bufou em descrença, depois pensou por um minuto. — Você vê, Fazio? Eu disse que nossa mãe estava certa. Eu não sou nada além de uma prostituta. Uma prostituta cujo amante, no entanto, não a visita mais.

— Sinto muito — disse Fazio, então respirou fundo e encontrou o olhar dela. — Então, minha irmã... Você aprendeu que a maioria das coisas, especialmente as coisas dentro das paredes deste castelo, são temporárias. Eu não sei quanto tempo meu próprio mandato pode durar. Devemos nos esforçar para navegar nas... maquinações... da corte de Sua Senhoria. E assim como você descobriu que seu tempo aqui foi fugaz, deve entender que a mudança para o Palazzo dal Verme também será temporária.

— O que você quer dizer?

— Acho que devo deixar isso o mais claro possível. Sua Senhoria está lhe fazendo um favor, permitindo que você se retire para o Palazzo Dal Verme por um tempo. Não sei quanto tempo; talvez até Cesare ser desmamado. Num dado momento, você precisará tomar uma decisão. Não há mais como contornar isso. Tenho certeza de que poderia marcar outro encontro com a superiora no Monastero Maggiore...

— O convento.

Ele assentiu.

— É isso, ou devemos, enfim, encontrar um marido para você. Se for isso que você quiser... nossos irmãos e eu lhe devemos isso, ao menos.

Sim, pensou Cecilia. É hora de *deixar esta casa. E este homem.*

7 |

EDITH

Neuhaus am Schliersee, Alemanha
Maio de 1945

É hora de deixar esta casa. E, mais do que tudo, este homem, pensou Edith.

De uma encosta pontilhada de grama alta e flores silvestres, ela observava um pequeno comboio de veículos movendo-se lentamente pela estrada. Veículos militares, mas não como qualquer outro que já vira antes.

Edith chegou ao topo da colina gramada onde podia ver a curva da estrada abaixo. A estrada que ela tinha visto da janela no início do dia a levou para aquele lugar. Isso provavelmente significava que levava a Munique. Ela ficou na grama pontilhada com tenras flores de primavera, observando o comboio atravessar o campo em direção à vila, à beira do lago, onde ficava a *villa* de Frank. Avistou as listras azuis, vermelhas e brancas – de uma bandeira americana – ao lado de um dos veículos que se dirigiam à estrada sinuosa entre as encostas. O aperto em seu peito ficou ainda mais forte quando o comboio parou.

Edith se aproximou, entrando na grama alta que crescia da lama. Alguns soldados vigiavam a parada dos jipes, com armas prontas e olhos vasculhando o horizonte em busca de perigo. Ela esperava que não pudesse ser vista e, se fosse, que não fosse confundida com uma inimiga, mesmo que ainda usasse seu monótono uniforme alemão. A grama roçava seus tornozelos ao redor de seus, agora gastos, mocassins de couro.

Edith chegou perto de uma árvore e se agachou, o coração batendo forte no peito. Caso conseguisse ser cuidadosa, poderia ouvir se houve muita destruição em Munique. Ela apertou os olhos, segurando lágrimas de desespero. Tinha demorado muito e, se o pai estivesse morto, a culpa seria toda dela.

Mas se recusou a perder a esperança. Heinrich havia partido. Com seu pai, ainda tinha uma chance. Ela precisava se apegar a isso.

Estava quase perto o suficiente para entender as palavras dos soldados. Eles tinham sotaques contundentes e estranhos, que tornavam difícil para ela acompanhar. Mas o que entendia não lhe fazia sentido. Eles não estavam falando sobre assuntos importantes, como os tesouros sendo encontrados, as pessoas que morreram, as casas sendo invadidas. Falavam de futebol. Vários homens riam. Ela tinha ouvido falar de futebol, o jogo americano, mas não sabia nada sobre isso.

A conversa confundiu Edith. Eles não estavam preocupados com possíveis ameaças daquelas encostas? Não estavam com medo pela vida? Soldados ou não, tinham que estar um pouco assustados. Mas, em vez disso, aqueles homens pareciam alegres e brincalhões. Ela ficou onde estava por um tempo, esperando os americanos seguirem em frente para que pudesse continuar sua jornada para casa. Mas eles não pareciam prestar atenção, então Edith se abaixou atrás de alguns arbustos e continuou seu caminho.

Quando Edith contornou uma árvore, de repente se viu diante de um jovem soldado, prestes a desabotoar as calças. O rosto do soldado ficou branco, os dois ofegaram simultaneamente e olharam um para o outro num horror petrificado por alguns segundos.

Então, as mãos do soldado voaram para seus ombros, peito, cintura. Mas não havia rifle pendurado em seu ombro. Ele estava desarmado. O soldado recuou um ou dois passos e gritou algo, um nome – Weaver? –, por sobre o ombro.

– Espere, espere! – Edith sussurrou apressadamente, balançando a cabeça e levantando as mãos no ar ao mesmo tempo. – Espere, eu não sou sua inimiga.

Ela falou as palavras em um inglês quebrado. Esperava estar dizendo as coisas certas. Baixou os olhos para suas calças desabotoadas e rapidamente os moveu de volta para os remendos de seu uniforme, e depois para o seu rosto. Ele estava vermelho como uma beterraba.

O soldado era bonito mesmo assim; jovem, talvez em seus vinte anos. Era baixo e magro, com uma mandíbula angulada e grande, olhos inteligentes. Ele se virou resoluto, equilibrado e firme; o susto anterior já havia passado. Fixou seus olhos nela, sua mandíbula apertada.

Edith baixou os olhos para o nome em seu uniforme. Bonelli.

– Senhor Bonelli – disse ela numa voz suplicante. Ele parecia assustado por ouvi-la dizer seu nome. Edith continuou em inglês: – Por favor. Não chame seus amigos. Estou sozinha. Eu não vou te prejudicar. Estou apenas tentando voltar para casa em Munique. – O rosto dele se suavizou, e ela continuou: – Chegue... mais perto... Eu posso lhe dizer uma coisa.

Ele passou as mãos pela frente de sua parka novamente, como se fosse verificar mais uma vez que o rifle não estava lá. Olhou por cima do ombro, como se estivesse pronto para chamar seus companheiros de novo, mas ela acenou freneticamente.

– Espere, por favor! – pediu ela. – Eu... Eu tenho informações... para você.

O soldado fez uma pausa, mas o coração de Edith batia sem controle e todas as outras palavras em inglês em sua cabeça desapareceram. O pequeno pacote de seus inventários duplicados de repente pressionou sua cintura como uma insistente pedra afiada no sapato, como uma lembrança dolorosa. Deveria ela mostrar os inventários para aquele soldado americano? Ele poderia realmente fazer alguma coisa com aquilo? Deveria confiar a ele todo aquele conhecimento e sua própria segurança? A última coisa que Edith queria era trocar sua recém-descoberta liberdade pela possibilidade de ser capturada pelos americanos.

– Eu... Eu tenho informações... – Ela dirigiu as palavras para ele novamente, desejando que ele falasse alemão. – Informações importantes para você.

– Que tipo de informação? – perguntou ele. – De onde você veio?

– Eu... Meu nome é Edith Becker – disse ela. – Sou conservadora de arte da Alte Pinakothek. – Ela viu seu olhar permanecer firme, incompreensível. – É um museu de arte em Munique. Eu conheço muito sobre as pinturas e os artefatos que foram roubados do povo polonês e de outros em toda a Europa. Vários: muitas pinturas, esculturas, outros objetos de arte. – Edith hesitou, então percebeu que, pelo menos, tinha uma informação que os americanos gostariam de saber. – E eu sei onde você pode encontrar o governador Frank.

O soldado vacilou. Sua boca ficou aberta por um longo momento, mas ele não disse nada. Então, estreitou os olhos para ela.

– Você vai me dizer onde Hans Frank está escondido? Por que você faria isso?

– Eu... Eu não sou leal àquele homem. Sofri muito por causa dele, embora não tanto quanto muitos outros. Ele é mau, egoísta. Não tenho lealdade ou obrigação para com ele.

– Você é alemã – disse ele, os olhos passando pelo uniforme desgastado dela. – Você faz parte da Resistência?

Edith não sabia como responder. Ela fizera parte da equipe de curadoria de arte sob o comando de um dos líderes mais poderosos do Partido Nazista. Mas não acreditava em sua missão. Tinha um inventário dos bens roubados enfiados em sua cintura. Tinha feito uma tentativa de salvar o que estava em seu poder, uma tentativa que agora parecia pequena, quase insignificante.

Mas como ela poderia ir embora sem tentar fazer com que aqueles soldados americanos agissem de alguma maneira? Edith disse a Bonelli onde ficava a *villa* de Frank, como chegar lá e o que eles encontrariam. Contou a ele quantos soldados alemães estavam lá para proteger o local, quantos funcionários, e que o filho do governador estava atualmente residindo lá, embora o restante da família estivesse fora.

– Por favor – disse ela, enquanto Bonelli se afastava para voltar ao comboio na estrada. Ela estendeu a mão e colocou-a no braço dele. Ele olhou em direção à mão e depois nos olhos de Edith. – Por favor, cuidem do filho do governador, sim? Ele pode parecer crescido, mas por dentro é apenas um menino. Temo que leve um susto terrível quando vocês chegarem para prender seu pai. Mas o menino não fez nada. Nada, asseguro-lhe.

O americano apertou os lábios, oferecendo-lhe um olhar compreensivo.

– Eu gostaria de poder garantir a segurança dele, senhorita. Mas isso é impossível. São inimigos hostis. Vou cuidar do menino, mas... Bem... – Ele encolheu os ombros.

Ela piscou lentamente, assentindo quando a verdade cruel veio à tona. O inventário enfiado em sua cintura cortou a pele de Edith mais uma vez. Certamente ela não poderia arriscar se separar dele depois de tanto trabalho. Não tinha ideia se podia confiar no soldado. E se não acreditasse nela? E se eles perdessem o documento? Se ela o entregasse para os americanos, estaria fora de seu controle para sempre. Talvez nunca mais voltasse para Manfred, talvez nunca ajudasse a recuperar aqueles inestimáveis trabalhos para devolvê-los aos seus donos. Edith sentiu em seu coração que se entregasse o inventário agora, depois de todo aquele tempo, passaria o resto da vida arrependida. Mas tinha que haver algo que os americanos pudessem fazer.

Edith agarrou o braço de Bonelli mais uma vez, fazendo com que ele se virasse de volta para ela.

– O que é, senhorita?

– Espere. Você sabe quem é Da Vinci?

O homem piscou lentamente.

– Leonardo da Vinci? O pintor?

Edith assentiu.

– Uma de suas pinturas está pendurada naquela *villa*. É uma pintura original feita pelas mãos de Leonardo da Vinci. Um retrato do século XV. Uma garota chamada Cecilia. Está no escritório do governador Frank, pendurado na parede. Por favor, tente mantê-lo seguro. Ileso. Chama-se *Dama com arminho*. Não há preço neste mundo que possa igualar o seu valor.

– Cecilia – disse ele, e Edith viu que a mera menção do nome provocou um sorriso largo e bonito no rosto do soldado.

– E o nome do menino é Norman – respondeu Edith. – Por favor. Ele é inocente.

– A pintura de Cecilia. E o garoto. Entendi. Vou fazer o meu melhor, senhorita. Tudo bem? Agora, para onde você pensa que está indo?

Edith virou os olhos para longe.

– Vou para a casa do meu pai.

Edith deu-lhe as costas, movendo-se rapidamente para fora da grama e tomando o caminho principal que serpenteava ao longo da margem do lago. Atrás dela, o soldado Bonelli observava sua silhueta solitária na crista da montanha.

72

DOMINIC

Neuhaus am Schliersee, Alemanha
Maio de 1945

Os suaves olhos castanhos da garota soltaram uma faísca que deixaram Dominic sem fôlego. Ela olhava a uma distância média, os lábios se curvavam levemente como se ela tivesse acabado de ser surpreendida por alguém que ficara feliz em ver. A curva suave da bochecha branca e jovem destacava-se pela linha afiada do nariz elegante; seu cabelo castanho brilhante estava preso ao rosto, emoldurando seu brilho impecável com bordas escuras. O restante do cabelo estava trançado nas costas e coberto por uma fina malha translúcida enfeitada com ouro. A extensão suave de seus ombros, pescoço e parte superior do tórax estava nua, mas uma curva graciosa de um colar de duas voltas de contas pretas enfeitava seu corpo.

Dominic inclinou-se para olhar um pouco mais de perto, inspecionando o quadro, quase nariz com nariz em relação à bela menina. Seu vestido era elegante, mas modesto, de um azul frio complementado por acabamento vermelho brilhante nas mangas e decorações douradas ao longo das bainhas. Mas era sua expressão o mais notável. Ela parecia tão viva, e ele não conseguia perceber nas pinceladas habilidosas como exatamente o artista havia conseguido tal efeito surpreendente de vivacidade. Ele queria pigarrear e ver se a garota no retrato iria se virar, percebendo sua presença: um soldado americano sujo olhando para ela através dos séculos.

Uma pintura de Leonardo da Vinci.

Uma pintura real.

Dominic estava achando difícil acreditar em seus olhos. A moça que o pegou desprevenido à beira do lago dizia a verdade. Agora, ele desejava não ter deixado ela simplesmente ir embora. O que mais poderia ter dito a eles? Que outros tesouros ela poderia ter ajudado os Homens dos Monumentos descobrirem? Agora, Dominic se culpava por ter deixado ela partir. Estava tão zangado consigo mesmo por causa disso que não deixou nem mesmo seus companheiros soldados saberem a respeito do estranho encontro. Só havia dito ao seu comandante que os soldados tinham recebido uma denúncia sobre a localização de Frank.

Dama com arminho. Era um sonho realizado de tantas maneiras: um sonho que Dominic nunca esperava encontrar ali, sob tais circunstâncias, do outro lado do mundo, na ponta final de uma guerra horrível, em uma velha casa à beira de um lago. Mas, de algum modo, tudo aquilo tornava sua beleza ainda mais surpreendente. Apesar da tinta lisa e craquelada, sua emoção e seu realismo ainda dominavam o coração de Dominic com uma força que não cedia. Ele estava muito tentado a estender a mão e tocar sua superfície, meio que esperando que a pele da garota emanasse calor. Mas sabia que colocar a mão na pintura de quinhentos anos seria quase tão ruim quanto a umidade de Siegen. Apertou as mãos atrás das costas e saboreou a obra apenas com os olhos.

Ao seu redor, a enorme propriedade de Hans Frank ecoava com o som de botas americanas pisando no chão. Schoberhof, era como a casa se chamava. Erguia-se majestosamente à beira do lago, com sua enorme e tradicional arquitetura bávara e extensão com vista para o brilho cintilante do lago Schliersee. Dominic mal podia compreender o tamanho da mansão, muito menos o fato de pertencer a uma pessoa. Sua pequena casa de tijolos em Swede Hill caberia na sala de estar daquele homem.

A mera visão da propriedade deixou um gosto amargo na boca de Dominic. Enquanto seres humanos iguais a ele morriam aos milhares na brutalidade dos campos de concentração, Frank descansava confortavelmente naquela linda e antiga casa de fazenda à beira do lago, adornada com riquezas – até mesmo com uma pintura feita pelas mãos de Leonardo da Vinci. Aquela casa, Dominic percebeu, pertencia ao mesmo homem que era chamado de "O açougueiro da Polônia".

Dando as costas ao retrato, Dominic olhou ao redor da sala. Frank teve seu último dia de descanso naquela propriedade. As forças especiais que foram chamadas para prendê-lo – um dos criminosos de guerra mais procurados da

Europa – tinham saído alguns dias antes com Frank em custódia. A equipe necessária para manter a propriedade em bom estado também tinha sido levada para interrogatório. Olhando para a casa, Dominic presumiu que deveriam ter sido muitos. Cozinheiros, faxineiros, jardineiros – eles devem ter trabalhado para manter cada centímetro impecável. Mas os sinais de desordem já podiam ser notados aqui e ali. Pegadas sujas cobriam o piso; havia uma marca de mão na maçaneta da frente e também arranhões no piso de mármore onde os móveis tinham sido arrastados para revistar a casa.

Aquela era a tarefa deixada para Dominic e sua unidade: vasculhar a casa de Frank, em especial seu escritório, procurando evidências que pudessem condenar um ser humano vil como aquele no tribunal. Outros soldados estavam ocupados revirando o escritório. Dominic conseguia ouvir as vozes enquanto vasculhavam os cômodos ao redor. Mas o comandante tinha visto o olhar no rosto de Dominic quando ele avistou o retrato através de uma porta aberta.

– Pode ir, Bonelli. Weaver também – disse ele. – Espero um relatório para o MBAA até hoje à noite.

Dominic não tinha feito outra coisa desde então. Ele sabia que deveria se juntar a Weaver em busca de tapeçarias nos quartos e corredores, pinturas e esculturas, mas simplesmente não conseguia tirar os olhos daquela moça retratada tão habilmente séculos atrás. Pintada pelas próprias mãos de Leonardo da Vinci.

Weaver entrou na sala carregando um par de vasos pintados.

– Ainda com sua namorada, Bonelli? – brincou ele, colocando-os delicadamente sobre uma mesa.

– Com certeza – sorriu Dominic. – Hancock e Stout não vão acreditar!

Weaver deu um passo em direção à porta.

– Quanto mais cedo tivermos essa informação para os Homens dos Monumentos, mais cedo essas coisas podem ser devolvidas aos seus donos, se tiver sobrado algum.

Dominic assentiu gravemente com a avaliação de Weaver, mas era de fato difícil afastar-se do retrato. Weaver colocou-se ao lado dele e olhou com reverência para a pintura.

– Eu adoraria descrever isso em jargão técnico – ele gesticulou. – As pinceladas, o uso de luz e sombra... Mas, honestamente, as palavras parecem inadequadas. – Weaver colocou as mãos nos bolsos e deu de ombros.

– Eu sei. – Os olhos de Dominic percorreram as linhas suaves e a expressão viva do retrato. – Pura magia.

73

LEONARDO

Milão, Itália
Junho de 1491

— *Pura magia.*
Foi assim que Sua Senhoria descreveu o retrato que fiz de sua Cecilia. Estou tão satisfeito que não consigo encontrar palavras para responder à sua avaliação, então mudo o foco para o assunto mais óbvio.

— Meus mais profundos parabéns a você pelo nascimento de seu filho, meu Senhor.

Ludovico, o Mouro, acena com a cabeça, e acho que vejo seus olhos se enrugarem. O sinal de um sorriso sincero.

— Sim. O pequeno Cesare. Onde estará o pequeno travesso agora, eu me pergunto?

Mas Sua Senhoria volta a atenção para o retrato de Cecilia Gallerani. Para minha surpresa, ele o coloca em minhas mãos.

— Leve isto – diz ele. – Por precaução, não posso mais manter a obra aqui. Não posso garantir que não será danificada. Ou roubada. Você saberá o que fazer com ela – diz Sua Senhoria.

— Você não quer mais exibi-la aqui, meu senhor?

— Beatrice. Ela quer que ela seja removida imediatamente do castelo.

Ah, claro, penso. O retrato está em perigo, sim.

– Seu menino vai ficar aqui no palácio com você, meu senhor?

– Por um tempo. Ele está no berçário com a ama de leite. Vai ter minha proteção, mesmo não tendo meu nome. Claro que vou cuidar de seu bem-estar e de sua educação, assim como fiz para minha Bianca. É o mínimo que posso fazer.

– Mas, com todo o respeito, meu senhor, será que talvez o menino não ficará melhor com a mãe dele? Se ela também está deixando este lugar, então isso pode ser do interesse de todos.

74

EDITH

Munique, Alemanha
Maio de 1945

— Edith.

O simples reconhecimento de pai para filha arrancou dos olhos de Edith todas as lágrimas que ela havia conseguido segurar por anos, e saíram acompanhadas de grandes soluços. Ela se ajoelhou no chão ao lado da cadeira do pai e deixou-o acariciar o topo de sua cabeça enquanto as lágrimas escorriam pelo seu rosto. Ela se sentiu como uma garotinha novamente, agachada a seus pés, com a palma da mão dele em sua cabeça. Atrás deles, dúzias de livros encadernados em couro cheios de marcadores e notas acumulavam pó. O velho relógio insistia em bater.

O melhor de tudo: Edith tinha encontrado seu pai mais ou menos na mesma condição de quando havia partido, não melhor, mas certamente não pior. Tudo graças aos esforços de Rita, a quem ela devia tudo. Edith desejou que seu pai pudesse entender onde ela estivera, o que tinha feito e, ainda mais importante, que tentara ser corajosa, assim como ele. A perda da mente do pai era uma injustiça que Edith achava impossível de aceitar, mas talvez tenha sido exatamente a inconsciência das calamidades ao redor que o mantivera vivo, ajudando-o a sobreviver àqueles que eram os capítulos mais cruéis da história de seu país.

Edith mal reconheceu sua cidade natal. Para seu espanto, algumas partes de Munique tinham sido deixadas totalmente intactas. Vistos de um certo ângulo, os prédios e as árvores pareciam exatamente como antes da guerra. Mas bastava virar uma esquina para encontrar uma rua em total devastação, transformada em pouco mais que uma pilha de destroços. Veículos e tanques americanos e britânicos se alinhavam na rua na frente de seu prédio. Havia muitos outros ao longo das demais ruas da cidade. As bandeiras nazistas que tremularam pelos prédios públicos da cidade – por anos – estavam sendo retiradas.

Em algumas manhãs, Edith acordava desorientada, sem saber onde estava, e se enchia de alívio ao ver os contornos escuros de seu quarto de infância. Muitas vezes, ela sonhava que ainda era uma prisioneira na casa do governador da Polônia e acordava suando frio. Outras vezes, esperava se levantar e voltar a trabalhar no porão de uma outrora linda *villa* polonesa, vasculhando pilhas de tesouros que pertenciam a outras pessoas. Quantas vidas tinham passado pelas suas mãos? Tantas famílias destruídas. Agora, ela só podia orar pela segurança delas.

E Edith não podia deixar de orar também pela segurança da *Dama com arminho* de Da Vinci. Ela se perguntava o que tinha acontecido com a obra. Teria o soldado americano que ela conhecera no lago – Bonelli? – encontrado a casa? O que os soldados tinham feito com a pintura? Eles iriam confiscá-la, levá-la para a América como ela havia sido avisada que eles fariam? Será que ela teria de fazer outra viagem final, desta vez através do mar? Edith supôs que aceitaria esse resultado, desde que a imagem fosse colocada em uma coleção de museu onde seria devidamente preservada. Cecilia e seu retrato mereciam ser tratados como tesouros.

Mas, no fundo de sua mente, Edith se perguntava se ela havia perdido sua chance de fazer a diferença para a *Dama com arminho* e para tantas outras obras de arte importantes que suas mãos haviam tocado nos últimos anos. Havia tomado a decisão de não compartilhar seus inventários com aquele Bonelli, naquele estranho encontro no topo de uma colina na Bavária. Tinha sido a escolha certa? Pelo menos, ela pensou, agora tinha uma ideia de como usar melhor os inventários.

75

EDITH

Munique, Alemanha
Maio de 1945

Edith observou as mãos de Manfred tremerem enquanto ele folheava as páginas gastas e amassadas de seus inventários. Então ela viu um entendimento despertar vagarosamente em seu rosto enrugado. Edith colocou a mão sobre a boca, sufocando um sorriso.

– Edith... – foi tudo o que ele conseguiu dizer. Seus olhos arregalados percorriam o minúsculo roteiro, as páginas e páginas de obras de arte roubadas de coleções polonesas.

Atrás deles, de pé em um cavalete em seu laboratório de conservação, estava o velho quadro de Hans Werl, com camadas de tinta sobrepostas, a mesma obra na qual Edith estava trabalhando no dia em que recebeu a tarefa de começar a pesquisar os tesouros da Polônia, quase seis anos antes. Como tudo tinha mudado, como ela tinha mudado, percebeu.

Edith tocou a superfície empoeirada timidamente com o dedo. A obra esperava por ela: era como se tivesse saído do escritório ontem e chegado para começar de novo, exatamente de onde havia parado. Seria possível? Continuar exatamente de onde havia parado quando tantos nunca teriam esse luxo?

Nas galerias e depósitos da Alte Pinakothek, muitos outros tesouros a aguardavam: centenas de pinturas e objetos empilhados metodicamente em seu escritório e nas salas de armazenamento adjacentes, esperando na penumbra para retornar aos seus donos. Edith sentiu o corpo estremecer quando viu o estado do museu. Durante o ataque dos Aliados, uma bomba caiu no telhado, derrubando um lado da longa fachada ao solo. Um alívio tomou conta dela quando percebeu que seu laboratório de conservação ainda estava de pé.

Enquanto isso, seus colegas começavam a retornar de suas distantes atribuições. Ao redor do prédio, curadores e administradores voltavam para seus escritórios, vagavam pelos corredores, paravam para abraçar os colegas de trabalho que não encontravam havia meses, se não anos. Manfred havia retornado de uma longa temporada em Berlim. O museu se encontrava num estranho estado de confusão eufórica, empolgação silenciosa e lágrimas de alegria, tristeza e desilusão. Edith percebeu que haveria muito o que fazer. Com a devastação ao redor deles, ninguém parecia saber por onde começar. Será que seu país nativo seria algum dia capaz de se recuperar para expiar os muitos atos de maldade que agora vinham à tona?

76

CECILIA

Milão
Junho de 1491

À noite, ele veio até ela.

Nas profundezas do sono, seu coração a guiou. Ela sentiu seu cheiro inebriante de floresta, cavalos e veludo antigo. Sua barba espessa roçou a pele delicada de seu pescoço, provocando um arrepio ao longo de suas costas. Instintivamente, ela se virou em direção a ele e enganchou o tornozelo em torno de sua perna, puxando-o para si. Suas mãos encontraram os ombros nus dele, úmidos no ar frio. Por um momento, foi como os instantes que antecedem uma tempestade de verão, quando relâmpagos crepitam nas nuvens. Ela inalou bruscamente, sedenta para respirar no ar sufocante.

– Minha flor.

Suavemente, ele passou os dedos pela mandíbula de Cecilia. O sentimento formigou para baixo, através de seu corpo, e ela se lembrou de todas as noites que ele havia abraçado, beijado e tomado seu corpo naquela mesma cama.

Mas quando ele moveu o rosto para o seio dela e começou a mexer os dedos desajeitados em torno dos botões minúsculos de sua veste, Cecilia começou a acordar. Estava sensível e dolorida desde o parto. E, ao mesmo tempo que queria que ele a abraçasse, a visse, a reconhecesse, a amasse, ela não suportava sentir o peso dele em cima dela. Não agora.

E onde estava Beatrice? Dormindo em seus aposentos? Se ela acordasse, viria procurá-lo? Os olhos de Cecilia foram para a porta, e ela viu que o duque havia fechado a trava de metal após sua entrada.

Nesse momento, Cecilia ouviu Cesare começar a fazer barulho no quarto ao lado. Ela sabia que o som só ficaria mais alto. Ele estava com fome. Ela se sentou na cama, e Ludovico deitou em cima do próprio braço. Ela jogou os lençóis para trás e entrou no pequeno quarto onde Cesare dormia. A ama de leite já estava de pé, mas Cecilia balançou a cabeça. Ela pegou o filho nos braços e soltou sua manta apertada.

Quando voltou para a cama, Ludovico estava sentado na borda, emaranhado nos lençóis e correndo as mãos sobre os cabelos negros. À luz da lua, ela viu o perfil de seu peito e seu braço nu. Cecilia se acomodou ao lado dele, Cesare embalado em seus braços. Desabotoou a camisola e a deixou cair de seus ombros, apenas com os contornos de seu corpo visíveis ao luar. Sentiu a pele delicada do bebê grudar em seu seio nu no ar pesado. Enquanto Ludovico observava, ela guiou a boca de Cesare até o seio. Por alguns momentos de quietude, os três ficaram sentados em silêncio na beira da cama. Ela sentiu os olhos de Ludovico sobre si.

Por um momento fugaz, Cecilia fechou olhos e se permitiu a fantasia de que tudo estava perfeito, só os três juntos. Mas ela sabia em seu coração que era apenas isto: uma fantasia.

Sua Senhoria reivindicaria o filho bastardo como seu?

Ludovico se inclinou e apoiou o queixo no ombro de Cecilia, olhando para o bebê. Observou a curva do rosto angelical de Cesare brilhar na luz pálida e acinzentada do luar. Cecilia procurou os olhos negros de Ludovico na escuridão e, finalmente, recebeu seu olhar, um lampejo de brilho na luz noturna.

– Ludovico – ela sussurrou. – Seu filho.

7 7

EDITH

**Munique, Alemanha
Maio de 1945**

A mesa de Edith estava um desastre: papéis empilhados, pequenos objetos e poeira. Mas, em sua cadeira, Manfred havia deixado uma cópia de um jornal britânico. Ela respirou fundo e se permitiu abrir as páginas. Havia dois artigos diferentes sobre Hans Frank. Um se concentrava em calcular o número de mortes pelas quais o homem tinha sido responsável, agora na casa dos milhares. Mentalmente, Edith incluiu Heinrich nessa categoria. O segundo artigo falava dos horríveis campos de extermínio que Frank abrira em toda a Polônia. Seu próprio povo foi colocado naqueles campos para ser torturado e morrer de fome. Como um homem pôde fazer uma coisa dessas?

– Edith!

Edith virou-se para ver o diretor do museu entrar pela porta. Sem pensar, colocou o jornal na pilha bagunçada da mesa, seu coração batendo forte.

– Que alegria ver você! Faz tanto tempo... – *Generaldirektor* Buchner segurou a mão dela entre as suas. Ela sentiu os calos ali, mas seus olhos eram suaves e sinceros. – Estou feliz em vê-la com boa saúde.

– Ao menos em aparência – disse ela, retribuindo o aperto de mão.

– Sim – disse ele, franzindo a testa. – Suponho que cada um de nós esteja carregando o próprio fardo interior.

– Há muito o que fazer aqui – disse ela, apontando para a pintura no cavalete.

– Sim – disse ele. – É por isso que estou aqui. Não se acomode muito, ainda. – Edith viu *herr* Buchner puxar uma pasta debaixo do braço e colocá-la sobre a mesa de trabalho. – Vou direto ao ponto, Edith. Você tem novas ordens.

– Novas ordens?

Os ombros de Edith caíram. Todo o ar saiu de seus pulmões e ela se jogou na cadeira, sentindo-a girar até deixá-la zonza.

PARTE VI

REMINISCÊNCIA

78

DOMINIC

Munique, Alemanha
Maio de 1945

A guerra estava praticamente acabada, mas o coração de Dominic pesava em seu peito. Ele não estava indo para casa. Só tinha sido transferido. Seus passos eram lentos e arrastados ao seguir um oficial britânico em torno do mais novo Ponto Central de Coleta, estabelecido pelos Aliados. O prédio era enorme. Portas se enfileiravam entre pilares abobadados e pareciam franzir a testa para a rua com seus parapeitos altos, como sobrancelhas demonstrando desaprovação. Erguendo-se bem no centro de Munique, o prédio impunha-se sobre a estrada, cuja sombra envolvia Dominic em um abraço frio na ainda fresca manhã de primavera.

Dominic seguiu o oficial pela fachada do prédio, aprendendo a localização de todas as fechaduras e portas externas, janelas e saídas de incêndio. Ele já havia sido informado sobre o amplo sistema de alarme do prédio. Andou pela rua com as mãos profundamente pressionadas nos bolsos, ainda se sentindo estranho e meio torto sem o rifle; mas não era mais necessário carregar uma arma nas ruas da cidade de Munique sob o controle dos Aliados.

Por ter fornecido informações sobre uma inestimável pintura de Leonardo da Vinci, Dominic tinha sido recompensado com um emprego no Ponto de

Coleta de Munique, onde obras de arte seriam catalogadas, conservadas e finalmente devolvidas aos seus proprietários. Ele era um herói, Stout lhe dissera, embora Dominic mal pudesse imaginar o porquê. Apenas sorte, ele pensou, ao encontrar, com a braguilha aberta, aquela moça no topo de um morro.

Dominic seguiu o oficial de porta em porta, ouvindo suas explicações num sotaque que remetia às colinas da Inglaterra.

– E agora você já ouviu tudo sobre o lado de fora – disse o oficial quando eles terminaram seu circuito do prédio e chegaram novamente à porta da frente. Ele sorriu para Dominic. – A parte entediante está feita. Agora vamos levá-lo para dentro, assim você poderá ver por que está realmente aqui.

Dominic conseguiu resgatar um sorriso.

– Sim, senhor.

Os guardas os saudaram enquanto caminhavam pelos corredores em direção à ampla sala da frente. O oficial caminhava rápido, falando com animação sobre a arte que estava sendo descarregada no Ponto de Coleta, mas Dominic percebeu que estava ouvindo apenas pela metade.

Ele sabia que deveria estar animado por trabalhar ali. Não só tinha sido retirado da luta – e também não fora colocado na tarefa desumana de limpar os campos de concentração –, como trabalharia com algumas das obras-primas de valor inestimável que haviam sido recolhidas de esconderijos por toda a Alemanha e a Áustria. Podia até ter a chance de dar uma segunda olhada em algumas daquelas pinturas brilhantes que tinha vislumbrado apenas por alguns segundos, enquanto passavam de mãos em mãos em direção à linha de veículos blindados na mina, em Siegen.

Mas Dominic estava lutando para encontrar entusiasmo pelo projeto. Por mais que adorasse estar perto da arte, ele esperava de todo o coração que seu empenho em ajudar a recuperar alguns dos trabalhos mais preciosos do mundo – pinturas de Rubens, Rembrandt e até mesmo de Da Vinci – da casa de um dos líderes nazistas mais procurados fosse o suficiente para seus superiores. Esperava que isso bastasse para que o mandassem, finalmente, para casa. Tinha visto tantas obras-primas impressionantes e amado todas, mas nenhuma delas poderia se comparar com a esperança de voltar para a família.

A sala da frente do Ponto Central de Coleta era semelhante à de Marburg: mesas em fileiras ordenadas, profissionais ocupados fotografando e catalogando as peças que tinham sido transportadas de docas de carga por soldados americanos, australianos e britânicos.

– Não conseguimos dar conta – disse o oficial. – Estamos chamando mais e mais funcionários para ajudar. As coisas continuam chegando de todos os cantos da Europa. A escala do confisco nazista é impressionante.

Em Munique, Dominic sentiu uma mudança na atmosfera em comparação a Marburg. Lá, havia um sentimento de desespero: cada obra de arte tinha sido tratada com nervosismo, com respeito ao sangue que havia sido derramado para encontrá-la e com horror ao pensamento que tudo poderia ser em vão. A qualquer momento uma bomba Axis poderia cair no prédio em Marburg e destruir todo o trabalho árduo. Mas agora que a guerra tinha sido vencida, o edifício inteiro vibrava de empolgação: uma nova esperança enchia os olhos dos profissionais enquanto eles fotografavam e escreviam. Tocavam a arte com reverência e alegria, absorvendo a beleza de cada peça.

– Brilhante, não é? – disse o oficial. – Venha, vamos passear pelos armazéns.

As salas ali tinham um aspecto mais permanente do que a agitação que tomava conta de Marburg. Tudo parecia mais resolvido, mais organizado. E, embora aquele edifício fosse facilmente duas vezes o tamanho do antigo arquivo de Estado em Marburg, estava ainda mais cheio. Salas gigantescas, uma após a outra, abriam-se para corredores cheios de belas obras de arte, ordenadamente dispostas em várias categorias. Pinturas penduradas nas paredes ou expostas em cavaletes em vez de empilhadas umas sobre as outras; havia sido feito um esforço para organizar as esculturas nas prateleiras de várias maneiras atraentes.

– Difícil acreditar que está tudo *neste* prédio, não é? – disse o oficial.

– Por quê, senhor? – perguntou Dominic.

– Porque estes eram os próprios quartéis-generais nazistas de Hitler. – Ele estremeceu, e seus olhos ficaram distantes; Dominic se perguntou o que ele teria visto.

Para Dominic, a simples menção ao nome de Hitler trouxe de volta a imagem vívida daqueles vagões em Dachau, empilhados de mortos. Uma cena que ele sabia que levaria para o túmulo, tão vívida – desde o cheiro ao som dos gritos dos soldados – quanto no dia em que havia testemunhado aquela visão infernal.

– Bem – disse o oficial, endireitando-se –, agora aqui é onde classificamos a arte que foi roubada e a devolvemos às pessoas que legitimamente as merecem. – Ele encontrou seu sorriso novamente. – Vamos, quero lhe mostrar uma velha amiga sua.

Curioso, Dominic seguiu o oficial escada acima até uma enorme sala quadrada, que seria austera e triste se suas paredes não estivessem cobertas com belas pinturas em molduras douradas. Lá havia apenas uma janela – uma abertura rígida e simples, voltada para o oeste, que deixava entrar apenas um quadrado de luz acinzentada –, mas o suficiente para iluminar os retratos que cobriam todas as paredes. Rostos habilmente retratados encararam Dominic em uma variedade de atitudes; reclinados, lutando, posando, franzindo a testa, sorrindo e rindo.

Mas foi o retrato no centro da sala que imediatamente fisgou sua atenção. Os olhos suaves da menina tão habilmente retratados por Leonardo da Vinci olhavam através e além dele. A colocação da pintura em um cavalete no meio do salão tornava-a ainda mais marcante. Entre as outras obras dos grandes mestres, de alguma maneira aquela moça ainda se destacava, com sua beleza brilhando através dos séculos para conquistar o coração de Dominic.

– Oh! – ele exclamou. – É ela.

O oficial riu e deu-lhe um tapinha no ombro.

– Vou deixá-lo com ela. As tarefas começam amanhã de manhã. Até lá, aproveite.

Antes que Dominic pudesse agradecer, o oficial tinha partido e Dominic foi deixado mais uma vez fitando os olhos de Cecilia Gallerani.

79

EDITH

Munique, Alemanha
Junho de 1945

Aquele rosto familiar – os suaves olhos castanhos, a expressão de vivacidade. O arminho branco.

Edith não podia acreditar na sua sorte ao estar diante da *Dama com arminho* de Da Vinci novamente. Mas, desta vez, ela não estava em um porão no campo devastado pela guerra; nem mesmo em um trem estrondoso ou em uma mina de sal, muito menos no escritório de um homem empenhado em destruir tudo o que havia de bom no mundo.

Em vez disso, ela estava em Munique, em sua própria cidade natal. Desta vez, estava a salvo do mal. E a obra também estava segura. Pouco tempo atrás, não conseguiria nem mesmo imaginar tal destino.

– Não são más notícias, Edith – dissera Buchner, e ele estava certo. – É uma oferta das forças aliadas. Querem que você se junte a eles como funcionária civil em um Posto de Controle dos Aliados aqui em Munique. Obras de arte de toda a Europa, incluindo as que foram retiradas da Polônia, vão passar pelo posto. A arte será coletada, catalogada e repatriada para seus legítimos proprietários, onde quer que estejam.

Edith piscou, incrédula. Manfred. Os inventários tinham chegado às mãos certas, afinal de contas. Manfred tinha ficado maravilhado com os registros que Edith compilara. Disse a ela que precisaria de algum tempo para conversar com seus associados e descobrir a melhor maneira de utilizar as informações importantes que Edith organizara. Finalmente, ela pensou, seu trabalho poderia trazer algum fruto.

– O Posto de Controle é aqui em Munique?

Buchner apenas assentiu.

– Eu odeio perder você de novo assim, logo depois de ter conseguido que voltasse para nós, mas eles a solicitaram por nome. Não tenho ideia de como sabem de você, mas insistiram em ter Edith Becker trabalhando com eles. Você deve ter feito algo... notável.

Os Aliados queriam seus serviços como civil. Ela não estava recebendo ordens para ir a qualquer lugar. Não teria de deixar o pai para trás e ainda seria capaz de lidar e proteger – *realmente* salvaguardar, desta vez – os tesouros inestimáveis que tanto amava. E, finalmente, seus inventários secretos cuidadosamente transcritos poderiam ser úteis.

Mas logo depois que Edith partiu para seu novo emprego, notícias da prisão do *generaldirektor* Buchner se espalharam em sussurros apressados e suspiros que reverberaram pelos corredores. Ele tinha sido acusado de colaborar para roubar o *Retábulo de Gante* de um museu localizado na França, e os Aliados queriam interrogá-lo sobre o paradeiro de outras obras de arte. Edith mal podia acreditar na sua própria sorte de ser convidada para ajudar a devolver todos aqueles itens aos seus proprietários em vez de ser presa pelo papel que desempenhara em seu confisco.

Teria ela sido responsável por confiscar *Dama com arminho*, de Leonardo da Vinci? Edith fitou os olhos de Cecilia Gallerani, tão cheios de vida mesmo depois de quinhentos anos e inúmeras viagens através do país dilacerado pela guerra. *Eu fiz o meu melhor para te proteger*, Edith suplicou silenciosamente para a garota na obra, como se a própria Cecilia pudesse atestar suas boas intenções. *É que havia tanta coisa fora do meu controle.* Mas, em seu coração, Edith sabia que não era verdade.

Pela primeira vez desde que pôs os olhos na obra, cinco anos antes, Edith sentiu que poderia olhá-la sob uma nova perspectiva, à luz dos olhos de um conservador de arte. Depois de todo o movimento através de diferentes países e climas, temia que a pintura talvez precisasse ser estabilizada. Ela se inclinou e correu os olhos sobre a superfície, procurando rachaduras e arranhões sob a luz.

Cuidadosamente, ela a virou. A imagem havia sido pintada em uma tábua de nogueira. Havia rachaduras no eixo vertical, algumas linhas finas, outras mais amplas.

– É você – Edith ouviu alguém dizer em um sotaque estranho. – A dama do lago.

Edith virou-se e encontrou um homem diante dela. Um homem magro e bonito, de olhos cor de chocolate e sotaque americano.

– Estou certo? – perguntou ele, o rosto sério e honesto. – Você me mostrou o caminho até esta obra.

Edith estudou o nome em seu uniforme, e seus olhos se iluminaram diante do reconhecimento.

– Bonelli! Senhor B-Bonelli! – gaguejou ela. E então deu risada, jogando a cabeça para trás, fazendo uma mecha de cabelo castanho dançar sobre sua bochecha.

Todo o seu trabalho árduo, afinal, não havia sido desperdiçado. Ela deu um passo à frente e jogou os braços ao redor do pescoço de Bonelli. Ele cambaleou, dando alguns passos para trás, até que ela finalmente o soltou.

Bonelli passou a palma da mão pelo cabelo, recuperando-se da surpresa.

– E você é um herói! – exclamou Edith, notando um sorriso no canto da boca dele.

– Me chame de Dominic – disse ele, e estendeu a mão.

– Eu sou Edith.

Dominic agarrou sua mão. A mão dele era calejada, mas firme.

– Que estranho, e maravilhoso, ver você de novo, senhorita.

– De fato – respondeu Edith, não querendo largar a mão daquele estranho que fez mais para salvar o retrato em um dia do que Edith tinha feito em cinco anos. – Eu deveria apresentar minha companheira – disse ela, apontando para a pintura. – Esta é Cecilia. Mas acho que você já a conheceu.

– Eu tive essa honra.

Edith sorriu novamente.

– Ela me contou que um bravo soldado a resgatou do castelo de um tirano malvado.

– Sim – disse Dominic. – E conquistou seu coração.

– Seu príncipe encantado veio em um carro blindado. – Ela sorriu para ele. – Mas agora é a minha vez. Será meu trabalho trazer a imagem de Cecilia que Leonardo da Vinci via diante dele quando ela estava posando. – Ela tocou a moldura da pintura suavemente com os dedos.

– Por que você a chama de Cecilia? – perguntou Dominic.

– As pessoas a chamam de *Dama com arminho* – disse Edith. – Mas acreditamos que seja o retrato de uma jovem chamada Cecilia Gallerani, que viveu em Milão há cerca de quinhentos anos.

– Cecilia é o nome da minha filha! – disse Dominic, com os olhos arregalados. Ele apontou para a pintura. – Ela era bonita.

– Sim... – Os olhos de Edith estavam escuros e arregalados agora, enquanto escrutinavam a pintura. – E estará novamente quando eu terminar.

80

CECILIA

Palazzo dal Verme, nos arredores de Milão
Agosto de 1491

Cecilia ergueu os olhos de sua leitura para encontrar uma silhueta familiar emoldurada na porta. Ela o reconheceria em qualquer lugar, sua forma elegante contra a luz. Nas mãos, segurava um grande pacote embrulhado em papel azul.

Cecilia soltou um grito e ficou dando pulinhos nos pisos octogonais.

– *Cavolo*. Que todas as minhas pinturas possam desfrutar de tal recepção – disse Leonardo, atravessando a soleira para o quarto sombreado.

Cecilia riu.

– Mestre Leo! Devo admitir que estou feliz em ver a pintura, especialmente porque pensei que nunca mais colocaria os olhos nela de novo. Mas, acima de tudo, estou emocionada em vê-lo.

Cecilia pressionou o rosto do pintor entre as palmas das mãos e beijou ambas as bochechas. Seguindo o exemplo da dona, Violina se movimentou para cima e para baixo ao redor das meias cor de esmeralda de Leonardo, sua cauda parecia um abanador frenético de pelo branco.

– Estou satisfeito em ver que ainda está cercada pela beleza que combina com você – disse ele, observando a grande escadaria e os afrescos escurecidos nos tetos abobadados do Palazzo dal Verme.

Cecilia deu de ombros.

– Não é o Castello Sforzesco, mas isso é bom. Venha. Precisa ver como Cesare cresceu. E deve me contar tudo sobre Bernardo, e sobre você e suas próprias pesquisas. Senti tanto a falta de vocês dois.

Eles se sentaram na chamada *sala grande*, um local iluminado que dava para um pátio interno onde Cecilia tentava em vão cultivar uma oliveira como as de Siena. Até agora, só havia conseguido fazer crescer um ramo fino, de aparência fraca.

Enquanto o artista começava a desembrulhar o papel azul que protegia seu retrato, Cecilia estudava o seu rosto. Leonardo parecia ter envelhecido anos desde a última vez que ela o vira. Linhas finas se esticavam em sua testa pálida e ao lado dos olhos. Cabelos crespos e grisalhos haviam brotado em torno de seu rosto, outrora jovem. E até a cor de sua pele parecia ter sido drenada.

– Você está bem, meu amigo? – perguntou ela, agora preocupada.

– Sim. Somente... ocupado, mais do que o habitual – respondeu ele, com um fraco sorriso. – Se posso ser honesto, *signorina*, desde sua partida, Sua Excelência se tornou... agitado. Irritável. Ele perde a cabeça. Muda de ideia. Comecei e desmanchei pelo menos uma dúzia de diferentes projetos. – Ele encolheu os ombros. – Principalmente desenhos de canais, fortificações, pontes, até novos teares para suas muitas fábricas de seda. – Ele mexeu a mão como se estivesse matando uma mosca.

– Você também está pintando para ele?

– Sim. Outro retrato... – Ele hesitou, estudando seu olhar. Um silêncio desconfortável se estendeu entre eles.

– Lucrezia Crivelli – Cecilia sussurrou.

Mas Leonardo não respondeu. Ele não precisava.

– Entendo – disse Cecilia, se desesperando por um momento ao saber que Ludovico tinha arranjado outra amante tão rapidamente. Sua própria camareira e pretensa amiga.

Que garota ingênua eu fui, Cecilia reprovou a si mesma.

O artista suspirou e logo mudou de assunto.

– Ludovico primeiramente ampliou os jardins ao redor do palácio. Depois, mudou o plano mais uma vez e voltou às fortificações ao longo da fronteira leste da cidade. Retomamos a ideia de uma estátua equestre de bronze para imortalizar seu pai. Eu tinha proposto essa ideia a ele anos atrás e até fiz um modelo de barro em tamanho real. Você mesma sabe que há muitas paredes brancas no palácio que poderiam ser pintadas. E o próprio duque me prometeu trabalhar na Santa Maria della Grazie. Suponho que eu deveria ser grato. Consegui trilhar meu caminho até cair nas graças de Sua Senhoria com a minha oferta para apoiar seus esforços militares. Mas, no fim, isso se tornou um grande fardo. Eu confessaria isso apenas a você, já que é capaz de entender o que quero dizer quando me refiro às oscilações no coração de Sua Senhoria.

– E Bernardo?

As sobrancelhas de Leonardo se arquearam.

– Se você quer saber a verdade, já não é ele mesmo. Passa seus dias na biblioteca, lendo e escrevendo poesia. Tentou fazer amizade com Beatrice. Ela é estudada e viva, admito, mas não é a mesma coisa. Bernardo sente sua falta. Nós dois sentimos. E Sua Senhoria o deixou principalmente com seus próprios projetos na biblioteca, o que, suspeito, combina bem com ele – disse Leonardo com um meio sorriso. – Ludovico não dá mais atenção e apoio à vida artística de seu palácio. Em vez disso, está obcecado em fazer alianças com o trono francês e o Sacro Imperador Romano. Fica imaginando ameaças vindas de todos os cantos. Ele me fez desenhar e redesenhar planos militares até tarde da noite. Temo que possa estar compartilhando meu trabalho com eles, e eu não sei como serão usados. E Beatrice, bem, ela parece incapaz de distraí-lo.

– Por favor – disse Cecilia, levantando a mão. – Não posso mais me dar ao luxo de encher minha mente com tais preocupações. Basta-me avaliar minhas próprias circunstâncias.

– Eu sobrecarreguei você – disse Leonardo. – Não era minha intenção. Fale-me de você, bela.

Nesse momento, a babá trouxe Cesare à sala, com seu cabelo preto úmido e as bochechas gorduchas e vermelhas da soneca da tarde.

– *Amore!* – Cecilia pulou da cadeira e pegou o menino nos braços, cobrindo seu rosto com beijos.

– Homenzinho! – Leonardo exclamou, puxando suavemente a vestimenta formal do bebê. – Vejo que estão te alimentando bem aqui.

Cecilia tinha certeza de que Leonardo enxergara a imagem cuspida e escarrada do duque Ludovico, o Mouro, em seu bebê, mas teve a diplomacia de não dizer nada.

– Trouxe um presente para você – disse ele ao bebê, sorrindo. – Um retrato de sua mãe. Talvez anos à frente, quando eu me for, você vai olhar para ele pensando com carinho no homem que o pintou.

– Gostaria de poder dizer que não posso aceitar – disse Cecilia, mal conseguindo conter sua empolgação. – Mas, sim!, claro que vamos aceitar! Encontraremos o lugar perfeito para pendurá-lo. Obrigada – agradeceu ela, beijando o pintor na bochecha. – Agora venha. Um pouco de ar fresco vai nos fazer bem.

Leonardo seguiu Cecilia, com o bebê nos braços, até a sombra do pátio. Eles passaram por pedras, por rosas emaranhadas em arcos cinzentos e pela triste oliveira de Cecilia.

– Você está bem estabelecida aqui? – perguntou ele, olhando os tetos esculpidos nas arcadas acima deles. Eles vislumbraram uma das jovens empregadas da cozinha, que rapidamente desapareceu no labirinto de corredores que brotavam do pátio.

O Palazzo dal Verme era menor e não estava cheio das coisas que o outro castelo tinha, mas seria adequado para Cecilia e Cesare viverem bem. Ela havia trazido suas roupas finas, joias e algumas caixas e vasos decorativos que estava acostumada a ver em seus aposentos. Para a sua surpresa, havia até encontrado um baú para Cesare, objeto que esperava por eles repleto de tudo que um bebê poderia precisar. Enquanto desempacotava sua vida e a de Cesare, Cecilia não tinha certeza do que era pior: ser amada mas não poder ser mantida por perto ou nunca ter sido amada.

Ludovico também enviara uma babá, uma viúva que havia criado cinco meninos, para ajudá-la a criar Cesare. Tudo o que ele havia prometido a ela lhe fora dado. Um bom lugar para viver, terras mantidas em seu próprio nome, cavalos e uma empregada para ajudá-la a criar seu filho, que teria a proteção do pai quando se tornasse um homem. Ludovico, o Mouro, nunca havia prometido seu próprio coração a ela, tinha de admitir isso. Talvez, no fundo, ela soubesse desde o início que nunca o teria; sua própria mãe e o irmão haviam dito isso a ela.

– Sim – disse Cecilia. – Não é o palácio ducal, mas de muitas maneiras é melhor. – Ela gesticulou para que mestre Da Vinci se sentasse em um banco ao lado de um antigo jardim de ervas e plantas medicinais agora sufocado por ervas daninhas. – Eu tenho tudo de que preciso. Uma camareira. Uma ama de leite. Um cozinheiro. E livros! Mais do que eu poderia ler em toda a vida.

– E não há uma *dogaressa* sob o mesmo teto.

– Sim! Isso é o que eu mais gosto – disse ela, rindo. – Eu não sei quanto tempo vai durar, mas vou apreciar cada momento enquanto posso.

Ela não gostava de admitir que os dias eram longos e solitários, que não saberia para onde ir quando Ludovico decidisse que seu tempo ali havia acabado. O artista pareceu ler sua mente.

– Você sabe para onde vai depois daqui, *signorina* Cecilia?

Confrontada com a questão de ir para o convento ou ficar no castelo, ela escolheu facilmente uma vida tênue com Ludovico, o Mouro. Mas, desta vez, as coisas não eram tão simples. Cecilia não era mais uma garota ingênua. Ela sabia mais agora, havia se tornado uma mulher e entendia que suas decisões tinham consequências de longo alcance. Sua resolução de ficar no castelo contra a vontade da mãe havia sido uma decisão de menina que achava que era mulher, mas agora ela tinha um filho em quem pensar, não podia pensar apenas em si mesma.

– Meu irmão me encorajou a fazer meus votos no Monastero Maggiore. Foi isso que me trouxe a Milão originalmente.

Leonardo assentiu.

– Uma solução lógica. O Monastero Maggiore está cheio de mulheres bem-nascidas e educadas. Você encontraria outras ali que compartilham os mesmos interesses e talentos.

– Assim me disseram – disse ela. – Mas não consigo me imaginar deixando meu filho para trás. – Ela olhou para o bebê com tanto amor e adoração que, para qualquer um que a visse, ficaria nítido quão profundamente ela se importava com o filho. Como se entendesse as palavras de sua mãe, o menino acariciou suas bochechas com as mãos gordinhas. – Eu o amo mais do que jamais pensei que poderia. Ele é tão lindo e me traz tanta alegria! Sendo assim, parece que a única outra opção para uma mulher respeitável como eu – disse ela, meio sorrindo – é se casar.

As sobrancelhas de Leonardo se ergueram.

– E é isso que você quer, *signorina* Cecilia?

– Eu... Não posso ir para um convento. Não é o lugar certo para mim. Quero estudar, escrever poesia e passar os dias na biblioteca. Talvez eu pudesse ter ido antes de morar no castelo, mas agora não posso mais. Sou uma mulher agora e... mais importante... eu não posso nem pensar em deixar Cesare.

– Então sua decisão foi tomada – afirmou ele. – Você vai se casar.

– É o único caminho para uma mulher respeitável, não? Mas existe apenas um problema. Quem tomará uma mulher marcada com uma criança bastarda? Mesmo uma de alto escalão?

Eles ficaram quietos por alguns minutos, ouvindo os pássaros esvoaçando nos caramanchões do pátio em ruínas. Cesare descansou a cabeça no colo da mãe, satisfeito, e olhou para Leonardo com uma expressão curiosa.

Leonardo parou de andar e estendeu a mão para o garoto.

– Vim aqui em parte para fazer um convite – disse ele a Cecilia. – Na festa de São Tiago, vou conhecer um novo e potencial patrono que me convidou para San Giovanni na Cruz, perto de Cremona. Ele é um conde. Viúvo.

Cecilia também parou de andar e olhou para Leonardo, desconfiada, mas ele continuou.

– O conde Brambilla é um patrono ativo da pintura e da escultura. Música. Poesia. Ele pediu que eu levasse uma amostra do meu trabalho para apresentar a ele. A notícia dos meus serviços prestados para Ludovico, o Mouro, se espalhou, e agora recebo regularmente convites muito promissores de toda a Lombardia. Desta vez, pensei que poderia levar seu retrato, sabendo que é um dos melhores exemplos de minhas habilidades. E talvez ele também goste de ver a modelo, apenas para garantir que se trata de uma semelhança verdadeira. Você consideraria vir comigo?

81

EDITH

Munique, Alemanha
Janeiro de 1946

Edith estava sentada sozinha, de pernas cruzadas, no meio do chão frio, olhando para uma grande tela representando uma batalha naval, quando percebeu que havia alguém parado na porta. Soldado Bonelli. Dominic.

Ela o viu hesitar e começar a se virar em direção à saída, então se levantou e endireitou a saia. A luz de inverno da janela alta derramava gelo e prata sobre Edith, fazendo refletir as lágrimas que escorriam por suas bochechas avermelhadas.

Dominic parou.

– Senhorita?

Edith levou a mão branca ao rosto e enxugou as lágrimas.

– Sinto muito – disse ela, fungando. – Não é nada.

– Não se parece com nada – disse Dominic.

Edith segurou o cabelo, puxando-o para trás, descobrindo o rosto.

– Pinturas como esta eram as favoritas de Heinrich. – Ela apontou para a imagem da batalha naval, navios disparando canhões na escuridão. – Eu costumava trazê-lo para o museu depois do expediente, e nós caminhávamos juntos pelas galerias vazias. Era... maravilhoso. – Um sorriso irrompeu enquanto mais lágrimas contornavam o queixo de Edith e desciam pelo seu pescoço. – Ele não entendia muito de arte, mas sempre adorou as cenas dramáticas. Podia sempre enxergar quando algo era lindo, mesmo que não conseguisse entender o porquê. Depois que eu comecei a estudar, ele me provocava a descrever tudo assim... qual era a palavra mesmo? Corretamente, precisamente... *tecnicamente*. – Ela fungou e abriu um meio sorriso. – Ele costumava dizer que a melhor beleza era aquela que era bonita sem esforço. – Sua voz falhou na última sílaba. Ela colocou a mão sobre a boca e soluçou.

Desajeitado, o americano colocou a mão no ombro dela. Edith lutou para encontrar a voz novamente.

– Destruíram tudo... – Ela olhou para Dominic, desistindo de conter as lágrimas. – Por que tiveram que destruir tudo?

– Eu gostaria de saber – disse Dominic.

Edith ouviu a voz do soldado falhar e pensou ter visto lágrimas ameaçando brotar em seus olhos também.

– Meu pai sempre me ensinou que a arte era uma das coisas que dava às pessoas algo pelo que viver, por isso temos que preservá-la, compartilhá-la. Eu nunca entendi por que alguém poderia presumir que pode possuir um pedaço do passado assim, um pedaço do passado que pertence a todos nós.

Dominic se recompôs.

– Seu pai parece um homem inteligente. Nunca pensei que poderia arriscar minha vida por uma obra de arte. Mas... – ele continuou – é exatamente isso que temos feito todos esses meses. Fico feliz que pelo menos algumas pessoas acham que tenha valido a pena.

– Valeu a pena, senhor Bonelli – disse ela, quase num sussurro.

– Dominic.

No que pareceu um eterno período de silêncio, os dois permaneceram dolorosamente perto, ouvindo apenas o som de Edith tentando controlar a respiração. Ela sentiu uma agitação no estômago, uma sensação que não vivenciava desde aquele dia em que embarcara em um trem para Cracóvia. Sentiu-se estranhamente segura na presença daquele soldado americano. Em um instante, pensou, ele poderia puxá-la com força para seu peito e não haveria como voltar atrás. Seria a coisa mais natural do mundo. Parte dela queria ser envolvida no calor, na segurança de seu abraço. Sabia em seu coração que, se ele tentasse abraçá-la, ela não resistiria.

Em vez disso, Dominic quebrou o feitiço. Ele deu um passo para trás e ela enxugou as lágrimas do rosto com as duas mãos. Edith seguiu sua deixa, separando-se dele. Ela o viu entrelaçar os dedos atrás das costas e começar a andar de um lado para outro no recinto escuro.

Diante do retrato de Cecilia Gallerani no cavalete, Dominic parou. Deu um passo para mais perto da pintura e gesticulou para a criatura branca nos braços de Cecilia Gallerani.

– Esse bicho... – disse ele. – Parece um rato.

Toda a pressão que havia se acumulado na sala foi subitamente liberada. Edith virou a cabeça, rindo, aliviada das lágrimas.

– É um arminho. – Ela deu de ombros. – Mas você está quase certo. É uma espécie de roedor.

– Por que uma garota rica e bonita como ela carrega um roedor por aí?

Edith balançou a cabeça.

– Você é engraçado, Dominic – disse ela, o sorriso meio escondido por uma mecha de cabelo. – Um arminho branco é um símbolo de pureza. As pessoas nobres costumavam adornar as vestes com suas peles. É provável que seja mais um símbolo do que um animal de estimação real, embora algumas senhoras possivelmente mantivessem furões como animais de estimação.

– Estranho para um animal de estimação – disse Dominic. – Ainda parece um rato para mim.

Edith riu e deu um empurrão no ombro dele.

– Vá terminar seu esboço e pare de me incomodar.

8 2

DOMINIC

Munique, Alemanha
Fevereiro de 1946

Dominic observou os dedos de Edith se moverem com ternura sobre as bordas do retrato de Da Vinci. Seu toque foi suave e certeiro quando ela o soltou da moldura, centímetro por centímetro, cuidadosa e meticulosa, focada. Quando ela estava profundamente concentrada, Dominic notou que tendia a morder um dos lados do lábio inferior, dobrando o canto da boca rosada. Ela não emitiu nenhum som: tinha as mãos firmes e os olhos cinzentos focados no trabalho. Ele admirou um pouco a sua beleza sem verniz antes de falar.

– Essa é a moldura original?

– Certamente não.

Edith não olhou para cima enquanto pressionava suavemente a última ponta do quadro para fora da moldura.

– Pouquíssimas imagens do Renascimento italiano têm as molduras originais, a menos que a madeira já fosse parte integrante dos painéis de madeira pintados... – Endireitando-se, ela deu um passo para trás. Seu cabelo castanho enrolado nas pontas rodopiava em sua bochecha, enquanto examinava seu trabalho com um olhar crítico. – É provável que Da Vinci tenha projetado sua própria moldura para este quadro; e possivelmente seria diferente desta. Deve ter se desprendido da pintura em algum momento.

A essa altura, Edith respondia às perguntas de Dominic automaticamente. Havia levado semanas para que ele criasse coragem de mostrar a ela um de seus esboços. E, mesmo assim, não foi o seu favorito: um desenho de Sally feito a partir de sua memória, não o rosto inteiro, apenas uma parte da qual não conseguia esquecer; a linha afiada de sua mandíbula juntando-se à curva suave do pescoço. Em vez disso, mostrou uma de suas muitas reproduções da garota encantadora que Da Vinci havia pintado séculos atrás. Desde então, Edith levava suas perguntas a sério. E ele tinha muitas.

– Em que tipo de painel foi pintado? Como é que o solvente limpa a pintura, mas não danifica a tinta? Como você aprendeu a restaurar arte?

Essa última levou a mais perguntas, perguntas que nem sempre tinham a ver com arte. A princípio, as respostas de Edith eram evasivas. Rápida e paciente com as inúmeras questões sobre arte, ela tinha sido cautelosa sobre sua vida pessoal, e, quando finalmente se abriu, Dominic viu o porquê. Aqueles olhos cinzentos podiam ficar escuros como uma tempestade diante da dor quando era questionada sobre sua família. Ele sabia que ela morava com o pai doente e idoso; ele parecia ser a única família que lhe restava. Quando Edith lhe contou sobre a perda de seu noivo na Polônia, o coração de Dominic quase se quebrou por completo.

À medida que as semanas e depois os meses passavam, Dominic ficou surpreso ao saber que Edith Becker, aquela modesta conservadora de arte, não só tinha sobrevivido como assistente pessoal do homem que os jornais agora chamavam de "O Açougueiro da Polônia", como também tinha carregado pessoalmente o retrato de Leonardo da Vinci em trens e veículos blindados na Polônia e na Alemanha várias vezes.

Dominic estava sentado em uma das mesas do estúdio de conservação. Seu trabalho como guarda de segurança era fácil demais depois de tudo que havia encontrado no campo. Ele observou Edith, vestindo um avental de lona sobre seu vestido simples, deitar uma folha de ouro em uma moldura com um pincel fino.

– Você nunca ficou tentada a fugir com ele? – perguntou. – Guardá-lo para si mesma?

– Não – respondeu ela.

– Mas certamente você merecia manter pelo menos uma obra-prima – brincou ele. – Você trabalhou tanto para manter a pintura segura todo esse tempo. Você mesma se colocou em risco.

Seu sorriso desapareceu.

– Todos nós corremos riscos, Dominic; por vontade própria ou não.

– É verdade.

– Isso pode parecer estranho, vindo de alguém que fez carreira em torno da arte, mas nunca quis ter um destes para mim. Só desejo estudá-los, salvá-los. E agora, em última análise, devolvê-los aos seus devidos lugares. Quando eu retornar ao meu trabalho no museu, essa será a minha missão. Devolver cada obra ao seu proprietário original. Os que sobraram.

Dominic se perguntou o que poderia ser dito do continente despedaçado, do mundo quebrado ao seu redor, em sombras pela guerra. Seria preciso mais do que arte para recolher os pedaços desse mundo dilacerado pelo conflito. Mas agora ele sabia que a arte desempenharia um papel cuja importância não poderia ser negada.

– Você mesmo deveria entender isso. Você desempenhou um papel importante – disse ela.

Dominic deu de ombros.

– Só fizemos o que era possível para salvar vidas. E para salvar qualquer arte que pudéssemos.

Naquele momento, as portas atrás deles se abriram e dois homens entraram na sala. Dominic saltou da mesa e imediatamente fez uma saudação, reconhecendo um deles como o diretor do Ponto Central de Coleta.

– Senhor!

– À vontade, soldado – disse o diretor. – Estou procurando a senhora. – Ele abanou a cabeça na direção de Edith.

Edith largou a escova e enxugou as mãos no avental.

– Senhor?

– *Fräulein* Becker é uma das melhores restauradoras de arte que temos – disse o diretor ao outro homem. – Ela tem trabalhado no retábulo também. Edith, este é o major Karol Estreicher. Ele é um oficial polonês que vem trabalhando conosco para identificar trabalhos que devem ser devolvidos ao seu país.

O major Estreicher assentiu vagamente, mas seus olhos não estavam em Edith. Eles miravam a beleza crescente do grande retábulo de Veit Stoss, agora desmontado nas sombras.

A sala estava muito mais cheia agora do que quando Dominic tinha estado ali pela primeira vez, havia quase um ano. Metade estava ocupada pelo enorme retábulo de Veit Stoss, uma sombra volumosa na sala escura. O retábulo de vários painéis se erguia contra uma parede, numa gigantesca coleção de painéis pintados e esculturas elaboradas, desmontada em vários pedaços. Dominic imaginou que, totalmente montado, podia chegar a próximo de doze metros de altura.

Dominic já havia passado horas desenhando a peça e só tinha conseguido terminar todas as figuras de um dos painéis. Ele reconhecera a Virgem Maria e a maioria dos apóstolos, mas não conseguia interpretar outras cenas. Havia assistido a conservadores e curadores fervilharem ao seu redor por semanas, examinando as armaduras que o mantinham unido, estudando-o e discutindo sobre como tudo poderia ser embalado com segurança para o transporte de volta à Polônia. Edith havia dito que era um dos maiores tesouros nacionais do país. Sempre esteve atrás do altar-mor da Basílica de Santa Maria em Cracóvia antes de os nazistas a tomarem.

Agora, Dominic observou o oficial polonês chegar alguns passos mais perto do retábulo, como se estivesse em um sonho, e estender a mão para tocar um dos relevos dourados. Seu belo rosto se contorceu e lágrimas se acumularam em seus olhos. Voltando-se para Dominic, Edith e o diretor do Ponto de Coleta, ele conseguiu dizer, muito emocionado, duas palavras com um forte sotaque:

– Muito obrigado.

Então tirou o chapéu e caiu de joelhos, olhando o retábulo como se pudesse absorver tudo com os olhos. Por longos minutos, a sala caiu em uma reverência silenciosa que Dominic não tinha encontrado desde que vira o vigário Stephany ficar de joelhos diante das relíquias de Carlos Magno na mina de Siegen.

O major Estreicher finalmente se recompôs e se levantou. Recolocou o chapéu e engoliu em seco. De olhos vermelhos, se voltou para eles, com as costas rígidas e resolutas.

– Estou aqui para levá-lo para casa – disse ele. – Estou muito honrado e humildemente aceitei o privilégio de ter sido selecionado para esta tarefa. É um dos maiores tesouros da Polônia. É uma das poucas coisas que meu país deixou. Obrigado por cuidar bem disso todo esse tempo.

Dominic viu a compostura de Edith oscilar por um segundo, mas ela conseguiu disfarçar.

– Major, devo apresentá-lo a Dominic Bonelli... – Ela tocou o braço dele. – Ele é um dos nossos melhores guardas. Fez um ótimo trabalho certificando-se de que o retábulo e outras peças de arte fossem mantidas em segurança aqui em Munique. Mas também é responsável por proteger muitas obras de arte em toda a Europa. Ele até ajudou a resgatar o Da Vinci da *villa* privada de Hans Frank.

Os olhos de Estreicher pousaram em Dominic. O rapaz sentiu aquele polonês alto estudar suas feições, correndo os olhos inteligentes de cima a baixo em sua pequena estatura.

– É verdade mesmo? – perguntou ele. – Então vou me certificar de que você venha conosco à Polônia para devolver essas obras, senhor Bonelli. Claramente, você é a pessoa certa para o trabalho. Além do mais, precisaremos de alta segurança no trem.

Dominic sorriu ao mesmo tempo que seu coração afundou. Seu lar nunca pareceu tão distante.

83

DOMINIC

Munique, Alemanha
Abril de 1946

Sua mochila era uma superfície áspera para desenhar, mas Dominic aprendera a usar praticamente qualquer coisa: a terra, os joelhos, até mesmo o cabo do rifle. Seu lápis trabalhava rapidamente pelo papel, desenhando a silhueta de uma jovem. Sua modelo desavisada estava na plataforma do trem no frio fresco da manhã de primavera, a luz atrás dela desenhava as curvas de sua silhueta; com uma inclinação suave do quadril em sua longa saia de lã e o cabelo na altura do queixo.

Edith mordia o lábio de novo. Ela agarrou uma prancheta de madeira nos braços, indiferente ao frio que desafiava sua jaqueta de lã, enquanto verificava os registros de embarque para o lote que voltava à Polônia. A fila de vagões parecia sem fim; se estendia ao longe, a visão das silhuetas quadradas ainda torcia um pouco o estômago de Dominic. Por mais que tenha gostado de trabalhar no Ponto de Coleta Central, não estava arrependido de ter saído de Munique. A esperança que nutria era a de que se aproximava de sua última parada na Europa.

Dominic virou o lápis um pouco de lado, em uma posição que Edith havia ensinado a ele, adicionando luz e sombra ao esboço. Era uma das últimas páginas em branco deixadas em seu caderno. Ali, havia dezenas de cópias de

Dama com arminho, que ele havia saudado em particular bem cedo naquela manhã. Ela era uma das poucas coisas das quais sentiria saudades da Europa. Não era, no entanto, a única dama de quem sentiria falta, um pensamento que tentou afastar.

Em vez disso, pensou na carta de Sally que mantinha guardada no bolso da camisa, perto do coração. A melhor coisa sobre o fim da guerra até agora era o correio funcionando novamente. Ele tinha enviado tantos desenhos para Sally, mostrando-lhe sua vida em carvão e papel: desenhos dos homens, dos prédios e, principalmente, da arte. Colocar cada um deles em ordem em um envelope, escrever o endereço de casa e enviá-los de volta para a América eram atos que lhe mostravam que talvez, afinal, sua casa era algo real. Como se o passado não tivesse sido apenas um sonho feliz do qual tivesse acordado e se deparado com um mundo real frio e inóspito, para onde tinha sido empurrado e levado de um lugar a outro conforme os caprichos de seus comandantes.

Ele estava feliz por deixar Munique, mas cada parte de si gritava que estava indo na direção errada. Em vez de ir para o oeste, para casa, aquele trem o levava para o leste, para a Polônia, com um comboio de vagões que devolveriam os tesouros da nação. Ele sabia pela escrita frenética e pelas manchas de lágrimas no papel que Sally estava sofrendo tanto quanto ele.

Dominic deu uma última olhada no estudo rápido que havia feito de Edith. Queria se lembrar dela assim: inteligente, eficiente, naturalmente bonita. Ele o dobrou e segurou em uma mão enquanto com a outra enfiava o caderno de desenho ordenadamente na mochila.

Encostado em uma parede nas sombras da estação de trem, ele observava os trabalhadores carregando os últimos itens que estavam sendo mantidos no antigo quartel-general nazista. Eles passaram dias cuidadosamente embalando as pinturas, esculturas, livros e manuscritos em engradados e carregando-os com cuidado nos vagões. Todos tesouros que os nazistas haviam cruelmente roubado da Polônia; todos estavam voltando para casa. Dominic desejou que ele também pudesse ir para casa.

Fazia quase dois anos desde que desembarcara na praia, na Normandia. Cecilia estaria correndo por aí agora. Ele tinha perdido tudo: suas primeiras palavras, seus primeiros passos, sua transformação de bebezinho em um pequeno ser humano com os próprios pensamentos, ideias e expressões. Com uma pontada, percebeu que nunca tinha escutado sua filha de quase três anos falar. Fechou os olhos apertado, lembrando-se das palavras da última carta de Sally a ele.

Cecilia perguntou ontem quando papai voltaria para casa, ela tinha escrito. *Mal posso esperar para ter uma resposta para ela.*

Dominic olhou para cima. O vento bateu na saia de Edith, pressionando o tecido contra sua figura bem torneada; ele permitiu que seu olhar percorresse a curva de seu quadril. Era hora de deixá-la ir, deixá-la aqui em sua pátria; ela queria que a vida voltasse ao normal tanto quanto ele.

O major Estreicher aproximou-se dela no cais de carga, carregando seu próprio registro. Eles consultaram os papéis um do outro e confirmaram tudo. Dominic sabia que aquele era o sinal para partir. O major Estreicher virou-se e acenou para ele, depois dirigiu-se ao trem para dar o sinal verde da partida.

Dominic verificou o espaço ao redor para garantir que nenhuma das páginas tinha caído de seu caderno de desenho e se aproximou do trem. Edith estava na plataforma de carregamento, com o registro do despacho pendendo de suas mãos. De repente, o olhar dela foi ficando cada vez mais desolado enquanto o observava se aproximar. Ela estava ali, abandonada e sozinha.

– Não se preocupe – disse ele. – Cecilia estará em boas mãos. Você pode confiar em mim.

– Eu já confio em você com Cecilia – disse ela. – Você já a salvou uma vez. Eu sei que vai levá-la para casa.

A mochila de Dominic havia sido carregada no trem. Ele olhou para o oeste uma vez antes de se virar para Edith. Por um longo momento, os dois ficaram em um silêncio constrangedor. Em uma ausência de palavras, Dominic finalmente estendeu o esboço dobrado em sua mão.

Edith o pegou, desdobrou e estudou. Ela sempre tinha algo a dizer sobre seus esboços; para cada elogio, havia uma crítica em contraponto, estimulando-o a melhorar. Mas não hoje. Ela sorriu para ele com lágrimas nos cantos dos olhos, detidas na suave prisão de seus cílios.

– É perfeito – disse ela.

Edith havia sido sua amiga em tempos sombrios. Mas o coração de Dominic ansiava por voltar para casa, para uma moça que estava criando dois bebês sem ele, uma menina que o esperava pacientemente por anos. Ele estendeu a mão para Edith e viu o sorriso dela se transformar em tristeza.

– Viaje com segurança, soldado – disse ela. – Espero que você volte para casa, para sua esposa e para suas filhas em breve. – Depois, Edith colocou a mão no bolso do casaco e tirou um pequeno e, novo, maço de papel. – Aqui está uma coisinha para mantê-lo ocupado no trem – disse ela. – Você deve continuar desenhando, sabe?

Dominic pensou que sua voz falharia se falasse agora. Ele apenas assentiu e sorriu para Edith. Depois se virou e pulou no trem quando o apito soou. Enquanto a locomotiva sacudia, movendo-se para longe, trilhando o caminho no compasso rítmico dos pistões, sua última impressão de Munique foi a da silhueta de Edith na plataforma. Ela estava exatamente do mesmo jeito que estivera naquele encontro no topo de uma colina bávara meses atrás. Sozinha. Forte. E corajosa.

84

CECILIA

Palazzo dal Verme
Outubro de 1491

— *Attento. Attento!*

Da janela do segundo andar, Cecilia observou a mãe acenar com a mão rechonchuda sob o nariz de um criado que levava uma pequena caixa para a parte de trás de uma carruagem. A mãe abanava um leque sobre si mesma, seguindo o jovem que se esgueirava pela porta do palácio, depois importunando-o novamente durante todo o caminho de volta à carruagem. Ela não parava quieta, repreendendo e pegando no pé do pobre homem, que andava de um lado para outro cuidando dos bens de Cecilia.

Cecilia só conseguia balançar a cabeça e rir diante daquela visão. Mesmo que estivesse deixando a proteção de Ludovico, o Mouro, com muito mais do que veio, observando lá do alto, do ponto de vista de sua janela, suas posses materiais pareciam escassas. Havia um baú cheio de vestidos, uma grande caixa repleta de adornos de cabelo e joias, outra com sapatos de cetim, couro e veludo. Um xale feito de raposa. Uma pequena caixa de madeira com brinquedos e animais costurados à mão para Cesare.

Depois, a surpresa. Em uma manhã fresca, sua mãe.

Signora Gallerani apareceu sem aviso prévio no Palazzo dal Verme com Fazio ao seu lado. Atrás deles, uma velha mula havia puxado um carrinho carregado com uma caixa de dote, um baú cheio de roupas de cama e mesa costuradas às pressas, um velho manto que pertencera ao seu avô e o cobertor favorito de sua cama na infância.

Cecilia ficou de queixo caído, mas sua mãe ofereceu poucas explicações. Em vez disso, rapidamente pegou Cesare nos braços abundantes, sufocando-o com beijos e sussurrando promessas. Cecilia ficou sem fala, com a mão no trinco da porta, vendo a mãe entrar em sua vida depois de tantos meses de silêncio. Fazio apenas deu de ombros.

E agora, da janela, Cecilia via a mãe repreender o jovem que estava arrumando a carruagem que a levaria para sua nova vida, a seu novo marido.

– Minha filha é uma condessa! – sua mãe continuava repetindo. – Vocês devem tratar as coisas dela com o maior cuidado.

Cecilia abafou o riso: condessa. Esposa de um conde. Outro Ludovico.

Em uma casa de campo arrumada e elegante, o conde Ludovico Carminati de Brambilla esperava Cecilia. Uma caixa com todos os seus títulos de terra – pesados com selos de metal e cera – tinha sido enviada para a casa do conde Brambilla, em San Giovanni na Cruz, para garantir o lugar de Cecilia. Além disso, havia inventários de suas ovelhas, rebanhos de gado e um estábulo de cavalos. Agora, tudo o que restava eram seus pertences pessoais, ela mesma e seu pequeno Cesare. Perguntou-se se o conde Brambilla também estava preparado para a mãe dela.

Ele parecia gentil. Curvou-se para ela e lhe falou baixinho, com seus olhos azuis suaves. Não muito belo; ele também era muito mais velho do que ela, tinha cabelos grisalhos e testa alta. Cecilia confiou no mestre Leonardo para saber dos detalhes. Conde Brambilla era um latifundiário íntegro com uma longa herança familiar no comércio de lã, ele disse. Sua jovem esposa havia sofrido uma série de gestações fracassadas antes da última tentativa de dar à luz uma criança viva que também tirou sua vida. Por quase dez anos, ele morou sozinho na casa grande, sem herdeiros para sua propriedade. Cecilia viu por si mesma: fileiras de jardins bem cuidados com insetos zumbindo; quartos vazios e perfeitamente em ordem; uma grande cozinha térrea onde o cozinheiro passava a maior parte do tempo cochilando na mesa de madeira.

Conde Brambilla era um patrono ativo da poesia, da pintura e da música, Leonardo lhe dissera. Ele promovia reuniões bem frequentadas com muitos convidados, mas, agora, a vida tinha saído da casa. Gostava da companhia de pintores e músicos, ansiava reviver sua corte, mas tinha sido incapaz de fazê-lo sozinho. Cecilia sabia que esse papel seria fácil para ela: uma nova chance para cantar, escrever poesia, passar tempo na companhia de pessoas. Sabia em seu coração que poderia trazer aquele lugar de volta à vida.

Rapidamente ficou claro que o conde a queria como esposa. Levou apenas dias para ele despachar seu notário com um contrato de casamento ao irmão de Cecilia. E, para a surpresa dela, sua posição como amante de Ludovico, o Mouro – e até ser a mãe de seu filho bastardo –, não foi nenhuma barreira. Na verdade, em vez de ser tratada como uma prostituta imunda, de repente ela passou a ser vista com um status estimado. Com seu desejo mais vil por Cecilia, Ludovico Sforza havia conferido a ela um status social. Até as freiras estavam ansiosas para que Cecilia se juntasse a elas, enviando seu confessor a fim de fazer uma petição a seu irmão. Mas Cecilia não tinha sido convencida, pois possuía apenas um desejo. Uma condição. E uma dúvida.

Foi só quando o notário voltou com o contrato de casamento, em que o conde prometia cuidar de Cesare da mesma maneira que cuidaria de Cecilia, que ela finalmente respirou aliviada. Não se apegou à ilusão de que um homem, pouco mais que um estranho, poderia aceitar o menino como seu próprio filho, mas não iria a lugar algum sem ele. O pensamento de uma vida atrás das paredes do convento, sem Cesare nos braços, era insuportável. Ela acenou com a cabeça para que Fazio assinasse o contrato de casamento com o conde Ludovico Carminati de Brambilla em nome da família Gallerani. Com a notícia de que sua filha seria uma condessa em vez de uma concubina de alto escalão, a mãe de Cecilia correu para o Palazzo dal Verme com uma mula e um baú de dote, limpo de teias de aranha e poeira.

Cecilia saía agora do Palazzo dal Verme pela última vez e saía também da vida de Ludovico, o Mouro. Ela entrou no pátio ensolarado e frio na frente do palácio. Havia apenas duas coisas que queria: seu bebê e seu retrato.

Dentro da carruagem, Cesare, contente nos braços da avó, não fez nenhum movimento em direção a Cecilia. Vendo seu sorriso, e o de sua própria mãe, Cecilia sorriu também.

– Onde está o retrato? – ela perguntou ao criado.

– Está aqui, *signora contessa* – disse ele, levantando do compartimento do passageiro o retrato que Leonardo da Vinci tinha cuidadosamente embrulhado para ela. Então ele estendeu a mão para Cecilia enquanto ela subia ao seu lado.

O cocheiro da carruagem fez sinal para os cavalos partirem. O cheiro de terra molhada subia quando os cascos dos cavalos a rasgavam, e as rodas rangeram até ganharem velocidade pelo caminho além dos portões.

8 5

LEONARDO

Milão, Itália
Outubro de 1494

Eu vejo dois meninos rolarem o que sobrou de uma máquina voadora através das grandes portas duplas do estábulo da Corte Vecchia. Pouco mais que um esqueleto de madeira lascada e seda rasgada. Desta vez, atraiu centenas para a praça diante da fachada da catedral. Outro espetáculo. Outra chacota. Eu talvez tente uma abordagem diferente na próxima, isto é, se eu puder me esquecer da vergonha e encontrar energia para começar de novo.

Posso começar de novo, penso, pois Ludovico, o Mouro, está ocupado com outros assuntos e me dá pouca atenção agora. Ele é o duque de Milão, finalmente, e tem assuntos mais sérios para tratar. O novo título muda pouco, eu acho, pois Ludovico, o Mouro, é o duque interino há muitos anos, mesmo que tenha sido apenas regente.

Qualquer um poderia ter previsto a morte do pobre Gian Galeazzo, o pequeno duque que costumava assombrar os corredores desta casa quando menino, finalmente crescido o suficiente para representar uma ameaça real. Envenenado em plena luz do dia, sussurrou para mim Marco, o harpista, no corredor do palácio. E ainda estava sentado na cabeceira da mesa. Os criados estão dizendo que o próprio médico de Sua Senhoria misturou o veneno, contou-me Marco. Mas não haverá consequências além da passagem do título para Ludovico, o Mouro, pois quem tem o poder de desafiar sua autoridade, afinal?

Cecilia Gallerani deixou o palácio ducal em boa hora, eu acho. Não posso deixar de sorrir ao pensar em Cecilia, agora uma condessa com tudo o que tem direito, a apenas um dia de carruagem daqui. Devo ir visitá-la, penso. Gostaria de ver onde ela pendurou o retrato que fiz; saber se o marido dela, o outro Ludovico, aprecia a semelhança que obtive de sua esposa.

Além disso, há muito o que contar. Cecilia aprovaria a proposta de Beatrice para encontros noturnos, cheios de novos sonetos, novos entretenimentos, novos jogos de dados. Eu tinha minhas dúvidas, mas a duquesa tem se tornado uma consorte boa e habilidosa para Ludovico, o Mouro, apesar de sua juventude.

Mesmo assim, Beatrice não foi completamente bem-sucedida em distrair Sua Senhoria. Nos corredores, os criados sussurram que Lucrezia Crivelli está grávida e que Ludovico reservou pomares e uma torre perto do lago de Como em seu nome.

Mas, por mais que eu goste da ideia de uma viagem para ver Cecilia Gallerani em sua propriedade muito além dos muros de Milão, me pergunto se ela vai dar as boas-vindas a mim e aos meus contos do palácio ducal. Talvez eu não devesse encher sua mente com tal forragem. É bem melhor que ela tenha deixado tudo isso para trás.

86

DOMINIC

Pittsburgh, Pensilvânia, Estados Unidos da América
Maio de 1946

Um mês depois de deixar Cracóvia, Dominic se viu em um trem novamente. Mas desta vez não havia rifle em suas costas. Nem capacete ao seu lado. Nenhuma pintura sob sua vigilância. Sua mochila não continha mais munição ou provisões. E seu coração sentia-se tão leve como o sol que caía em raios quentes através das janelas do trem à medida que avançavam pela paisagem verde do país onde nasceu.

Dominic não tinha pensado muito nos Estados Unidos durante a longa viagem para casa vindo da Europa: sua mente estava totalmente ocupada com Sally e as crianças. Mas, quando seus pés tocaram a terra em Governors Island, ele foi tomado de emoção. Ignorando a multidão que assistia àquele momento, ele largou a mochila, caiu de joelhos e apertou os lábios contra o chão, com lágrimas escorrendo dos olhos.

O grupo não ficou em Nova York por muito tempo. Parando apenas para fazer a barba e vestir um uniforme limpo, ele e outros jovens inundaram a Grand Central Station. Dominic desceu até a plataforma onde um condutor marchava entre dois trens, um com destino a Pittsburgh, outro para San Antonio. Dominic fez uma pausa em seu assento enquanto observava o trem para o Texas afastar-se da estação. Sem Paul. Para muitos soldados, não haveria como voltar para casa.

O único consolo de Dominic era que ele tinha tido um papel, por menor que tivesse sido, na volta para casa não apenas da obra de Leonardo da Vinci, o retrato da encantadora Cecilia Gallerani, mas também de muitas outras obras que ele sabia que os poloneses amavam. Voltou a pensar em seu passeio de trem de Munique a Cracóvia, cercado por caixotes de madeira que guardavam muitas pinturas e as peças desmontadas do grande Retábulo de Veit Stoss. Ele pensou na aparência esfarrapada das pessoas correndo ao lado do trem, tão aliviadas e animadas para ver os Aliados entrando na estação ferroviária de Cracóvia.

Agora, uma paisagem ampla e distintamente americana – familiar e, de modo estranho, ao mesmo tempo estrangeira aos seus olhos – se abria diante da janela do trem. Dominic abriu a mochila e tirou seu caderno de rascunhos, folheando-o até um desenho que havia guardado especialmente para Sally. Era precioso demais para ser enviado pelo correio: seu primeiro desenho de *Dama com arminho*; tecnicamente, não era o seu melhor – demonstrava a evidente falta de técnica antes de conhecer Edith –, mas cada linha trêmula apontava para a maravilha que ele sentiu ao contemplar o rosto de um original de Da Vinci. Mal podia esperar para mostrar a Sally e contar tudo a ela. Ele sabia que nunca veria aquela obra-prima face a face novamente, mas se sentiu satisfeito. Agora, gastaria seus dias desenhando aquela grande pintura atemporal que era sua bela esposa, encorajado pelas palavras que o atraíram por tantos momentos difíceis.

Continue desenhando.

A última etapa da jornada pareceu levar anos, mas finalmente o condutor anunciou Pittsburgh. A atmosfera era de tremenda emoção quando o trem parou na Union Station. Militares pendurados nas janelas, acenando, chorando ao verem familiares, placas de rua e lojas que mostravam que estavam em casa. O coração de Dominic estava acelerado. Ele se pressionou contra a janela, seu estômago de repente doeu de emoção. Fazia tanto tempo... Será que reconheceria Sally? Será que ela o reconheceria, dois anos e uma guerra depois?

Quando a viu, foi como se tivessem jogado um copo de água em seu rosto. Ele não conseguia respirar. Só conseguia olhar. Foi o cabelo dela que viu primeiro, lambendo como chamas as bordas do chapéu azul-marinho que pousava em sua cabeça. Depois viu o corpo, mais bem torneado do que antes, o rosto e os olhos, que o procuravam através da multidão. Suas bochechas sardentas estavam coradas de empolgação, seus lábios se curvavam em um sorriso que perfurou seu coração como um relâmpago. Ela era a coisa mais linda que ele já tinha visto. E ele havia visto Rembrandt e Vermeer, Rubens e Fragonard – até mesmo um retrato de Leonardo da Vinci. Mas nenhum deles poderia chegar perto de igualar o sorriso de sua esposa.

Em seus braços, uma criança alcançava o rosto com os dedos gordinhos. E, ao lado de Sally, uma pequena mão lhe agarrava os dedos finos: era Cecilia. A garotinha tinha os olhos da mãe, e sua cabeleira de bebê havia crescido em uma cachoeira selvagem.

Dominic queria correr para elas, mas sentiu que não podia se mover enquanto o trem parava lentamente. Ele apenas olhou para sua família em meio àquele redemoinho rodopiante na multidão, e seu coração se expandiu tanto que lhe deu a impressão de que poderia levantá-lo no ar e fazê-lo flutuar para longe, em direção ao sol e às nuvens. As memórias da guerra giraram ao redor dele. O desembarque na praia nebulosa. A amizade com Paul, forjada durante as miseráveis marchas forçadas. A visão de Aachen. O encontro com Stephany encolhido sob o púlpito. A flor de sangue sob o corpo contorcido de Paul. Os museus bombardeados. A luta na beira da estrada enquanto se dirigia para Rhine. O cheiro de Siegen. Os esboços nos cartões de indexação em Marburg. O desfile por Munique. O encontro com a bela de Da Vinci na casa de Frank. Edith. As lágrimas do major Estreicher. Cracóvia e a multidão aplaudindo enquanto ele pendurava bandeiras polonesas e americanas nas janelas do trem. Anos de dor, perda, sofrimento, contemplando a destruição arbitrária por razões egoístas, o preconceito e o ódio injustificado contra aqueles considerados indignos da vida. O reinado do terror que foi derrotado com violência.

Ele olhou para sua família e sabia que, para mantê-las seguras, para dar a elas um mundo onde havia arte e beleza, a longa luta tinha valido a pena.

O apito do trem soou, trazendo vida de volta ao corpo de Dominic. Quando as portas se abriram, ele pegou sua mochila e seguiu por entre a multidão.

87

LEONARDO

MILÃO, ITÁLIA
FEVEREIRO DE 1497

O refeitório de Santa Maria della Grazie fica em silêncio, exceto pelo som de colheres tilintando e de cadeiras que ocasionalmente raspam o chão de pedra. Eu coloco polenta aguada em minha boca e vejo as duas dúzias de frades dominicanos amontoados ao meu redor. À minha direita, Sua Senhoria. Mas Ludovico não deu uma colherada.

Em vez disso, o duque de Milão está sentado diante do prato, olhando para a parede à nossa frente. A parede está quase toda em branco, pelo menos até agora. Lá, eu esbocei grosseiramente uma composição, uma imagem simétrica de Cristo cercado por seus discípulos. Os homens estão amontoados em uma mesa, bem como nós estamos agora. Uma Última Ceia. Sua senhoria me pediu que preparasse o afresco meses atrás, mas agora tudo que ele quer fazer é sentar-se aqui com os monges e olhar o meu *trabalho em progresso*.

De fato, desde o início de janeiro, quando a Morte derrotou o Nascimento, levando sua jovem esposa e seu bebê para a outra vida, Sua Senhoria faz pouco além de se sentar e olhar. Ele não come. Dificilmente fala. Ludovico está tão arrasado com a perda de sua Beatrice que mandou tapar todas as janelas do palácio ducal com cortinas pretas. A música, as festas, as reuniões...

Tudo isso parou. Nem mesmo Lucrezia Crivelli, pesada pelo filho que ela própria carrega, consegue consolá-lo. Apenas as camareiras se esgueiram pelos corredores escuros agora.

Sua Senhoria não fez mais do que me pedir que terminasse minha *Última Ceia* na parede norte deste refeitório e que me juntasse a ele para uma refeição aqui duas vezes por semana. Então eu me sento e como, olhando para a parede junto com Ludovico e considerando como eu poderia tornar tal imagem mais bonita e diferente de tudo o que já existiu em Milão.

E assim começo um novo projeto. Não é um veículo blindado ou uma máquina voadora, mas, até que Sua Senhoria seja capaz de pensar em tais assuntos novamente, é o suficiente para me manter a seu serviço.

88

CECILIA

San Giovanni na Cruz, Itália
Abril de 1498

Cecilia assistiu a Cesare e a filha pequena correrem por uma encosta gramada, perseguindo um desajeitado ganso branco. Em suas mãos, Cecilia segurava uma carta lacrada com o selo de cera das armas de Ferrara.

– *Attento*, Cesare! Não a deixe chegar muito perto. Ele vai morder! – Mas a garotinha só deu um gritinho de alegria e Cecilia não pôde evitar abrir um sorriso também. Seus filhos estavam prosperando naquela propriedade pacífica do conde Brambilla. Todos estavam.

Mas quando Cecilia passou a mão sobre o selo de cera, franziu a testa, preocupada. Uma carta de Isabella d'Este, a irmã mais velha de Beatrice, a esposa de Ludovico, o Mouro. Fazia um ano que Cecilia recebera uma carta formal de Isabella, compartilhando a notícia da morte de Beatrice no palácio ducal de Milão.

Na época, Cecilia achou inacreditável ouvir que Beatrice, sua ex-rival, tinha partido, ela e seu bebê natimorto, ambos vítimas de um parto implacável. Cecilia apenas estremeceu, sentindo o velho medo alcançar sua alma com dedos ossudos. Apenas a sorte, pensou ela, a poupara do mesmo destino. Cecilia tinha se ajoelhado para agradecer a Deus por sua vida naquele paraíso tranquilo no campo. Por sua própria vida e pelas de seu filho e sua filha.

Desde que compartilhara a notícia de Beatrice e seu bebê, Isabella d'Este continuou a escrever a Cecilia e até a visitou, trocando obras de poesia e música compostas na corte de Ferrara. Isabella procurava a companhia de todas as senhoras eruditas da região, o marido de Cecilia havia lhe contado. Não havia razão para não acolher sua companhia. Cecilia devia se sentir lisonjeada pela atenção da marquesa, ele lhe havia dito. Significava que ela, Cecilia, era alguém importante, afinal.

Agora, Cecilia observava o ganso pular desajeitadamente na lagoa e deslizar para longe. Na margem, Cesare o chamava e agitava os braços como asas. Cecilia sorriu, depois quebrou o lacre e desdobrou o pergaminho.

Da marquesa Isabella d'Este, Ferrara
À condessa Cecilia Gallerani, San Giovanni na Cruz

Tendo visto hoje alguns belos retratos pela mão de Giovanni Bellini, começamos a discutir as obras de Leonardo e gostaria de poder compará-las com essas pinturas. E já que nos lembramos que ele pintou seu retrato, pedimos que faça a gentileza de nos enviar seu retrato pelo mensageiro que despachamos a cavalo, para que não só possamos comparar as obras dos dois mestres, mas também ter o prazer de ver seu rosto novamente. A imagem será devolvida depois, com nossos mais sinceros agradecimentos por sua gentileza.

89

EDITH

Munique, Alemanha
Outubro de 1946

No bonde, Edith viu o rosto de Hans Frank. Por um longo segundo, seu coração parou.

Era ele, não havia como negar. Lá, na primeira página do jornal. Ela reconheceu os olhos negros de Frank, o cabelo liso na testa larga. Mas sua expressão, capturada na pequena foto granulada, parecia estranha e atípica.

Edith sentiu o coração voltar a bater, desta vez martelando no peito. O jornal estava sendo lido por um homem. Por trás do impresso, era possível ver apenas calças com vincos, sapatos engraxados e o chapéu. Edith queria parar de olhar a manchete, mas não conseguia.

GOERING COMETE SUICÍDIO;
OUTROS 10 SÃO ENFORCADOS

Ao lado da foto de Frank, havia imagens de mais nove homens. Frick, Seyss-Inquart, Von Ribbentrop e outros, com os nomes digitados em negrito abaixo de suas fotos. Ele estava realmente morto? Enforcado na Prisão de Nuremberg, como diziam as manchetes?

As rodas de metal pararam e as portas do bonde se dobraram para abrir. Edith pegou sua bolsa e desceu para a calçada, deixando para trás a imagem de Frank na primeira página do jornal. Outra imagem de Frank passou por sua mente, uma em que ele respirava em sua nuca enquanto estavam diante do retrato de Leonardo da Vinci em Schoberhof. Edith estremeceu e tentou se livrar da lembrança.

A imponente e familiar fachada da Alte Pinakothek preencheu sua vista, com uma de suas alas sendo, agora, pouco mais que uma pilha de escombros. *Mantenha o foco no presente*, ela disse a si mesma. Edith fez seu melhor para pensar no pai e em Rita em casa, e na lista de compras com ingredientes para uma torta que poderiam saborear depois do jantar de domingo. Pensou em seus planos de se encontrar com uma antiga colega de classe com quem havia cruzado por acaso na rua, uma garota que também tinha perdido o noivo em batalha. E pensou na velha pintura em um cavalete em seu estúdio de conservação, que ela estava louca para consertar. Edith finalmente sentiu seu batimento cardíaco voltar ao normal.

Mas memórias e perguntas se esgueiravam para sair da escuridão de sua mente. Onde estaria a *Dama com arminho* agora? Apenas alguns meses antes, Edith tinha lido a notícia da morte do príncipe Augustyn Józef Czartoryski, o antigo proprietário do retrato de Da Vinci, que ficara doente durante o exílio de sua família na corte espanhola. Edith sentiu-se triste com o fato de o príncipe Augustyn nunca mais ter colocado os olhos na pintura. Seu filho voltaria a Cracóvia para recuperar a coleção de arte da família? Edith esperava que, enquanto isso, o governo provisório na Polônia tivesse a precaução e o cuidado de manter a obra segura.

Edith cumprimentou o segurança do museu na entrada de funcionários e suspirou enquanto seguia o longo corredor em direção ao estúdio de conservação. Havia uma obra esperando por ela, uma natureza-morta do século XVII que havia sido trazida da Holanda. A lona tinha sido rasgada no transporte. Edith esperava trabalhar nela por algumas semanas.

– Edith!

Seu velho amigo Manfred a esperava enquanto ela pendurava o casaco no cabideiro. Manfred já havia inteirado Edith de tudo o que ela havia perdido enquanto estava ocupada trabalhando no Ponto Central de Coleta dos Aliados. Apesar do fato de que uma ala do museu tinha se tornado uma pilha de pedra destroçada e não estaria aberta ao público novamente por anos, muitas das obras de arte, galerias e escritórios permaneceram intactos.

Edith sentiu-se afortunada que o estúdio de conservação tinha permanecido ileso. Era mais do que podiam dizer sobre muitos de seus colegas. Dois curadores foram mortos enquanto viajavam com tropas alemãs. Outro tinha morrido ali em Munique, vítima do excesso de comida e bebida que finalmente cobraram seu preço. E o diretor do museu, Ernst Buchner, estava sendo detido pela conexão com o roubo do *Retábulo de Gante* na França.

Quando finalmente fechou a porta de seu tranquilo estúdio de conservação, Edith deixou os ombros caírem de alívio. Ela ajustou a luz para que iluminasse corretamente a superfície da natureza-morta, delineando as bordas dos pedaços de frutas e folhas pintadas três séculos antes. Olhou cuidadosamente as finas rachaduras na superfície. Passou o frasco de diluente debaixo do nariz para se certificar de que ainda estava em condições de ser usado depois de ter ficado tanto tempo parado na prateleira. Mergulhou um longo pincel e passou-o em um pequeno pano para testar. Devia fazer o que estava em seu poder, pensou: salvar obras de arte, uma peça de cada vez.

Mas o outrora amado silêncio de seu laboratório de conservação agora trouxe consigo uma nova e espontânea dinâmica de conversa em sua mente. Perguntas demoradas. Autorreflexões inquietas. Um novo exame de consciência que, Edith temia, poderia perdurar.

Cuidado com os começos, seu pai havia dito.

Edith imaginou que esse fardo de autorreflexão pudesse permanecer com ela, mas resolveu que, de agora em diante, se manteria vigilante, de olhos abertos para a cidade e para o mundo ao redor. Estaria pronta para agir em face da escuridão, mais cedo ou mais tarde.

Em toda a Alemanha, haveria outros carregando esse fardo pesado de não ter conseguido enxergar? Quanto tempo levaria, Edith se perguntou, para seus conterrâneos, homens e mulheres, e ela mesma, expiarem o pecado de ter servido ao mal em vez de ao bem?

90

CECILIA

San Giovanni na Cruz, Itália
Abril de 1498

Da condessa Cecilia Gallerani, San Giovanni na Cruz
Para marquesa Isabella d'Este, Ferrara

Li a carta de Vossa Alteza e, como deseja ver meu retrato, eu o envio sem demora e o enviaria com prazer ainda maior se fosse mais parecido comigo. Pois foi pintado muitos anos atrás, quando eu era uma jovem ingênua, recém-chegada a Milão.

Mas Vossa Alteza não deve pensar que isso procede de qualquer defeito no mestre, pois acho que não há outro pintor que possa se igualar ao mestre Da Vinci no mundo, e sim simplesmente porque o retrato foi pintado quando eu era muito mais jovem. Desde então, mudei muito, de modo que, se você vir o retrato e eu mesma, lado a lado, nunca acreditaria que teria sido eu. Mesmo assim, Vossa Alteza aceitará, espero, esta prova da minha boa vontade e acredito que estou pronta e ansiosa para gratificar seus desejos.

Lembro-me com carinho do meu tempo passado com mestre Da Vinci e mestre Bernardo Bellincioni, que, para minha grande *tristeza, sucumbiu à doença logo depois de compor a ode que anexei para você com o retrato.*

Incluo também um pequeno esboço que o mestre Da Vinci fez de mim quando veio me visitar no ano passado. Quão feliz fiquei em rever meu velho amigo! Nesta imagem, você poderá encontrar uma representação mais precisa da minha aparência.

Foi-se a jovem beleza retratada, agora irreconhecível como eu mesma. Em vez disso, você verá uma velha feliz com uma casa cheia de crianças, música e arte. Eu aceitei que a guerra é inevitável. A beleza é passageira. Só o amor e a arte perduram. Pelo menos foi o que o mestre Da Vinci me ensinou.

91

LEONARDO

Milão, Itália
Agosto de 1499

No meu caderno, há dezenas de esboços da criatura que eles chamam de furão ou arminho. Eu nunca vi um.

Inferi a aparência da criatura observando furões na posse de algumas das senhoras que tive a sorte de poder pintar, aquelas com gostos mais exóticos. O furão emite um forte odor de suas partes inferiores quando assustado ou excitado. Faz muitos anos que não penso na criatura.

Coloco os esboços em um estojo de couro, ao lado de pilhas de outros rabiscos que colecionei durante meus anos em Milão. Grandes asas mecânicas. Mãos. Cabeças. Exercícios de mineração. Crânios. *Madonnas*. Veículos com rodas. Máquinas voadoras. Santos. Demônios. Eu desenhei ou pintei todos eles.

No final, Sua Senhoria poderia ter se dado melhor se tivesse me permitido realizar uma das muitas máquinas de guerra que propus, em vez de ter-me feito passar horas replicando os rostos de suas amantes em tinta, aquelas cuja juventude e permanência em sua casa foram, enfim, fugazes. Se tivesse permitido, eu não precisaria desistir do meu confortável quarto na residência da cidade de Sua Senhoria tão cedo.

Mas a roda da fortuna gira. E agora os homens do rei francês estão marchando para o sul. Mesmo com todos os esforços de Ludovico, o Mouro, para se aliar aos franceses, ele, em vez disso, os tornou inimigos. Homens sempre farão guerra.

Mas a arte e a beleza, eu acho, nos dão motivos para viver.

Então é hora de eu retornar para casa, em Florença, para melhores perspectivas. Hora de voltar para meu pai, meus irmãos, meus gatos. Meus amigos. Meus inimigos. Eles vão se lembrar de mim depois de todo esse tempo?

Eu fecho a trava do estojo de couro e examino a paisagem do lado de fora da janela. Antes que o fogo do canhão e a fumaça apareçam acima da silhueta das colinas do norte, estarei de volta à minha cidade nativa.

Posso não ser um fabricante de máquinas de guerra, mas provei meu valor como pintor. E, em Florença, talvez eu volte a trabalhar.

NOTA DA AUTORA
E AGRADECIMENTOS

Nunca imaginei que escreveria um livro sobre a Segunda Guerra Mundial. Sempre me esquivei de ler livros, ou assistir a filmes e documentários, cobrindo a guerra. A escala de desumanidade sempre me deixou sem esperança. Mesmo como historiadora, tenho lutado para compreender de que maneira algo tão infernal como o Holocausto pôde acontecer.

Poucas partes da Segunda Guerra Mundial foram mais brutais do que a invasão nazista da Polônia. Então, alguns anos atrás, quando meu filho adolescente Max convidou meu marido e eu para assistir a um documentário na televisão sobre Hans Frank, o Açougueiro da Polônia, minha primeira reação foi recuar e me enterrar em um romance ambientado no Renascimento italiano. Mas meu filho (que, aliás, nasceu a uma curta distância do Castello Sforzesco de Milão) havia se tornado um ávido conhecedor da Segunda Guerra Mundial. Quando criança, ele sabia todos os modelos de aviões e os maiores protagonistas desde as praias da Normandia até o teatro do Pacífico. Ele entrevistou veteranos da Segunda Guerra Mundial como parte de seu projeto como escoteiro Eagle. Adorava jogar o jogo de tabuleiro *Axis e Aliados* e, sim, sempre vencia. Então, pensando em ter um tempo de qualidade em família, me juntei ao meu marido e ao meu filho no sofá.

O documentário *O que nossos pais fizeram: um legado nazista*, de 2015, incluiu entrevistas com Niklas Frank, filho de Hans Frank. Eu me vi imediatamente envolvida naquela história inacreditável, mas quando Niklas Frank descreveu como a *Dama com arminho*, de Leonardo da Vinci, esteve uma vez pendurada na parede de sua casa de infância, na Baviera, não consegui mais parar de pensar no assunto. A verdade é muitas vezes mais estranha do que a ficção, mas como diabos isso aconteceu, eu me perguntava? Fiz o que sempre faço: mergulhei de cabeça na pesquisa. Como devia ser, eu me perguntava, a pessoa encarregada do trabalho de roubar uma pintura de Leonardo da Vinci? A curiosidade me levou a um labirinto de perguntas e histórias, até que uma narrativa contada em duas linhas temporais surgiu claramente na minha cabeça. Edith e Cecilia de repente pareciam tão reais para mim quanto meu vizinho. Depois disso, o livro praticamente se escreveu sozinho.

Eu fiz o meu melhor para ficar o mais próxima possível da linha de tempo real dos eventos, tanto no décimo quinto como no vigésimo século. Também me esforcei para permanecer fiel aos detalhes biográficos conhecidos sobre as figuras históricas retratadas neste livro. As fontes que consultei para este projeto são muito variadas e numerosas para listar aqui, mas compilei uma bibliografia completa, imagens e outros recursos no meu site para quem quiser se aprofundar no pano de fundo histórico desta narrativa, tanto na década de 1490 quanto na década de 1940. Visite lauramorelli.com/NightPortrait para mais informações.

Algumas fontes de pesquisa merecem menção especial. Primeiro, sou grata ao trabalho da Monuments Men Foundation por documentar as contribuições vitais dos membros desse serviço e por seus esforços contínuos para devolver todo tipo de arte roubada aos seus legítimos proprietários. Além disso, um catálogo da exposição de 2012 da Galeria Nacional de Londres intitulada *Leonardo da Vinci: Painter at the Court in Milan* [Leonardo da Vinci: o pintor na corte de Milão] esteve sempre ao meu lado durante a pesquisa para este livro. Sou grata aos estudiosos Luke Syson e Larry Keith por essa fantástica referência.

Jenny Bent, minha extraordinária agente literária, viu o potencial para este projeto e sugeriu *The Night Portrait* como título em inglês, com a ideia de fazer os leitores pensarem: "Oh! Sobre o que será isso?". Jenny forneceu uma assessoria de peso, tanto editorial quanto de negócios, para este projeto, e por ambas sou sinceramente grata.

Sou muito grata a Tessa Woodward e à equipe da William Morrow por estarem por trás desta história, ajudando a transformá-la em livro e por lançá-la ao mundo com tanto profissionalismo.

Meu marido, Mark, e nossos filhos – Max, Giulia, Ana e Leonardo – têm suportado muitos anos de uma esposa e mãe com a cabeça nas nuvens e os dedos no teclado. No entanto, eles fazem o seu melhor para me distrair e sempre acabam me animando ainda mais. Eles são tudo para mim.

Esta obra foi composta em Sabon LT Std e
Frontage e impressa em papel Pólen Natural 70g/m²
pela Gráfica e Editora Rettec